Tom Liehr
Pauschaltourist

Tom Liehr, geboren 1962 in Berlin, war Redakteur, Rundfunkproduzent und Discjockey. Seit 1998 Besitzer eines Software-Unternehmens. Er lebt in Berlin. Bei AtV erschienen bislang die Romane *Radio Nights* (2003), *Idiotentest* (2005), *Stellungswechsel* (2007) und *Geisterfahrer* (2008).

Mehr zu Autor und Buch unter:
www.tomliehr.de und
www. pauschaltourist.com

Ist es der Mut der Verzweiflung, der den bislang für die Rätselecke zuständigen Redakteur Nikolas Sender dazu treibt, auf einer Redaktionssitzung des Reisemagazins den Themenvorschlag »Pauschaltourismus« ins Spiel zu bringen? Sein Chef reagiert prompt und schickt ihn auf eine sechswöchige Tour ins Nirwana des Urlaubs von der Stange. Als besondere Gemeinheit stellt er ihm die ungeliebte, aus Flugangst bislang kaum über Sylt hinausgekommene Kollegin Nina Blume aus dem Ressort »Weltreisen« an die Seite. Und recht bald werden die beiden das komische Gefühl nicht mehr los, Teil eines abgekarteten Spiels zu sein ...

»Tom Liehr hat ein Händchen für Geschichten. Er erzählt mit Hingabe, leidenschaftlich, mit Liebe zum Detail und emotionalen Wendungen.«
Westdeutsche Allgemeine Zeitung

»Ein Autor, den man in einem Atemzug mit Nick Hornby nennen kann.«
Radio AFK

Tom Liehr

Pauschaltourist

Roman

aufbau taschenbuch

ISBN 978-3-7466-2533-1

Aufbau Taschenbuch ist eine Marke der
Aufbau Verlag GmbH & Co. KG

1. Auflage 2009
© Aufbau Verlag GmbH & Co. KG, Berlin 2009
© 2009 by Tom Liehr
Umschlaggestaltung capa, Anke Fesel
unter Verwendung zweier Motive von Carla Brno/bobsairport
Druck und Binden CPI – Clausen & Bosse, Leck
Printed in Germany

www.aufbau-verlag.de

Für Martin Mai, »Lieblingsleser«

I'm on a permanent vacation
Nothing left to move
I want a revelation
Nothing left to prove
(*R.E.M.*, Permanent Vacation, »Perfect Square«)

Prolog: Gepäck

Ralf Leitmann pfiff leise, also sah ich vom Champagnerkarton auf, den ich gerade mit einem Teppichmesser zu öffnen versuchte.

»Da kommt die nymphomane Edelmatratze«, flüsterte er und nickte in Richtung der Freitreppe, die aus dem ersten Stock ins Foyer der Villa führte.

Es verriet nichts über mich, dass ich zur Treppe starrte, schließlich taten das in diesem Moment alle Anwesenden, außerdem hatte ich *sie* bis zu diesem Tag noch nie live gesehen. Marejke Medsger catwalkte zu uns herab, wobei sie ihren Blick über die noch kleine Menschenmenge – in der Hauptsache Verlagsangestellte – schweifen ließ. Ihr Gang war sicher und ein Zeugnis der Modelkarriere, die inzwischen über zehn Jahre zurücklag. Sie trug ein schwarzes Abendkleid, das von meiner Position aus transparent aussah, was aber vermutlich täuschte, und das vom unteren Saum bis zur Hüfte geschlitzt war, wodurch ihre vollendeten, endlosen Beine mehr als perfekt zur Geltung kamen. Am Fuße der Treppe wurde sie von ihrem Ehemann, meinem Arbeitgeber, unserem Verlagseigentümer und Chefredakteur in Personalunion, erwartet, der heute seinen fünfundfünfzigsten Geburtstag und das ebenso lange Bestehen des Hauses feierte, das sein Vater, Otto Sitz, am Tag der Geburt seines Sohnes gegründet hatte.

Heino Sitz strahlte der Schönheit entgegen, die nun den Blick auf ihn richtete und ebenfalls lächelte. Allerdings war das weit mehr als nur ein einfaches Lächeln. Sie verwies jeden anderen Versuch, an diesem und allen weiteren Abenden, die es jemals geben würde, zu lächeln, als fade Allerweltsmimik auf die Plätze. Ich sah zu meiner Kollegin Nina Blume, die mit einem Tablett Canapés mitten im Saal stand und so glücklich wie ein Frosch im gerade zuklappenden Storchenschnabel wirkte. Sie war neben Marejke Medsger die einzige Frau im Raum. Das sich in der Redaktion hartnäckig haltende Gerücht, Nina hätte eine Affäre mit unserem Chefredakteur, kam mir in diesem Augenblick so absurd vor wie Currywurst mit Schlagsahne.

Als Marejke Medsger ihren Ehegatten erreichte, der eine Verbeugung andeutete und dann einen Arm um die Hüfte seiner Frau legte, verspürte ich den abgedrehten Wunsch zu applaudieren. Schade, dass noch keine Gäste anwesend waren. Sie verpassten was. Statt meiner klatschte Sitz laut. Ralf Leitmann neben mir atmete hörbar durch.

»Meine Damen und Herren, dieser Abend ist meiner Frau und mir sehr wichtig.« Sitz grinste, und ich konnte sogar von meiner Position aus die Lücke zwischen seinen Schneidezähnen sehen. »Ich weiß, dass sie Ihr Bestes geben werden. Es würde mich aber freuen, wenn Sie versuchten, Ihr Bestes noch zu übertreffen. Danke.«

Die Verlagsangestellten, die gerade keine Tabletts oder Flaschen in den Händen hielten, spendeten Beifall, was ich an *dieser* Stelle falsch fand, schließlich waren wir gerade kollektiv beleidigt worden. Heino Sitz zauberte ein überlegenes, zahnlückiges Grinsen herbei und deutete ein Nicken an. Dann nahm er die Hand seiner Frau und ging mit ihr in den kurzen breiten Flur, der vom Foyer aus zum Eingang der Villa führte. Die beiden Volontäre, die dort Dienst taten, machten einen Schritt zur Seite, Heino Sitz rauschte zwischen ihnen hindurch und öffnete die Tür. Draußen warteten bereits die ersten Gäste, eine Viertelstunde vor der Zeit.

Natürlich war es in gewisser Weise eine Machtdemonstration, dass wir von unserem Chef, der das für eine gute Idee und einen Ausdruck des (nicht vorhandenen) Teamgeists gehalten hatte, dazu verdonnert worden waren, niedere Kellnerdienste zu übernehmen, aber zumindest ich empfand das als angenehm – es war besser, als wie ein ausgesetzter Dackelwelpe mit einem Glas Traubensprudel in der Hand herumzustehen und so zu tun, als hätte man Spaß.

Smalltalk und Empfänge waren so wenig mein Ding wie Stacheldrahtkondome. Wenn ich schon bei derlei anwesend sein musste, dann bitte mit Aufgabe und Beschäftigung. Ich ging also wieder in die Knie und zog das Teppichmesser durch den Kartondeckel. Dann nahm ich eine Flasche heraus und entfernte die Folie. Als ich den Draht aufgezwirbelt hatte, knallte der Korken heraus, dicht an Ralf Leitmanns Gesicht vorbei, der das aber nicht bemerkte. Er glotzte nach wie vor Marejke Medsger an, die jeden der Neuankömmlinge, die inzwischen hereinströmten, mit einem angedeuteten Knicks begrüßte. Vollendet. Den männlichen Gästen lief dabei virtueller Sabber aus den Mäulern, und nicht wenige der weiblichen kämpften mit ihren Gesichtszügen. Sitz' Ehefrau überstrahlte sie alle.

Champagner floss über meine Hände, nicht der erste heute Abend, und sicher nicht der letzte. Meine Haut roch schon süßsäuerlich. Dieses Gesöff hatte meine vollständige und ganzheitliche Verachtung. Wie so manch andere übertevrerte Delikatesse schmeckte es, von wenigen Ausnahmen abgesehen, nicht wirklich, und es wurde nur deshalb konsumiert, weil es teuer war. Besser als ein frisch gezapftes, wohltemperiertes Fassbier war es nie und nimmer.

Eine Stunde später hatte ich den Bogen mit den Schaumweinflaschen raus, und ich schaffte es inzwischen, die Gläser gleich im ersten Anlauf so zu füllen, dass ich keinen zweiten benötigte. Die Arbeit nahm mich so sehr in Anspruch, dass ich die wachsende Menschenmenge um mich herum fast vergaß. Und selbst Leitmann, der mich im Fünf-Minuten-Rhythmus mit so sinnträchtigen Sprüchen wie »Eine Party beginnt für mich schon bei der Haarwäsche mit Bier-Shampoo« beglückte, geriet zu einer surrealen Randerscheinung. Er untermauerte seine Partybehauptungen durch intensives Schampusschlucken, was dazu führte, dass ich neben meiner eigentlichen Aufgabe mittelfristig auch seine übernehmen musste. Gegen halb zehn verschwand er zum Klo und kehrte vorerst nicht zurück. Im stetigen Wechsel befüllte ich entweder neue

Gläserphalanxen oder reichte höflich lächelnd Champagner an Leute, die offenbar nicht dazu in der Lage waren, sich selbst den Kelch zu nehmen, obwohl Dutzende randvoll bereitstanden. Langsam machte es mir sogar Spaß, und mir kamen Gedanken wie: Warum nicht Kellner? Auch nicht schlechter als Rätsel- und Leserbrieffuzzi bei einem Reisemagazin.

»Und Sie sind?«, fragte irgendwann eine Frau, während ich gerade hinter dem Tisch kniete und die Klinge des Teppichmessers wechselte. Ich hob das Gesicht über die Tischkante und starrte auf Medsgers Nabel. Etwas in mir wusste, dass es ein Fehler war, aber das andere, diese schwer beherrschbare, testosterongesteuerte Bestie, die jeder Schwanzträger als Untermieter mitschleppt, wollte es unbedingt. Dreißig Zentimeter höher. Heiliges Nippelballett, das Scheißkleid war *tatsächlich* durchsichtig – wenn man von unten nach oben sah. Ich hatte erst zwei Gläser Champagner getrunken, wovon mein Mund ausgetrocknet war und sich pelzig anfühlte, und Leitmann schon zig Male gebeten, vom Bierstand ein Frisches für mich zu holen, was erst ein Mal – gefühlt vor Jahren – geklappt hatte, aber mein Schädel glühte, und ich war ob der Situation ohnehin nicht ganz Herr meiner selbst. Nach etwa zehn Sekunden, die mein Blick auf diesen unfassbar nahen Brüsten verweilte, hörte ich wie durch Watte: »Mein Gesicht ist hier oben. Und Sie haben meine Frage noch nicht beantwortet.«
Ich spürte, wie fünf Sechstel meines Blutes ins Gesicht zurückschossen, nuschelte »Moment!« und drehte mich, noch immer kniend, zu einer neuen Kiste Champagner. Das ging in dieser Position eigentlich nicht, folgerichtig kippte ich seitwärts um.
Zum Glück ließ ich das neu munitionierte Teppichmesser rechtzeitig fallen. Als ich mich aufzurappeln versuchte, erschien eine grazile, engelhafte Hand vor meinem Gesicht. Wie in Trance griff ich danach und ließ mich von der Frau meines Chefs in die Höhe hieven. Aus dieser Perspektive blieben die Schätze ihres Körpers

meinen Blicken verborgen. Trickreiche Sache, so ein Stoff. Ob Sitz von diesen Modegeheimnissen seiner Gattin wusste?

»Ich bin Marejke Medsger. Hallo«, sagte sie und strahlte mich an. Hätte sie einen Staubsauger in der Hand gehabt und wäre ich ein Eskimo, Wüstennomade oder Regenwaldbewohner gewesen – ich hätte ihn ihr abgekauft, dazu alles an verfügbarem Zubehör. Ich errötete wieder bzw. blieb rot, irgendwie entzog sich all das meiner Kontrolle. Dann stand plötzlich Heino Sitz neben ihr.

»Kennst du Nikolas Sender schon? Das ist quasi meine Geheimwaffe.« Er grinste mich auf herablassend-freundliche Art an und küsste dann ihren Hals. Ich verspürte rasende Eifersucht. Unfassbar. Zu Hause wartete eine schöne, liebevolle Partnerin auf mich, eine, die mich kannte, die meine Eigenarten akzeptierte, die genau wusste, was ich beim Sex mochte und was nicht (was uns mehrere Monate des Ausprobierens gekostet hatte, aber keine schlechten), die verstand, warum ich Filme von den Cohen-Brüdern mochte, aber keine von Woody Allen, die mir Pudding kochte, obwohl ihr schon beim Gedanken daran übel wurde. Eine, deren Nippel nicht schöner oder hässlicher waren als die von Marejke Medsger, aber das änderte nichts daran, dass mein Hirn im Moment ausschließlich damit beschäftigt war, Phantasien zu erschaffen, in denen neben meinem Mund und meinen Händen Marejke Medsgers Brüste eine Rolle spielten, und nicht die von Silke, meiner Freundin. Ich setzte ein dämliches Grinsen auf und verbeugte mich auf peinliche Art. Zu meiner Entschuldigung konnte ich vorbringen, dass es zwischen Silke und mir derzeit still kriselte, aber nichts in mir kam überhaupt auf die Idee, sich für irgendwas zu entschuldigen.

Heino Sitz nickte mir zu und sagte etwas wie »Kümmern Sie sich um meine Frau«, aber auch das war möglicherweise nur Wunschdenken. Jedenfalls verschwand er wieder, und der feuchte Traum in blickwinkelabhängig-transparenter Abendrobe stand weiter vor mir. Wie nur konnte man so gekleidet auftreten, ohne gleichzeitig eine Uzi im Anschlag zu halten? Ich war versucht, erneut in die

Knie zu gehen, an irgendeiner Kiste herumzupopeln, um den beeindruckenden Effekt abermals zu erleben, aber die Fünf-Sterne-Frau vor mir hätte den Braten sicher gerochen.

Ich wusste nur, was alle wussten. Geboren in Holland, ärmliche Verhältnisse, dann quasi von der Straße weggecastet, weltweit nachgefragtes Model innerhalb weniger Monate. Ein paar Skandale, vielleicht auch nur Skandälchen, ich las nicht einmal die Yellow Press aus *unserem* Haus. Von ihrer angeblichen Nymphomanie aber wusste selbst ich. Anschließend Vee-Jayne bei einem Musiksender, dann, zwei Jahre später, das plötzliche Ende der Karriere, geheimnisumwittert. Sendepause. Die Konvertierung zum Islam war noch für Artikel auf den dritten oder fünften Seiten gut gewesen. In dieser Zeit war ihre Autobiographie erschienen, ein lahmes, kurzes Stück Text, keine zwanzigtausend, sehr esoterisch angehauchte Wörter auf zweihundert Seiten gedehnt, ergänzt um Hochglanzbilder aus der Modelzeit – ein Megaflop, da das einzige Thema, das alle interessierte, ihre Sexsucht, ausgespart wurde. Die wenigen Exemplare, die von der weitgehend makulierten Erstauflage übriggeblieben waren, hatten inzwischen allerdings hohen Sammlerwert. Danach hatte mir irgendwer erzählt, dass Medsger auch dem Islam abgeschworen hatte, um stattdessen auf einem Homeshopping-Kanal eine eigene Kosmetikserie zu promoten, die wenig Absatz fand. Das war vier oder fünf Jahre her. Erst ihre Heirat mit Heino Sitz, meinem Chef, brachte sie Anfang des Jahres wieder in die Schlagzeilen zurück. Wochenlang herrschte entspannte, fast ausgelassene Stimmung in der Redaktion, weil Sitz auf Wolke zweiundzwanzig durch die Räume schwebte und Dinge abnickte, die vorher zu ambulant vollstreckten Todesurteilen geführt hätten. Als ich sie jetzt in ganzer Pracht vor mir sah, verstand ich das. Eine solche Frau für sich zu gewinnen, mentale Kompetenz hin oder her, das kam einem Gottesbeweis gleich.

»Hallo, ich bin Nikolas«, nuschelte ich idiotisch.

»Das weiß ich inzwischen«, kam aus ihrem Mund, den zu küssen ich in diesem Augenblick für die Vollendung meines Daseinszwecks hielt. Ich griff, ohne darüber nachzudenken, nach einem Glas Schampus und kippte es in einem Zug runter. Was auch immer mich jetzt steuerte, es hatte seine eigene Stromversorgung. Ich hätte meinen Kopf auch unter dem Arm tragen können. Alle Regulative waren in Betriebsferien. Vertrackt war, dass ich das *wusste*, aber nichts dagegen tun konnte. Mein im sprichwörtlichen Sinn stillstehender Verstand beschränkte sich auf Beobachtung, und er amüsierte sich nicht einmal dabei.

»Sie scheinen hier der einzige Mann unter vierzig zu sein«, erklärte sie mit einem Strahlen, das keine Fragen offenließ. Vielleicht wusste sie nicht, was sie mir antat, vielleicht aber tat sie es absichtlich. Sie gönnte mir noch sekundenlang dieses Lächeln, das die neben ihr den Messias gebärende Jungfrau Maria zu einer Bordsteinschwalbe degradiert hätte. »Was tun Sie für meinen Mann?«

»Champagner ausschenken«, murmelte ich, grinste schief und hielt mich für schlagfertig. Hinter Marejke Medsger wartete ein Dutzend Gäste auf Schaumweinnachschub, aber dort hätte auch Beelzebub oder der Papst im Bikini stehen können, meine Wahrnehmung war und blieb streng fokussiert. Als sie »Wir sehen uns später, es wäre mir ein großes Vergnügen« sagte und sich auf dem Pfennigabsatz umdrehte, um auf Heino Sitz zuzueilen, fühlte ich mich wie von einem anderen Stern. Während der nächsten Stunden litt meine Konzentration stark darunter, dass ich ständig nach ihr Ausschau hielt, aber sie kehrte nicht an meinen Champagnerstand zurück.

Dafür schlug Ralf Leitmann irgendwann wieder neben mir auf, schwerst angegangen und eine Ladung Fäkalwitze über mich ausgießend. Ich nahm meine erste Pause, es ging auf zwei Uhr morgens zu, nicht wenige Gäste hatten bereits weiße Puderringe um die Nasenlöcher, hingen auf den Sofas und in den schweren Sesseln, faselten Schwachsinn oder baggerten das spärliche Weibsvolk jedes Alters an, während die eigenen Gattinnen danebensaßen und so taten, als wären sie Tierpflegerinnen und ihre sucht- und/oder libidogesteuerten Ehemänner vom Aussterben bedrohte Regenwaldbewohner wie Plumploris, zum Beispiel. Glotzäugige Primaten, ganz auf Arterhaltung konzentriert.

Ich drängte mich durch die Menge, die fast alle Bereiche der vielräumigen Villa bevölkerte, und bemühte mich, keinem auf die Füße zu treten, der wichtig war. Etwa dem angeschickerten Kritikerpapst, der vor dem Kamin kniete und offenbar Taschenbücher verfeuerte. Oder dem in Ungnade geratenen Schriftsteller, der mal einen wichtigen Buchpreis abgelehnt hatte, um ein Zeichen zu setzen, das keiner verstand, und der jetzt versuchte, seine Zunge mit den Fingern so weit aus dem Mund zu ziehen, dass er damit seine Stirn berühren konnte. Vor der Gästetoilette, die als Damenklo ausgewiesen war, stand eine lange Schlange, aber vor dem Bad im ersten Stock wartete niemand. Ich lehnte mich gegen die Wand, genoss den Moment der Ruhe und hoffte darauf, dass der Abend genau jetzt zum Beispiel durch eine Anschlagsdrohung endete, und betrachtete die Tür, unter deren Klinke das »Besetzt«-Symbol meine ganze Aufmerksamkeit beanspruchte. Ich dachte an nichts Spezielles, vielleicht flüchtig an die Nippel von Marejke Medsger. Zwei Minuten später ging die Tür auf, und sie stand vor mir.

Sie sah so hinreißend aus wie vor drei, vier Stunden. In diesem Augenblick erklang laute Musik von unten, vermutlich machte das Klassik-Quintett, das im Ballsaal – Sitz' Anwesen verfügte *tatsächlich* über einen Ballsaal – gespielt hatte, jetzt Feierabend. »Are we human or are we dancer?«, fragte Brandon Flowers. Die Hausherrin blieb in der geöffneten Tür stehen und fixierte mich, so wie ich kurz zuvor noch das Besetztzeichen fixiert hatte. Ihr Gesichtsausdruck hatte jetzt etwas Raubtierhaftes.

»Wissen Sie, wie dieser Song gemeint ist?«, fragte sie.

Ich schüttelte den Kopf. Ich hätte weder diese sinnfreie noch irgendeine andere Frage beantworten können, nicht in diesem Moment, der nur aus einem halbtransparenten Abendkleid und einem Körper bestand, den Gott für alle anderen weiblichen Körper als Gussform entworfen, dann aber – leider – verlegt hatte. Ich starrte ihre Brüste an, und es war mir nicht mal peinlich. In diesem Zustand hatte ich mich noch nie erlebt.

»Wie alt sind Sie?«

»Achtunddreißig«, teilte ich dem Nippelpaar mit.

»Ich hätte Sie auf höchstens zweiunddreißig geschätzt«, flötete sie und machte einen Schritt auf mich zu.

Weil ich bewegungs- und antwortunfähig war, redete sie weiter. »Ich bin jetzt einunddreißig.« Sie sah an mir vorbei, zur Treppe. »Heino war meine letzte Chance.« Sie zuckte mit den Schultern, was ich wie durch eine Spezialbrille wahrnahm, die alles außer Marejke Medsger filterte.

»Quatsch«, murmelte ich und hatte meine Aussprache dabei kaum mehr unter Kontrolle. Medsger lächelte und kam noch näher. »Was für ein hübscher Zufall, dass wir uns hier treffen. Finden Sie mich eigentlich attraktiv?«

Ich nickte. Vielleicht etwas zu heftig, aber wenigstens verkniff ich mir die Bemerkung »Was ist denn das für eine *saublöde* Frage?« Sie nahm meine Hand, das fühlte sich an, als würde mich die Auserwählte bestäuben. Dann zog sie mich in Richtung des Raumes, der durchaus dafür gedacht war, Körperflüssigkeiten loszuwerden, aber nicht auf die Art, die Sitz' Ehegattin im Auge zu haben schien. Und die meine Sinne komplett beherrschte.

»Das bleibt unter uns«, flüsterte sie mir ins Ohr, als wir das riesige Bad betraten. Eine Gänsehaut flutete meine Körperoberfläche, und unter der Oberfläche flutete mein Blut den Begattungsfortsatz.

Medsger drehte sich zu mir, hob mit einer Hand ihr Kleid an, dann ging sie leicht in die Knie und zog mit der anderen die Idee eines Slips beiseite, dass ich sehen sollte. Plötzlich hielt sie ein Kondom in der Hand – eigentlich ein Ding der Unmöglichkeit, denn das Kleid verfügte über keine Verstecke –, riss die Verpackung mit den Zähnen auf und grinste dabei auf so seltsame Art, dass mir schlagartig kalt wurde. Großer Gott, was tat ich hier, was war ich im Begriff zu tun? Sex mit einer Frau, die *nichts* von mir wollte, mit einer Nymphomanin, die sich vermutlich hochgefickt hatte, für die es nur um den kurzen Kick ging, ohne jede Bedeutung. Ich riskierte gerade alles, angefangen bei meinem Job (und meiner Gesundheit, denn Sitz war ein Choleriker) und längst nicht endend bei der rissigen Beziehung mit Silke, die mir in diesem Augenblick so wichtig schien wie nichts sonst auf der Welt. Nach deren behaglicher Armut an Höhepunkten ich mich jetzt regelrecht sehnte.

Ich schüttelte den Kopf. »Das geht nicht«, sagte ich und machte einen Schritt rückwärts, gegen die Badtür.

Sie zwinkerte. »Was?«

»Ich kann das nicht. Ich will das nicht.« Es fiel mir nicht gerade leicht, den Teil meines Selbst, der energisch Einspruch erhob, zurückzudrängen.

Sie zuckte mit den Schultern. »Okay«, sagte sie, und dann waren die Vorbereitungen ebenso schnell wieder rückgängig gemacht. Sekunden später war sie aus dem Bad verschwunden, während ich ihr Aroma atmete und nicht wusste, ob ich ein Held oder Vollidiot war. Oder beides. Eine Straftat gilt mit dem Beginn ihrer Ausführung als begangen, selbst wenn die eigentliche Straftat noch nicht stattgefunden hat. Daran musste ich denken, ein Erinnerungsfetzen aus der Zeit, die ich als Praktikant in Amtsgerichten verbracht hatte. Schuldig im Sinne der Anklage.

Ich blieb noch minutenlang an die Tür gelehnt stehen, kämpfte mit dem Gefühl, etwas berührt zu haben, das nicht für mich bestimmt war, und dem, einen gedanklichen Treuebruch begangen zu haben, den ich vielleicht würde verheimlichen, aber niemals würde verarbeiten können. Ich dachte an Silke und schluckte schwer.

Es schmeckte nach abgestandenem Champagner.

Teil 1: Reisevorbereitungen

1.

Heino Sitz schob den Papierstapel von sich, als wäre das Zeug ansteckend.

»Wollen Sie meine ehrliche Meinung?«, fragte er mit diesem Unterton, der die Antwort bereits einschloss. Er hätte auch fragen können, ob wir lieber auf Glasscherben sitzen wollten statt auf den auch nicht wirklich bequemen, aber unglaublich teuren Aluminium-Designersitzmöbeln, die den Mahagoni-Konferenztisch umgaben.

Die Frage war an Nina Blume, Ressort Weltreisen, gerichtet. Meine proletentoastergeschädigte Kollegin rutschte unbehaglich auf dem Stuhl hin und her. Sie hatte Angst vorm Fliegen und lief zumeist in wurstpelleähnlichen Hosen herum. Auf dem immer sichtbaren unteren Rückenansatz trug sie das Wort »Edel« als Tattoo. Sie deutete jetzt eine Mischung aus Nicken und Kopfschütteln an. Nina wusste, was gleich kommen würde. Wir alle wussten es.

»Bullshit. Erbärmlicher, langweiliger Bullshit. Wenn Sie mich nerven wollten, ist es Ihnen gelungen. Danke.« Sitz lehnte sich zurück, schnappte sich noch in der Bewegung seinen Kaffeepott mit dem Logo der Zeitschrift vom Tisch, und dann ließ er das Geräusch hören, das er immer von sich gab, wenn er enttäuscht oder verärgert war. Er blies die Luft zwischen seinen Zähnen hindurch, ein unangenehmes Pfeifen, verstärkt durch die schmale Lücke, die geblieben war, als er sich die Schneidezähne billig, aber leider nicht günstig im Ausland hatte renovieren lassen. Heino Sitz war großzügig, was die Außendarstellung anbetraf, doch ansonsten eher ein Geizhals.

Nina hatte vorgeschlagen, den noch immer lebhaften Abenteuertourismus in Form von Leser-Erlebnisberichten zu thematisieren.

Als sie mit dieser Idee zu mir gekommen war, was mich überrascht hatte, denn die Lifestyle-Journalisten betrachteten mich sonst kaum als ihnen ebenbürtig, hatte ich ihr bereits erklärt, dass sich das bestenfalls als Lückenfüller eignete und auf keinen Fall als Aufmacher oder neue Serie.

»Die Leute ziehen sich solche Berichte aus dem Netz«, sagte Ralf Leitmann, verantwortlich für Hoteltests im Inland. Party-Ralf, der sein Spesenkonto ständig überzog und wegen seiner Ausschweifungen einen ganzen Stapel Abmahnungen im Schreibtisch hortete, aber aus mir unbekannten Gründen einfach nicht gefeuert wurde.

Der Chefredakteur nickte. »So kommen wir nicht weiter.«

Ich nahm meinen ganzen Mut zusammen, wovon ich zugegebenermaßen nicht viel besaß. Seit den Ereignissen bei Sitz' Empfang vor zwei Monaten lebte ich in permanenter Panik davor, von ihm als Nebenbuhler enttarnt und mindestens entlassen, sehr viel wahrscheinlicher aber zu Tode gefoltert und anschließend kleingehackt an die Tauben verfüttert zu werden. Marejke Medsger war ich nach dem Beinahe-Vorfall nur ein einziges Mal begegnet; wir waren fast aufeinandergeprallt, vor dem Büro ihres Gatten. Sie hatte merkwürdig gegrinst und geschwiegen, aber ich war sicher, dass die anzüglichen Nachrichten, die ich seit acht Wochen täglich von einem Freemail-Account bekam, von ihr stammten. Vermutlich beleidigte es ihre Jägerinnenseele, dass ich mich ihr verweigert hatte. Jedenfalls schien mir das die plausibelste Erklärung für den Mailalias »toilettensex« zu sein.

Ich hüstelte, Sitz wandte sich mir zu. »Allerdings sind die Leute von den Tests im Internet inzwischen auch genervt«, erklärte ich tapfer. »Die Veranstalter schreiben selbst gefälschte Berichte, so dass kaum noch Verlass auf die Bewertungen ist. Gerade im Low-Cost-Bereich klafft eine enorme Lücke zwischen Information und Realität. Wir sollten uns wieder mehr um diese Klientel kümmern. Immer nur Berichte über sündhaft teure Reisen und exklusive Ziele kosten uns langfristig Leser.«

Während ich über meinen eigenen Mut verblüfft war, schließlich war ich nicht nur derjenige, der die Frau des Chefs beinahe gevögelt hatte, sondern in der Redaktion für die Rätselseite, die Cartoons, das Gewinnspiel und die Leserbriefe zuständig, herrschte Ruhe. Dann nickte Heino Sitz langsam. Eigentlich hatte ich nur wiedergegeben, was mein bester Freund Ingo vor ein paar Tagen beim Feierabendbier vorgeschlagen hatte.

»Interessanter Gedanke«, sagte Sitz. »Wir könnten jemanden losschicken, der sich nur Pauschalangebote anschaut, vier, vielleicht sogar nur drei Sterne und weniger. Anonym. Und darüber berichtet. Jeweils eine Woche, mit allem Drum und Dran.«

Das darauffolgende Schweigen war von deutlichem Unbehagen gekennzeichnet. Mit Ausnahme des Verlagsinhabers, der sich seinen Chefredakteursstatus »zum Ausgleich«, wie er es nannte, gönnte und der nachdenklich in die Runde sah und dabei Kaffee schlürfte, mussten meine anderen elf Kollegen in diesem Moment unbedingt die Unterlagen sortieren, die vor ihnen lagen, die Schuhe darauf prüfen, ob die Senkel ordentlich geschnürt waren, oder die Anzahl der furnierten Deckenplatten ermitteln. Diejenigen von ihnen, die für das Magazin auf Reisen gingen, fuhren zu hochwertigen Zielen, nach Mauritius, auf die Seychellen, auf die Malediven, in die Karibik, auf edle Kreuzfahrten und so weiter. Wenn Jedermann-Ziele dabei waren, dann ging es immer in Fünf-Sterne-Häuser und -Anlagen – oder in noch höherwertige, sofern verfügbar. Keiner der Damen und Herren Reisejournalisten wollte mit Krethi und Plethi am Abendbuffet anstehen oder sich morgens um die Liegeplätze am Pool prügeln. Unsere Fotografen schossen Postkartenbilder und keine von verschimmelten Touristenbunkern.

Unter dem Tisch traf mich ein Fuß, ich sah auf und verkniff mir lautstarken Protest. Nina Blume funkelte mich an und formte stumm das Wort »Arschloch« mit den Lippen. Ich grinste. Uns beiden war klar, dass sie es sein würde, die sich auf die Fährte der Neckermänner begeben müsste. Dabei verließ sie die Redaktion so gut wie nie. Ihre Flugangst war das geringere Problem. Das größere lag unterm Konferenztisch, hieß bezeichnenderweise »Bimbo« und war Nina Blumes verzogener schwarzer Kleinpudel. Sie hatte den Hund zunächst »Heino« genannt und sich einen Spaß daraus gemacht, den Befehl »Heino, sitz!« möglichst oft und laut zu verwenden, bis eines Tages ein hochroter Chefredakteur aus seinem Büro gerannt gekommen war und gebrüllt hatte: »Wenn diese Misttöle nicht sofort einen anderen Namen bekommt, knall ich sie ab!« Nina tat nichts ohne diesen Hund, wirklich nichts.

»Ist das ein begeistertes Schweigen?«, fragte unser Chefredakteur schließlich, als alle Deckenplatten gezählt und die Unterlagen dreimal umsortiert waren. Er räusperte sich, zog die Augenbrauen hoch und sah prüfend in die Runde.

»Pauschaltourismus?«, wagte Party-Ralf zu fragen. »Stoßen wir damit nicht unsere Stammleser vor den Kopf?«

»Soller?«, befahl Sitz mehr, als er fragte.

Der Angesprochene, Friedhelm Soller, ein glatzköpfiger Endvierziger mit riesigem Schnurrbart, zuständig für PR und Marketing, räusperte sich. »Unsere Leserzahlen sinken seit Jahren, das wissen Sie alle. Im Segment der Besserverdienenden und Akademiker stagniert die Zahl auf niedrigem Niveau. Nach den letzten Befragungen lesen viele Menschen unser Magazin in den Wartezimmern von Arztpraxen. Der Anteil der sozial und wirtschaftlich durchschnittlich und schlechter gestellten Leser ist allerdings erheblich, sogar die Mehrheit. Siebenundfünfzig Prozent. Diese Leute betrachten unser Produkt als eine Art Traumwelt, in die sie eintauchen können. Diese Gruppe stellt sogar mehr als zwei Drittel unserer Abonnenten dar.«

»Es würde also nicht schaden, diesen Leuten auch mal ein paar handfeste Informationen zu liefern«, erklärte Heino Sitz. Friedhelm Soller nickte abwesend, wie es seine Art war.

»Und für die reicheren könnte es unterhaltsam sein«, sagte ich.

»Es käme darauf an, wie man es aufmacht.« Dabei wurde ich rot, wie ich spürte. Ich überschritt hier deutlich meine Kompetenzen. Eigentlich war ich bei Redaktionskonferenzen ein geduldetes Anhängsel. Meine Beiträge umfassten normalerweise ein paar Worte zu Leserreaktionen und das, was zu den Gewinnspiel-Sponsoren zu sagen war.

Mein Chefredakteur nickte und lächelte mich dabei an. Das hatte er zuletzt getan, als ich ein Preisrätsel ohne sinnvolle Lösung ins Heft genommen hatte. Die vermeintliche Kniffligkeit der unlösbaren Aufgabe, bei der es immerhin eine Luxus-Kreuzfahrt zu gewinnen gab, hatte uns eine deutlich erhöhte Nachfrage beschert. Allerdings auch erheblichen Protest der Leser. Später. Da hatte Sitz nicht mehr gelächelt. Sondern lang anhaltend durch die Schneidezähne gepfiffen.

»Frischer Wind«, sagte er und sah mich dabei immer noch an. Ich erriet, was er in diesem Moment dachte. Ein Seitenblick auf Nina Blume bestätigte meine Vermutung, die sie offenbar teilte. Die Ressortchefin Weltreisen grinste schadenfroh in meine Richtung. »Wir sollten jemanden losschicken, der noch nicht von all den Luxusherbergen und First-Class-Angeboten verblendet ist.« Er pausierte kurz und ließ den Blick über die Anwesenden wandern, dann grinste er wieder, fast ein bisschen fies. »Ein Pärchen wäre natürlich ideal. Da käme schneller Kontakt mit anderen Urlaubsgästen zustande. Das Ganze sollte möglichst authentisch sein. Deshalb dürften sich unsere Mitarbeiter auch nicht zu erkennen geben.« Jetzt fixierte er Nina Blume, deren Gesichtsausdruck sich augenblicklich veränderte. Ralf Leitmann kicherte. Der Chef kam auf mich zurück. »Ihren Job kann für ein paar Monate doch ein Volontär übernehmen.« Danach wandte er sich wieder Nina Blume zu. »Und Ihnen kann es nicht schaden, auch mal ein bisschen was von der Welt zu sehen.«

Bimbo jaulte leise unter dem Tisch, als hätte er verstanden, worum es ging.

2.

Steini verschluckte sich fast an seinem Bier.

»Du sollst *was*?«

Ich nickte nur.

Er lachte. »Mit dieser Proletenwurst in der Präser-Hose? Die du mir mal auf der Weihnachtsfeier gezeigt hast? Fräulein Edeltätowierung? Misses Bimbo-Pudel?«

Ich nickte weiter. Die Konferenz lag jetzt drei Stunden zurück, ich hatte zwei Biere intus, und mit jeder weiteren verstreichenden Minute fühlte ich mich beschissener, was normalerweise umgekehrt war, wenn ich in unserer Stammkneipe saß und mit Steini einen hob. »Gehen Sie vorurteilsfrei an diese Sache«, hatte Sitz abschließend mehr be- als empfohlen. *Vorurteilsfrei!* Heiliger Hühnerhabicht. Meine letzte und bisher einzige Pauschalreise lag acht Jahre zurück und war eine Katastrophe gewesen. Aber immerhin hatte sie nicht in Begleitung von Frau Blume und ihrem blöden Pudel stattgefunden. Von dem ich annahm, dass er unvermeidbar dabei sein würde.

»Und wie lange?«, fragte Steini und machte gleichzeitig in Richtung Tresen Zeichen, dass wir Nachschub benötigten.

»Sechs Wochen, erst mal. Nordafrika, Balearen, Kanaren, Ägypten, Portugal und ähnliche Ziele. Drei Sterne, all inclusive, familienfreundlich, preiswert. Und auch noch Last Minute. Wir fliegen übermorgen los, nach Gran Canaria. Danach geht's nach Marokko.« Das waren Reiseziele, die ich freiwillig nie aufgesucht hätte.

»Können sie euch zwingen?«

»Na ja.« Ich nahm den letzten Schluck aus meinem Glas. »Der Chef hat mir klargemacht, dass mein Job auch von einem mittelmäßig intelligenten Schimpansenbaby ausgeübt werden könne, langfristig gesehen, aber er hat auch durchblicken lassen, dass das eine Chance für mich ist. Stimmt vermutlich sogar. Ich hänge seit Jahren an Leserbriefen und diesen bescheuerten Rätseln fest. Eigentlich bin ich Journalist, oder?«

Steini nickte grinsend. Nicht einmal er wusste von meiner Medsger-Begegnung, von der ich hoffte, sie würde dadurch aus meinem Gedächtnis verschwinden, dass ich sie totschwieg – was bisher nicht so recht geklappt hatte. Tatsächlich war der Aspekt, für ein paar Wochen aus der Schusslinie meiner promisken Chef-Ehefrau zu sein, der einzige positive, den ich der Sache abgewinnen konnte. Der Blick von schräg unten beherrschte nach wie vor meine Phantasien, und ich war nicht sicher, ob ich einem zweiten Angriff würde standhalten können. Ich zwinkerte das transparente Abendkleid aus meinem geistigen Blickfeld.

»Mit Nina Blume ist er ein bisschen härter umgesprungen, er hat sie nach meinem Gefühl sowieso auf dem Kieker«, ergänzte ich. Die Gerüchte über eine Blume-Sitz-Affäre kannte Steini natürlich; *jeder* im Haus kannte sie, es gab sogar – meistens aus der Ralf-Leitmann-Ecke – blöde Witze dazu wie »Bumsen die in der Blumensitzstellung?«. Ich hielt das nach wie vor für Unsinn, andererseits gab es wahrnehmbare Spannungen zwischen den beiden. »Die Ressortleiterin eines Reisemagazins, die sich nur auf Sylt oder Balkonien entspannt, sei keine sehr glaubwürdige Besetzung, hat er gesagt. Ich meine, klar, die Frau muss eigentlich nicht durch die Weltgeschichte gondeln, die Beiträge machen ja andere Leute. Aber irgendwie hat er recht. Sie hat dann von ihrer Flugangst geplappert. Da hat er ihr die Adresse eines Psychologen zugesteckt. Als sie leise drohte, es gäbe durchaus andere Magazine, die an ihr interessiert wären, hat Sitz nur durch die Zahnreihe gepfiffen. Sie war sofort ruhig und hat etwas wie ›Vielleicht wird es ja interessant‹ genuschelt. Die Arme. Kann einem fast leidtun.« Natürlich tat sie mir nicht leid. *Ich* tat mir leid.

Lisa brachte unsere Biere und schmachtete Steini an. Er lächelte freundlich, aber unverbindlich zurück. Die Kellnerin war eine durchaus gutaussehende junge Frau. Ich fand sie nett, und für ihn galt das sicher auch, aber sie hätte aussehen können wie Audrey Tautou und über die Intelligenz und Schlagfertigkeit von … *weiß der Geier* verfügen können. Steini reagierte nicht auf Anmache.

Er hieß eigentlich Ingo Steinmann und arbeitete für ein Modemagazin im selben Haus wie ich. Wir hatten uns in der Verlagskantine kennengelernt und ziemlich schnell festgestellt, dass es eine gewisse Seelenverwandtschaft gab. Steini gehörte zu den besten Dingen, die mir in den letzen Jahren passiert waren. Seine Sexualität, sofern überhaupt vorhanden, war mir allerdings nach wie vor ein Rätsel. Er sah sehr viel besser aus als ich – was ich völlig neidlos anerkannte, außerdem gehörte meiner Meinung nach nicht viel dazu –, verfügte über diesen männlich-robusten Charme, hatte ein kantiges Gesicht, so eine struppig-legere Frisur, die die Mädels ganz kirre machte, und den Körper eines Profiruderers. Tatsächlich war er Mitglied in einem Ruderclub und betrieb noch fünf Dutzend andere Wassersportarten, aber seine größte Leidenschaft war das Tauchen. Seit wir uns kannten, versuchte er, mich zu einem gemeinsamen Tauchurlaub zu überreden, aber ich hielt vom Unterwasserdasein mit Stahlflasche auf dem Rücken noch weniger als von einem Spaziergang auf dem Mond ohne Astronautenanzug. Einmal im Jahr, exakt um seinen Geburtstag Anfang Juli herum, fuhr Steini für drei Wochen in einen Edelclub in Ägypten, wo er einsam – »Verstehen tut das sowieso keiner« – sein Jubiläum feierte. Dort tauchte er dann, sooft es ihm möglich war, und die Feier bestand aus einem Solo-Sieben-Gänge-Essen im clubeigenen Nobelrestaurant, dessen Namen er mir sogar mal genannt hatte. Der Einzige, den er jemals gefragt hatte, ob er ihn begleiten würde, bin angeblich ich gewesen, aber – bei aller Freundschaft. Eher würde ich mir eine Sauerstoffflasche rektal einführen. Wobei. Ägypten stand mir auch bevor.

Wenn wir nach dem Squash duschten, meistens nach einer haushohen Niederlage für mich, fühlte ich mich neben ihm wirklich wie ein kleiner Junge – Silke nannte mich manchmal so: »Mein kleiner Junge.« Ein paar Male war er für Models eingesprungen, verfremdete Fotos aus diesen Strecken zierten seine geschmackvoll eingerichtete Wohnung. Aber Steini war auch nicht schwul. »Ich habe einfach keine Lust auf Beziehungen«, sagte er immer wieder, wenn ich in dieser Richtung bohrte. »Bin eben asexuell. Ein Hetero in Rente.« Und dann wechselte er das Thema.

»Hast du schon mit Silke drüber gesprochen?«, fragte er, nachdem wir uns mit den neuen Bieren zugeprostet hatten.

Ich schüttelte langsam den Kopf. »Die kommt erst morgen zurück. Wir haben heute noch nicht telefoniert.«

Er lächelte freundlich. »Läuft nicht so gut bei euch, oder?«

Ich spürte einen leichten Stich in der Herzgegend. Nein, es lief nicht so gut. Es lief eher überhaupt nicht gut. Eigentlich sogar richtig scheiße. In diesem Jahr hatten wir erst einmal Sex gehabt, vor zwei oder drei Wochen eine peinliche Notnummer, leicht angegangen nach einem Abend in einer Bar, und immerhin war fast Juni, während wir im vergangenen Jahr wenigstens ein halbes Dutzend eher nicht so schöne Irgendwann-müssen-wir-ja-schließlich-mal-pimpern-Nummern geschoben hatten, bei denen es ihr so ähnlich gegangen war wie mir, wie ich durchaus bemerkt hatte: Erleichtert, als es vorbei war. Unfroh darüber, wie es gelaufen war. Wir standen im siebten Jahr unserer Beziehung, Silkes fortwährende Abwesenheit – sie verkaufte Software im Außendienst – machte es auch nicht besser, und an den Wochenenden umschlichen wir einander, als wäre unsere gemeinsame Wohnung eigentlich eine WG, deren Mitbewohner wenige Interessen teilten. Die Luft war raus. Ich war ratlos, denn ich mochte Silke immer noch.

Mir wurde eiskalt, als ich bemerkte, was ich gedacht hatte. *Mögen.* Ich hatte tatsächlich in Gedanken dieses Wort benutzt.

»Wir sind am Ende«, gestand ich, während mir Tränen in die Augen traten. Es war hart, das auszusprechen, zum ersten Mal überhaupt, aber mir wurde in diesem Moment auch erstmals klar, dass es genau den Zustand unserer Beziehung beschrieb. Am Ende. Wenn kein Wunder geschah, würde sie das Ende dieses Jahres nicht mehr erleben.

»Schreib mir mal 'ne Karte«, sagte Steini, als wir uns weit nach Mitternacht voneinander verabschiedeten. Dann zog er die Stirn in Falten und sah mich mitfühlend an. »Vielleicht ist das sogar ganz gut, wenn ihr ein bisschen Abstand habt für eine Weile.« Ich schüttelte den Kopf, sagte aber nichts. Mehr Abstand, als Silke und ich bereits hatten, war kaum möglich. Er umarmte mich, dann trabten wir in verschiedene Richtungen davon.

3.

Stan und Ollie maunzten hinter der Wohnungstür, während ich aufschloss. Ich schob die beiden Kater mit dem Fuß vor mir her, als ich die Wohnung betrat, weil Ollie gerne auch mal die nähere Umgebung erkundete und Stan sowieso alles nachmachte, was sein Katerkumpel tat. Sie maunzten weiter, während ich ihr Futter in der Küche zubereitete. Als sie fraßen, begann ich damit, eine Liste derjenigen Dinge zusammenzustellen, die vor meiner ersten Abreise zu erledigen wären. Eines davon war, unsere Nachbarin darum zu bitten, sich um die Kater zu kümmern, wenigstens werktags, weil Silke dann ja auch unterwegs wäre. Außerdem müsste ich alles Mögliche einkaufen, von Sonnencreme bis Hämorrhoidensalbe. Als ich das Wort aufzuschreiben versuchte, es schließlich aufgab und stattdessen »Factu Akut« schrieb, klingelte das Telefon. Ich schnappte mir Ollie, der bereits neben Stans Napf saß und nach den Crackern des langsamer fressenden Katers fischte, rannte ins Wohnzimmer und griff den Hörer. Es war Silke.

»Na, du. Ich hab's vorhin schon mal probiert.«

»War mit Steini einen trinken.« Es ging auf halb drei zu. Glücklicherweise hatte mir Sitz für morgen – also heute – freigegeben.

»Einen trinken? Soso.« Sie lachte, im Hintergrund waren Kneipengeräusche zu hören.

»Du scheinst aber auch noch bei der Sache zu sein«, sagte ich und verspürte dabei einen Anflug von Eifersucht.

»Zwei Abschlüsse heute. Ich erlaube mir, das ein bisschen zu feiern.« Dann sagte sie noch etwas, aber nicht an mich gerichtet. Sie hielt sogar die Hand vor den Hörer, aber ich meinte »Komme gleich« oder so zu hören.

»Glückwunsch. Mit wem feierst du?« Ich versuchte, nicht genervt zu klingen, aber es misslang mir. Stan kam angeschlichen und schmiss sich seitwärts gegen meine Wade. Ich schob den protestierenden Kater beiseite und setzte mich aufs Sofa. Stan sprang auf meinen Schoß, drehte sich auf den Rücken und streckte die Vorderpfoten von sich, als würde ich ihn längst kraulen.

»Alleine. Warum fragst du?«

»Ach nichts.«

»Alles in Ordnung bei dir? Du klingst gestresst.«

›Ja, Schatz‹, antwortete ich in Gedanken. ›Ich telefoniere mit der Frau, die ich mal geliebt habe, die ich aber inzwischen nur noch *mag* und die nachts um halb drei mit irgendwelchen Leuten feiert, während ich zwei verhaltensgestörte Kater bespaßen muss. Ich fahre in nicht ganz dreißig Stunden nach Gran Canaria, auf eine Insel, von der ich noch nichts Gutes gehört habe, und muss dort zwischen Neckermännern so tun, als wäre ich mit Nina »Die Wurstpelle« Blume verheiratet, während ihr Bimbo-Pudel in die Rabatten kackt. Ich *bin* gestresst, Liebling. Außerdem hätte ich dich vor zwei Monaten beinahe mit der Frau meines Chefs betrogen. By the way – liebst du mich noch?‹

»War ein langer Tag«, sagte ich stattdessen.

»Bei mir auch.« Sie lachte, wobei sie wieder die Hand vor den Hörer hielt, dann hörte ich deutlich: »Sekunde noch.« Als sie die Hand wieder weggenommen hatte, sagte sie: »Wir sehen uns übrigens erst übermorgen. Ich habe noch Termine reinbekommen.«

»Mmh. Dann sehen wir uns erst in neun Tagen.«

»Warum das denn?«

»Ich muss auf Geschäftsreise. Heino Sitz hat mir heute …«

»Ach, wie ärgerlich«, unterbrach sie mich fröhlich. »Aber ich muss Schluss machen, mein Akku ist alle. Hab dich lieb.«

Dann war die Verbindung beendet. Die letzten drei Worte hatte sie geflüstert – um es intimer zu machen, oder um es vor jemandem zu verbergen. Ich entschied mich für Letzteres und schubste Stan verärgert von meinem Schoß.

Teil 2: Gran Canaria
Ficken, no?

1.

Die Maschine ging um kurz nach sieben morgens, wir hatten uns für halb sechs verabredet, weil Nina Blume der Meinung war, man müsse anderthalb Stunden vor Abflug einchecken. Als ich nach einer berlinkonform-obskuren Taxifahrt (laute orientalische Folklore, Vanille-Wunderbaum, trotzdem leichter Verwesungsgeruch mit Knoblauch-Kopfnote, erste fünf Kilometer in Richtung des *falschen* Flughafens etc.) völlig übermüdet am Schalter eintraf, stand meine Kollegin, deren Asitoasterbräune an diesem Morgen ins Kalkblasse tendierte, bereits davor und trat nervös von einem Fuß auf den anderen. Außer uns beiden war kein Fluggast zu sehen, aber an den benachbarten Check-ins drängelten sich Sandalen- und YSL-T-Shirt-Träger, die unglaubliche Gepäckmengen mit den Füßen vor sich herschoben und laut durcheinanderquatschten. Ich warf einen Blick auf die Abflugzeiten und stutzte. Ihre Maschinen gingen erst um acht oder neun.

Ich stellte meinen Rucksack ab und die Laptoptasche daneben. Mit meiner Armani-Jeans und dem schwarzen »Radiohead«-T-Shirt kam ich mir irgendwie overdressed vor. Neben Nina Blume standen zwei gewaltige, teure Hartschalenkoffer, auf denen eine Kosmetiktasche, zwei Handtaschen und ein durchsichtiger Beutel lagen. Sie trug ein rosafarbenes »Das Leben ist kein Ponyhof«-Shirt, was so verteufelt out war, dass es schon wieder als cool durchging, und dazu die unvermeidliche Wurstpellenhose, dieses Mal in schillerndem Türkis. Bimbo lag neben den Koffern und hechelte. Es roch nach Schweiß, Reinigungsmitteln und dem Rauch, der durch die Türen hereinwehte – draußen standen Dutzende Touristen und sogen an Zigaretten, als wären es Sauerstoffflaschen und sie selbst Tiefseetaucher.

»Morgen«, sagte ich und versuchte nett zu klingen, aber meine Stimme krächzte uhrzeitbedingt etwas. »Sind wir die Ersten?«

Sie schüttelte den Kopf und schob dann ihre Porsche-Sonnenbrille in die Stirn. »Nein, die Letzten.« Ihre Augen waren schmal und leicht gerötet. Es sah aus, als hätte sie noch weniger geschlafen als ich.

»Die Letzten? Ich fasse es nicht.«

»Du wirst dich darauf einstellen müssen. Pauschaltouristen sind Frühaufsteher. Um einen guten Platz im Flieger, am Pool oder am Buffet zu ergattern, hüpfen sie notfalls mitten in der Nacht aus dem Bett.«

»Oha.«

»Ich hab ein bisschen recherchiert.« Sie verzog das Gesicht.

»Wir sollten einchecken«, schlug ich vor.

Wir bekamen zwei Plätze, die nicht nebeneinanderlagen, Nina in der Reihenmitte irgendwo vorne im Flugzeug, ich am Gang hinten, im Raucherbereich. Ich fragte zweimal nach, aber es gab tatsächlich einen Raucherbereich, was mich verblüffte und ein bisschen freute.

»Charter halt«, erklärte Nina.

Ihr Gepäck wog fünfzehn Kilo zu viel, und eigentlich war nur ein Koffer pro Nase erlaubt. Außerdem hatte sie vergessen, den Hund anzumelden, weshalb erst noch eine Transportbox aufgetrieben werden musste. Nina zahlte den gesalzenen Aufschlag mit ihrer goldenen Verlags-Kreditkarte, während ich mich bereits abtasten ließ. Danach sollte ich demonstrieren, dass sowohl mein Laptop als auch mein iPod funktionsfähig waren. Im Warteraum standen massenweise freie Sitzplätze zur Verfügung, weil sich die allermeisten Fluggäste bereits angestellt hatten, um in über einer Stunde boarden zu können. Ich feixte mir einen und sah mich nach Kaffee oder wenigstens Gratiszeitungen um, aber beides gab es nicht. Dann stand Nina Blume neben mir, das Gesicht jetzt leicht gerötet.

»Diese Idioten. Haben mir mein Reise-Necessaire abgenommen.«

»Dein Reisewas?«

Sie brummelte irgendeine Antwort, während sie auf die Schlange vor der Tür starrte, hinter der es zum Flieger gehen würde.

»Warum tun die das?«, fragte ich.

»Das wirst du dann schon sehen.«

Ich sah es, mehr als eine Stunde später. Als zum Einsteigen aufgerufen wurde, verdichtete sich die Schlange auf die Hälfte, und die wenigen Fluggäste, die noch nicht angestanden hatten, pressten ihre Bauchtaschen gegen die Rücken am Schlangenende. Wir warteten noch ein paar Minuten, bis das Gros im Gangway-Tunnel verschwunden war, und schlenderten dann zur Bordkartenkontrolle. Kurz dahinter stauten sich die Touristen. Es dauerte weitere zehn Minuten, bis ich im Vorderteil der Maschine stand, und von dort aus konnte ich beobachten, warum man trotz der Sitzplatzreservierung versuchte, vor allen anderen in der Maschine zu sein: Es ging um den begrenzt verfügbaren Platz in den Ablagefächern. Die Menschen standen im Gang und pressten ihre Trolleys, Strandtaschen, Luftmatratzen, Sonnenschirme und Plastiktüten voller Zigarettenstangen mit roher Gewalt in die Fächer. Zwischen den Stehenden und den Leuten, die bereits saßen, flogen Beschimpfungen und Ablagefachpacktipps hin und her.

»Du wirst deine Laptoptasche unter den Sitz legen müssen«, erklärte Nina.

»Und du deine Handtaschen.«

Wir trennten uns, und ich drängelte mich durch das Nahkampfgetümmel ins Heck des Airbusses. Zwei Damen, die Zwillinge sein konnten, grinsten mich an, als ich neben ihnen Platz nahm. Sie waren vielleicht Anfang sechzig, trugen viel zu großzügig dekolletierte Blusen über ihren gewaltigen Brustanordnungen und hatten gefärbte Haare, die an Holzwolle erinnerten, die jemand in Blut getaucht hatte. Ich nickte höflich, setzte mich, was nicht ganz einfach war, da ich meine Füße wegen der Laptoptasche nicht unterzubringen wusste. Ich zog sie wieder vor, um meinen iPod und ein Buch herauszuholen.

»Und? Wo geht es hin?«, fragte meine direkte Nachbarin fröhlich.

»New York«, antwortete ich reflexartig, wobei mir einfiel, dass es ja darum ging, Erfahrungen einzusammeln, also tendenziell freundlich zu sein. Aber meine Nachbarin lachte.

»Ich *weiß*, dass Sie auch nach Gran Canaria fliegen. Ich meine, wo wohnen Sie dort?«

Eine gute Frage. Ich wusste es nicht genau.

»Irgendwas mit Paloma«, erklärte ich.

»Maspalomas«, kam vom Fensterplatz.

»Kann sein.«

»Und wo da genau?«, fragte meine Nachbarin wieder.

»In einem Hotel«, antwortete ich, weil das tatsächlich alles war, was ich dazu sagen konnte. Ich hatte nicht die geringste Ahnung und Nina Blume die Vouchers.

»Sie sind mir ja einer«, lachte meine Nachbarin. Die andere beugte sich vor und betrachtete mein Shirt.

»Radiohät? Was bedeutet das?«

»Das ist eine Musikgruppe.«

»So wie die *Randfichten*?«

»In etwa.«

»Haben Sie das auf Ihrem Pläher?«

Ich nickte. Und ein paar sehr schräge Thom-Yorke-Solosachen. Immerhin, meine Weggefährtin wusste, worum es sich bei meinem iPod handelte. Alle Achtung.

»Können Sie mir ja dann vorspielen«, schlug der Fensterplatz vor. Aber hallo. Ich nickte wieder.

In diesem Moment rollte die Maschine an. Zwei Stewardessen präsentierten die Sicherheitsvorkehrungen ohne die nötige Begeisterung, aber sie hatten trotzdem die Aufmerksamkeit der allermeisten Fluggäste. Wenig später hob die Maschine ab, begleitet von einem sehr lauten, spitzen Schrei, der von vorne kam. Nina Blume. Meine Nachbarinnen lachten.

»Da hat wohl jemand Angst vorm Fliegen«, sagte der Fensterplatz. Ich grinste.

Ein paar Minuten später machte es ›Plöng‹, und die Rauchverbotszeichen erloschen. Wie auf Kommando zogen alle Mitreisenden im hinteren Teil der Maschine Kippen aus den Taschen, nahezu synchron war das Geräusch von zwei Dutzend Feuerzeugen zu hören, und als ich mich zur Seite drehte, drückte Frau Fensterplatz bereits ihre erste Fluppe im Aschenbecher aus.

»Auch eine?«, fragte sie. Ich nickte lächelnd und ließ mir eine Pall Mall 100 geben. »Ich heiße Inge«, sagte die Spenderin. »Und ich Herta«, ergänzte der Zwilling neben mir. »Wir sind Zwillinge«, sagte sie dann noch.

»Nikolas«, stellte ich mich vor.

»Aber nicht am 6.12. geboren, oder?«, lachte Inge.

Ich schüttelte den Kopf und zwang mich zur Ruhe. Ob mir Blödeleien über meinen Namen auf den Sack gingen oder nicht, hing sehr von meiner Tagesform ab, und meine heutige war grenzwertig. Aber die beiden waren mir irgendwie sympathisch. Ich zwinkerte.

»Ich brauche auch eine«, sagte jemand auf der Gangseite zu mir. Da stand Nina Blume, die sich beidhändig an meiner Rückenlehne festhielt und aussah, als müsse sie gleich zu einer Amputation wesentlicher Körperteile. Ihre Augen waren rot unterlaufen, ihre Gesichtstönung bewegte sich abseits aller Farbskalen. Inge beugte sich über Herta und mich hinweg, um Nina eine Zigarette zu reichen, wobei ich nicht umhinkam, in Inges Ausschnitt zu blicken, schlicht weil er mein gesamtes Gesichtsfeld einnahm. Meine Assoziationen in diesem Augenblick waren ziemlich kunterbunt; sie reichten von Tierwelt-Vergleichen bis hin zu Gedanken mit leicht ödipalen Komponenten. Noch nie in meinem Leben hatte ich so unglaublich große Brüste gesehen. Allein die linke Brustwarze, die ich in ganzer Pracht betrachten musste, war so groß wie jede einzelne von Silkes Arschbacken. Ich zwinkerte, als sich Inge zurückzog.

»Das ist Nina Blu... äh. Nina. Meine Frau«, sagte ich, noch immer das Bild von Inges Brust vor dem geistigen Auge.

Die Zwillinge kieksten.

»Wie nett!«, krähte Herta. »Vielleicht können wir ja mal was zu viert unternehmen auf Canaria?«

Nina zog an der Fluppe und starrte dabei Herta an, als wäre sie es, die die Amputation vornehmen würde.

»Wie geht's dir, Schatz?«, fragte ich deshalb, bevor sie den Gedanken aussprechen konnte, der ihr auf der Stirn geschrieben stand.

»Scheiße. Wenn es eine Notbremse gäbe, würde ich sie ziehen. Und das Schlimmste kommt ja erst noch.«

»Die Landung«, trällerte Inge.

»Sie sagen es.«

Und dann war Nina Blume plötzlich verschwunden. Stattdessen befand sich ein hüfthoher, graubrauner Kasten neben mir, auf dem Getränkeflaschen und mehrere Kannen standen. Es roch nach frischem Kaffee. Ja, Kaffee!

Während sich Ninas deutlich hörbarer Protest in den Nichtraucherbereich entfernte, schätzte ich ab, wann ich Kaffee bekäme. Es würde dauern. Die Qualmfraktion hinter mir bestellte Gin-Tonics und Whiskey-Colas noch und nöcher – morgens um kurz nach acht! Ich stöpselte die Ohrhörer ein und tickerte mich zu *Insomniac* durch. Herta tippte mir auf die Schulter. Ich gab ihr die Hörer und startete das Album. Sie zwinkerte mir zu und lehnte sich zurück. Kurz darauf beugte sie sich wieder vor, nahm die Stöpsel heraus und reichte sie mir zurück.

»Interessant«, kommentierte sie. »Aber die *Randfichten* find ich besser.«

»Die habe ich leider nicht bei.«

»Was möchten Sie trinken?«, fragte die Stewardess von der anderen Seite.

»Kaffee!«, rief meine Sitzreihe im Chor. Wir lachten. Die Zwillinge hatten was. Im Gegensatz zum Kaffee, den wir kurz darauf bekamen. Der hatte bestenfalls was Homöopathisches. Herta holte eine grüne Schachtel hervor, als wir am Kaffee nippten.

»Wollen Sie ein After Eight?«, fragte sie und hielt mir die Packung unter die Nase.

»Wollen Sie mich heiraten?«, fragte ich zurück. »Für After Eight könnte ich morden.« Das stimmte tatsächlich. Ich war süchtig nach dem Zeug. Meine längst verstorbene Oma mütterlicherseits hatte die gemeinsamen sonntäglichen Mittagessen mit einem einzelnen Täfelchen für jeden gekrönt, und seitdem gierte ich danach.

»Dann nehmen Sie, so viel Sie wollen«, sagte Herta, wegen meines Antrags kichernd.

»Ist nicht Ihr Ernst.« Ich nahm zwei der kleinen schwarzen Papiertütchen heraus, obwohl ich der Lady am liebsten die gesamte Packung entrissen hätte. Herta nickte auffordernd, also nahm ich noch zwei weitere.

Zu *Radiohead* schlief ich etwas später ein und träumte von Silke. Sehr viel später wurde ich von Applaus geweckt.

»Was ist passiert?«, fragte ich verschlafen.

»Wir sind gelandet«, erklärte Inge, die mitgeklatscht hatte.

»Und warum wird da applaudiert?«

Inge zog die Stirn kraus. »Da fragen Sie mich was. Mmh. Die Leute loben den Piloten für die gelungene Landung.«

Ich dachte kurz an Nina, die das vermutlich tatsächlich so sah, und erwiderte: »Na ja, aber im Zug oder im Bus wird ja auch nicht geklatscht. Und im Taxi habe ich das auch noch nie getan.« Obwohl manch ein Taxifahrer Applaus dafür verdiente, es *trotz* seiner Voraussetzungen zum Fahrtziel geschafft zu haben, ergänzte ich im Geist. »Und auf Linienflügen …«

»Ist Tradition«, mischte sich Herta ein. Und dann: »Aufstehen!«

Das Flugzeug hatte seine Halteposition erreicht, und wie ein Mann sprangen alle Reisenden auf, weshalb die meisten von ihnen mit eingeknickten Köpfen vor den eigenen Sitzen stehen mussten, da der Gang ziemlich schnell voll war. Die Gepäckfächer klapperten, manches fiel zu Boden. Mir blieb nichts anderes übrig, als ebenfalls aufzustehen, weil auch Inge und Herta drängten. Die beiden Busenwunder passten einfach nicht an mir vorbei.

»Wir müssen doch sowieso auf das Gepäck warten. Was soll die Eile?«

Herta sah mich entrüstet an. »Sie fliegen nicht oft in den Urlaub, oder?«

An der Gepäckausgabe, die wir eine Viertelstunde später erreichten, tat sich überhaupt nichts, aber eine große Traube drängte sich an der Stelle, an der die Koffer aufs Band stürzen würden. Es setzte sich zehn weitere Minuten später in Gang, allerdings für eine ziemliche Zeit ohne Fracht. Ich zählte im Geist mit und errechnete, dass die Drängler am Ausgabestandort bestenfalls eine Minute sparten – so lange nämlich brauchte das Band für eine Umrundung. Die Koffer von Nina und mir kamen als Erste. Ich grinste, bei Nina tat sich nichts. Sie stand neben mir in einer Art katatonischer Flugangstschockfolgestarre, mit den Händen fest die Kosmetiktasche umklammernd. Ich zog die Koffer vom Band und verstaute sie auf dem Gepäckwagen. Hinter mir stritten zwei Familienväter lautstark um einen Hartschalenkoffer, der wie viele andere aussah. Nach meinem Eindruck stritten die jeweiligen Ehefrauen parallel mit. Der Händel intensivierte sich, als zwei weitere Koffer auf dem Band landeten, die dem Streitobjekt wie ein Ei dem anderen glichen.

»Das kann ja heiter werden«, orakelte ich.

Nina nickte stumm.

2.

Draußen vor dem unspektakulären Flughafengebäude war es recht warm, aber nicht heiß – ein Eindruck, der sich im Nachhinein schlagartig änderte, als wir in den bereitstehenden Bus stiegen, den die Klimaanlage auf gefühlte zwölf Grad minus heruntergekühlt hatte und der gut zwei Dutzend Touristen zu diversen Unterkünften transportieren sollte. Auch im Bus, in dem höllenlaute spanische Folklore lief, wurde um die besten Plätze gekämpft. Wir landeten weit hinten, überraschenderweise neben Inge und Herta. Sie begrüßten mich wie einen ehemaligen Klassenkameraden, obwohl wir uns keine zwanzig Minuten vorher noch gesehen hatten. Ich bekam drei weitere Tütchen After Eight und schmatzte dankbar. Nina fror. Während ich sie dabei beobachtete, wie sie Luft in die Hände blies, hatte ich das starke Gefühl, dass wir irgendwas vergessen hatten, kam aber nicht darauf, worum es sich handelte. Herta zog ein riesiges Rätselmagazin aus der Tasche, wodurch sie meine volle Aufmerksamkeit gewann – wenn ich mich bei etwas auskannte, dann bei Kreuzworträtseln. »Wird 'ne Weile dauern«, erklärte sie kryptisch. Ich nickte aus reiner Geselligkeit.

Es dauerte noch eine geschlagene Dreiviertelstunde, bis der Bus losfuhr, weil wir einen weiteren, leider verspäteten Flug abwarten mussten. Herta war von meinen Spezialkenntnissen ganz hingerissen (»Ist ja irre – Sie wissen, wie dieser Fluss in Afghanistan heißt!«), Nina fror immer noch, dann ging's endlich los. Ich blickte gelegentlich von den Rätseln auf, die wir als Trio quasi im Minutentakt lösten, und fand schrecklich, was ich draußen entdeckte. Gran Canaria sah aus wie eine industrialisierte, nur mit einigen verdorrenden Palmen dekorierte Geröllhalde. Jedenfalls anfangs. Als wir Maspalomas erreichten, ging der Eindruck eher in Richtung Märkisches Viertel mit fortgesetzt spärlichem Pflanzenbewuchs. Grausig.

Einige der Hotels, vor denen wir hielten, hätten auch in jedem x-beliebigen 50er-Jahre-Neubauviertel im Ruhrpott stehen können. Ich war fassungslos. Warum sparten Leute darauf, in solchen Bunkern die schönsten Tage des Jahres zu verbringen? Und wo zur Hölle war der verdammte Strand?

Dann brach plötzlich Chaos aus, verursacht durch Nina. Ihr war schließlich eingefallen, was auch meinem Gefühl nach nicht gestimmt hatte.

»Bimbo!«, schrie sie, sprang auf und rannte nach vorne, zum Busfahrer. »Mein Bimbo!«, wiederholte sie, während sie sich ohne Rücksicht auf Verluste den Gang entlanghangelte. Der Busfahrer bremste und hielt am Straßenrand. Dann drehte er sich zu ihr um. Die anderen Touristen fragten sich vermutlich, welch seltsame Beziehung die beiden verband und warum Nina den Fahrer »Bimbo« nannte. Ich hatte ein Einsehen und stand auf, um meine frischgebackene Ehefrau zu unterstützen, Inge zwinkerte mir wissend zu. Natürlich weigerte sich der Fahrer, zum Flughafen zurückzufahren, versprach aber, ein Taxi zu rufen. Nina stieg aus, mitten im Einerlei der geklonten Zweckbauten. Dann, eine geschlagene Stunde später und als letzter Fahrgast, durfte auch ich schließlich vor einem riesigen Gebäudeklotz aussteigen – schätzungsweise weniger als zehn Kilometer vom Flughafen entfernt. Inge und Herta hatten sich herzlich verabschiedet und versprochen, uns im Hotel zu besuchen. Wenigstens etwas, worauf ich mich freuen konnte. Als ich an der Hotelfassade emporsah, sieben aufgetürmte postmoderne Stockwerke, zwei Flügel, die sich gut vierzig Meter nach rechts und links erstreckten, wurde das Wiedersehen mit den beiden zu einem Mantra. Dies hier war die Tourihölle in Reinform. Der Eindruck verstärkte sich, als ich die Hotelhalle betrat, in der es höchstens siebzehn Grad warm war. Der Empfangstresen, selbst eigentlich ziemlich gewaltig, verlor sich im über vier Stockwerke reichenden Atrium. Ich schleppte alle Koffer rein und baute mich vor einer schwarzhaarigen Enddreißigerin auf, die an einem Computer herumdaddelte.

»Guten Tag«, sagte sie fast akzentfrei, ohne aufzusehen.

»Buenos días«, antwortete ich.

Sie hob den Blick und senkte ihn dann auf die Vouchers, die ich auf den Tresen gelegt hatte.

»Last Minute«, stellte sie mit abschätzigem Unterton fest. Dann wandte sie sich nach rechts, zur einzigen weiteren Kollegin, die das Tresenmonstrum bevölkerte, und schwatzte auf Spanisch mit ihr. Dass sie die Formel »Last Minute« mehrfach wiederholte, konnte ich allerdings heraushören. Die Kollegin nickte. Fünf Minuten später lagen zwei Codekarten vor mir, und die Tresentante wies nach links.

»Gang da hinter Butik. Türen eins und zwei links.«

»Haben die Zimmer Meerblick?«, fragte ich skeptisch.

»Last Minute«, antwortete die Empfangsdame und zog eine Augenbraue hoch.

Ich beugte mich über den Tresen und schnappte mir die Vouchers, die sie fix gebunkert hatte.

»Balkon, Meerblick«, erklärte ich und wies auf die entsprechenden Einträge.

»Hotel voll. Ausgebucht.«

Es gab jetzt zwei Möglichkeiten. Ich entschied mich für die zweite. Nachdem ich etwa zwei Minuten lang wie ein Irrer herumgetobt hatte, nahm die Hotelmitarbeiterin die Vouchers abermals in die Hand, prüfte sie, als hätte sie beim ersten Mal nicht genau hingeschaut, und dann bat sie mich um die Codekarten.

»Vielleicht Fehler.«

Die Zimmer waren zweckmäßig, aber nicht hässlich. Dank Bimbo nutzte ich die Gunst der Stunde und quartierte mich im etwas besseren ein – demjenigen, von dem aus man tatsächlich über mehrere Dächer hinweg in weiter Ferne ein bisschen Blau erkennen konnte, das vielleicht – aber auch nur *vielleicht* – vom Meer stammte. Außerdem hatte es den größeren Balkon. Als ich mit dem Auspacken fertig war, klopfte es. Meine verschwitzte, ziemlich mitgenommen aussehende Reisekollegin stürmte an mir vorbei, schmiss sich sofort aufs Bett und nörgelte: »Ich will wieder nach Hause.« Kurz darauf tippelte Bimbo ins Zimmer und legte sich vor dem Bett auf den Fußboden.

Ich nickte. »Lass uns was trinken gehen«, schlug ich vor.

»Das«, sagte Nina, ebenfalls nickend, »ist eine wirklich ausgezeichnete Idee.«

Wir trafen uns eine Viertelstunde später vor ihrer Zimmertür, ohne Bimbo, der einen noch fertigeren Eindruck gemacht hatte als sein Frauchen. Nina trug Flip-Flops, ein blau-schwarzes Strandkleid, das gar nicht schlecht aussah, und ein schwarzes Top. Ich hatte Shorts und T-Shirt an, war aber barfuß.

Hinter dem Empfangstresen ging es zum Poolbereich, der unüberschaubar groß war. Hunderte von sauber angeordneten und vollständig mit Handtüchern belegten (aber größtenteils ungenutzten) Liegen waren um eine Landschaft herum angeordnet, die wie eine Mischung aus Hitlers Germania-Phantasien und diesem »Tropical Island«-Experiment irgendwo in Brandenburg aussah, von dem ich nur einige Bilder kannte. Es war eng und gleichzeitig gewaltig groß. Immerhin gab es viel Grün.

»Wie seltsam«, sagte Nina. Ich brummte zustimmend.

Wir fanden eine Bar, deren Fußboden mit Sand bestreut war und die auf einer Insel mitten im größten Pool logierte – der einen künstlichen Strand hatte. Das Geschrei von sehr vielen Kindern prägte die Geräuschkulisse. Ich orderte zwei große Bier und einen Wodka. Nina sagte: »Für mich das Gleiche.«

Nachdem der Barkeeper die Getränke gebracht hatte, wobei er schmerzhaft das Gesicht verzog, als wir auf seine Bitte, bar zu bezahlen, mit unseren All-Inclusive-Armbändchen wedelten, zog ich meine Zigaretten hervor und zündete mir eine an. Nina bediente sich ebenfalls. Ein Mittdreißigerpärchen am Nachbartisch, dessen etwa acht und neun Jahre alte, pommesmampfende Scheißbären von oben bis unten mit Ketchup beschmiert waren, warf uns böse Blicke zu und verzog sich einen Tisch weiter. Ich zwinkerte ihnen fröhlich zu.

»Vielleicht hätte ich den Hund nicht mitnehmen sollen«, sagte Nina und legte ihre Füße auf die Sitzfläche eines Sessels. Sie hatte zierliche Füße und schmale Waden. Überhaupt sah sie in diesem Strandoutfit völlig anders aus als in den Wurstpellehosen, die sie in der Redaktion trug. Bis auf ihren etwas wuchtigen Hintern hatte sie eine gute Figur. Und da sie jetzt abgeschminkt war, konnte man auch mehr von ihrem Gesicht erkennen. Sie war zwar unnatürlich braun, ansonsten aber wirklich nicht unattraktiv.

»Das kriegen wir schon hin«, behauptete ich.

Nina sah mich lange an. Dann sagte sie: »Ich weiß so gut wie nichts von dir.«

Ich kippte meinen Wodka, der etwas ölig schmeckte, und nahm einen Schluck Bier, dessen Aroma ins Chemische reichte.

»Ich bin achtunddreißig, lebe mit einer Frau und zwei Katzen zusammen, habe Publizistik studiert und im Nebenfach Literaturgeschichte, arbeite als Hiwi für ein Reisemagazin und hocke derzeit in einem gefängnisartigen Touristen-Lager, das sich auf einer Insel befindet, die wie ein Atomwaffentestgebiet aussieht. Dazu trinke ich mit Erdöl verschnittenen Wodka und Bier, das vermutlich als Abfallprodukt bei der Kunststoffherstellung gewonnen wird.«

Sie grinste und prostete mir zu. »Das meiste *davon* wusste ich bereits.«

»Was willst du wissen?«

»Mmh. Lieblingsmusik?«

»Rate.«

Sie fixierte mein T-Shirt. »*Radiohead.*«

»Finde ich gut, ist aber nicht mein Favorit.«

»Keine Ahnung.« Sie nippte wieder an ihrem Bier und grinste dann. »Auf jeden Fall Independent-Sachen. Vielleicht Punk. Ja, ich traue dir Punk zu, vor allem neueren Poppunk. *Green Day* und *The Offspring*, so was.«

»Alle Achtung.« Hätte sie noch *The Presidents of the USA* erwähnt, wäre ich rückwärts vom Stuhl gefallen.

»Gut, dann weiter. Fernsehen. Du bist sicher ein *Simpsons*-Fan, und diese Bestatterserie ... wie hieß die noch?«

»*Six Feet Under*«, hauchte ich.

»Genau. Davon hast du alle Folgen gesehen. Und dann noch *24*, *Lost* und solche Sachen. *Dexter*, vielleicht *Dr. House*, aber eigentlich ist dir das zu sehr Mainstream. *The Sopranos* und *Life On Mars*, das hast du geliebt.«

»Ich fasse es nicht«, gestand ich, ehrlich verblüfft.

Sie grinste und beugte sich vor. »Okay, Filme. Du findest Tarantino abgeschmackt und Woody Allen langweilig. Die ganzen Comic-Verfilmungen nerven dich, weil sie die Helden deiner Kindheit verfremden. Du magst durchgeknallte Actionstreifen wie *Shoot 'em up* und *Wanted*, aber am liebsten Filme von den Cohen-Brüdern. *Fargo* und *The Big Lebowski* hast du ein Dutzend Mal gesehen. Mit dem *Dude* fühlst du dich seelenverwandt.«

»Was ... ?«, begann ich, aber sie unterbrach mich.

»Du trinkst leidenschaftlich gern Kaffee, aber du verachtest Ketten wie *Starbucks*«, fuhr sie unbeirrt fort, mein Privatleben vor mir auszubreiten. »Du kannst mit Smalltalk nicht umgehen, bist aber eigentlich ein geselliger Typ. Du drehst fast durch bei Maßnahmen wie dem Rauchverbot in Kneipen oder Anwohnerparkzonen. Du isst am liebsten gekochten Pudding, möglichst mit Haut, und After Eight.« Sie lehnte sich zurück und verschränkte die Arme zufrieden vor der Brust. »Ach so«, ergänzte sie und strahlte dabei. »Bei den Lieblingsbands habe ich *The Presidents of the USA* vergessen.«

»Ich fass es nicht«, wiederholte ich.

Sie grinste, nahm einen weiteren Schluck Bier. »Bevor du jetzt in Panik ob meiner Menschenkenntnis ausbrichst. Die Erklärung ist ganz einfach.«

Jetzt musste auch ich grinsen. Natürlich. »Du hast mit Steini gesprochen.«

»Selbstverständlich. Ich bin *Journalistin*. Ich bereite mich auf meine Einsätze vor.«

»Aber ... wie?« Steini hatte sie vorgestern noch als ›Proletenwurst‹ bezeichnet, und die beiden kannten sich höchstens vom Sehen.

»Vielleicht verrate ich dir das mal bei einer anderen Gelegenheit. Prost!«

Wir tranken und schwiegen ein Weilchen. Ich lauschte in die vielstimmige und insgesamt wenig erholsam klingende Geräuschkulisse. Großstadtspielplätze oder vielbefahrene Autobahnkreuze waren gegen das hier Horte der Ruhe und Einsamkeit.

»Ein paar Dinge hat mir Steinmann allerdings nicht verraten. Wie ist es mit Familie?«

Ich nahm einen Schluck Bier und zündete mir eine neue Fluppe an, wobei ich eine Sekunde lang darüber nachdachte, warum es mir nichts auszumachen schien, dass diese Frau, die mir weitgehend fremd war und die ich bis vorgestern für hauptsächlich widerwärtig gehalten hatte, so viel von mir wusste. Es fühlte sich sogar irgendwie gut an. Vielleicht lag es an der Sache mit Silke. Oder an den inzwischen drei Bieren und zwei Wodkas. An der Urlaubsstimmung. Die allerdings noch reichlich zu wünschen übrigließ.

»Meine Eltern sind tot, ich bin ein Einzelkind«, antwortete ich. »Ein Teil von mir vermisst die Zeit, als ich in meiner Studentenbude gewohnt habe und einfach machen konnte, wozu ich Lust hatte. Ein anderer Teil wünscht sich Familie, sogar Kinder.« Ich warf einen Blick auf die beiden Ketchupmonster ein paar Tische entfernt. Zum Ketchup war noch eine ziemliche Ladung Mayonnaise hinzugekommen. »Aber es muss sich richtig anfühlen. Alles muss stimmen. Das tut es im Moment nicht.« Ich biss mir auf die Unterlippe. Jetzt ging es zu weit. Ich gab Dinge von mir preis, die nicht einmal Silke wusste. Die ich bestenfalls mit Steini bekasperte, nach zehn Drinks in der Stammkneipe. Überhaupt, diese verräterische Ratte! Der würde was von mir zu hören kriegen!

Nina lächelte. »Was ist mit Zielen? Träumen?«

Ich zog eine Augenbraue hoch. »Als ich zwanzig war und mit dem Studium begonnen habe, träumte ich davon, Kolumnist bei der *taz* zu werden. Und irgendwann später ein ganz großartiges politisches Buch zu schreiben. Außerdem wollte ich in alle Krisengebiete der Welt reisen, um mehr über die Diskrepanz zwischen dem, was wir Nachrichten nennen, und der Realität zu lernen.«

»In so einer Art Krisengebiet bist du ja jetzt.«

»Vielleicht sieht es morgen früh schon ganz anders aus.« Ich räusperte mich und blies meinen Rauch in Richtung des Tisches, an dem das Elternpärchen jetzt saß. »Aber der erste Eindruck ist tatsächlich mäßig. Wie wollen wir diese Sache überhaupt angehen?«

»Gute Frage.« Nina trank ihr zweites Bier in einem Zug aus und winkte dem Kellner, der auch just in diesem Augenblick zu uns sah. Das hielt ihn nicht davon ab, sofort zur anderen Barseite zu wechseln, wo sich kein Gast befand, um dort Gläser zu polieren. Unsere sahen aus, als wäre das zuletzt vor ein paar Wochen geschehen.

»Wir sollten erst mal ankommen und uns ein bisschen entspannen, denke ich«, erklärte sie.

»Mmh. Ich hab das eher technisch gemeint. Sitz hat uns ohne große Instruktionen losgeschickt. Schreiben wir über jedes Hotel eine Reportage, über das jeweilige Reiseziel oder was? Führen wir Interviews mit anderen Gästen? Schauen wir hinter die Kulissen?«

»Muss das jetzt sein?« Sie nahm sich eine weitere Zigarette. Der Kellner kam hinter der Bar hervor, ging aber zu einem Nachbartisch, an den sich neue Gäste gesetzt hatten. Nina legte die Zigarette ab, stand auf, stellte sich neben den Kellner und legte ihm einen Arm um die Hüfte.

»Pass mal auf, Chico. Wenn Ihre Majestät, und damit bin ich gemeint, einen Getränkewunsch hat, und du siehst das und hast gerade nichts Wichtigeres zu tun, was eigentlich niemals der Fall sein kann, dann schiebst du deinen verwachsenen grünbraunen Edelkörper in Richtung Majestät und fragst *subito* nach ihrem Begehr, comprende?«

Der Kellner sah sie fassungslos an, was vielleicht am Italienisch-Spanisch-Kauderwelsch lag, das Nina benutzte, dann senkte er seinen Blick vielsagend auf ihr Armbändchen.

»All inclusive, lieber Chico, bedeutet, dass auch du inclusive bist. Ich bin gut bekannt mit Señor Martinez. Es könnte also passieren, dass dein Aufenthalt hier früher endet als meiner.« Sie machte zackig auf den Hacken ihrer Flip Flops kehrt und kam zu unserem Tisch zurück. Ich erhob und verneigte mich. Der Kellner folgte ihr exakt auf die Art, wie Bimbo das sonst tat.

»Wer ist Señor Martinez?«, fragte ich, als Chico unsere zweite Bestellung aufgenommen hatte und in unterwürfiger Haltung davongedackelt war.

»Der Hotelmanager. Das tue ich immer als Erstes, wenn ich irgendwo ankomme – ich frage nach allen wichtigen Namen. Ich glaube kaum, dass Chico prüfen wird, ob Herr Martinez tatsächlich mit mir bekannt ist. Eher wird er uns von nun an die Zehenzwischenräume auslecken, während wir die nächste Runde ordern.«

Ich grinste. »Ich weiß übrigens auch nichts über dich.«

Nina lehnte sich zurück und sah ins wolkenlose Hellblau. Ich schätzte die Temperatur auf achtundzwanzig Grad. In das fortwährend präsente Kinderschreien mischte sich in diesem Moment die Hupe eines LKW. Ich drehte mich zur Seite und sah den Brummi in etwa zehn Meter Luftlinie am Zaun vorbeidonnern.

»Da gibt's nicht viel zu erzählen. Ich bin vierunddreißig, Single aus Leidenschaft, jedenfalls neuerdings, Hundenärrin und sehr häuslich. Wenn ich nicht müsste, würde ich die Stadt nicht verlassen, außer vielleicht, um nach Sylt zu fahren, wo ich ziemlich viele Freunde habe. Ich bin gerne in Gesellschaft, kann aber auch ganz gut für mich alleine sein. Den Job hab ich eher zufällig bekommen.« Sie sah mich kurz prüfend an, als ob ich etwas darüber wissen müsste. »Vorher habe ich für die Yellow Press gearbeitet. Allerdings habe ich nicht Publizistik studiert, sondern Germanistik und Philosophie.«

»Philosophie?« Ich verkniff mir eine Bemerkung zu den Freunden auf Sylt. Bei meinem bisher einzigen Besuch der Nordseeinsel war mir niemand begegnet, mit dem ich eine Freundschaft eingegangen wäre, auch nicht gegen Zahlung einer sechsstelligen Summe. Und zu Ninas Alter sagte ich auch nichts, obwohl ich angenehm überrascht war. Meine Vorurteile über Sonnenbänke würde ich überdenken müssen.

»Frag nicht nach Sonnenschein. Keine Ahnung, wie ich den Magister geschafft habe. Aber …«

Sie wurde durch mein Mobiltelefon unterbrochen, das in Richtung Tischkante vibrierte. Ich sah aufs Display, es war Silke. Meine Kopfhaut spannte sich.

»Ich muss mal«, sagte Nina, als sie meinen Blick sah. Sie stand auf und flippfloppte davon.

»Hallo«, sagte ich ins Telefon, als meine Kollegin außer Hörweite war.

»Ja, hallo«, antwortete Silke. Dieses Mal waren keine Hintergrundgeräusche zu hören, aber sie klang trotzdem sehr entfernt. »Wo bist du?«

»Auf Gran Canaria. Und du?«

»Zu Hause.« Noch leiser.

Etwas in mir widersprach lautstark der Idee, diese Frage jetzt zu stellen, aber ich tat es trotzdem. »Alles in Ordnung?«

Sie schwieg. Sie schwieg viel zu lange. Ich spürte, wie sich ein Kloß in meinem Hals bildete. Ein lähmendes Verlustgefühl überkam mich.

»Nein«, sagte sie dann, fast nicht mehr hörbar. »Ich sollte … das ist scheiße am Telefon.« Ihre Stimme brach.

»Sag es einfach.«

Silke seufzte. »Ich habe jemanden kennengelernt.«

Nina sagte: »Oh«, als sie zurückkam und mir ins Gesicht sah. Ich schüttelte den Kopf und teilte dann mit, Hunger zu haben. Wir bestellten zwei Pizzen, die wir schweigend vertilgten, dann verabschiedete ich mich und ging auf mein Zimmer. Ich hätte mich besaufen können, klar, aber das wäre zu einfach gewesen.

3.

Ich erwachte, weil ich ein merkwürdiges Geräusch hörte, ein entferntes, dumpfes Klatschen, das etwa alle zwanzig Sekunden zu hören war, manchmal häufiger, manchmal seltener während der fünf Minuten, die ich lauschte. Es war kurz nach halb fünf am Morgen, ich hatte mehr als dreizehn Stunden geschlafen. Gleich nach dieser Erkenntnis übermannte mich die Erinnerung an das Gespräch mit Silke. Ich schluckte schwer, kämpfte den Tränendrang nieder, stand auf und ging durch die geöffnete Tür auf den Balkon. Es dämmerte bereits, war aber noch nicht sehr hell. Das Klatschen kam von unten. Sieben Stockwerke tiefer huschten graue Gestalten herum, gut und gerne zwanzig, dreißig Leute. Als sich meine Augen ein wenig an das Halbdunkel gewöhnt hatten, konnte ich sie erkennen: Touristen in Bademänteln. Das Geräusch wurde von den Handtüchern verursacht, die sie aufschlugen, um mit ihnen Liegen zu reservieren. Gut die Hälfte der von hier aus sichtbaren Liegegelegenheiten war bereits frotteemarkiert. Ich verspürte den Wunsch »Habt ihr eigentlich alle den Arsch offen?« zu brüllen oder runterzufahren und die gesamten Handtücher auf einen Haufen zu werfen, um sie zu verbrennen. Aber ich schloss nur die Balkontür, ging ins Bett zurück und heulte mich in drei weitere Stunden Schlaf.

Der gewaltige Frühstücksraum befand sich im Souterrain des Hotels. Obwohl draußen die Sonne schien, als blieben ihr keine vier Milliarden Jahre mehr, wurde der obszön große Saal von Neonlampen beleuchtet, die selbst die sonnenverwöhntesten Urlauber leichenblass erscheinen ließen. Und von diesen tiefbraunen Touristen gab es Hunderte. Das gefühlte Durchschnittsalter lag bei knapp siebzig, allerdings bestand die Geräuschkulisse neben Tassen- und Tellergeklapper hauptsächlich aus dem Geschrei von Kindern. Ich wankte durch die Gänge, vorbei an nachlässig komponierten Bufetts, vor denen Gäste auf neue Ladungen Rührei, Croissants und hitzeschwitzender Würstchen warteten, und hoffte, einen Hinweis darauf zu finden, wie an Kaffee zu kommen war. Dann entdeckte ich die über den Raum verteilten Automaten. Leider funktionierte erst das vierte Gerät. Und am Ende hatte ich zwar eine gefüllte Kaffeetasse in der Hand, aber keine Aussicht auf einen Sitzplatz. Viele Menschen irrten umher und suchten entweder den Tisch, an dem sie bereits gesessen hatten, oder einen freien Platz. Beides war Mangelware. Ich machte ein Pärchen aus, auf dessen Tisch ein noch unbenutztes Gedeck zu sehen war, und bewarb mich höflich um die Stelle. Die Frau machte eine einladende Geste, der Mann sah mich nur an, als müsse er mich kennen, ohne zu wissen, woher.

Sie hieß Birgit und war einundvierzig, er Jens und war zwei Jahre älter, wie sie ausführte. Ich nannte ebenfalls Namen und Alter, weil das hier offenbar Usus war. Jens notierte sich beides auf einem Block, der anscheinend bereits mit ähnlichen Informationen gefüllt war. Außerdem standen da viele Uhrzeiten.

»Wie lange bleiben Sie?«, fragte Birgit.

»Eine Woche.«

Jens schrieb es auf. Der Kaffee schmeckte äußerst seltsam. Er sah zwar aus wie Kaffee und roch auch danach, sein Aroma aber stammte von Maggi oder Knorr. Ich verzog das Gesicht und trank tapfer aus.

»Das Zeug ist abscheulich«, erklärte Birgit, und ich nickte. »Sie machen den Kaffee mit entsalztem Meerwasser. Die Anlage ist schon seit Jahren defekt. Wo kommen Sie her?«

Ich antwortete, Jens schrieb mit. Er hatte eine extrem hohe Stirn und krause graue Haare, die irgendwann mal ziemlich cool ausgesehen haben müssen. Seine Augen waren groß und sehr braun, und sie erinnerten mich an Bimbo. Der ganze Mann hatte etwas Hündisches, fand ich. Birgit wirkte wie eine müde Hausfrau. Das Pärchen strahlte nicht gerade die handelsübliche Urlaubslaune aus.

»Warum machen Sie das?«, fragte ich Jens und zeigte auf den Block.

»Er hatte einen Schlaganfall«, antwortete sie für ihn, und es klang, als täte sie das im Stundentakt. »Vor fünf Jahren. Seitdem funktioniert die Übertragung zwischen Kurz- und Langzeitgedächtnis nicht mehr. Er kann sich an alles erinnern, was vorher war, aber er kann sich nichts Neues mehr merken. Deshalb schreibt er alles auf.«

Jens nickte langsam und beobachtete mich dabei aufmerksam.

»Oh«, sagte ich.

»Und deshalb kommen wir auch her«, fuhr Birgit fort. »Wir haben hier vor acht Jahren unsere Hochzeitsreise verbracht, da war das Hotel ganz neu. Jens kennt die Anlage noch gut, er weiß, wo die Bars sind, der Swimmingpool, das Restaurant und so. Wir haben jedes Jahr dasselbe Zimmer. Wenn ich mit ihm woanders hinfahre, bin ich die meiste Zeit über damit beschäftigt, ihn zu suchen. Hier fühlt er sich sicher.«

Jens lächelte scheu.

»Aber das macht es natürlich nicht schöner«, sagte Birgit und ließ einen ausdruckslosen Blick durch den Saal schweifen. Ich entschuldigte mich und holte mir einen weiteren Kaffee. Auch wenn er beschissen schmeckte – am Morgen brauchte ich eine Tankladung davon, dafür aß ich fast nichts. Als ich zurückkehrte, nach drei unfreiwilligen Umrundungen des Raums, betrachtete mich Jens genau so, wie er es bei meinem ersten Eintreffen gemacht hatte. Dann sah er erst auf die Uhr, anschließend auf seinen Notizblock und nickte.

»Hallo, Nikolas«, sagte er lächelnd.

»Hallo, Jens«, gab ich zurück und versuchte mich ebenfalls an einem Lächeln. Wie schrecklich, dachte ich dabei. Ausschließlich in der Vergangenheit zu leben. Und Jahr für Jahr in diesem Erlebnisbahnhof Urlaub machen zu müssen. Diese Leute waren schlechter dran als ich mit meiner telefonischen Trennung. Trotzdem spürte ich wieder, wie sich mein Hals zuschnürte, als ich an Silke dachte. Also beschloss ich, vorläufig einfach nicht mehr an sie zu denken. Ich war wenig zuversichtlich, dass das klappen würde.

»Es ist halb so schlimm, wenn man sich daran gewöhnt hat«, sagte Jens und zwinkerte mir zu, als hätte er meine Gedanken erraten. Er sprach sehr langsam und schien sich jedes einzelne Wort genau zu überlegen. »Also – daran gewöhnen ist falsch gesagt. Ich habe ja keine andere Wahl. Ich weiß auch nicht mehr, wie es vorher war. Aber Sie kommen mir jetzt auf eine Art bekannt vor. Ihren Namen wüsste ich ohne meine Notizen allerdings nicht mehr.«

Ich fand es falsch, den beiden Märchen zu erzählen, also berichtete ich, warum ich hier war. Birgit war eine Abonnentin und hatte sogar eine Ausgabe des Magazins im Gepäck. Beide versprachen, mein Geheimnis zu wahren; Jens strich die Notizen durch, die er während der vergangenen Minuten gemacht hatte.

»Seien Sie nicht zu hart«, sagte Birgit. »Viele Menschen, die diese Art von Urlaub machen, genießen es tatsächlich. Und sie haben keine andere Wahl. Ferienhäuser in der Provence oder Bungalows auf den Malediven kann sich nicht jeder leisten.«

Ich nickte.

»Wenn Sie wollen, können wir Ihnen ein paar schöne Seiten der Insel zeigen«, sagte sie, als ich mich verabschiedete. »Viele hat sie nicht gerade. Aber es gibt sie.«

Ich bedankte mich und nahm das Angebot an.

Es war inzwischen kurz nach neun, weshalb ich dachte, dass es in Ordnung wäre, Nina zu wecken. Das aber war nicht erforderlich. Als ich in der Hotelhalle ankam, hörte ich sie. In einer Ecke machte ich eine Art Marktstand aus, über dem ein Schild hing, das in Farbe und Gestaltung der Werbung für den Autovermieter »Europcar« ähnelte, und tatsächlich stand da »Europa-Car« auf dem Schild. Nina saß auf einem Stuhl, wedelte mit der goldenen Verlags-Kreditkarte und brüllte. Ich näherte mich vorsichtig. Um sie herum standen mehrere Touristen in Shorts, Shirts und Sandalen, die meisten davon etwa in unserem Alter, und beobachteten die Szene mit erkennbarem Widerwillen. Ich nahm mir einen Faltprospekt und tat so, als würde ich ebenfalls darauf warten, an die Reihe zu kommen. Die Preise waren hanebüchen, wie ich mit einem Blick feststellte. Europa-Car verlangte für einen armseligen Renault Clio ohne nennenswerte Ausstattung hundertvierzig Euro am Tag. Dafür könnte man so eine Karre auch *kaufen*. Ein Jeep Wrangler schlug mit zweihundertsiebzig Euro zu Buche – für diese Knete bekam man in Deutschland schon einen Porsche. Versicherungen waren extra. Und genau darum ging es Nina, die mich noch nicht bemerkt hatte. Versicherungen waren enthalten, wenn man mit dieser Kreditkarte zahlte, aber die etwas schrullig wirkende Dame, die Nina gegenübersaß und sich keineswegs aus der Ruhe bringen ließ, bestand darauf, weitere vierzig Euro pro Tag für die Vollkasko zu kassieren, plus fünfundzwanzig Euro Insassen-Unfallversicherung. Pro Nase.

»Ich sollte die Polizei rufen«, krähte Nina. »Das ist Betrug.«

»Kein Problem«, sagte die Frau hinter dem Schalter ruhig und in akzentfreiem Deutsch, das hier offenbar alle dienstbaren Geister sprachen. »Machen Sie. Mein Bruder arbeitet bei der Polizei.« Sie hielt Nina ein Telefon entgegen.

Ich legte ihr eine Hand auf die Schulter, sie drehte sich erschrocken zu mir um, beruhigte sich aber sofort.

»Probieren wir es woanders«, schlug ich vor.

»Das habe ich schon gemacht. Aussichtslos. Nur diese Krauterbude hier hat noch Autos.«

»Zahlt doch der Ver…« Ups. Fast hätte ich mich verplappert. »Äh. Ist doch Urlaub. Da können wir uns mal was leisten.«

Langsam wurden die anderen Urlauber unruhig. Ein Mann, der etwas älter als ich war, trat an mich heran und sagte: »Das macht keinen Sinn. Es *ist* einfach teuer. Entweder Sie nehmen jetzt ein Auto oder nicht. Wir würden nämlich auch gerne noch.«

Ich nickte. Fünf Minuten später hatte Nina unter fortgesetztem Protest einen Vertrag unterschrieben – der Wrangler war unser. »Wenn schon, denn schon«, kommentierte sie. Eine Karte oder gar ein Navigationssystem gab es allerdings nicht dazu. Wir erstanden einen zerfledderten, aber immerhin deutschsprachigen Marco-Polo-Reiseführer für zwanzig Euro in der »Butik«. Nina war mittlerweile dem Herzkasper nah. »Unter *all inclusive* habe ich mir was anderes vorgestellt«, sagte sie.

Bimbo lag schon auf der Rückbank, während meine Kollegin den etwas angeschlagenen neongrünen Wagen, der über dreißigtausend Kilometer auf dem Buckel hatte, skeptisch umrundete.

»Wenigstens ein Cabrio«, sagte ich, um die positive Seite der Sache hervorzuheben. Dabei wischte ich mir den Schweiß von der Stirn. Es würde ein sehr heißer Tag werden. So oder so.

»Es stinkt«, sagte Nina, als sie ohne Diskussion auf dem Fahrersitz Platz nahm. Das stimmte. Obwohl das Auto offen war, roch es aus seinem Inneren nach Klärwerk. Nina holte ein Deo aus der Handtasche und sprühte den gesamten Inhalt in den Fußraum. Danach roch es nach einem Klärwerk, das direkt neben einer Chanel-Fabrik stand.

»Wohin?«, fragte ich.

»Suchen wir erst mal den Strand.«

Birgit und Jens fielen mir ein, die sich als Reiseführer angeboten hatten. »Ich hab da ein Pärchen kennengelernt. Nette Leute. Die kommen häufiger hierher. Sie könnten uns vielleicht die Insel zeigen. Was meinst du?«

Nina starrte mich verblüfft an, sah dann auf die Uhr. »Du hast Leute kennengelernt? Seit wann bist du wach?«

»Kurz nach acht. Eigentlich schon seit halb fünf, als die ersten anfingen, lautstark ihre Besitzansprüche anzumelden.«

»Großer Gott.«

»Halb so wild.«

Sie sah durch die zerkratzte Windschutzscheibe auf den Hotelparkplatz. »Eigentlich ist mir nicht nach fremden Leuten.«

»Mir auch nicht. Aber wir würden einen guten Eindruck bekommen. Und die beiden sind wirklich okay. Allerdings. Er hatte einen Schlaganfall und kann sich seitdem nichts mehr merken. Das ist ein bisschen seltsam.«

Nina gluckste erst und hielt sich dann die Hand vor den Mund. »Wie schrecklich. Wie alt sind die beiden?«

»Anfang vierzig.«

Sie öffnete den Mund, sagte aber erst nichts. Und dann, eine halbe Minute später: »Meinetwegen.«

Birgit freute sich sichtlich, als sie in den Wagen kletterte, und es schien ihr auch nichts auszumachen, sich neben Bimbo quetschen zu müssen, der darauf überhaupt nicht reagierte. Jens studierte seine Notizen, sah mich aber fragend an.

»Ich bin Nikolas«, sagte ich. »Wir haben uns beim Frühstück kennengelernt.«

Er blätterte in seinen Unterlagen, dann nickte er.

»Und das ist Nina Blume, meine Kollegin.« Nina stand neben dem Wagen und rauchte eine. Sie nickte höflich, widmete ihre Aufmerksamkeit aber in der Hauptsache einer großen Beule über dem hinteren linken Radkasten.

»Was wollt ihr sehen?«, fragte Birgit, womit sie den Beschluss verkündete, dass wir uns duzen würden.

»Was gibt's denn zu sehen?«, fragte Nina und stieg wieder ein.

Birgit setzte eine Sonnenbrille auf, was sie um fünf Jahre verjüngte. Ihr strohblondes Haar, das beim Frühstück einen schütteren Eindruck auf mich gemacht hatte, glänzte in der Sonne, und ihr Teint ging ins Bronzefarbene. »Wenn ihr den Strand noch nicht kennt, wäre das vermutlich ein gutes Ziel für den Anfang.«

Wir durchkurvten hitzeflirrende 60er-Jahre-Neubauviertel, kamen an Kneipen vorbei, die für Warsteiner und andere deutsche Biersorten warben, sahen vereinzelte Palmen, die nicht sonderlich fröhlich wirkten, und hielten schließlich in einer Nebenstraße. Um uns herum standen drei- oder vierstöckige Appartementhäuser, die einen unbewohnten Eindruck machten. Überall waren die Jalousien herabgelassen. Nach einigen Minuten Fußmarsch und meiner Schätzung nach mindestens fünf Kilometer vom Hotel entfernt (im Hotelprospekt war von »tausend Metern Entfernung zum Strand« die Rede gewesen) tat sich die Promenade vor uns auf. Auf der anderen Seite ging es zum Strand hinunter. Ich lehnte mich gegen das hüfthohe Mäuerchen und sah in beide Richtungen. Der Strand war wirklich gewaltig groß; nach rechts verlor er sich, schien aber noch lange nicht aufzuhören. Hier und da standen Buden sowie einige Hotels, die das Wort »Bausünde« als den Euphemismus enttarnten, der es war, und auf dem Sand lagen Tausende Menschen. Im Wasser waren nicht sehr viele. Der Atlantik hatte um diese Zeit erst knapp fünfzehn Grad, trotz Golfstrom. Hier und da surfte jemand, am Horizont zogen zwei Frachtschiffe vorbei. Nina stöhnte.

»Es gibt einsame Badebuchten«, sagte Birgit. »Aber nicht sehr viele. Und nicht auf dieser Seite der Insel.«

Jens wollte ein Eis, und ich fand die Idee auch gut. Wir kletterten die steile, lange und baufällige Treppe hinab, er übernahm die Führung. Zielsicher trabte der Langzeitgedenker einer Bude entgegen, an der eine Fahne mit Langnese-Logo wehte. Offenbar hatte die schon ein paar Jährchen auf dem Buckel. Während Jens und ich unsere Magnums schleckten, diskutierten Birgit und Nina das weitere Programm. Sie entschieden sich für eine Inselumrundung.

Zwei Stunden später war ich deprimiert. Für einen Landschaftsfotografen, der auf vulkanische Formationen aus war, gab Canaria sicher einiges her, aber ich empfand es als überwiegend trostlos. Und beim Versuch, etwas anderes zu denken, wanderten meine Gedanken immer wieder zu Silke, was mich vollends fertigmachte. Gegen Mittag hielten wir in einem hässlichen Ort im Nordwesten, der gleichzeitig Fährhafen war. An einer Uferstraße versammelten sich mehrere Restaurants, vor denen Schlepper auf Touristenfang waren, aber es gab weniger Touristen als Restaurants. Wir setzten uns auf eine Terrasse, die mit Resopaltischen und klapprigen Metallstühlen vollgestellt war, es roch nach Fisch, Möwenkot und Schiffsabfällen. Ein Kellner schmiss aus drei Metern Abstand laminierte Speisekarten auf den Tisch und verzog sich sofort wieder. Die Karten waren in Kindergartendeutsch verfasst, also offenbar aus dem Spanischen ins Englische und von dort ins Deutsche übersetzt worden, und zwar von einem Menschen, der keine der drei Sprachen auch nur annähernd beherrschte. Wir amüsierten uns fünf Minuten lang über »Huchentucke«, was, wie wir vermuteten, von Kannibalen zubereitete, verängstigte Schwule sein mussten, bis Jens auf die Idee kam, dass damit nur »Hühnchenstücke« gemeint sein konnten, also Chicken Wings oder Frikassee. Da keiner von uns den Mut hatte, dieses Rätsel im Selbstversuch zu lösen, bestellten wir Fisch, was nach einhelliger Einschätzung auf einer Insel, die über eine gewisse Fischereitradition verfügen musste, das geringste Risiko zu sein schien. Doch weit gefehlt. Es war unterirdisch. Erstmals hatte ich eine Ahnung von Verständnis dafür, warum Leute Tausende Kilometer weit flogen und dann zu McDonald's rannten.

Die Krönung der Tour war die Anfahrt auf die Hauptstadt Las Palmas. Wir hielten auf einen etwas höheren Hügel zu, der wie ein fauliger Zahn aussah. Bis auf zwei Drittel seiner Höhe war er dicht bebaut, und das graustaubige obere Drittel wurde gerade planiert oder für Baumaßnahmen vorbereitet. Auf dem Mond musste es schöner sein, dachte ich – selbst auf seiner erdabgewandten Seite. Wir ersparten uns die Stadtbesichtigung, weil es auf den späten Nachmittag zuging und wir alle müde und verschwitzt waren, zudem war der Gestank im offenen Wagen kaum noch auszuhalten. Am Hotel trennten wir uns wortlos, aber Birgit kam noch einmal zurück.

»Wir sollten noch einen Versuch starten«, sagte sie etwas kläglich. »Es gibt wirklich schöne Flecken auf Gran Canaria.«

»Das ist widersprüchlich«, sagte Nina leise.

»Vielleicht sehen wir uns am Abend an der Bar«, schlug ich vor. »Und reden dann darüber.« Die beiden Frauen nickten, Nina allerdings ziemlich angepisst, und dann trottete Birgit davon, zu Jens, der am Hoteleingang stand und einen fünf Jahre alten Sportwagen betrachtete, als wäre es ein brandneues Modell.

»Ich gehe schwimmen«, sagte ich und ließ Nina neben dem verbeulten Zweihundertsiebzig-Euro-pro-Tag-Jeep und einem hechelnden, völlig fertigen Bimbo zurück.

4.

»Zwischenbilanz«, befahl Nina mehr, als dass sie es sagte.

Ich nahm einen Schluck von meinem Drink und nickte.

Wir hatten gerade das Abendessen hinter uns gebracht. Am Eingang zum Saal hatte man uns nach einiger Wartezeit in der Sitzplatzzuweisungsschlange darauf hingewiesen, eine Stunde zu früh zu sein, weil wir, wie auch aus den beim Check-in übergebenen Unterlagen hervorginge, in Gruppe *zwei* für das Abendessen eingeteilt waren, die heute erst um halb neun an der Reihe wäre, dafür morgen um halb acht. Alles Gezeter von Nina hatte nicht geholfen, obwohl es im Vergleich zum Mietwagengebrüll sogar noch etwas lauter geworden war. Wir kehrten nach einer Dreiviertelstunde zurück und saßen insgesamt anderthalb Stunden später an einem Acht-Personen-Tisch mit lauter Geronten. Das Durchschnittsalter sank durch unser Platznehmen auf ganz knapp unter siebzig. Die alten Damen – es waren ausschließlich Damen – grinsten unentwegt, eine von ihnen spielte dabei mit ihrem wackelnden Oberkiefergebiss. »Wenn sie nicht damit aufhört, kotze ich auf den Tisch«, flüsterte mir Nina ins Ohr. Ich ignorierte die Gänsehaut, die mir das verursachte, und fragte: »Wie gefällt es Ihnen hier?« in die Runde. Die Antwort war einhellig-positives Durcheinandergeschnatter ohne erkennbare oder verständliche Botschaft, aber es war deutlich, dass sich die Ladys anschließend damit überschlagen würden, uns ihre liebsten Gran-Canaria-Geschichten zum Besten zu geben; eine flog sogar schon seit dreißig Jahren auf diesen Schutthaufen. Wir entschuldigten uns und tingelten zum Buffet, das nicht viel liebevoller zurechtgemacht war als das vom Frühstück. Ich schnappte mir etwas, das Rindfleisch-Ähnlichkeit ausstrahlte, außerdem braunfleckige Fritten sowie ziemlich viel Salat, der sogar recht frisch aussah. Nina beschränkte sich auf Obst und Fleischbällchen; regionale Küche schien es nicht zu geben. Ich ließ die Hälfte des Fraßes stehen und widmete mich dem Dessert. Pudding gab es nicht, aber wenigstens das Eis war ziemlich lecker – allerdings waren meine Lieblingssorten unerreichbar, weil sich Dutzende Blagen vor Vanille und Schoko drängten, um unglaubliche Mengen davon auf ihre Teller zu türmen. Zitrone und Erdbeere waren da auch in Ordnung. Die Rentnerinnen erzählten Reisegeschichten, wobei ihnen egal zu sein schien, ob wir zuhörten oder nicht. »Ich brauche eine Zigarette und einen Drink«, flüsterte Nina, und dann wechselten wir zur Bar. Chico hatte Dienst.

»Die Hotel-Ausstattung ist in Ordnung«, begann ich meine Zwischenbilanz. »Die Zimmer sind okay und sauber. Das Essen ist ein Witz, diese faschistische Speisehalle kann einem alles verleiden, das ganze Ding ist vier Nummern zu groß, um sich hier wohlzufühlen. Die Angestellten sind irgendwie zauselig, sprechen aber alle Deutsch, all inclusive funktioniert nur mit Tricks, die Poolanlage ist groß, aber irritierend, und wenn man nicht sehr früh aufsteht, hat man offenbar nichts davon, was eigentlich keine Rolle spielt, da gleich nebenan eine Großbaustelle zu sein scheint. Übrigens findet in fünf Minuten eine Show im Veranstaltungssaal statt.«

Nina, die ein ziemlich schickes Sommerkleid trug, schlürfte den Rest ihrer Pina Colada durch den Strohhalm und zwinkerte einem älteren Herrn zu, den das röchelnde Geräusch zu verwirren schien – vielleicht glaubte er, selbst der Verursacher zu sein. »Show«, sagte Nina, als sie mit beidem fertig war. »Sehen wir uns die Show an.« Sie drehte sich zum Tresen um, was Chico dazu veranlasste, sofort vom anderen Ende herangesaust zu kommen und Männchen zu machen. »Noch mal dasselbe zum Mitnehmen«, befahl sie grinsend.

Da es sich nicht um ein Clubhotel handelte, also kein Animationsteam existierte, bestand die Hoffnung, wenigstens halbwegs professionelle Darbietungen zu sehen. Auf der Bühne des Theatersaals, der gewisse Ähnlichkeit mit dem Speiseraum hatte, stand das Set für eine Musikkapelle. Zuerst aber trat ein Zauberer auf. Der Saal war nur zur Hälfte gefüllt. Er leerte sich um ein weiteres Viertel noch während seines Auftritts. Selbst die Gebissträger schienen das quälend langweilige Herumgehampel von Señor Fantastico und seine billigen Hobbytricks nicht zu würdigen. Die, die blieben, warteten vermutlich nur auf ihre Pfleger.

Wir spielten eine Runde Tischtennis, die ich zu meinem Erstaunen ziemlich hoch verlor, und kehrten in den Saal zurück, wo gerade die Kapelle begann. Ich warf einen kurzen Blick auf die Bühne, während Nina einen Zweiertisch für uns okkupierte, was im nunmehr wieder gut gefüllten Saal nicht leicht war. Als ich mich umdrehen wollte, um an der Bar Nachschub zu holen, hielt ich in der Bewegung inne, weil ich das Gefühl hatte, jemanden erkannt zu haben. Ich sah wieder zur Bühne. Ich hatte mich nicht getäuscht. Der Mann, der sich gerade, eine weiße E-Gitarre lässig auf dem Rücken tragend, über das Mikrofon beugte, war ein ehemaliger Klassenkamerad von mir. Henning Soundso. Gymnasium, neunte und zehnte Klasse, dann war er abgegangen. Unscheinbar, hanseatischer Typ, etwas schüchtern, schlecht in Sport, gut in Mathe und, richtig, in Musik. Ich hatte nach seinem Abgang nie wieder etwas von ihm gehört.

»Wollt ihr tanzen?«, fragte er ins Mikro, aber die Frage verlor sich in einem langgezogenen Piepton, den das Publikum mit kollektivem Stöhnen quittierte – nicht wenige nahmen die Hörgeräte heraus oder überprüften die Einstellungen. Henning beugte sich zur Seite und gestikulierte in Richtung Ausgang, wo das Mischpult stand, das einer von Chicos Kollegen bediente. Dann zog er die Gitarre nach vorne, nickte kurz seinem Schlagzeuger zu, der anzählte. Tat-tatatt, tat-tatatt. »It's Not Unusual« begann, und – mal die äußeren Umstände außer Betracht lassend – Henning war richtig gut. Beschwingt trabte ich zur Bar, wo Chico sofort loslegte, unsere Drinks zu mixen, sobald er mich von weitem wahrnahm.

Der Tom-Jones-Song endete, als ich mit den Getränken zurückkehrte. »Wir sind die Henning-Vosskau-Showband«, sagte Henning, dann spielten sie »All Of You«, was einen bemerkenswerten Teil des Publikums in die Senkrechte beförderte. In null Komma nichts war die Tanzfläche voll.

»Das ist ein Kumpel von mir«, erklärte ich Nina und wies auf den Frontmann. Sie nickte rhythmisch, wobei sie wieder am Pina-Strohhalm sog. »Sind gar nicht schlecht«, sagte sie dann, ohne den Blick von der Bühne zu nehmen. Dort befanden sich außer meinem Schulkameraden, der einen reichlich coolen Eindruck machte, ein Bassist, der wie eine Mischung aus Homer Simpson und Bruce Willis aussah, ein Schlagzeuger, der an einen Langzeitstudenten auf LSD erinnerte, zwei blasse Bläser und zwei außerordentlich hübsche Damen, die meistens Tanzbewegungen andeuteten und sich bei den Refrains zu ihren Mikros beugten, ohne hörbaren Anteil an der Darbietung zu haben. Alle Mitglieder der Henning-Vosskau-Showband trugen schwarze Hosen und pinkfarbene Jacketts über schwarzen Hemden. Übergangslos wechselten sie von »All Of You« zu einem Jimmy-Cliff-Song, was ich ziemlich gewagt fand. Die Tanzflächenbevölkerung halbierte sich, aber Nina stand auf und zog mich aus meinem Stuhl bis dicht vor die Bühne. Das gab mir die Gelegenheit, Henning zuzuwinken, der auch ein paar Mal zu uns heruntersah, bis der Groschen fast hörbar fiel. Nina tanzte sehr entspannt, ich hielt mich zurück, weil Tanzen grundsätzlich nicht mein Ding ist. Deshalb verabschiedete ich mich nach dem Stück höflich, Henning winkte mir zu und machte Gesten, die darauf schließen ließen, dass er in der Pause einen Drink mit mir nehmen wollte. Ich nickte fröhlich und fühlte mich plötzlich sehr viel besser als zu jeder anderen Zeit dieses Tages.

»Großer Gott, wie lange ist das her?«, fragte er, als wir an einem Tisch in der Bar saßen und uns anstarrten, als wäre einer von uns

Raumfahrer und der andere Bewohner eines fremden Sonnensystems.

»Über zwanzig Jahre«, schätzte ich. Henning nickte. Außer uns beiden saßen Nina und eine der Backgroundsängerinnen am Tisch. »Das ist Angela«, stellte Henning vor. »Ich hasse diesen Namen«, sagte die und strahlte mich an. »Wir hatten mal was«, ergänzte Henning und zwinkerte mir zu, dann drehte er sich zu Nina. »Was bringt eine so hübsche junge Frau dazu, in einem solchen Hotel Urlaub zu machen?«

Dann geschah etwas, das mich sehr verblüffte – Nina errötete. »Wir sind inkognito hier«, sagte sie leise und irgendwie niedlich-schüchtern. »Nikolas und ich arbeiten für ein Reisemagazin. Aber – pssst.« Dabei legte sie Henning ihren rechten Zeigefinger auf die Lippen. Für ein paar Sekunden schien die Zeit stillzustehen. Dann nahm sie den Finger wieder weg, wobei Hennings Kopf ihrer Bewegung einige Zentimeter zu folgen schien. Das Lächeln, das beide im Anschluss zeigten, hätte man für ein Werbeplakat benutzen können – wahlweise für Eigenheimhypotheken, Schnellhochzeiten in Vegas oder irgendeine Familienkutsche mit Platz für die ganze Kelly Family. Angela zwinkerte mir wissend, aber auch irgendwie lasziv zu, dann kam einer der blassen Bläser und hauchte kaum hörbar die Aufforderung in die Runde, dass es Zeit für das zweite Set wäre. Er hielt eine portable Playstation in den Händen.

»Der ist ja süß!«, hauchte Nina in der Tonlage des Bläsers, als die drei verschwunden waren.

»Dabei war er, wenn ich mich recht erinnere, in der Schule sehr ruhig und ein bisschen kopflastig. Schon erstaunlich.«

»Menschen können sich ändern«, schmachtete meine Kollegin.

»Aber hallo«, erklärte ich und folgte Angelas Duftspur.

Die letzte Zugabe endete kurz nach Mitternacht, aber viele Gäste, darunter sogar einige gut durchgealterte, hatten noch nicht genug. Henning & Band kamen für »Strangers In The Night« noch ein allerletztes Mal auf die Bühne und kletterten nach einem langen Schlussapplaus direkt zu uns herunter. Henning hakte sich bei Nina unter, dann saßen wir in der gleichen Formation an der Bar wie in der ersten Setpause. Die Musiker zogen ihre pinkfarbenen Jacketts aus und wirkten dadurch einfach nur noch lässig. Der Kontrast zu den Urlaubern um uns herum war enorm.

»Ich hab das Abi später nachgeholt, quasi der Form halber«, erzählte der Bandleader, da hatte er Ninas linke schon in seiner rechten Hand. Angela war mit ihrem Stuhl dicht an meinen herangerückt. Sie hatte braune Augen, die ein ganz klein wenig schiefzustehen schienen, sehr dunkle schwarze Haare und wahnsinnig lange Beine, die meine Marejke-Medsger-Phantasien aufleben ließen. Nach dem Auftritt hatte sie die obersten fünfunddreißig Knöpfe ihres schwarzen Hemdes geöffnet, weshalb ich sogar die Tiefe ihres Bauchnabels schätzen konnte. Ihre Haut war tiefbraun, aber von einer viel intensiveren Farbe als Ninas Toasterteint. »Danach hab ich zwei Semester an der Kunsthochschule abgerissen, aber das war für'n Arsch. Dann hab ich zwei Jobs als Studiomusiker bekommen, einer davon für einen Big Name, und dann ging alles wie von selbst. Diese Bandnummer hier mach ich nur im Sommer, quasi als Erholung. Inzwischen hab ich ein eigenes Studio. Bin ziemlich gefragt.«

Ich nickte beifällig und fragte Angela: »Und du?«

»Ich lebe schon seit Jahren auf Teneriffa, mein Vater hat dort ein Restaurant. Da habe ich auch Henning kennengelernt. Ich kann nicht singen, nicht wirklich, aber diese Sache macht meistens Spaß. Sogar in Läden wie diesem hier.« Sie sah sich um, und Chico, der ohnehin die ganze Zeit über zu unserem Tisch starrte, fing ihren Blick auf. Das rettete ganz offensichtlich seinen Abend.

Meiner endete wie der von Nina vermutlich auch. Ich hatte Sex mit einem Bandmitglied. Sehr netten, ziemlich zärtlichen und auf angenehme Art schüchternen Sex. Es war das erste Mal seit Jahren, dass ich mit einer Frau schlief (in mehr Positionen, als Silke und ich in den letzten fünf Jahren ausprobiert hatten), die nicht Silke hieß. Irgendwann mittendrin hatte ich diesen Gedanken tatsächlich, aber nur kurz. Ich überraschte mich sogar damit, flüchtig an Nina zu denken, mit einem ganz merkwürdig-unbehaglichen Gefühl, das ich rasch verdrängte. Als das Flapgeräusch der Liegenreservierer ertönte, saß ich mit Angela nackt auf dem Balkon und trank Fusel aus der Minibar, der sich Sekt nannte und achtundzwanzig Euro pro Piccolo kostete. Ich betrachtete meinen in der Dämmerung schimmernden Schwengel und verspürte das dringende Bedürfnis, Steini anzurufen, um mit ihm über all die Dinge zu reden, die während der vergangenen sechsunddreißig Stunden passiert waren. Ich beschloss, das am nächsten Tag nachzuholen.

»Du bist sehr süß«, sagte Angela zum Abschied und zog ihre Banduniform an. »Wir sind übermorgen wieder hier. Sehen wir uns?«

Ich nickte, dann küssten wir uns ziemlich lange. Ich verspürte einen Anflug von Verliebtheit, der zu meiner Überraschung aber nicht nur meiner aktuellen Bettpartnerin zu gelten schien, sondern im diffusen Durcheinander sie, die Frau meines Chefs und, touché, Silke betraf. Angelas Haut war wahnsinnig weich gewesen, und viel von mir spürte diesem samtigen Gefühl noch länger nach. Die Unbeschwertheit des ersten Sex. Ein Teil von mir vermisste etwas, ein anderer verlangte nach etwas. Im Ergebnis war ich auf angenehme, leicht melancholische Art verwirrt. Ich setzte mich wieder auf den Balkon und sah den Touristen dabei zu, bis alle Liegen reserviert waren und meine Müdigkeit militärische Ausmaße annahm. Dann ging ich schlafen und erwachte kurz darauf wieder.

5.

Jens und Birgit erwarteten mich beim Frühstück, obwohl es auf zehn zuging und man bereits die Buffets abräumte, um Platz für das Mittagessen zu schaffen – der Saal war fast leer, und erst der achte Automat gab mir Kaffee. Nachdem ich mich gesetzt hatte und von Jens mit einem triumphierenden »Du bist Nikolas!« begrüßt worden war, spürte ich Ninas Hand auf meiner Schulter, ohne mich dafür zu ihr umdrehen zu müssen. Sie hauchte mir tatsächlich einen Kuss auf die Wange und setzte sich zu uns. Ihr Gesicht strahlte vor Ausgeglichenheit.

»Spaß gehabt?«, fragte sie schelmisch, nippte an ihrem Kaffee und verzog dann das Gesicht. »Heilige Scheiße, tun die da Brühwürfel rein?«

»Nein, Salzwasser«, erklärte ich lächelnd und nickte Birgit zu, die das mit fast schon unterwürfiger Dankbarkeit zur Kenntnis nahm.

»Na, ihr beiden Inselführerprofis, wo geht's heute hin?«, plapperte die Leiterin des Ressorts Weltreisen weiter. »Gibt es irgendeine Geröllhalde oder zugebaute Felsformation, die wir noch nicht gesehen haben?«

Birgit nickte so eifrig wie eine Quizkandidatin, der man eine Multiple-Choice-Frage gestellt hatte, für die sie die Antwort nennen konnte, ohne die Auswahl sehen zu müssen. Sie zog Jens, der gerade Notizen machte, den Block weg und blätterte zu einer Seite, die nicht in seiner Handschrift vollgekritzelt war.

»Es gibt diese Kakteenplantage«, begann sie, sah aber, wie Nina ostentativ eine Schnute zog. »Außerdem hat Tafira Alta einen wirklich sehenswerten botanischen Garten.«

»Einen botanischen Garten gibt es auch in Berlin«, teilte Nina mit, wobei sie auf seltsame Art auf ihrem Stuhl hin und her rutschte. Als sie sah, dass ich das bemerkte, hörte sie damit auf und zwinkerte mir verschwörerisch zu.

»Puerto de Mogán ist ein schöner Ort, ein Fischerdorf, das fast noch authentisch aussieht«, murmelte Birgit. Sie sah nicht sehr glücklich dabei aus.

Nina zog den Marco Polo hervor und warf ihn auf den Tisch: »Sag mir etwas, das ich noch nicht weiß.« Immerhin lächelte sie, um der Sache die Schärfe zu nehmen. Birgit schob den Notizblock zu Jens zurück.

»Eigentlich ist das der falsche Ansatz«, warf ich ein. »Sehenswürdigkeiten oder vermeintliche Insidertreffpunkte enthält jeder Reiseführer. Dafür sind wir nicht hier. Wir sollten uns ins Getümmel werfen, Zwei- und Drei-Sterne-Hotels ansehen, in die Bars gehen, mit Touristen sprechen. Dinge wie die Kakteenplantage oder den botanischen Garten kann ich mir auch per Wikipedia oder Google Earth anschauen. Außerdem« – ich lächelte Birgit an, die unfroh zurücklächelte – »würde ich mir eher den Sack ans Knie tackern lassen, als mir so was anzutun.«

Nina hob eine Augenbraue und nickte dann. »Wo du recht hast, hast du recht.«

»Ohne euch zu nahe treten zu wollen«, ergänzte ich für Jens und Birgit. »Wir treffen auch die falschen Leute. Selbst dieser Laden hier. Vier Sterne, oder?«

»Dreieinhalb. Landeskategorie.«

»Trotzdem. Immerhin ist es hier sauber und *well organized*. Manch einer mag diesem Klotz sogar etwas abgewinnen. Einige Hotels, an denen wir auf dem Weg hierher vorbeigekommen sind, sahen nicht viel besser aus als die Platten von ... Marzahn-Hellersdorf. Da müssen wir hin.«

Nina stöhnte. »Wart mal ab. In Agadir werden wir in einem Drei-Sterne-Hotel wohnen, auch Landeskategorie, und du hast keine Ahnung, was *das* bedeutet. Auf Mallorca sind wir für einen Familienclub gebucht.«

Ich schüttelte den Kopf, dafür nickte Nina.

»Du hast ja wirklich recht. Andererseits – wir gehen es einfach langsam an. Und auf diesem Schutthaufen könnten wir auch in einem Zehn-Sterne-Luxusteil wohnen. Schutthaufen bleibt Schutthaufen.«

»Wir gehn dann mal«, sagte Birgit leise und stand auf, Jens folgte ihren Bewegungen wie ein Tanzschüler.

»Bis später«, sagte ich und versuchte, freundlich zu klingen. Birgit deutete eine unbestimmte Kopfbewegung an. Heute Morgen sah sie wieder müde aus. Und alt.

»Haben wir die verärgert?«, fragte Nina, als die beiden verschwunden waren.

»Glaub schon.«

»Na ja«, kicherte sie. »Zumindest *er* wird uns nicht sehr lange böse sein.«

Wir fuhren ein paar Kilometer in Richtung Flughafen und sahen uns das von Horizont zu Horizont reichende Knäuel aus dahingeworfenen Zweckbauten an, das Playa del Inglés und San Augustin bildete. Die Hotels standen dicht an dicht, und dazwischen gab es Einkaufszentren, Discos noch und nöcher, massenweise Restaurants mit geklonten Speisekarten (einige davon sogar mit Blitzlichtfotos der Speisen, was so widerwärtig aussah, dass einem davon übel werden konnte) und Läden, in denen man Luftmatratzen und Schnorchelausrüstungen für Preise kaufen konnte, die vermutlich selbst in Sibirien unerreicht waren. Möglich auch, dass man hier schlicht vergessen hatte, in Euro umzurechnen. Einige Straßen hatten die Namen deutscher Städte wie Hamburg, Hannover und München.

»Man kann den Spaniern wenigstens nicht vorwerfen, dass sie halbe Sachen machen«, stellte meine Kollegin zusammenfassend fest. Wir saßen in einer Bierbar mit dem Namen »Bei Ina« und tranken eisiges Krombacher aus Halblitergläsern. Eine Phalanx

Lautsprecherboxen beschallte uns mit dem aktuellen »Fetenhits«-Sampler, aber dafür war es kühler als auf der Straße. Gegen das debile Fump-Fump-Fump der Lautsprecher brüllten und lachten mehrere Gruppen junger Menschen an, die um Tische saßen, auf denen kein Platz für weitere Gläser mehr war. Nina und ich gehörten in diesem Laden zum alten Eisen. In einer Ecke stand ein Flipper, aber ich war zu fertig für derlei, obwohl ich leidenschaftlich gerne flipperte. Die Wanderung durch diese glühende Betonwüste hatte es fast geschafft, das gute Gefühl, das die vergangene Nacht bei mir hinterlassen hatte, einzudampfen. Meine Kollegin schwitzte stark und verlangte bereits nach dem zweiten Bier, meines war noch halb voll. Bimbo lag unterm Tisch und hechelte so laut, dass es trotz der bummernden Deppentechno-Version des Songs vom knallroten Gummiboot zu hören war.

»Ich denke, hier wird jeder Euro verdient, der sich verdienen lässt.« Ich sah zum Nachbartisch, an dem sich ein etwa sechzehnjähriges Mädchen zur Freude ihrer männlichen Begleiter Bier über das T-Shirt gekippt hatte, die jetzt folgerichtig »Ausziehen! Ausziehen!« skandierten. »Jeder bebaubare Zentimeter ist bebaut, was die Leute kaufen würden, wird angeboten, wobei Preise oder Qualität keine Rolle zu spielen scheinen. Und das Ambiente erst recht nicht. Okay, hier scheint die Sonne, es gibt Meer, und es ist warm. Aber mehr Gründe dafür, hierherzufahren, fallen mir, ehrlich gesagt, nicht ein. Es sei denn, man legt großen Wert darauf, dass auch viertausend Kilometer von der Heimat entfernt noch fließend Deutsch gesprochen wird. Ich muss pausenlos an diesen alten Loriot-Sketch denken, in dem eine Familie durch ein Neubaugebiet schlurft und das Meer nicht findet. Ohne Birgit hätten wir es auch nicht gefunden.«

»Und es ist nicht einmal billig.« Ina, eine grobschlächtige Dortmunderin mit Damenbart, brachte Ninas zweites Bier und sah sie dabei böse an, weil sie vermutlich annahm, Nina hätte die Bierpreise gemeint. Meine Kollegin zwinkerte und schüttelte zur Klarstellung den Kopf.

»Die Reise selbst dürfte vergleichsweise günstig sein.«

»Na ja, unsere Last-Minute-Tickets haben über achthundert Euro pro Nase gekostet. Für eine Woche.«

»Stimmt schon, aber die Kanaren sind ja auch kein echtes Billigreiseziel.«

»Sie sehen aber so aus«, moserte Nina und sah zum Fenster, an dem eine Gruppe älterer Menschen vorbeischlurfte, die Köpfe mit zusammengeknoteten Taschentüchern bedeckt. Einige Männer trugen Fotoapparate am Band um den Hals. Analoge Fotoapparate. Der Song vom roten Gummiboot endete, dafür begann eine Art Schlager, in dem es um Lassos, Cowboys und Indianer ging. Ich kannte dieses Lied. Silke hatte mich vor zwei oder drei Jahren zum Skifahren überredet, und in einer Après-Ski-Hütte waren die Gäste zu diesem Song total abgegangen. Shit, jetzt war meine Stimmung völlig im Eimer.

»Ich habe keine Ahnung, was wir schreiben sollen«, erklärte Nina und trank auch das zweite Bier in einem Zug aus.

»Ich lass mir was einfallen«, schlug ich vor. »Übrigens solltest du langsam mal die Fotoausrüstung auspacken.«

Nina hustete den Qualm der Zigarette aus, die sie sich gerade angesteckt hatte. »Heilige Scheiße, stimmt ja.«

»Weißt du was«, sagte ich und streckte mich. »Wir fahren jetzt ins Hotel zurück und legen uns an den Pool.«

6.

Wir umrundeten die Poolanlage zweimal, was jeweils eine Viertelstunde dauerte, fanden aber keine einzige Liege, die nicht mit einem bunten Handtuch bedeckt war, allerdings lag auf weniger als zwanzig Prozent der Tücher auch ein Mensch.

»Drauf geschissen«, sagte Nina und nahm die unberührt aussehenden Lappen von zwei Liegen an exquisiter Position, rollte sie zusammen und legte sie auf eine andere Liege. Eine Dame in den Fünfzigern beobachtete uns und weckte dann ihren schlafenden Mann. Als ich mich gerade hingelegt hatte, stand der Typ vor mir. Ich musste blinzeln, um ihn anzusehen, denn sein bauchlastiger Körper verdeckte die Sonne nicht ganz.

»Das sind nicht Ihre Liegen«, stellte er fest.

»Nein, aber Ihre auch nicht«, antwortete Nina und zündete sich eine Fluppe an.

»Sie können nicht so einfach Handtücher wegnehmen«, insistierte er, weiterhin mit mir sprechend. Ich schloss die Augen.

»Warum nicht?«, fragte Nina. »Wir haben die Handtücher nicht beschmutzt, haben nicht draufgepinkelt, haben sie nicht weggeworfen oder sonst was mit ihnen angestellt. Sie liegen säuberlich zusammengerollt da.«

»Aber Sie können nicht … das sind nicht Ihre Plätze.«

»Woran erkennt man das?«

»An den Handtüchern.« Ich öffnete die Augen wieder, der Handtuchwärter stand immer noch vor mir. Offenbar gehörte es zu diesem seltsamen Ritual, dass es von Männern ausgefochten wurde, aber ich verweigerte ihm das.

»Schön. Dann hat ja alles seine Richtigkeit. Sehen Sie, diese Handtücher gehören uns.« Nina hob einen Zipfel ihres Tuches an.

»Aber die lagen da vorher nicht.«

»Wir sind ja auch gerade erst gekommen.«

»Und Sie haben andere Handtücher weggenommen.«

»Weil sie offenbar vergessen worden sind.«

Der Mann stöhnte und sah hilfesuchend zu seiner Frau. Die nickte heftig. *Manfred, mach weiter, wir sind im Recht* hieß das.

»Nein, die Personen, denen diese Handtücher gehören, sind nur gerade nicht da.« Sein Gesicht nahm jenseits des latenten Sonnenbrandes eine weitere Rötung an.

»Und wo sind sie?«

»Das weiß ich natürlich nicht.«

»Wann werden sie zurückerwartet?«

»Hören Sie ...« Wieder der Blick zur Gattin. »Wenn ein Handtuch auf einer Liege liegt, dann heißt das, dass diese Liege jemandem gehört. Sie können nicht einfach ankommen und die Tücher wegnehmen. Wenn das jeder machen würde.«

Nina setzte sich auf. »Hör mal, du Hilfssheriff mit fliehendem Haaransatz. Ich habe eine Dose Pfefferspray in der Handtasche. Wenn du dich nicht in zwei Sekunden vom Acker gemacht hast, schreie ich um Hilfe und sprühe dich mit dem Zeug ein. Schließlich starrst du die ganze Zeit auf meinen Busen.« Sie schob den Oberkörper vor. Erst jetzt wandte der Mann ihr den Blick zu, und tatsächlich landete er punktgenau im Brustbereich. Manfred wurde tiefrot. Sogar die solaren Verbrühungen seiner Brust verblassten dagegen.

»Eins«, zählte Nina und griff nach ihrer Tasche. Noch während sie in dieser Bewegung war, sandalte Manfred davon.

Zwei Sekunden später stand seine Frau vor uns.

»Diese Liegen waren reserviert!«, krähte sie.

Nina schloss die Augen, ich tat es ihr nach. Manfreds Frau blieb noch zwei oder drei Minuten, in denen sie davon erzählte, wie früh man aufstehen müsse, um einen guten Platz zu bekommen, und dass es keineswegs anginge, dass Penner wie wir – sie nannte uns tatsächlich Penner – einfach das System durchbrächen, und außerdem wäre es ja wohl eine Frechheit, wie wir mit ihrem Mann gesprochen hätten, und sie müsse sich genau überlegen, ob sie diesen Vorfall nicht melden solle.

»Ich hol uns mal ein Bier«, sagte Nina und ging zur Bar, ohne die Frau auch nur eines Blickes zu würdigen. Ich zog meinen iPod aus der Tasche und setzte »Mixed Up Son of a Bitch« von den *Presidents* gegen das Geschwalle. Als wenig später eine kalte Flasche auf meinem Brustkorb stand, war Manfreds Ische verschwunden. Ich prostete Nina zu und sah zur anderen Seite. Die beiden hatten sich vier Liegen weiter bewegt und schwatzten dort auf ein Pärchen gleichen Alters ein, wobei sie unentwegt in unsere Richtung gestikulierten. Nach dem Fläschchen klickte ich den Player wieder an, und beim zweiten Song war ich eingeschlafen.

Leider nicht für lange, denn die Handtuch-Episode setzte sich fort. Jemand rüttelte an meinem Arm. Ich öffnete die Augen und stöpselte den iPod aus.

»Das sind unsere Liegen«, erklärte ein Mann. Hinter ihm standen das Ehepaar Manfred und eine weitere Frau.

»Blödsinn«, antwortete ich. »Erstens gehören die Liegen hier dem Hotel, und zweitens haben Sie bis vor fünf Minuten noch da hinten gelegen.« Ich wies zu der Stelle, an der Manfred und seine Frau die neuen Mitstreiter acquiriert hatten.

Der Kerl war etwas jünger als Manfred und kräftiger gebaut.

»Beziehungsweise die Liegen von Freunden. Ich sollte darauf aufpassen.« Das klang schon etwas kleinlauter.

»Das machen wir schon«, trällerte Nina. Sie nahm ihre Handtasche auf den Schoß, Manfred machte zwei Schritte rückwärts.

»Wir kommen seit fünf Jahren hierher«, brachte die Frau des neuen Liegenwächters etwas themenfremd ein.

»Toll«, sagte Nina.

»Sie haben einfach nicht das Recht, Handtücher wegzunehmen.«

Inzwischen waren zwei andere Urlauber auf unsere kleine Auseinandersetzung aufmerksam geworden. Ein junges Pärchen, das zwei Reihen hinter uns auf einem Flecken Sand gelegen und offenbar zugehört hatte, kam mitsamt Markierungsmaterial an, nahm die Tücher von den Liegen direkt neben unseren und legte sich dort hin. Manfreds Frau schlug sich verschreckt die Hand vor den Mund.

»Fickt euch doch, ihr teutonischen Idioten«, sagte der junge Mann, der offensichtlich seinen sächsischen Dialekt zu beherrschen versuchte. Dann zwinkerte er Nina zu. »Endlich macht mal jemand was gegen diesen Schwachsinn, no.«

»Ich werde mich beschweren!«, schimpfte Manfreds Reservist. »Komm, Sigrid. Wir gehen zur Rezeption.« Alle vier schlappten davon.

»Grundgütiger«, grinste Nina. Und dann, zu den Neuankömmlingen: »Danke!«

»Kein Ding«, sagte der Typ, der mich an den Schauspieler Ralf Bauer in dessen besseren Zeiten erinnerte. »Wir haben echt schon überlegt, ob wir nicht auch um sechs aufstehen, no.«

»Da wärt ihr zu spät dran«, warf ich ein und verkniff mir, ebenfalls mit einem kehligen »No« abzuschließen.

»Kacke, echt? Ich meine, ich fass es nicht, da blättern wir 'ne Mordskohle hin, um auf diesen Vulkanbrocken zu fliegen, und müssen in der Kinderpisse liegen, weil es zu wenig Liegen gibt. Ist doch echt zum Kotzen, no.«

Nico und seine gertenschlanke, weißblonde Freundin Janet, beide Mitte zwanzig, kamen aus Zwickau und verbrachten ihren ersten gemeinsamen Urlaub hier. Allerdings hatten sie etwas ganz anderes erwartet.

»Im Prospekt hat das alles viel cooler und vor allem kleiner ausgesehen, und dass der Strand zu Fuß quasi unerreichbar ist, hat uns auch keiner gesagt. Oder dass hier so viele Alte rumhumpeln, no. Scheiße, das ist eigentlich ein großes Pflegeheim hier. Nicht, dass wir Rambozambo wollen würden oder so, nee, ruhig wollten wir's schon. Aber, hey, das hier« – er machte eine ausladende Handbewegung – »hatten wir nicht erwartet. Wie steht's mit noch 'nem Bier, no?«

Wir nickten. Nina war damit bei ihrem sechsten, wenn ich richtig mitgerechnet hatte. Nico sprintete los, und er stieß beinahe mit der Vierergruppe zusammen, die gerade zu ihren Liegen zurückschlich und tunlichst vermied, in unsere Richtung zu schauen. Ein Hotelmitarbeiter oder eine Polizeikohorte war weit und breit nicht zu sehen.

Ganze zweieinhalb Stunden später, Nina war bei Bier elf und quasselte ununterbrochen mit Janet (die ihre feenhafte Erscheinung durch den starken Dialekt leider etwas konterkarierte), während ich es endlich schaffte, mein Buch anzufangen, kam eine aufgedonnerte Spätfünfzigerin im Strick-Strandkleid an und suchte die Liegen in unserer Reihe ab. Sie fand die zusammengerollten Handtücher, klemmte sie sich unter den Arm und zog wortlos wieder von dannen. Manfreds Gattin, die wahrscheinlich nur deshalb noch am Pool saß, sprang auf und klapperte der Frau hinterher, die auch stehenblieb und sich kurz anhörte, wie man versucht hatte, die Liegeplätze tapfer bis aufs Blut zu verteidigen. Dann zuckte sie die Schultern. »Ist doch eigentlich auch eine Unart, diese Reserviererei«, sagte sie und ging einfach davon.

7.

Wir luden Nico und Janet zum Abendessen ein, auswärts, fanden aber kein vernünftiges Restaurant, weshalb wir in einer etwas ranzig wirkenden Pizzeria landeten, die mit sommersprossigen Rotschöpfen beiderlei Geschlechts vollgestopft war; ein sehr schlechtes Zeichen – ein Lokal, in dem ausgerechnet Briten gerne aßen. Ich hätte gerne mal eine echte Paella probiert, oder wenigstens leckeren, frischen Grillfisch gegessen, aber selbst der Reiseführer bot für unsere Ecke keine vernünftige Alternative an, und zum Fahren waren alle zu angeschickert, wobei Nina schon stark in Richtung Besoffensein tendierte, trotz der Dusch- und Ausruhpause. An der Hotelrezeption hatte man erst uns und dann die AI-Bändchen an unseren Handgelenken angestarrt, als wir nach einem guten *spanischen* Restaurant gefragt hatten.

»Gute spanische Küche gibt es hier«, hatte die Frau gesagt und mit den Fußsohlen geklackert, weil der Speisetrakt unterhalb der Rezeption lag.

»Sie sind keine Spanierin, oder?«, hatte Nina gefragt, leicht lallend, aber die Antwort nicht abgewartet.

Als die Pizza kam, waren drei von vier Essern von der Qualität verblüfft – sie war nämlich wirklich lecker. Und immerhin gab es spanisches Bier, San Miguel. Nina orderte gleich noch ein weiteres, als das erste gebracht wurde. Dafür ignorierte sie die Pizza, und eigentlich auch alles andere. So schweigsam wie in dieser Stunde hatte ich sie überhaupt noch nicht erlebt.

Mein Telefon summte in der Hemdtasche los, und ich erschrak, weil das eigentlich nur Silke sein konnte, mit der zu sprechen ich noch weniger Lust hatte als auf einen Saunaabend mit Manfred und seiner Frau. Ich zog das Gerät vorsichtig aus der Tasche, als würde das etwas ändern, aber zu meiner Verblüffung wurde die Redaktionsnummer angezeigt. Es war kurz nach halb zehn.

»Ja?«, fragte ich vorsichtig.

»Sender, mein Junge, wie läuft es?«

»Gut«, behauptete ich und sah Nina an, die vergeblich versuchte, ihrem Bierglas eine Melodie zu entlocken, indem sie mit einem speichelnassen Finger stoisch die Kreisform des Randes nachzog.

»Schon was geschrieben?«

»Wir arbeiten am Konzept.«

Sitz' Zahnlücke ertönte. »Also nein.«

»Doch«, widersprach ich und beschloss zu improvisieren. »Wir denken an einen etwas überspitzten Bericht, dicht an der Satire, ohne konkrete Nennung von Schauplätzen, quasi episodisch.«

»Aha. Muss ich mir da etwas drunter vorstellen können?«

Ich sah wieder zu Nina, hilfesuchend, aber die schien sich in ihr Glas verliebt zu haben. Ihr Blick tendierte ins Wässrige. Also fasste ich aus dem Stegreif die Handtuchepisode vom Nachmittag zusammen. Zu meiner Überraschung lachte der Chefredakteur.

»Kein Heuler, aber ein guter Ansatz. Die Richtung gefällt mir. Aber wir brauchen auch Fakten. Sonst fühlen sich die Leser verarscht.«

»Klar doch. Wie gesagt, wir sind quasi aus der Konzeptionierungsphase raus.«

»Ich brauch eine Fassung am Sonntag. Der erste Artikel der Reihe ist für die nächste Ausgabe angekündigt.«

Ich dachte das »Oh« nur und nickte stumm in den Hörer. Weil Sitz nichts sagte, ließ ich mich zu »Schaffen wir« hinreißen.

»Gut. Ich baue auf Sie. Was macht Frau Weltreisen?«

Nina schien immer noch nicht gepeilt zu haben, mit wem ich telefonierte.

»Ist schon zu Bett. Wir wollen morgen in aller Frühe eine Tour durch die Hotels in Maspalomas machen.«

»Mein Beileid. Ist es dort wirklich so, wie ich befürchte?«
»Schlimmer.«
Er kicherte. »Nein. Ehrlich?«
»Absolut.«
»Ist dieser blöde Köter eigentlich dabei?«
Ich dachte an »Heino, sitz!« und sah Janet an, um mich davon abzulenken. Wenn diese Frau nicht so fürchterlich sächseln würde, wäre sie ein manifestierter Männertraum. Nico stand auf und erklärte in Zeichensprache (Hand im Schritt, Zeigefinger ausgestreckt), dass er aufs Klo müsse. Nina erhob sich im gleichen Moment und sagte ziemlich laut »Ich haue ab«, wobei ich es noch rechtzeitig schaffte, das Mikrofon mit der Hand abzudecken.
»Sind Sie noch da?«, fragte Sitz.
»Bimbo ist dabei, aber ich glaube, er verkraftet die Hitze nicht«, antwortete ich verspätet, als Nina umständlich die Tür passiert hatte.
»Die Welt würde nichts vermissen, wenn dieser Köter krepiert«, sagte Sitz. Ich wiegte den Kopf hin und her, irgendwie hatte ich mich sogar an den hässlichen Pudel gewöhnt.
»Sicher.«
»Na gut. Sonntag, wie gesagt. Wir sind alle schon sehr gespannt. Coverstory.«
» Was?«
»Ganz oder gar nicht. Überraschen Sie mich. Der Volontär macht seine Sache gut. Für die Rätselseite brauch ich Sie jedenfalls nicht mehr.«
Und dann war die Verbindung weg.
»Schlechte Nachrichten, no?«, fragte Janet und legte ihre rechte Hand auf meine linke. Dass sie gleichzeitig in Richtung Klo sah, um zu prüfen, ob Nico schon fertiggepinkelt hatte, verwirrte mich reichlich. Ich sah ihre unfassbar feingliedrigen Finger an, dann in ihr lächelndes Engelsgesicht, das selbst die Geronten aus unserem Hotel zum Träumen gebracht hätte, und beugte mich ganz leicht in ihre Richtung, wobei ich nickte und ein mitleidheischendes Ge-

sicht aufsetzte. Sie drehte sich nochmals kurz um, wieder zu mir, und dann küsste sie mich. Kurz, aber gefühlvoll. Beide Berührungen endeten gerade noch rechtzeitig. Nico nahm Platz und fragte, wo wir den Abend fortsetzen würden. Ich schwieg und winkte dem Kellner, und während ich die Rechnung zahlte, diskutierten die beiden, dass Nico jede Menge Böcke auf Tanzen und Um-die-Häuser-Ziehen hätte, wohingegen Janet Müdigkeit vortäuschte.

»Was ist mit dir?«, fragte er mich.

»Ich bin durch«, antwortete ich.

»Bringst du die Kleine noch ins Hotel?«

Ich nickte.

»Danke, Kumpel, no.«

Er küsste Janet auf die Wange, ging in die andere Richtung, während sein Mädchen und ich die trostlose Allee entlangspazierten, an der sich irgendwo unser Hotel befand. Sie drehte sich mehrfach um, und als Nico außer Sicht war, griff sie nach meiner Hand. Mein Blut schoss in den Schritt, und ich musste heftig dagegen ankämpfen, sie sofort in die Büsche zu zerren. Meine Verwirrung war mehrdimensional. Immerhin war ich in den vergangenen Jahren, den Silke-Jahren, die jetzt, verdammtnocheins, vorbei waren, außer bei Frau Medsger (unfreiwillig) niemals auf die Idee gekommen, meinen Marktwert zu prüfen, der offenbar höher war, als ich geglaubt hatte. Janets Finger umspielten meinen Handballen. Als wir vor dem Hotel angekommen waren, fragte ich:

»Und jetzt?«

»Ficken, no.« Dabei strahlte sie, als befände sie sich bei einer Privataudienz des amtierenden Papstes.

Also fickten wir. Im Fahrstuhl, in der Lichtschranke der Tür, im siebten Stock, ohne Kondom, Kleid-hoch-Hosen-runter, und mit gutem Blick auf den endlosen Gang, von dem fünf Millionen Türen abgingen. Danach in meinem Zimmer, erst in der Dusche, dann im Bett und schließlich auf dem Balkon, weil Janet das so wollte, der ich ein ums andere Mal die Hand auf den Mund legte, auf dass sie das wundervolle Erlebnis keinesfalls durch einen gesächselten Kommentar zerstörte. Nach insgesamt einer knappen Stunde waren wir fertig, fertig mit der Welt, duschten zusammen und gingen dann an die Hotelbar. Da saß Nina an ihrem geschätzt vierzigsten Bier dieses Tages und baggerte Chico an.

»Ihr seht nach Sex aus«, sagte sie leise und ohne Mimik, dann widmete sie sich wieder ihrem Drink.

»Scheiße«, sagte Janet und lächelte mich dabei auf eine Art an, die meinen glühenden Stöpsel wieder in die Senkrechte rückte.

Chico brachte Wodka-Tonic für meine Begattungspartnerin und einen dreistöckigen Jack Daniel's für mich. Während wir uns zuprosteten, schob Janet ihr weißes Kleidchen mit der linken Hand so weit hoch, dass ich den halbdurchsichtigen Slip sehen konnte. In meinem Kopf pochte es. Dann stand Nico plötzlich neben uns. Seine Freundin schaffte es gerade noch, die Hand vom Saum zu nehmen, aber er schien nichts bemerkt zu haben. Als er sie auf die Wange küsste, spürte ich einen Stich in der Herzgegend. Janet sah mich fest an, dann Nico, und anschließend zog sie ihn beiseite. Während die beiden in etwa drei Metern Entfernung leise, aber energisch etwas diskutierten, das bittebittebitte nichts mit mir zu tun hatte, sagte Nina: »So ist das im Urlaub.« Dann drehte sie sich zu Chico, der ohnehin die meiste Zeit erwartungsvoll vor uns stand, und fragte ihn, wann er Feierabend hätte.

Nico und Janet kehrten zurück, Nico war blass.

»Arschloch«, sagte er zu mir und deutete eine Boxbewegung in Richtung meiner Brust an. Dann zwang er sich ein Lächeln ins Gesicht. »Aber, hey, der Liebe darf man nicht im Weg stehen, no.« Er drehte sich auf dem Hacken um und verschwand.

»Ich fass es nicht«, sagte Nina und sprach damit aus, was ich dachte.

»Im Urlaub kann alles passieren, no«, orakelte Janet und kuschelte sich an mich. Jo, Urlaub. Dabei hatte ich überhaupt keinen.

Dies hier war Arbeit. Eigentlich. Aber irgendwie, weiß der Geier. Natürlich hatte ich nicht vorgehabt, das vermutlich extrem diffizile Sexleben der Zwickauer zu boykottieren, aber ich hatte auch nicht geplant, per Telefon zum Single gemacht zu werden. Ich sah der schwer in den Seilen hängenden Nina und einem grenzenlos verblüfften Chico dabei zu, wie sie auf dem Tresen die Hände ineinander verschränkten, und beschloss, das Beste aus der Sache zu machen. Das Beste hieß Janet und presste in diesem Moment ihren Traumkörper kräftiger an mich.

»Drauf geschissen«, sagte ich kryptisch, eine Äußerung meiner Kollegin wiederholend, die das vermutlich kaum zu begreifen in der Lage war, kippte meinen Whiskey runter, lehnte mich meinerseits an Janet und hauchte ihr »Gehen wir halt noch mal ficken, no« ins Ohr, wodurch meine Vögelbilanz von nur zwei Tagen die gesamte des Vorjahres in den Schatten stellen würde. Janet wiederholte ihr Papstaudienzstrahlen und zog mich in Richtung Fahrstuhl. »Schreib das aufs Zimmer«, rief ich Chico noch zu, aber der war seinerseits im Geiste schon damit beschäftigt, der Völkerverständigung einen neuen Aspekt hinzuzufügen. Dann fiel mir ein, dass diese Aufforderung sowieso blödsinnig war. All inclusive.

Janet verschwand im Bad und kehrte mit zwei Wassergläsern zurück, von denen sie mir eins reichte. »Gegen den Brand, no«, strahlte sie.

»Ich muss das nicht verstehen, oder?«, sagte ich leise. »Ich meine, dein Nico ist mehr als zehn Jahre jünger als ich, und er sieht objektiv ziemlich gut aus.«

Sie lächelte nur, und ich trank mein Wasser.

8.

Am nächsten Morgen, der Wecker zeigte kurz nach halb elf, mein Schädel wog in etwa so viel wie ein (vollgetankter) Panzer des Typs »Leopard II«, begriff ich es. Janet war weg, und das galt auch für meine Maurice-Lacroix-Uhr, den Laptop, die sechshundert Euro, die ich überflüssigerweise am Geldautomaten geholt hatte, den iPod und eine von meinen Armani-Jeans, die neuere von beiden, die ich noch nicht getragen hatte. Immerhin waren die Kreditkarten, mein Ausweis und das Telefon noch da. Summa summarum hatte mich der Sex mit dem sächsischen Engel knappe zweieinhalbtausend Euro gekostet. Auf dem Tisch, den wir auch noch für ambulante Begattung genutzt hatten, lag ein Briefbogen des Hotels. In ungelenken, weil vermutlich mit der falschen Hand geschriebenen Blockbuchstaben stand da: »Nicht böse sein. Hat wirklich Spaß gemacht mit Dir.« Darunter befand sich ein gekrakeltes Herz. So sah das meinige in diesem Moment wohl auch aus.

Ich trank zwei Liter Salzwasser aus dem Hahn und quälte mich durch einen viel zu heißen Duschgang, der meinen Kopf allerdings um drei oder vier Tonnen erleichterte und die Nachwehen der K.-o.-Tropfen fast beseitigte. Dann ging ich zur Rezeption und versuchte zu ermitteln, ob dieses Pärchen überhaupt hier gewohnt hatte, aber es war aussichtslos. Ich erklärte, was geschehen war, und die ruppige Mitarbeiterin, die uns vor ein paar Tagen noch wegen der Last-Minute-Buchung in einer Abstellkammer hatte parken wollen, suchte sogar nach den Vornamen, fand aber nichts.

»Die sind wahrscheinlich schon abgeflogen«, sagte sie und legte einen Gesichtsausdruck auf, der fast mitfühlend wirkte. »Die ersten Flieger zu Deutschland gehen sechs Uhr, manchmal früher.«

Ich würde trotzdem zur Polizei gehen müssen, um wenigstens eine minimale Chance auf Versicherungsgeld zu wahren. Eine SMS informierte mich darüber, dass Nina an der Poolbar auf mich wartete. Ich schlenderte in die Richtung und ärgerte mich währenddessen. Vor allem über mich selbst. Ich hätte einen Zimmersafe mieten sollen (fünfzehn Euro extra pro Tag), ich hätte Verdacht schöpfen müssen. Die Gegenstände waren ersetzbar, aber die geklaute Hose nervte mich, weil ich extrem ungern Klamotten einkaufen ging – und meistens mehrere Stunden brauchte, um passende zu finden. Der Laptop enthielt nichts Wichtiges und war zudem so verschlüsselt, dass niemand etwas mit ihm würde anfangen können. Die Dokumente, die Musik und mein Mailkrempel wanderten regelmäßig auf eine virtuelle Festplatte im Netz. Die Uhr hatte ich gemocht, die sechshundert Steine irgendwie auch. Lehrgeld. Ich kickte gegen einen großen Kieselstein, der in hohem Bogen davonflog und ein fünfjähriges Gör im Kinderbecken nur haarscharf verfehlte. Dutzende Augenpaare drehten sich zu mir, aber ich tat so unschuldig wie möglich, indem ich mich in die gleiche Richtung umdrehte. Wo niemand war.

Nina hatte schon wieder ein Bier vor sich stehen, möglicherweise nicht mal das erste, und der Vormittag war noch nicht ganz vorüber. Sie sah derangiert aus, blass und verwuschelt, unter ihren Augen hingen fingerdicke schwarze Ringe, und die Hand mit der Zigarette zitterte. Ihre Fahne hätte man auch auf dem Mond aufstellen können, wobei ich vermutlich auch noch den einen oder anderen Liter Restalkohol ausatmete. Nebst anderen Substanzen.

»Na. Wie war Chico?«

Sie lehnte ihren Kopf in die linke Hand und sah mich mit einem Ausdruck an, der so müde war, dass ich gähnen musste. »Er heißt Eusebio und ist Portugiese.«

»Das beantwortet meine Frage nicht.«

»Schnell. In erster Linie sehr schnell. Aber ich kann mich nicht genau erinnern. Und deine Blondfee aus Dunkeldeutschland?«

Ich hüstelte und machte dem Kellner ein Zeichen, dann bestellte ich Kaffee.

»Teuer. In erster Linie sehr teuer«, äffte ich nach, aber auf freundliche Art. »Sie hat mir K.-o.-Tropfen verabreicht und mein Zimmer ausgeräumt.«

»Ist nicht wahr!«

»Doch, leider. Mein Laptop, mein iPod, meine Uhr und einiges an Bargeld sind verschwunden.«

»Ach du Scheiße. Bullen?«

Ich nickte. »Schon alleine wegen der Versicherung. Aber die beiden sind längst über alle Berge. Im Hotel haben sie jedenfalls nie gewohnt.«

»Du Armer.« Sie legte mir eine Hand auf den Arm. »Hat sie wenigstens ... na ja. Du weißt schon.«

Ich konnte mir ein Grinsen nicht verkneifen. »Ficken, no. Ja, das hat Spaß gemacht.«

»Wenigstens was.« Sie legte den Kopf auf den Tresen und wiederholte den Satz.

»Im Prinzip«, dachte ich laut nach, »könnte man das Hotel mitverantwortlich machen. Schließlich haben wir die beiden ja hier am Pool kennengelernt. Wie hieß der Manager noch mal?«

»Señor Martinez.« Ich kratzte mich am Oberschenkel, als kleinen Ausgleich dafür, dass ich meinen Sack in der Öffentlichkeit nicht kratzen konnte. Er juckte nämlich, trotz Dusche. »Vielleicht haben wir gerade einen guten Aufhänger für unsere Coverstory gefunden.«

»*Coverstory?*« Sie hob den Kopf wieder.

»Du hast nicht mal mitbekommen, dass ich mit Sitz telefoniert habe, als wir im Restaurant waren, oder?«

Nina schüttelte den Kopf, also erzählte ich das Gespräch nach.

»Heilige Scheiße.« Sie wandte sich zum Kellner, der gerade meinen Kaffee abstellte. »Noch ein Bier, Pedro.«

Ich trank den Kaffee aus und ließ meine Kollegin allein an der Bar, weil sie offenbar beschlossen hatte, heute außer Kampftrinken nichts zu unternehmen. Am Tresen bat ich zunächst darum, die Polizei zu rufen, und dann um ein Gespräch mit Señor Martinez. Die Dame, die sich kurz zuvor noch so kooperativ gezeigt hatte, fand das überhaupt nicht gut. Das war der Moment, in dem ich meinen Presseausweis zückte, den mir Janet glücklicherweise auch gelassen hatte. Den Namen unseres Magazins kannte man sogar hier.

Teodoro Martinez war ein ziemlich kleiner Mann Anfang fünfzig, der selbst in seinem edlen Anzug unsauber wirkte, was auch an seinem strohigen Schnurrbart und den von grauen Strähnen durchzogenen lockigen Haaren liegen konnte. Sein Lächeln entblößte frühstücksflockengelbe Zähne, die Finger seiner rechten Hand, die nur ein lasches Schütteln vollbrachte, komplettierten den Eindruck des Kettenrauchers. Auch Martinez sprach akzentfreies Deutsch, sogar fehlerfrei. Er bat mich zu einer Sitzgruppe am Rande der Lobby.

»Sie sind Journalist?«, fragte er, nachdem er Chico-Eusebio beauftragt hatte, uns Kaffee zu bringen. Der Kellner sah nicht viel besser aus als Nina. Nur fröhlicher, auf seine Art.

Ich nickte.

»Wie kann ich helfen?«

Mein Bericht war nicht sehr lang und ließ ein paar unwesentliche Details aus. Der Manager sah mich ernst an und nickte langsam, während ich erzählte, parallel machte er in unglaublich kleiner Handschrift Notizen.

»Nicht schön«, stellte er fest. »Natürlich sind Sie nicht ganz schuldlos bei dieser Angelegenheit. Eine fremde Frau, Wertsachen lose im Zimmer, die eigentlich in einen Safe gehört hätten. Aber ich verstehe, warum Sie mit mir sprechen wollten.«

Ich signalisierte ihm mit einer Handbewegung fortzufahren.

»Wir können kaum kontrollieren, ob jemand die Gartenanlage betritt, der nicht hierhergehört.«

»Alle Hotelgäste tragen Bändchen, je nach Arrangement«, warf ich ein und hob meinen linken Arm.

»Das ist müßig, wir müssen das nicht diskutieren. Dem Hotel ist dieser Vorfall sehr unangenehm. Es wäre schön, wenn sich nicht herumsprechen würde, dass an unserer Poolanlage Diebe und Betrüger auf ihre Opfer lauern.«

In diesem Moment traten zwei Polizisten an den Tisch, beide weit unter dreißig und ziemlich verschwitzt. Martinez stand auf und umarmte sie nacheinander, dann sprach er in wahnwitzig schnellem Spanisch auf sie ein. Nachdem er keine neunzig Sekunden später geendet hatte, grüßten die Polizisten formell und verschwanden wieder.

»Wir brauchen keine Polizei. Das Hotel wird den Schaden übernehmen. Zweitausendfünfhundert Euro sagten Sie?«

Ich nickte verblüfft. »Ungefähr.«

»Sie werden nachher eine vorbereitete Schadensaufstellung in Ihrem Zimmer finden, die Sie nur noch unterschreiben müssen. Wann reisen Sie ab?«

»In drei Tagen.«

»Bis dahin werden Sie einen Scheck erhalten. Ist das zu Ihrer Zufriedenheit?«

»Durchaus. Aber, sagen Sie ...«

»Ja?«

»Wäre ich kein Journalist – würde das dann auch so laufen?«

Er lachte und deutete dabei ein Kopfschütteln an. »Aber das bleibt unter uns, *sí*?« Mit diesen Worten stand er auf, nötigte mir noch einen schlaffen Händedruck ab und verschwand. Ich lächelte ihm hinterher, weil ich etwas wusste, das er nicht wusste – noch nicht: Señor Teodoro Martinez hatte mir soeben den Aufhänger für unsere erste Story geliefert.

Ich holte mir von Nina die Schlüssel für den Miefjeep. Sie trank inzwischen Wodka zum Bier und hing schwer in den Seilen. Eine

Wette darauf, dass ich sie am Abend noch sehen würde, hätte ich nicht abgeschlossen – wenn es in diesem Tempo weiterging, würde sie in ein oder zwei Stunden vom Hocker kippen. Schade eigentlich, denn am Abend wäre Henning wieder da – und wenn Chico-Eusebio gleichzeitig Dienst hätte, wäre ein lustiges Aufeinandertreffen vorprogrammiert. Quasi, wie Henning sagen würde.

Aus purer Freundlichkeit nahm ich ihren Zweitschlüssel mit, um Bimbo zu holen, der sein trauriges Pudeldasein im Zimmer fristete, weil er am Pool nicht geduldet wurde. Seine Begeisterung hielt sich allerdings in Grenzen. Immerhin sprang er ohne Aufforderung in den Wagen und faltete sich auf der Rückbank zusammen.

Irgendwo in der Inselhauptstadt musste es einen Computerhändler geben.

9.

Ich musste nicht bis Las Palmas fahren, um einen Elektroladen zu finden, worüber ich sehr froh war, denn ich fuhr ungern Auto. Eine Rezeptionistin malte mir den Weg zu einem »Centro Comercial« auf, wo ich, ihrer Meinung nach, ganz sicher und total günstig an neue Hardware käme. Zwanzig Minuten später stand ich – allein, weil Bimbo sich weigerte, den Jeep zu verlassen – vor einer Ladenreihe, deren Schaufenster mit Elektronik vollgestopft waren. Vor einigen Shops standen junge Männer verschiedenster Nationalitäten von Asien bis Zentralafrika und sahen sich um. Als ich gerade einen der Läden betreten wollte, kurz bevor mich einer der Schlepper erreichte, kam mir ein älteres Pärchen aus dem Geschäft entgegen. Der Mann in Inseltouristenuniform (die vier großen S – Shorts, Shirt, Socken, Sandalen) hielt die Verpackung einer Digitalkamera in den Händen, ziemlich stolz offenbar, während er auf seine Angetraute einquatschte. Ich bekam nur Brocken der Unterhaltung mit (von »Schnäppchen« und »Stand der Technik« war die Rede), dafür konnte ich einen kurzen Blick auf die Packung werfen – und stutzte. Ein Digitalkamerahersteller namens »Sonny« war mir bis dato unbekannt, aber der Schriftzug wies erhebliche Ähnlichkeit mit dem Namen eines global agierenden Konzerns auf. Und auch der Produktname »Zyber-Shot« war etwas »unüblich« wiedergegeben. Ich drehte mich um und ging den beiden nach.

»Entschuldigung, dürfte ich Sie fragen, was Sie da gekauft haben?«, erkundigte ich mich so höflich wie möglich.

Der Mann strahlte mich an. »Neuestes Modell, fünf Mega... dings. Nur dreihundert Euro. Ich hab den Mann noch um fast fünfzig heruntergehandelt.«

»Mmh«, sagte ich und zeigte auf die Schachtel. »Um ehrlich zu sein, fünf Megapixel sind zwar eigentlich okay, aber längst nicht mehr up to date. Und von einem Hersteller dieses Namens habe ich auch noch nie gehört. In Deutschland kann man Kameras mit der fast doppelten Auflösung übrigens schon für unter hundert Euro kaufen.«

»Erich, ich hab's dir gleich gesagt«, erklärte nunmehr die Frau und nickte mir dankbar zu.

»Aber Sonny. Das kennt man doch.«

»Nein. Man kennt *Sony*. Mit einem N.«

»Oh.« Er drehte die Schachtel in den Händen, als würde sich das Problem dadurch lösen lassen.

»Ich fürchte, man hat Sie verarscht«, sagte ich und lächelte dazu mitfühlend. »Das ist irgendein schäbiger, überteuert verkaufter No-Name-Nachbau eines längst nicht mehr aktuellen Modells.«

»Das lassen wir uns nicht gefallen!«, fand Erichs Frau und nahm ihm die Kamera aus den Händen. Dann ging sie wieder zurück in den Laden. Die Figuren, die vor den anderen Shops gestanden hatten, waren inzwischen aufmerksam geworden und näherten sich uns.

Ich folgte der Frau in das durchaus freundlich und hell gestaltete Geschäft. Hinter dem Tresen standen zwei Asiaten, die sich auf den ersten Blick wie eineiige Zwillinge glichen.

»Das ist Betrug!«, rief Frau Erich und knallte die Kiste auf den Tisch.

Einer der beiden Verkäufer kam so schnell hinter dem Tresen hervor, dass ich kaum seinen Bewegungen folgen konnte. Er legte einen Arm um die Hüfte der Frau und machte Anstalten, sie aus dem Laden zu schieben. »Gutes Geschäft, gutes Apparat«, sagte er dabei. Dann stellte ich mich ihm in den Weg.

»Gutes Geschäft für dich, junger Freund«, sagte ich und lächelte ihn an. Dann zog ich, zum zweiten Mal an diesem Tag, meinen Presseausweis aus der Tasche. »Weißt du, was das ist?«, fragte ich, mit leicht drohendem Unterton. Er warf einen kurzen Blick auf das laminierte Ding und sah dann zur Tür. Da standen sieben oder acht Kollegen aus den anderen Geschäften. Er nickte ihnen kurz zu, und dann ging alles sehr schnell.

Tritte in den Bauch können einem den Tag versauen. Drei oder vier der Schlepper hatten sich mit dem Ehepaar Erich befasst, die anderen hatten sich meiner Wenigkeit gewidmet. Ich bekam nicht mit, was mit den Kameraküufern geschah, nahm aber an, dass es glimpflicher ausging als bei mir. Drei Typen schoben mich in einen Durchgang, einer hielt mich dabei im Schwitzkasten. Dann bekam ich die Art von Dresche, die keinen Schaden anrichtet, aber weh tut. Es dauerte keine fünf Minuten, bis ich keuchend, aber glücklicherweise allein in einer nach Fisch stinkenden, irgendwie öligen Pfütze lag und nach Luft schnappte. Mein Bauch befand sich in einem originellen Zustand, der viel mit einem Morgen nach einer Sauftour der Kategorie neun, Tendenz zehn gemein hatte. Ich verspürte starken Brechreiz und erhebliche Schmerzen. Was ich absolut nicht mehr verspürte, war der Wunsch, dämlichen Touristen dabei zu helfen, nicht abgezockt zu werden. Ich kramte meinen lädierten Körper zusammen, wankte zum Auto und fuhr zurück ins Hotel. Auf dem Weg dachte ich darüber nach, die Polizei zu alarmieren, verwarf die Idee aber gleich wieder. Das Palaver des Hotelmanagers mit den beiden kanarischen Bullenvögeln hatte mir gezeigt, wie hier der Hase lief. Wir, die Pauschaltouristen, waren der Dreck, aus dem man auf Scheißegrancanaria Geld machte. Nicht weniger, aber auch nicht mehr. Nicht für einen Cent mehr.

Nina saß noch immer an der Poolbar und starrte ins Nichts. Vor ihr stand, was mich eigentlich noch mehr verblüffte als mein jüngstes Erlebnis, eine Kanne Tee. Ich setzte mich neben sie und erzählte, was gerade geschehen war.

»Ist irgendwie nicht dein Tag heute«, sagte sie mitfühlend und legte mir einen Arm um die Schulter.

Ich sah sie an und sie mich. In ihrem Blick lag etwas vollkommen Irres. Und trotzdem wohnte diesem Blick gleichzeitig eine nüchterne Distanz inne, eine verklärte Ernsthaftigkeit, die ich an ihr so noch nicht erlebt hatte.

»Das Leben ist scheiße, hier wie überall«, erklärte sie, leicht nuschelnd, und nahm einen Schluck Tee.

»Großer Gott«, sagte sie dann. »Diese Plörre schmeckt wie Bimbos Pisse.«

Mein Bauch beruhigte sich langsam, aber es schmerzte noch immer. Ich nahm Nina die Tasse aus der Hand und nippte daran. Ganz so schlimm war es nicht, obwohl sich die Sorte nicht herausfinden ließ, und als die Wärme meinen Magen erreichte, stellte sich fast ein Wohlgefühl ein.

»Das ist ein seltsames Spiel, diese Nummer hier«, sagte ich und drehte mich etwas mühselig zum Pool um. Eine Gruppe Spätfünfzigerinnen vollführte seltsame Übungen zur Anleitung einer knackigen Spanierin, die am Poolrand neben einem Ghettoblaster stand, aus dem Idiotentechno dröhnte. »Wenn man sich darauf einlässt, wird man verarscht, und wenn nicht, dann wird man verdroschen.«

»Das ist wie überall«, murmelte Nina.

»Ja, aber teurer.«

Wir schwiegen ein paar Minuten.

»Ich bin so einsam«, murmelte sie dann plötzlich und legte ihren Kopf auf meine Schulter.

»Einsam?«

»Weißt du, wie schwer es für eine Frau in meinem Alter ist, einen brauchbaren Partner zu finden?«

Ich war von der seltsamen Wendung unseres Gesprächs überrascht, musste aber sofort an Silke denken, die etwas, aber nicht viel älter als Nina war und offenbar keine großen Probleme damit hatte, Partner zu finden, sogar Zweitpartner. Deshalb schüttelte ich den Kopf.

»Verdammt, da draußen sind nur Patienten und Psychopathen unterwegs«, stellte sie fest. »Oder verheiratete Arschlöcher, die nichts als Fremdficken im Sinn haben.«

»Ehrlich?« Meine jüngsten Erfahrungen stützten einen Teil ihrer Aussage zwar, basierten aber auf einer anderen Ausgangssituation.

»Scheiße, ich könnte dir was erzählen.« Dieser Satz hatte sie Kraft gekostet, viel zu viel Kraft. Gleich danach sank ihr Kopf mit einem hörbaren Knall auf den Tresen, viel zu schnell für mich, um noch einschreiten zu können.

In meinem Zimmer lag tatsächlich eine Liste, die fast exakt die Gegenstände aufzählte, die ich Señor Martinez als gestohlen gemeldet hatte. Darunter befand sich in schlechtem Deutsch eine Erklärung, die mit meiner Unterzeichnung dazu führen würde, dass sämtliche Ansprüche in alle Richtungen mit der Zahlung des Gesamtwerts ausgeglichen wären, außerdem verpflichtete ich mich zur Geheimhaltung. Ich duschte den Rest des Bauchschmerzes weg und warf mich aufs Bett, die Liste in den Händen. Natürlich hatte ich mich idiotisch verhalten, sagte ich mir. Aber noch idiotischer wäre es, beschloss ich nach einigen Minuten des Nachdenkens, es ihnen so einfach zu machen.

Nina tauchte nicht zum Abendessen auf, das ich mit drei Elternpärchen aus dem Ruhrgebiet und ihrer völlig verzogenen Brut verbrachte, die besonders viel Spaß damit hatten, Salat durch die Gegend zu werfen und ihre Eltern dabei herausfordernd anzugrinsen, ohne dass diese auch nur darüber nachzudenken schienen, irgendwie zu reagieren. Aber an der Bar traf ich meine Kollegin dann wieder. Sie sah überraschend erholt aus und trank vielleicht Cola, vielleicht aber auch Cola mit was drin. Eusebio stand hinter dem Tresen und wusste offenbar nicht, wen oder was er ansehen sollte. Er tat mir fast ein bisschen leid. Auch Chico-Eusebio war Teil dieses verfickten Abzockersystems, das Erholung versprach, eigentlich aber nur darauf aus war, dämliche Blassgesichter aus dem nördlicheren Europa um möglichst viel Kohle zu erleichtern. Ohne nennenswerte Gegenleistung.

Wir redeten nicht viel, eigentlich überhaupt nicht. Das Einsamkeitsthema kam nicht noch einmal auf, obwohl mich interessiert hätte, was Nina genau damit meinte, und als es an der Zeit war, gingen wir schweigend in den Veranstaltungssaal. Statt eines Zauberers trieb an diesem Tag ein fader Clown sein Spiel, dann kam die Band. Ich hatte Angela hübscher in Erinnerung, die keine zwei Tage alt war, aber diese Erinnerung litt unter diversen, nicht nur schönen Erfahrungen, die ich zwischenzeitlich gemacht hatte. Während ich noch darüber nachdachte, wie ich auf das auffordernde Lächeln reagieren sollte, das mir ständig von der Bühne entgegenstrahlte, schoben sich zwei Gestalten in mein Blickfeld, die ich zwar sofort erkannte, die mir aber wie Menschen aus einer weit entfernten Vergangenheit vorkamen. Inge und Herta zogen sich, alle Proteste ignorierend, Stühle von Nachbartischen heran und setzten sich zu uns. Ein Zwilling stellte eine grüne Schachtel vor mir ab – eine Großpackung After Eight. Ich beugte mich zu ihr und umarmte sie herzlich.

»Schön haben Sie es hier«, sagte eine von beiden, Herta oder Inge oder ein inzwischen aufgetauchter Drilling.

»Finden Sie?«, fragte ich zurück, drückte aber beiden die mächtigen Unterarme. Etwas in mir freute sich, die Frauen zu sehen, etwas anderes, das latent stärker war, wünschte sich nur noch auf einen anderen Planeten.

»Sie müssten unser Hotel mal sehen«, sagte Ingeoderherta.

»Nicht wirklich«, murmelte Nina, lächelte dabei aber freundlich.

»Heute ist was passiert!«, rief ein Zwilling so laut, dass sich Leute zu uns umdrehten. Hennings Band spielte einen alten Elton-John-Titel. Gibt es eigentlich auch neue Elton-John-Songs? Scheißegal.

»In unserem Hotel war ein Pärchen, junge Dinger, wirklich hübsche Leute«, sagte die andere, wobei sie vor Aufregung errötete. »Die haben« – ihr Tonfall wurde leiser – »Touristen ausgeraubt.«

Nina sah mich an, wieder mit diesem Terroristenblick. Ich nickte langsam. »Ein Typ, der wie Ralf Bauer aussieht, und eine sehr hübsche Frau mit langen, blonden Haaren.«

»Nein!«, rief der andere Zwilling und packte meinen Unterarm, als wäre er ein Ruder und sie Schlagmann in einem Achter. »Woher wissen Sie das?«

»Das«, sagte ich und nahm einen Schluck Bier, »ist eine lange, traurige Geschichte.«

Immerhin war es wirklich nett, Inge und Herta dabeizuhaben, während die Band in der Hauptsache das Set wiederholte, das sie zwei Tage zuvor schon gespielt hatte, und über Dinge zu reden, die eigentlich niemanden interessieren sollten, der Tausende Kilometer fliegt, um genau mit solchem Dreck nicht konfrontiert zu werden. Ich beantwortete ein paar sehr knifflige Kreuzworträtselfragen, dann verabschiedeten sich die beiden, ohne dass ich herausbekommen hätte, wer wer war, weil sie einen Bus kriegen mussten. Das fiel mit der Bandpause zusammen. Henning kam an unseren Tisch, küsste Nina, die das erkennbar widerwillig über sich ergehen ließ. Angela hielt sich im Hintergrund, nickte in Richtung Bar. Mein inzwischen sechstes Bier hatte mich in einen Zustand ergebener Passivität versetzt, also folgte ich der Aufforderung, die letztlich dazu führte, dass wir den Sex von vor zwei Tagen zu wiederholen versuchten, aber bei dem Versuch scheiterten. Angela verließ mein Zimmer, während ich noch schlief, und ich vermisste sie nicht, als ich aufwachte.

Zwei Tage später holte uns morgens um drei ein Bus vom Hotel ab, obwohl unser Flug erst um zehn ging. Wir wiederholten die endlose Zickzack-Tour durch das Märkische Viertel, drängten uns ins Flugzeug, um Ablageplatz für unser Handgepäck zu finden, und als wir schließlich in Tegel landeten, war ich einfach nur erleichtert. Das änderte sich schlagartig, als ich die Wohnung betrat. Stan und Ollie waren verschwunden, und auch sonst fand sich nicht mehr viel von dem wieder, das ich erwartet hatte. Aber immerhin hatte ich eine handgeschriebene Story im Gepäck, die ich sofort an Heino Sitz faxte: *Angst und Schrecken in Maspalomas*. Das Faxgerät hatte Silke nie gemocht, ein grauer, großer Kasten, der das Papier zerknitterte, wenn man es nicht sorgsam einlegte. Ich dachte an Janet, die räuberische Fee aus dem Sachsenland, während die fünfzehn Seiten durch den Papiereinzug knatterten. Als die letzte Seite gefaxt war, warf ich mich aufs Bett, eines der wenigen Möbelstücke, die ich in die Beziehung eingebracht hatte, und fiel in einen erholsamen fünfzehnstündigen Schlaf, den auch das seit drei Tagen präsente und immer stärker werdende Sackjucken nicht zu unterbrechen in der Lage war.

10.

»Filzläuse?« Steini sah mich gleichzeitig mitfühlend und amüsiert an.

Ich nickte. »Sackratten, Phthirus pubis.« Ich war stolz darauf, mir den komplizierten lateinischen Namen gemerkt zu haben. »Bin jetzt rasiert.« Er hob eine Augenbraue. »Außerdem musste ich heute Morgen alle Klamotten, die ich dabeihatte, in die Reinigung geben und heiß trocknen lassen.«

»Und welche von beiden war es?« Steini kippte sich die Neige in den Hals und winkte nach Lisa.

»Mmh. Wenn ich mich recht erinnere, war Angela …«

»Die Sängerin«, unterbrach Steini nickend.

»Richtig. Jedenfalls war die unbehaart. Also muss es mein sächsischer Engel gewesen sein.«

»Die diebische Elster.«

»Eher ein diebischer Kolibri. Wirklich, bei aller Scheiße, die sie mir angetan hat – das war eine sehr zarte, verdammt hübsche kleine Frau.« Ein leicht wehmütiges Gefühl überkam mich, und ich musste an den Zettel mit dem Krakelherz denken. Den ich tatsächlich eingesteckt hatte.

»Wie nennt man das, wenn sich Opfer in Täter verlieben?«, fragte mein Kumpel lachend.

»Stockholm-Syndrom«, platzte der Rätselredakteur in mir heraus. »Aber das gilt wohl nur für Entführungssituationen. Außerdem. Wer ist hier verliebt?«

Weil ich das Gesicht verzog, legte er mir eine Hand auf die Schulter. »Sorry. Das mit Silke tut mir wirklich sehr, sehr leid.« Ich sah ihn an und war einen Moment verwirrt. Seine Mimik wirkte irgendwie abwesend. Wahrscheinlich war er mit den Gedanken woanders.

»Was ist mit Silke?«, fragte Lisa.

Ich nahm ihr das frische Bier aus der Hand, trank einen Schluck, sah ihr in die Augen und sagte: »Schicht im Schacht. Aus die Maus. Ende mit Gas. Klappe zu, Affe tot.«

»Oh.« Sie blickte Steini und mich abwechselnd an, schließlich wieder nur mich. »Dann bist du jetzt solo, oder?«

»Pragmatisch ausgedrückt – ja.«

Lisa nickte langsam, weiß der Geier, was sie dabei dachte. Dann beugte sie sich zu mir und hauchte mir einen Kuss auf die Wange. »Muss schlimm sein nach so langer Zeit.« Ich konnte nur erstaunt nicken. Sie drehte sich zu Steini und küsste ihn auf die gleiche Weise. »Man will ja nicht ungerecht sein.« Dann ging sie auf die Art, wie sie nur Lisa beherrscht, zum Tresen zurück. Sämtliche Gäste verfolgten sie mit ihren Blicken, jedenfalls die mit Säcken und Schwänzen. Sogar Steini.

Er absentierte sich aufs Klo, was mir die Gelegenheit gab, den Tag Revue passieren zu lassen. In aller Frühe hatte mich ein völlig hingerissener Heino Sitz angerufen, und während der folgenden zwanzig Minuten hatte er mir seine Lieblingsstellen aus dem Artikel mehrfach vorgelesen, was mich enorm freute, wenn auch nicht so sehr, wie es das noch vor zehn Tagen getan hätte – der Gedanke, irgendwann wieder, in welcher Position auch immer, in der Redaktion zu arbeiten, kam mir mittlerweile immer unwirklicher vor. Ich widersprach mehrfach seiner durchaus richtigen Vermutung, Nina hätte keinen großen Anteil an dieser Arbeit gehabt (»Klingt einfach nicht nach Blume!«), aber immerhin erwähnte er die paar Fotos, die meine Kollegin an den letzten beiden Tagen in aller Eile geschossen hatte, in einem lobenden Nebensatz.

Danach hatte ich in unserer – meiner – Bude gehockt und die Wände angestarrt. Einerseits war ich froh, wieder zu Hause zu sein; die vergangene Woche kam mir gefühlt wie ein halbes Jahr vor. Andererseits wusste ich nichts mit mir anzufangen, obwohl es ja auch vorher keine Ausnahme gewesen war, ohne Silke in der Wohnung zu sein. Ausschlaggebend war die Tatsache, dass es jetzt für immer so bleiben würde. Interessanterweise war ich nicht traurig, nicht mehr so sehr, sondern einfach damit überfordert, nach sieben Jahren mein komplettes Leben wieder allein organisieren zu müssen. Ich dachte an die gemeinsamen Abende, an unsere amüsanten Kochversuche, an die vielen Veränderungen, die ich Silke zuliebe hingenommen hatte, einige davon sogar zu meinem Besten, was ich auch einzugestehen in der Lage gewesen war. Unsere Musikgeschmäcker hatten sich angeglichen (Silkes an meinen), unsere Fernsehpräferenzen (umgekehrt), unsere Freundeskreise (meiner erweiterte sich, Silkes blieb fast unverändert). Das war jetzt alles wieder offen. Dieser Gedanke verstörte mich. Also folgte ich dem, den ich am Morgen gleich als Erstes gehabt hatte, und ging zu meiner Hausärztin.

Frau Dr. Jüterborger war eine Frau, der man noch ansah, dass sie mal sehr hübsch gewesen sein musste, etwa vor dreißig Jahren. Es gelang ihr, etwas, das Steini mal »die Eleganz des Alters« genannt hatte, mit den Resten der längst verblühten Jugendlichkeit zu verbinden. Allerdings täuschte das nicht über die Ruppigkeit und an Unfreundlichkeit grenzende Harschheit hinweg, die Frau Doktor an den Tag legte. Genau deshalb ging ich zu ihr. Sie war ehrlich, direkt, präzise, zielorientiert, und sie kannte keinerlei Rücksicht. Bei ihr war ich sicher, von einer bösen Diagnose umgehend zu erfahren und keine Mondprognosen über meine verbleibende Lebenserwartung zu hören. Und: Dr. Jüterborger war begeisterte Raucherin. Nicht selten traf man sie auf dem Weg in ihre Praxis vor der Tür stehend mit einer Fluppe im Gesicht an. Sie vertrat die Ansicht, dass das Wohlgefühl, das zehn Zigaretten am Tag (»Keine einzige mehr!«) verursachten, durchaus die drei oder vier Jahre wert war, die es – durchschnittlich – an Lebenserwartung kostete. Die ja, wie sie auf ihre knorrige Art betonte, vom Ende weggingen, also vom ohnehin schlechteren Teil. Das war eine sehr originelle Ansicht für eine Medizinerin, aber ich erwartete auch nicht von ihr, mir gesundes Leben vorzuführen, sondern ausschließlich, *meine* Gesundheit instandzuhalten.

Die Sackratten waren in Minutenschnelle diagnostiziert, sogar ich konnte die grauen Knäulchen am Ansatz meiner Schamhaare erkennen, und nach Bekanntwerden der Lösung meinte ich, überall herumkrabbelnde Läuse zu sehen, was mir eine Ganzkörpergänsehaut verschaffte. Ohne große Diskussionen wies Frau Doktor ihre Helferin an, mich sorgfältig zu rasieren, was gleichzeitig sehr peinlich und bemerkenswert angenehm war. Ich bekam noch ein Medikament verschrieben, und dann erklärte mir die Ärztin, dass solcher Scheiß, wie sie es nannte, mal passieren könne und nur wenig mit Schutz oder Hygiene beim Sex zu tun hätte.

Auf der Suche nach einer Apotheke entdeckte ich eine Currybude, und obwohl die Würste innerhalb des Darms bereits trocken-verkrustet waren, was ich normalerweise widerlich fand, schmeckten sie nach einer Woche kanarischem Gerontenfraß einfach unglaublich gut. Anschließend holte ich in der Apotheke das Insektizid ab, mit dem ich meinen Schambereich und – sicherheitshalber, wie Frau Doktor erklärt hatte – Achsel- und Kopfhaare behandeln sollte. Danach betrat ich erstmals in meinem Leben ein Internetcafé, eine etwas schmierig wirkende, schummrig beleuchtete Bude, deren Computerarbeitsplätze ausschließlich mit Leuten besetzt waren, die den Eindruck erweckten, genau in diesem Augenblick Folgeanschläge zu Nine-Eleven zu planen. Ich bestellte bei Amazon einen neuen Laptop, einen iPod und, was zu meiner Überraschung auch möglich war, zwei Exemplare der geklauten Jeans. Alles würde bereits morgen geliefert werden. Das fand ich gut, wie auch die Tatsache, dass es nicht mehr im Schritt juckte.

Schließlich saß ich wieder in der Wohnung, vermisste Stan und Ollie und wartete darauf, in die Kneipe gehen zu können, um Steini zu treffen. Zweimal erwischte ich mich dabei, Silkes Nummer zu wählen, beendete beide Versuche aber rechtzeitig. Sie hatte nicht mal eine Nachricht hinterlassen. Vielleicht war es besser so. Nur: Besser als was?

Steini kehrte vom Klo zurück. Ich verspürte den starken Impuls, aufzustehen und ihn zu umarmen, weil er in meiner derzeitigen persönlichen Bilanz den einzigen Aktivposten darstellte. Ich gab dem Impuls nach. Steini ließ es über sich ergehen.

»Dir muss es ganz schön beschissen gehen«, kommentierte er, während wir uns wieder setzten. Dabei sah er zum Tresen, wo Lisa einem hackedichten Stammgast den nächsten Schnaps auszureden versuchte.

Ich nickte. »Übermorgen geht's nach Marokko, meine Bude ist leer, ich habe gerade gut fünfzehnhundert Euro für Dinge geblecht, die mir von einem sächsischen Engel gestohlen wurden, meine Reisebegleiterin scheint ein Alkoholproblem zu haben, und ich muss meinen Schambereich mit Insektenvertilgungsmittel behandeln. Fehlt noch was? Du und die Tatsache, dass Sitz offenbar meine Story mag, sind derzeit meine einzigen Lichtblicke. Ich weiß echt nicht, ob ich weitere fünf Wochen durchstehe. Ich überlege ernsthaft, den Job hinzuschmeißen.«

Auf diese – halbherzige – Idee war ich tatsächlich erst in diesem Augenblick gekommen.

»Du wirst dich daran gewöhnen«, behauptete mein Freund. »Immerhin ist es Urlaub, oder?« Er schmunzelte. »Andere Leute freuen sich das ganze Jahr lang auf so was.«

»Genau das verstehe ich nicht.« Ich fuchtelte in Richtung Tresen, Lisa nickte, legte der Schnapsleiche in spe kurz die Hand auf die Schulter und zapfte dann unsere nächste Runde.

»Vermutlich ist das dein – euer – Problem. Ihr seht nur das Negative, suhlt euch in eurer journalistischen Arroganz, macht euch über diese Leute lustig.«

Ich schüttelte den Kopf. Ganz stimmte das meiner Meinung nach nicht. »Ich komme mir vor wie ein Freier, der tausend Euro für eine heftige Liebesnacht abdrückt und dann in zwei Minuten einen abgeschüttelt bekommt, um anschließend auf die Straße gesetzt zu werden. Nackt. Ich meine, klar, in solchen Urlaubsgebieten kann man nicht erwarten, individuellen Luxus und entspannende Umgebung zu erleben, aber das genaue Gegenteil davon muss es doch auch nicht sein, oder? Was *erwarten* diese Leute eigentlich?«

»Tapetenwechsel. Sonne, Meer, Strand. Sich mal für zwei Wochen völlig anders verhalten zu dürfen.«

»In Massentierhaltung? Mit Verpflegung, die man nicht mal einem Hund vorsetzen würde? Abgefertigt, durchgereicht, verarscht? Und dann auch noch im ständigen Kampf um Liegeplätze und Ablagefächer? Betreut von Personal, das in amerikanischen Hochsicherheitsknästen angeworben wurde? – Wo ist da der Spaß?«, fügte ich nach einer kurzen Pause an.

»Die meisten empfinden das nicht so, nehme ich an. Du darfst nicht vergessen, welche Klientel hier bedient wird. Für viele stellen saubere Zimmer, regelmäßiges Essen, ein Pool und ein bisschen Sonne schon traumhafte Bedingungen dar.«

»Wir sprechen hier doch nicht von ALG-II-Empfängern, mein Lieber.«

»Na ja, aber auch nicht von Leuten mit sechsstelligen Gehältern.« Steini lächelte. »Ich bleibe dabei. Eure Perspektive ist falsch.«

Ich stöhnte. »Mal sehen, ob ich meine Perspektive in Agadir kalibriert bekomme. Aber, hey. Lassen wir das Thema. Ich hab noch ein Hühnchen mit dir zu rupfen.«

Ich erzählte ihm von meinem Kennenlerngespräch mit Nina Blume und den interessanten Details, die sie mir offenbart hatte – und die sich aus einer Quelle gespeist hatten, die jetzt vor mir saß. Er lächelte.

»Sie hat mich angerufen, und wir haben uns verabredet, am Abend vor eurem Abflug. Eigentlich« – er sah in Richtung Tresen – »keine unangenehme Person, diese Frau Blume. Ich hatte sie falsch eingeschätzt.«

Ich nickte. So war es mir auch ergangen. Und ich vermutete langsam, dass sie dieses Negativimage als eine Art Angriffsverteidigung nutzte, sehr bewusst.

»Was mich verblüfft hat – sie wollte etwas über dich erfahren, weil sie unsicher war. Fast schon besorgt. Erst habe ich mich verweigert, aber sie hat so nett insistiert – und mir ein prächtiges Essen spendiert. Ich habe ihr allerdings nur erfreuliche Sachen verraten. Und deine Musik- oder Filmlieblinge sind ja nun wirklich kein Geheimnis.«

»Du hättest mir was sagen können«, nörgelte ich gekünstelt.

»Hätte ich, ja. Aber ich fand das lustig. Sie hat mich darum gebeten, Stillschweigen zu wahren. Und, wie gesagt. Wichtige Sachen waren nicht dabei.«

»Dass ich Pudding mit Haut liebe, das wissen ganze drei Leute von mir – du, meine Mutter. Und Silke.« Mein Hals wurde von einem flink hineingehüpften Frosch besetzt. »Jetzt noch Frau Blume«, ergänzte ich mühevoll.

»Okay. Ich zahle den Deckel, und du hast noch was gut bei mir. Aber ich fand das wirklich so ... *nett*, wie sie da vor mir saß, mit ihrer Solariumsbräune und in diesen vollkommen unmöglichen Hosen, auf ihrer Oberlippe herumgebissen hat und etwas über dich wissen wollte. Der Menschenfreund in mir konnte nicht widerstehen. Und Geheimnisse habe ich ja wirklich nicht verraten.«

Mir kam ein Gedanke. »Und umgekehrt?«

Er grinste kurz, dann wurde sein Gesicht schlagartig ernst. »Frau Blume ist meiner Meinung nach auf dem Weg zur Alkoholikerin, aber das scheint mir eine mittelbare Ursache zu haben. Jedenfalls hat sie an diesem Abend Rotwein wie Wasser getrunken, aber erst nach dem achten Glas war eine Veränderung zu bemerken. Der gute Herr Sitz scheint ihr zu schaffen zu machen.«

Ich wurde hellhörig. »Inwiefern?«

»Keine Ahnung, aber bei dem Thema geschieht etwas mit ihr. Ich wollte höflich sein und ein bisschen Smalltalk machen, und obwohl sie da schon angetrunken war, hat sie ziemlich heftig reagiert. Möglich, dass an den Gerüchten doch was Wahres dran ist.«

Ich dachte an Marejke Medsger und konnte mir das eigentlich nicht vorstellen. Andererseits wusste ich Details über MM, die selbst Steini verblüfft hätten, aber etwas in mir wollte sie nicht verraten. Als ich im Internetcafé meine Mailbox geprüft hatte, befanden sich dort unter anderen zwanzig Nachrichten von jenem anonymen Account, und jede war anzüglicher als die vorige. Möglich, sogar wahrscheinlich, dass Sitz inzwischen auch wusste, wo der Hund an den Baum pisste. Ich beschloss, das Thema zu wechseln.

»Was gibt's bei dir Neues?«

Er kniff die Lippen zusammen, lehnte sich zurück und sah an die Decke. »Ich habe jemanden kennengelernt«, sagte er leise in Richtung Holztäfelung – und wiederholte damit den letzten Satz, den ich von Silke gehört hatte, wobei der Frosch in meinem Hals die Backen blähte. Irgendwie schien das aber nicht alles zu sein, doch er sprach nicht weiter.

»Wow. Glückwunsch!«, brachte ich heraus. Steini sah mir fest in die Augen, sein Gesichtsausdruck war nicht zu deuten.

»Ich bin in einer völlig neuen Situation.« Er senkte den Blick, der traurig wurde, gleichzeitig war da noch etwas anderes, das ich nicht erfassen konnte. Ich bekam eine Gänsehaut. Er beugte sich zu mir und legte mir eine Hand auf die Schulter. Dann seufzte er. »Nikolas, ich werde wahrscheinlich die Stadt verlassen. Wenn alles so läuft, wie es sich derzeit abzeichnet, ziehe ich noch im Sommer nach Hamburg.«

Teil 3: Marokko
Willkommen in meinem Land!

1.

Es wäre einfacher gewesen, von Gran Canaria direkt nach Agadir zu fliegen, schließlich lagen die beiden Locations nur 600 Kilometer voneinander entfernt. Schon beim Anflug zeigte sich, dass sie viele Ähnlichkeiten aufwiesen. Im morgendlichen Schatten des Atlasgebirges hing ein großflächiger, unansehnlicher Ort auf gelbbraunem Grund. Hier und da gab es grüne Tupfer innerhalb scharf konturierter Grundstücksgrenzen. Irgendwelche Paläste, nahm ich an. Schließlich bereisten wir ein arabisches Land.

Wir saßen in einem Linienflieger, weshalb es keinen Raucherbereich gab, dafür aber sehr engagierten Service, was an der Qualität des gereichten Kaffees (lauwarme Cola mit leichter Deo-Note) nichts änderte. Immerhin waren wir früh genug am Check-in gewesen, um Plätze nebeneinander zu bekommen, allerdings war das Flugzeug auch nicht voll. Das Publikum war deutlich jünger als auf dem Weg nach Gran Canaria, wirkte aber insgesamt ... *abgerissener*. Der Geruch von billigem Rasierwasser wie »Old Spice« und »Tabac Original«, das schon mein seliger Vater benutzt hatte, hing in der Luft. Die Kinder, meistens im Grundschulalter, verhielten sich auf leicht depressive Art ruhig. Das galt auch für Nina, die während des gesamten Fluges – vom kurzen Schrei beim Start abgesehen – kein Wort sagte und entweder schlief oder schweigend aus dem Fenster starrte. Bei allen vier Runden, die die Stewardessen machten, bestellte sie doppelte Wodkas. Ich enthielt mich eines Kommentars, trank meine als Kaffee getarnte Deo-Cola, hörte Musik und las.

Der Applaus bei der Landung fiel verhalten aus, und nur wenige Fluggäste schienen das Bedürfnis zu verspüren, minutenlang mit geknickten Hälsen im Gang zu stehen oder auf besondere

Positionen an der Gepäckausgabe zu drängen. Ich entdeckte mehrere Gruppen junger Menschen, meistens ausschließlich männliche oder weibliche, die sich vermutlich auf ihrem ersten elternfreien Urlaubstrip befanden.

Da uns Bimbo auf dieser Reise nicht begleitete und Ninas Gepäckmenge nur noch halb so umfangreich war wie bei unserer ersten, saßen wir bereits zwanzig Minuten nach der Landung in einem außerordentlich klapprigen, nach Fußschweiß stinkenden und knallheißen Kleinbus, der über acht Plätze verfügte, weshalb ich annahm, dass wir ziemlich schnell im Hotel ankommen würden. Doch das war ein Trugschluss. Der Fahrer lud unsere Koffer ein und verschwand wieder, und danach geschah eine geschlagene Stunde lang, die ich aufgrund der klimatischen Bedingungen außerhalb des Busses verbrachte, überhaupt nichts. Nina schlief, die Wange an die verschmierte Scheibe des Fahrzeugs gedrückt – bei geschätzt sechzig Grad Innentemperatur. Nach fünf Zigaretten und einem ausgiebigen Studium der höhepunktearmen Fassade des Aeroporto Al-Massira kam der Fahrer, der viel Ähnlichkeit mit meinem türkischen Lieblingsgemüsehändler hatte, wieder angedackelt, bestieg ohne jede Erklärung den Bus, startete den ungesund klingenden Motor und kutschierte uns die kaum fünfzehn Kilometer zum Hotel. Während der Fahrt hörten wir laute marokkanische Folklore aus einer Stereoanlage, die vermutlich Ende der Fünfziger in der DDR produziert worden war. Der Krach hätte auch als Untermalung für einen Weltuntergangsfilm durchgehen können. Unser Fahrer reagierte überhaupt nicht, als ich ihn anzusprechen versuchte. Er sah mich nicht einmal an.

Die Landschaft, die wir durchfuhren, war sogar im Vergleich zu Gran Canaria unspektakulär. Während eines Volontariats hatte ich mal für eine Reportage ein ostdeutsches Braunkohleabbaugebiet besucht; Agadirs Umgebung war kaum attraktiver. Und auch der Ort selbst wusste mit seiner staubigen Baukastenarchitektur nicht gerade zu glänzen. Ich sah viel Müll an Straßenrändern und einige lädierte Autos mit Baujahren aus dem vergangenen Jahrtausend. Erst in Richtung Ortsmitte wirkte es aufgeräumter, dort waren auch vereinzelte Touristen zu sehen. Ich konnte sogar einen Blick auf den dunkelgrauen Strand werfen, bevor wir in eine Nebenstraße einbogen und mit fürchterlich quietschenden Bremsen – erstmals eingesetzt während dieser Tour – vor dem Hotel hielten. Der Fahrer hievte unsere Koffer aus dem Bus und schien mich erst jetzt wahrzunehmen. Weil er offenbar Trinkgeld wollte. Das Lächeln, mit dem er diese stumme Forderung unterstrich, hatte etwas Bedrohliches. Ich tippte mir mit dem Zeigefinger an die Stirn und hoffte, dass die Geste auch hier verständlich war. Zudem besaßen wir noch keine Dirhams. Er drehte sich auf der Hacke um und knatterte mit dem vorzeitlichen Kleinbus davon.

In der Hotelhalle empfing uns eine mit Essens- und Tabakgerüchen geschwängerte Kühle. Immerhin gab es eine gewisse Noblesse; der Boden war mit Marmor belegt, und eine Korb-Sitzecke in der Lobby sah sogar einladend aus. Hinter dem schmalen Empfangstresen stand eine junge Marokkanerin, die uns freundlich in gebrochenem Englisch begrüßte. An ihrer Freundlichkeit änderte sich auch nichts, als sie unsere Last-Minute-Vouchers sah. Ein junger, aus der Achselgegend heftig nach totem Iltis riechender Kollege führte uns dann zu den Zimmern, die direkt nebeneinanderlagen. Die kleine Anlage war verwinkelt; wir durchschritten eine Art Garten und stiegen über eine Außentreppe in den ersten Stock eines sandfarbenen Bungalows. Von dort aus konnte ich den Hotelpool sehen, der im Vergleich zu dem unseres vorigen Hotels wie eine etwas größere steinerne Badewanne wirkte. Es war ziemlich heiß, aber da die Luft sehr trocken war, ließ es sich aushalten. Auch der Kofferboy wollte Bakschisch, aber wir mussten auch ihn enttäuschen. Nina verzog sich wort- und grußlos in ihr Zimmer. Meines war überraschend groß und ziemlich hell, wenn auch spartanisch möbliert. Es gab einen Fünf-Zoll-Fernseher mit riesiger Fernbedienung, einen kleinen Schreibtisch, keine Minibar, ein nur unzureichend beleuchtetes Bad mit Dusche und einen Balkon, von dem aus man auf den Pool hinaussah. Auch von hier wirkte er nicht sehr viel größer. Ich packte meinen Kram aus, schickte eine SMS an Steini, auf den ich noch immer sauer, nein, irgendwie neidisch war, zog mich aus und versuchte zu duschen. Der Wasserdruck war ein Witz, die Temperatur schwankte sehr stark, auch nachdem ich die leicht gelbliche Flüssigkeit eine Weile laufen ließ. Also ging ich zum Pool. Bis dahin kreuzten zwei handtellergroße Kakerlaken meinen Weg. Hübsche Viecher, irgendwie.

Nur wenige, zumeist relativ junge Leute belegten die einschlägigen Plastikliegen, es war vergleichsweise ruhig, wenn man vom nicht wirklich störenden Hintergrundrauschen der Straße absah, das die zwei- und dreistöckigen Hotelbungalows dämpften, die das Schwimmbecken umdrängten. Nach einem Bad im Bassin entdeckte ich neben einer welligen Tischtennisplatte einen Verschlag, der offenbar die Poolbar darstellte. Ich erwarb ein etwas seltsam aussehendes Sandwich, auf dem sich vielleicht Pute befand, und zwei polarkalte Flaschen des marokkanischen Biers »Flag Speciale«. Der junge Mann, der mich bediente, wirkte auf eine fröhliche Art abwesend, jedenfalls vergaß er zu kassieren oder mich nach meiner Zimmernummer zu fragen. In Berlin hätte ich den Einfluss illegaler Substanzen vermutet. Er kauderwelschte einen lustigen Mix aus Englisch und Französisch.

Das »Flag Speciale« schmeckte originell und trotz seines offenbar sehr hohen Verdünnungsgrades recht gut. Das Putensandwich aber war der Hammer. Genauso gut hätte ich Kinderknete mampfen können. Ohne Bier wäre es unmöglich gewesen, das geschmacklose Zeug runterzuwürgen. Aber interessanterweise beruhigte es meinen rumorenden Magen. Als ich bei der zweiten Viertelliterflasche war, kam Nina. Sie nahm mir das angefangene Bier aus der Hand, warf sich auf eine benachbarte freie Liege und kippte das Gesöff in einem Zug. Ihr rotbraunes kurzes Haar stand wild in alle Richtungen ab, und ihre goldbraunen Augen hatten einen rötlichen

Hintergrund. Sie trug einen dunkelblauen Einteiler und ein weißes Tuch um die Hüfte, dazu die unvermeidliche Porschebrille im Haar.

»Alles okay?«, fragte ich freundlich.

»Hast du 'ne Meise?«, fragte Nina zurück, ging in die Rückenlage und legte sich ein kleines Handtuch aufs Gesicht. Keine drei Minuten später flatterte das Tuch rhythmisch zum leisen Schnarchen meiner Kollegin auf und ab.

Eine halbe Stunde später war mir so heiß, dass ich es nicht mehr in der Sonne aushielt. Nina schlief noch, also ging ich zum Barverschlag. Vier Jugendliche spielten Tischtennis. Nicht nur die Platte sah aus, als wäre sie nach einer Brandlöschung aus einem Gebäude gerettet worden, nein, auch die Schläger, die die jungen Leute in den Händen hielten, hatten ihre besten Tage seit langem hinter sich. Ich ließ mir vom fröhlichen Kiffer ein neues Bier geben, was wieder keinen Bezahlvorgang auslöste, obwohl es hier kein All-Inclusive-Arrangement gab. Dann sah ich den vieren beim Spiel zu.

Sie hießen Kevin, Robby, Nadine und Madeleine, kamen aus Rostock, waren Berufsschüler und allesamt Anfang zwanzig. Kevin war knappe zwei Meter groß, extrem schlank und vermutlich der beste Kunde seines örtlichen Drogisten. In seinen daumenlangen, welligen Haaren hing so viel Gel, dass es bis zum Urlaubsende reichen würde. Sein Kumpel Robby war ein gedrungener, kräftiger Typ mit hellblauen Augen. Er tendierte schon mit neunzehn zur Glatze. Nadine und Madeleine waren offenbar Busenfreundinnen, denn sie hatten beide lange, glatte schwarze Haare, trugen die gleichen weißen – und erfrischend knappen – Bikinis und Nasenflügelpiercings. Die hübschen Mädels waren schweigsam, aber Kevin und Robby schlossen mich sofort in ihr Herz, als ich (abermals für mich kostenlos) eine Runde Bier und Zigaretten spendierte. Die guten Gefühle litten etwas darunter, dass ich sie anschließend allesamt zu Null beim Tischtennis abservierte. Bei den Revanchespielen patzte ich dann absichtlich und gewann vertrauensbildend jeweils mit nur zwei Punkten Abstand.

»Für einen älteren Herrn spielst du nicht schlecht«, kommentierte der kompakte Robby. Nadine und Madeleine kicherten dazu. Dann tuschelten sie miteinander.

»Na ja, so alt ist er doch noch nicht«, sprang Kevin für mich in die Bresche. Ich bot an, ihn zu adoptieren. Wir setzten uns an den Poolrand. Nina lag nach wie vor ohne jede Bewegung auf ihrer Liege.

»Was tut ihr hier so, wenn ihr nicht Tischtennis spielt?«, fragte ich.

Robby verzog das Gesicht. »Wir haben vorgestern eine Tour nach Marrakesch gemacht, vom Hotel aus.«

»Was für eine Scheiße!«, schimpfte Nadine, womit sie sich zum ersten Mal äußerte.

Robby nickte. »War totaler Nepp. Hat übelst lange gedauert« – ich verbarg meine Verwunderung darüber, dass dieser ostige Achtziger-Begriff noch in Umlauf war –, »im Bus war es heiß, dann sind wir zu so 'nem Teppichhändler geschleppt worden, der mächtig sauer war, als wir nichts kaufen wollten. Dann durch den Basar oder wie das heißt. Kannste echt vergessen. Wir waren froh, wieder hier zu sein.«

»Wir sind meist am Pool oder am Strand, und abends geht's in die Disse«, erklärte Kevin. »Ist aber teuer, die meisten Discos sind in den guten Hotels, da nehmen die für'n Bier fünf Euro oder mehr. Und der Strand, Alter. Der ist zwar groß, aber alle drei Pupse kommt ein Händler und schwallt dich voll. Das passiert hier sowieso andauernd. Außerdem ist das Meer schweinekalt. Hier ist's echt gemütlicher.« Er grinste.

»Hast du Halbpension?«, fragte Robby. Ich nickte. Da lachten alle vier.

»Na dann guten Appetit!«, sagte Robby prustend.

»Neue Freunde?«, fragte Nina, die plötzlich neben uns stand. Sie beugte sich herab und nahm mir abermals das Bier aus der Hand.

»Das ist Nina«, erklärte ich. »Meine Frau.« Dabei grinste sie. Erstaunlicherweise reagierten Nadine und Madeleine. Beide blickten erst auf meine ringlose rechte Hand und dann erkennbar enttäuscht drein. Ich verstand die Welt nicht mehr. Ich meine, okay, ich sah vielleicht nicht ganz schlecht aus, hatte einen drahtigen Körper, ziemlich dichtes Haar, gesunde Zähne und keine nach außen erkennbare Behinderung. Wenn ich Leute kennenlernte, hielten die mich meist für Anfang dreißig. Aber diese Mädels waren halb so alt wie ich. Aus ihrer Sicht gehörte ich zur Vätergeneration. Dennoch: Während der vergangenen zehn Tage war ich häufiger angemacht worden als in den zehn *Jahren* zuvor. Woran zur Hölle lag das?

Die zwei Kerle verabschiedeten sich zu einer weiteren Runde Pingpong (»Trainieren. Morgen schlagen wir dich«, behauptete Robby und strich sich mit der rechten Hand durch das lichte Haar), die Mädchen gingen in ihr Zimmer. Nina planschte mit den Füßen und drehte die leere Bierflasche in den Händen. Ihr Blick hing im Nirgendwo; vor Ort gab es ja auch keine Attraktionen.

»Willst du mir sagen, was los ist?«

Sie schenkte mir einen kurzen Blick und sah dann wieder in die verbaute Ferne.

»Ich bin gestresst«, antwortete sie. »Im Moment funktioniert überhaupt nichts. Und wenn ich nur dran denke, dass ich noch …« – sie nahm die Flasche in die linke Hand und zählte mit den Fingern der rechten – »… neun Mal fliegen muss, muss ich kotzen. Aber das könnte ich sowieso pausenlos. Ich bin am Überlegen, alles hinzuwerfen. Sitz könnte mein Gehalt verdreifachen, diese Scheiße ist unzumutbar.« Sie wedelte mit der freien Hand, dann sah sie mich an. »Ich muss allerdings sagen, dass mir deine Gesellschaft inzwischen ziemlich angenehm ist, das nimmt ein bisschen vom Schrecken. Wahnsinn, oder? Hättest du vor zehn Tagen behauptet, dass ich so was mal sagen würde, hätte ich dir 'nen Vogel gezeigt.«

»Geht mir ähnlich«, sagte ich freundlich und dachte dabei an Steini.

»Der Herr Womanizer.« Sie lachte und drehte sich zu den beiden Rostockern.

»Ich habe ehrlich keine Peilung, woran das liegt.«

»*Soso*«, sie grinste und legte den Kopf auf die Seite.

»Nein, wirklich. Ich meine, die sächsische Nymphe war eine Diebin ...«

Nina seufzte laut. »Gutaussehende Männer Mitte, Ende dreißig. Erfahren, aber noch nicht alt und immer noch offen für alles. Du passt exakt ins Beuteschema der überwiegenden Mehrheit der Frauen. Und genau in deiner Altersgruppe gibt's die wenigsten Singles.«

Ich zog die Augenbrauen hoch. »Hast du dir das gerade ausgedacht?«

Sie schüttelte den Kopf, schien zu überlegen, ob sie mir etwas Intimes mitteilen könnte. Sie entschied sich dafür. »Seit fünf Jahren betreibe ich Partnersuche per Internet. Ich hatte, glaube ich, über hundert Dates. Und ich habe mit einigen Frauen Kontakt gehabt, die auch in Singlebörsen – was für ein dämliches Wort! – unterwegs sind. Es ist immer dasselbe. Auf den ersten Blick sind einige Typen ganz brauchbar, aber früher oder später entpuppen sie sich als die letzten Idioten, sind verheiratet, auf der Suche nach abartigem Sex oder inzwischen so einsam, dass sie schon bei den simpelsten gesellschaftlichen Anforderungen versagen. Davon abgesehen gibt es inzwischen so viele Ratgeber und Foren, dass sich sogar die Hirnis bei den ersten Treffen richtig professionell verhalten, so dass man beinahe auf sie hereinfällt.«

»Warum gibst du dir diesen Schwachsinn dann?«

Sie stöhnte. »Was soll ich sonst machen? Die meisten Beziehungen ergeben sich am Arbeitsplatz – soll ich mit Party-Ralle oder diesem verhaltensgestörten Pfennigfuchser Soller was anfangen?«

»Der ist außerdem verheiratet.«

»War nur 'n Witz.«

»Ja, aber es gibt doch noch andere Möglichkeiten. Vereine, Tanzschulen, äh ...« Mehr fiel mir nicht ein.

»Du hast echt keine Ahnung. Aber du bist ja jetzt selbst Single. Wirst schon erleben, wie das heutzutage abgeht.« Sie sah auf die Uhr. »Ich hab Hunger. Machen wir uns fürs Abendessen fertig, okay?«

2.

Immerhin gab es keine Gruppeneinteilung für das Abendessen, dafür war das Hotel auch zu klein, aber als wir zum Buffet kamen, wurde mir klar, warum Kevin und Robby gelacht hatten. Es gab gelbgrünen Blattsalat, eine große Suppentonne, aus der es roch, als wäre der Inhalt vor Jahren von einem Nasenamputierten zubereitet worden, zwei Sorten zerfallende Nudeln, die sich nicht erkennbar unterschieden, aber leicht nach Fisch rochen, und eine große Schüssel mit brauner, fettäugiger Soße, in der zerfetzte Fleischstücke schwammen. Neben uns beiden gab es nur sieben oder acht Gäste, die sich im eher jugendherbergsmäßig ausgestatteten Speiseraum verloren. Sie aßen schweigend von halbleeren Tellern.

»Ist das ein Witz?«, fragte Nina und wies auf die Nudeln. Ich war gerade dabei, die Lebendversion des Fleischs zu eruieren. Letztlich hätte es auch Fisch sein können – oder irgendwas anderes; ich kannte mich in der marokkanischen Küche nicht aus, vielleicht handelte es sich um Reptilien oder essbare Insekten, zum Beispiel marokkanische Speisekakerlaken (ich notierte mir im Geist, diese Formulierung irgendwann zu verwenden). Ich kleckste mir ein paar Nudeln auf den Teller, übergoss sie mit der Soße und legte zwei Stücken Fleisch an den Rand, möglichst weit von den Nudeln entfernt.

»Vielleicht ist es an den Anreisetagen aus organisatorischen Gründen … reduzierter«, schlug ich vor.

»Heute ist Montag.«

»Stimmt auch wieder.«

Da kein Koch oder Kellner zu sehen war, ließ sich die Frage nicht klären. Ich entnahm der sehr eingeschränkten Getränkeauswahl eine Flasche Mineralwasser, Nina griff sich zwei Bier aus dem Kühlschrank.

Es schmeckte unterirdisch. Die Nudeln hatten tatsächlich ein leichtes Fischaroma, auch diejenigen, die nicht von Soße benetzt waren, und die Fleischsorte ließ sich auch am Geschmack nicht ermitteln. Ich aß widerwillig die Hälfte meiner ohnehin kleinen Portion, mied aber das Vielleicht-Fleisch; Nina beließ es bei einigen Bissen.

»In Deutschland würde man einen Koch erschießen, der so was abliefert«, murmelte Nina.

»Es soll zweifelsohne was zum Essen sein«, mutmaßte ich, wenn ich mir auch nicht wirklich sicher war. »Mehr wird nicht garantiert.«

»Komm, wir suchen uns ein Restaurant.« Nina kippte ihr zweites Bier hinunter. »Oder, einfacher. Gleich eine Bar.«

»Einer steigt mir sogar nach«, sagte Nina. Wir saßen in der Bar einer Hoteldiscothek, es war so laut, dass man sich gerade noch unterhalten konnte. Außer uns waren einige Marokkaner – ausschließlich männlichen Geschlechts – und eine Handvoll Touristen anwesend. Der Tanzbetrieb war noch nicht aufgenommen worden, es ging auf acht zu.

»Dagegen gibt's inzwischen Gesetze«, sagte ich und nippte an meinem Bier, Heineken für umgerechnet sechs Euro pro Flasche; Dirhams hatten wir auf dem Weg aus einem Automaten gezogen, per Kreditkarte, wahrscheinlich also mit Horrorgebühren. Hier würde ich meinen täglichen Spesensatz in Minutenschnelle aufbrauchen. Fünfundzwanzig Euro, wenn ich mich recht erinnerte. *Kakerlakenkacke.*

»Ja, aber dafür müsste ich wissen, wie der Typ heißt und wo er wohnt. Wir haben uns in einem Restaurant getroffen und sind dann zu mir gegangen.« Ihr Gesichtsausdruck verriet, was dort geschehen war. »Die Mails und seine vermutlich erlogene Geschichte haben jedenfalls nicht ausgereicht, um ihn zu identifizieren. Ich hab's versucht.«

»Und was macht er?«

»Er beobachtet mich. Manchmal sehe ich ihn, wenn ich irgendwo rauskomme, aus einem Laden oder so, und er wartet offenbar auch vor dem Verlag auf mich. Da hätte ich ihn letztens fast erwischt. Aber leider eben nur fast.«

»Wie hast du gesagt – Patienten und Psychopathen?«

Sie nickte traurig. »Wir alle hoffen darauf, dass unter diesen versammelten Idioten auch ein paar Treffer sein müssen. Es ist eine Frage der Wahrscheinlichkeit.«

Ich zog die Stirn kraus. »Na ja, aber dieser Treffer muss sich auch noch in dich verlieben – und umgekehrt. Damit reduziert sich die Wahrscheinlichkeit noch mal. Beziehungen *werden* pragmatisch, aber sie beginnen nicht auf diese Art.« Scheiße, ich hatte gerade meine eigene Geschichte mit Silke in einem Satz zusammengefasst.

»Das ist nicht gerade was, um mir Mut zu machen«, nörgelte Nina, lächelnd, und winkte nach einem weiteren Drink. Sie war auf Wodka-Lemon umgestiegen, allerdings mit dreifachem Alkoholanteil, und davon bestellte sie gerade den dritten. Wir saßen seit zwanzig Minuten in diesem Laden.

»Und warum hast du mit diesem Kerl … du weißt schon. Ficken, no?«

»So weit kam's zum Glück nicht.« Nina seufzte. »Sie blenden alle beim ersten Mal, und ich bin drauf reingefallen, obwohl es die goldene Grundregel gibt, niemals gleich nach dem ersten Date – na ja, *du* weißt schon. Er war verständnisvoll, sah eigentlich ziemlich gut aus, war dezent, fast elegant gekleidet, hat mir lange zugehört und sehr emphatische Fragen gestellt. Der ist es, habe ich gedacht. Als er sich dann auszog … ich weiß nicht, ob ich das erzählen will.«

»Du musst nicht.«

Sie nickte dem Kellner dankbar zu, der den neuen Drink servierte.

»Er trug rosa Socken, die fast bis zu den Knien hochgezogen waren, und einen bunten Schlüpfer, so einen, den man eher bei Kindern vermutet. Irgendein Comicmotiv.«

»Ich glaube, heutzutage ist es sogar strafbar, sich Kinder auch nur in Schlüpfern *vorzustellen*«, warf ich ein, um die Situation aufzulockern, aber Nina reagierte nicht darauf.

»Ich dachte da noch, okay, vielleicht hält er das für originell oder sogar witzig. Dann hat er mich ziemlich geradeaus aufgefordert, ihm einen zu blasen.« Sie sprach inzwischen mit ihrem Cocktailglas, aber ich konnte die Rötung ihres Gesichts von der Seite sehen. »Sein Ding war ganz klein und bläulich. Ich tue so was sowieso nicht, und ich kann auch kaum glauben, dass es Frauen gibt, die das gern tun. Aber bei ihm war es richtig widerlich. Als ich mich weigerte, ist er böse geworden. Ganz seltsam, wie ein kleiner Junge. Erst hat er geschrien, dann fing er an zu weinen. Ich habe meine Nachbarin geholt, aber als wir in meine Wohnung zurückkamen, war er wieder angezogen und tat, als sei nichts geschehen. Er ist auch ohne Probleme abgehauen, aber in der Tür hat er noch geflüstert, dass ich ihn brauchen würde, er wisse das ganz sicher. Das war richtig gruselig.«

Ich nickte, was sie nicht sehen konnte, also legte ich meine linke Hand auf ihre rechte. Sie reagierte nicht, zog die Hand aber auch nicht weg.

»Na ja, und er wusste dann natürlich, wo ich wohne, wie ich heiße und all das. Seitdem beobachtet er mich. Anonyme Mails, nächtliche Anrufe, seltsame Briefsendungen – das ganze Programm. Nichts wirklich Bedrohliches, aber es nervt, und ich habe seitdem ununterbrochen das Gefühl, dass mir jemand zusieht, bei allem, was ich tue.« Jetzt hob sie den Blick und versuchte ein etwas gequältes Lächeln. »Nur während der letzten zehn Tage nicht. Was auch immer man über diese bescheuerte Idee sagen mag, uns sechs Wochen lang durch die Hölle zu jagen – ich werde wenigstens nicht die ganze Zeit über beobachtet.« Sie zog die Hand langsam weg. »Aber es verstärkt gleichzeitig die Angst vor dem, was mich zu Hause erwartet. Und dabei fühle ich mich dort am wohlsten.« Mit diesen Worten traten ihr Tränen in die Augen. Sie nahm das Glas und kippte den Rest runter, und in der gleichen Bewegung bestellte sie Nachschub. Ich war versucht, sie zu fragen, ob sie der Meinung wäre, durch Sauferei etwas zu verbessern, beschloss aber, es bei einer anderen Gelegenheit zu tun.

»Außerdem hat es mir das Internetdating erst mal völlig verleidet. Ich bin zwar noch in einigen Foren zugange, mache aber keine Treffen mehr aus.«

»Dafür hättest du im Moment ja auch weder Zeit noch Gelegenheit.«

»Schlimm genug.« Sie drehte sich auf dem Barhocker um. Der DJ hatte vor ein paar Minuten die Arbeit aufgenommen, und die ersten Leute tanzten – ein paar junge Touristinnen, keine Männer. Ein paar durchaus ordentliche Effekte beleuchteten den Dancefloor, der Sound war knackig, aber wir befanden uns ja auch in einem Fünf-Sterne-Hotel. Landeskategorie. Was für ein witziges Wort.

»Hast du Lust?«, fragte sie und nickte in Richtung Tanzfläche.

»Nur im Notfall. Ich tanze nicht wirklich gern.«

»Na, ich kann auch allein abhotten«, sagte sie gespielt beleidigt, schob sich vom Hocker – und dann tat sie es. Abhotten. Ich sah ihr ein paar Minuten zu, bewunderte die coole Ausgelassenheit, mit der sie sich der Musik hingab (aktueller Chartkrempel), und ihre selbstsicheren Bewegungen, denen man den Alkohol überhaupt nicht anmerkte. Dann wandte ich mich wieder der Bar zu und orderte ein neues Heineken, zündete mir eine Zigarette an – das Rauchverbot hatte Afrika noch nicht erreicht – und beobachtete die Leute um mich herum. Viel zu sehen war da nicht. Die Marokkaner umstanden inzwischen die Tanzfläche, und außer mir saß nur ein europäisches Pärchen in meinem Alter am Tresen. Die beiden schnäbelten heftig, was mir einen kleinen Stich versetzte. Am Anfang unserer Beziehung hatten Silke und ich jede Sekunde genutzt, um intensiv miteinander zu knutschen, genauso, wie die beiden es gerade taten, und manchmal im Restaurant dabei sogar das Essen kalt werden lassen. Das hatte nach ein paar Monaten aufgehört, einfach so und ohne dass wir es je thematisierten. Wir küssten uns danach immer noch, aber fast nur noch beim Sex so richtig, in den ersten zwei, drei Jahren jedenfalls. Ich zog meine Brieftasche aus der Hose, ohne zu realisieren, *dass* ich es tat, und klappte sie auf. Das Portemonnaie war ein Geschenk von Silke. In einem Seitenfach stecke ein Foto von ihr, das vier oder fünf Jahre alt war, aber sie hatte sich seitdem kaum verändert. Ich erwischte mich bei dem Gedanken, dass sie sogar hübscher geworden war. Das Bild zeigte sie im Halbprofil, es war für eine Imagebroschüre ihres Arbeitgebers entstanden, weshalb sie das Lächeln nur andeutete. Ihr Lächeln. Wenn sie strahlte, dann verblasste die Sonne zur Energiesparlampe.

»Vergangenheitsbewältigung?«

Nina war verschwitzt, aber ihre Laune schien sich verbessert zu haben, was vielleicht an dem Marokkaner lag, den sie im Schlepptau führte. Ein wirklich schöner junger Mann, bis auf die lädierten Zähne, die er jetzt zeigte, als er grinsend eine Verbeugung andeutete.

Ich schüttelte den Kopf und schob das Bild zurück. »Von bewältigt kann wohl noch keine Rede sein.« Dann wischte ich mir mit dem Handrücken über die Augen.

»Trink was, das hilft«, behauptete sie. »Das hier ist übrigens Jules.«

»Hallo, Jules«, sagte ich.

»Hallo«, antwortete er, ohne H am Anfang: *Alo*.

»Sprichst du Deutsch?«, fragte ich. Er grinste mich an und präsentierte abermals sein poröses Gebiss. In gewisser Weise hatte er für das bemerkenswerte Zahngebirge meine Hochachtung. Es war sicher nicht leicht gewesen, die Kauleiste so früh und schnell so endgültig zu ruinieren. Unwillkürlich musste ich an Heino Sitz und seine Zahnlücke denken.

»Kein Wort«, antwortete Nina für ihn. »Ist das nicht herrlich?« Sie zog den jungen Mann an sich heran und küsste ihn auf die Stirn. Er ließ das über sich ergehen, ohne groß zu reagieren. Ich zog eine neue Fluppe aus der Schachtel und hielt sie den beiden entgegen. Nina nahm sich eine, Jules nahm sich eine, aber er nahm mir außerdem die Schachtel aus der Hand und steckte sie in seine Brusttasche.

»So nicht, Kollege«, schimpfte ich und langte nach seiner Hemdtasche. Noch bevor ich mit meiner Hand auch nur in die Nähe seiner Brust gekommen war, hatte er meinen Unterarm in einer blitzschnellen Bewegung gepackt und hielt ihn fest, und zwar ziemlich eisern. Ich ließ mich vom Hocker gleiten, während Ninas Bespaßer noch immer meinen Arm umklammert hielt, und schob ihm meinen Körper entgegen. Ich war mindestens zwanzig Zentimeter größer als mein Gegenüber. Trotzdem ahnte etwas in mir, dass uns hier möglicherweise eine ungleiche Auseinandersetzung bevorstand, die mich als ungleicher zurücklassen würde. Seine fast schwarzen Augen fixierten mich emotionslos und extrem wachsam. Ab jetzt würde jede meiner Bewegungen Konsequenzen haben.

»Tu das nicht«, sagte Nina leise, aber bestimmt und legte mir eine Hand auf die Schulter. »Die paar Fluppen sind das nicht wert. Du kriegst morgen neue von mir.«

Ich versuchte mich an einem Lächeln und deutete mit dem Oberkörper den Rückzug an. Jules nickte kurz und ließ meinen Arm los. Es tat weh. Der schmale Jüngling verfügte über Kräfte, die man ihm nicht ansah.

»Was ist das für ein Spiel?«, fragte ich Nina. Sie grinste schmal.

»Er macht, was immer ich von ihm verlange, dafür bekommt er ein paar Dirhams, ein paar Euros und was er sonst noch so braucht. Das ist, wenn ich ihn richtig verstanden habe, der Deal.«

»Hast du das nötig?«

Sie warf den Kopf in den Nacken. »Hoffentlich nicht. Aber ich habe *Lust* darauf. Komm, sei ehrlich. Du warst doch auch schon im Puff, oder?«

Ich nickte langsam. Ja, ich hatte schon Bordelle besucht. Nicht oft, nicht während der vergangenen sieben Jahre, meistens im Rausch, und niemals zu meiner Befriedigung. *Keine* Nutte hielt die Versprechen, die sie machte, bevor die Knete den Besitzer gewechselt hatte. Das lag meiner Meinung nach in der Natur der Sache. Lust auf jemanden kann man letztlich nicht glaubwürdig vortäuschen. Der Kunde muss sich der Täuschung hingeben können. Ich gehörte nicht zu den Leuten, bei denen so was funktionierte.

»Sei vorsichtig«, sagte ich nur. Nina nickte und strich mit der rechten Hand über Jules' wohldefinierten Oberkörper. Der fischte sich gerade eine neue Zigarette, eine von meinen, aus der Hemdtasche und zündete sie an der vorigen an. Gut möglich, dass er seine Zähne einfach *weggeraucht* hatte. Ich tippte mir mit dem Finger an die Schläfe und sagte: »Meine Funke ist an, wenn du was brauchst.« Dann warf ich einen Fünf-Millionen-Dirham-Schein auf den Tresen und verließ den Laden.

Aber ich hatte noch keine Lust auf Al-Dschasira, einsame Bettlektüre oder Kakerlakenbeobachtung. Also durchstöberte ich die nächstgelegenen Hoteldiscotheken, die einander sehr ähnelten. In der dritten traf ich meine Tischtennisgegner und ihre geklonten Begleiterinnen. Die beiden Mädchen tanzten, heftig umschwärmt von Einheimischen diverser Altersgruppen – selbst Männer in den Sechzigern gafften –, während Kevin und Robby an der Bar abhingen und durstig aussahen. Sie begrüßten mich überschwänglich, was mich dazu brachte, an meine Rätselzwillinge zu denken. Jesus, das fühlte sich an, als wäre es Jahrzehnte her. Ich klopfte den Rostocker Berufsschülern auf die Schultern und bestellte sechs Biere für uns. Scheißt das Huhn drauf. Die vierzig Euro würden den Kohl auch nicht mehr fett machen. Ich zählte die Dirhams auf den Tresen, als wären es Monopoly-Scheine, und hörte mir ostig-begeisterte Trinksprüche an.

»Wo ist deine Ische?«, fragte Kevin beim zweiten Bier.

»In einem anderen Laden.« Mir fiel der Name nicht mehr ein. »Sie fraternisiert.«

»Sie macht was?«, hakte Robby nach und zog das Stirnrunzeln bis auf die Mitte seiner Jungenglatze.

»Schwierige Sache«, antwortete ich und spürte, dass ich langsam oder sicher betrunken wurde. »Checkt das einheimische Frischfleisch ab.«

»Ihr seid aber wirklich verheiratet, oder?«, wollte der andere wissen.

»Ist so eine Art offene Ehe. Sehr cool und lässig«, behauptete ich. Dabei wanderte mein Blick zur Tanzfläche, wo sich Nadine und Madeleine verhielten, als würden sie nicht wahrnehmen, dass sie von vierzig notgeilen Typen angegafft wurden. Nadine erwischte meinen Blick und lächelte verschlagen. Dann beugte sie sich zu ihrer Freundin und flüsterte etwas in ihr Ohr. Madeleine nickte mir zu.

»Irgendwie ist das hier total langweilig«, sagte Kevin. Ich konnte nur nicken. In einer Disse rumzustehen, die viel mit den Achtziger-Clubs gemein hatte, die Mitte der Neunziger – zu recht – reihenweise ausstarben, war nicht gerade inspirierende Abendunterhaltung. Davon abgesehen gab es für die beiden nichts zu entdecken – die einzigen brauchbar aussehenden Frauen waren diejenigen, mit denen sie gekommen waren.

»Wir könnten irgendwo ein paar Biere organisieren und uns an den Pool setzen«, schlug Robby vor, wobei klar war, dass das »wir« Nadine und Madeleine nicht miteinschloss – und dass ich es sein würde, der das Bier zu »organisieren« hätte.

Das taten wir. In einem speckigen Restaurant kauften wir zwanzig Flaschen »Flag Speciale« zum Speciale-Tarif. Am Hotelpool war es ruhig. Wir zogen die Schuhe aus, köpften die ersten drei

Flaschen, ließen unsere kalkweißen Füße ins beleuchtete Wasser baumeln und starrten in den kohleschwarzen, sternenbetupften Himmel. Kevin hatte seinen MP3-Player und ein paar Aktivboxen geholt, und ich war überrascht, relativ entspannte Musik zu hören – *Snow Patrol* oder *Cargo City* oder so. Zwischen den Songs erklang das leise Geticker der Kakerlaken, die irgendwo hinter uns herumhuschten. Es mussten Dutzende sein, vielleicht Hunderte. Das störte mich nicht, schließlich war ich vor kurzem selbst Wirt einer ganzen Insekten*kolonie* gewesen. Aber ich hoffte darauf, dabei zu sein, wenn Nina auf die erste stieß.

»Wer von euch ist eigentlich mit wem zusammen?«, fragte ich, während wir die zweite Runde köpften.

Robby lachte, Kevin erhob sich, drehte sich um und pinkelte ins Gebüsch.

»Keiner mit keiner«, sagte Robby. »Wir sind nur Freunde, ich kenne Nadine schon seit …« – er zog wieder seine Stirnfalte auf die Kopfmitte – »… fünf Jahren.« Eine Ewigkeit für ihn, stellte ich neidisch fest. »Die beiden stehen eher auf ältere Typen. Madeleine hat was mit unserem Lehrer in Sozi. Der ist übelst alt. Über vierzig.«

»Scheiße, der ist ja fast tot«, sagte ich. Robby lachte. Kevin setzte sich wieder zu uns und schob dabei sein Gemächt in der Hose zurecht.

Wir tranken weitere drei Runden und schwatzten über die Wiedervereinigung, die sie altersbedingt nicht bewusst miterlebt hatten, über Musik – was nicht ganz einfach war, denn für Robby und Kevin gab es keinen qualitativen Unterschied zwischen Bushido und Die Ärzte, was ich dramatisch anders sah – und Frauen. Die beiden hatten klare Vorstellungen, was ihre Traumfrauen anging, was mich sehr an meine eigene Jugend erinnerte. Treu, extrem hübsch, sexuell offen für alles und vor allem generell auf der gleichen Linie. Robby differenzierte etwas, für ihn war die Leidenschaft für *Hansa* wichtiger als große Brüste. Kevin wiederum hätte nichts dagegen, für Riesentitten auch allein ins Stadion zu gehen. Wir einigten uns darauf, dass man das eine durch Implantate und das andere durch beharrliche Überzeugungsarbeit ausgleichen konnte. Dann kamen die Mädels. Ihre Haare wirkten auf anregende Art durcheinander, ihre Gesichter waren gerötet. Beide schnappten sich Biere und ließen sie sich von Robby öffnen. Nadine drängte sich zwischen Kevin und mich, Madeleine setzte sich nach außen. Während die Mädchen ihr erstes Bier tranken, wurde beharrlich geschwiegen.

»Ich habe deine Frau gesehen«, sagte Nadine irgendwann, und während sie das sagte, rückte sie meinem Gefühl nach näher an mich heran, aber ich nahm keine Bewegung wahr. »Sie hat mit einem Marock rumgeknutscht. Mitten auf der Straße.«

»Mit einem Marock«, wiederholte ich und fand Gefallen an dem obszön klingenden Wort.

Madeleine beugte sich vor und drehte sich mir zu. »Wenn ihr zwei verheiratet seid, bin ich es auch.« Danach lachten die beiden Mädchen. Ich griff mir ein weiteres Bier, wobei ich feststellte, dass unsere Vorräte zur Neige gingen, und antwortete nicht. Ich fragte mich, was Nina gerade tat, gleich im Anschluss stellte ich mir die gleiche Frage in Bezug auf Silke. Ein kalter Schauer lief mir den Rücken herab, als mir klar wurde, dass sie in diesem Moment sehr wahrscheinlich bei ihrem neuen *Lover* lag, wer auch immer das war. Ihr Chef? Irgendein Kunde? Einer der Vertreter, mit denen sie manchmal gemeinsam unterwegs war? Jemand, den ich kannte? Wäre das schwieriger oder einfacher für mich? Ich vertagte die Fragen und lächelte Madeleine an.

»Das ist schwer zu erklären«, antwortete ich kryptisch und hob dabei meinen rechten Fuß schnell an, so dass eine kleine Fontäne aus dem Pool emporspritzte. »Das Leben ist seltsam, und es wird nicht einfacher, je länger es dauert.«

»Coole Kacke«, sagte Kevin und erhob sich. »Komm, wir trainieren noch, damit wir Nikolas morgen schlagen.« Robby nickte, und zwei Minuten später war das Klackern des Pingpongballs zu hören. Madeleine rückte heran, dann sprachen wir über Sternzeichen und -bilder. Ich hielt nichts von Astrologie, ließ mir aber erklären, dass bei mir qua Geburt eine gewisse Promiskuität sozusagen einprogrammiert wäre. Das hatte ich bis dato anders gesehen. Die Mädchen kicherten sich halbtot, während ich mir aus dem Stegreif lustige Horoskope einfallen ließ. Dann hatte ich plötzlich eine Hand auf dem Oberschenkel, die von Nadine, die zu meiner Linken saß.

»Ich könnte dein Vater sein«, erklärte ich der Wasseroberfläche und versuchte dabei, an katholische Ministranten und eiskalte Gletscherwasserfälle zu denken.

»Aber du bist es nicht«, sagte Madeleine und griff von der anderen Seite zu. Einen Sekundenbruchteil später küsste sie mich auf die Wange. Von der Tischtennisplatte, die wir nicht sehen konnten, erklang Geschrei, kurz darauf rief aus irgendeinem Bungalow jemand auf Englisch, dass er jetzt gerne schlafen würde. Nadine schlüpfte aus ihren Klamotten – sie trug nichts unter der Hose aus Fallschirmseide und dem pinkfarbenen, mit dem Wort »Luder« bestickten T-Shirt – und hüpfte ins Wasser. Sie durchtauchte den Pool in beide Richtungen, ihr Kopf kam anschließend direkt zwischen meinen Beinen wieder zum Vorschein. Das nasse, glatte schwarze Haar um ihr hübsches, sehr ebenmäßiges Gesicht ließ das ganze wie eine Szene aus einem Werbespot wirken. Cool Water oder so, nur anders. Billiger, irgendwie.

»Komm doch rein«, sagte sie, ihr Gesicht war keine zwanzig Zentimeter von meinem Reißverschluss entfernt.

Das war sehr verlockend, zumal Madeleine gleichzeitig den Druck auf meinem Oberschenkel verstärkte. In meinem Schädel rumorte es. Das Geklacker aus der Tischtennisecke war inzwischen verstummt, es herrschte fast meditative Ruhe, und alles in mir schrie »Ja!« zu diesem Angebot. Aber genau in diesem Augenblick meldete sich mein Mobiltelefon. Ich warf einen entschuldigenden

Blick erst in Richtung Pooloberfläche, dann zur Seite. Anschließend zog ich das Telefon aus der Tasche. Es war Nina. Als ich die Verbindung anklickte, hörte ich nur: »Komm her, du musst mir helfen. Schnell!« Es klang panisch, dann war das Gespräch unterbrochen. Ich sprang auf und rannte los, eine Zehntelminute später stand ich vor ihrem Zimmer und donnerte mit der Faust gegen die Tür. Gedanklich bereitete ich mich darauf vor, sie einzutreten, um Nina aus den Armen ihres Schänders zu befreien, hatte tatsächlich eine Art Heldenvision, war mir aber auch der Tatsache bewusst, dass mich das wahrscheinlich mit einem Schlüsselbeinbruch ins Krankenhaus bringen würde. In Filmen war das immer so einfach, im richtigen Leben – wie alles, was in Filmen leicht war – vermutlich eher nicht. Aber Nina öffnete mir schlicht die Tür, und nicht ich war es, der ins Krankenhaus musste.

Sie hatte sich in ein Badetuch gewickelt, ihr Gesicht war gerötet, aber es gab keine Anzeichen von Gewalt. Stumm zeigte sie aufs Bett. Da lag Jules, nackt, heftig krampfend, und jede Menge Speichel floss ihm aus dem Mund. Außerdem hatte er eine ansehnliche Erektion.

»Ein epileptischer Anfall, würde ich sagen«, erklärte sie, ziemlich lakonisch, die Panik war verschwunden. »Erst habe ich gedacht, er stirbt, Herzanfall oder so, aber seine Vitalzeichen sind fast normal.«

Ich ging zum Bett, wobei ich mich fragte, wie Nina »Vitalzeichen« gemessen hatte. Jetzt floss auch Blut aus Jules' Mund, aber nur wenig und sehr verwässert. Er hatte sich leicht auf die Zunge gebissen. »Hast du schon bei der Rezeption angerufen?«

Sie nickte. »Da ist niemand mehr.«

»Wir müssen einen Krankenwagen holen.«

»Oder wir warten einfach ab«, meinte sie, zündete sich eine Zigarette an und setzte sich neben ihren jetzt schon weniger zuckenden *Marock*. Sie zog die Stirn kraus. »Soweit ich weiß, geht das meist nach ein paar Minuten von selbst weg.«

»Und wenn es was anderes ist? Eine Vergiftung oder so?«

»Dann eben nicht«, erklärte sie und blies Rauch in meine Richtung. Tatsächlich schien sich Jules jetzt zu beruhigen. Die Zuckungen ließen nach, und auch seine Erektion fiel zusammen. Ich nahm das auf dem Boden liegende Betttuch und bedeckte ihn damit.

»Danke«, sagte Nina.

Fünf Minuten später war der Spuk vorbei. Der Marokkaner wirkte zwar noch immer sehr angespannt, aber die Zuckungen hatten aufgehört. Kurz darauf schien er einfach eingeschlafen zu sein, er atmete schnell, aber gleichmäßig, war allerdings schweißnass. Nina stieß ihn an. Er zeigte keine Reaktion.

»Terminalschlaf nennt man das«, sagte ich, weil ich zwischenzeitlich mit meinem Telefon ins Internet gegangen war. »Kann lange dauern. Manchmal sogar Tage. Herzlichen Glückwunsch.«

»Psychopathen oder Patienten«, murmelte Nina. »Kriegen wir noch irgendwo was zu trinken?«

»Müsste möglich sein, ist ja erst kurz nach zwölf.«

3.

»Ist er aufgewacht?«, fragte ich und nippte an meinem Kaffee. Der war unglaublich stark, was das fast vollständig fehlende Aroma allerdings kaum ausglich.

Nina, die verhältnismäßig frisch aussah, schüttelte den Kopf. »Ich habe alles Mögliche versucht, aber er schläft wie ein Toter. Was mache ich jetzt mit diesem Typen in meinem Zimmer?«

»Liegenlassen?«

»Ja, und wenn ich nachher zurückkomme, ist meine Bude ausgeräumt und die Minibar leergesoffen.«

»Wir haben überhaupt keine Minibars.« Ich musste an Janet denken, verdrängte den Gedanken aber gleich wieder. Der, der danach kam, befasste sich mit zwei Rostocker Berufsschülerinnen. Mein Hormonpegel war auf Anschlag. Ich fühlte mich wie ein Primaner auf Klassenreise.

»War ja auch nur so dahingesagt.« Sie drehte sich auf der Hacke um und ging zum Bufett. Also zu dem etwas größeren Küchentisch, der hier Bufett genannt wurde. Es gab zwar Kaffee in rauen Mengen, aber sonst nur homöopathisch verdünnten Orangensaft, altbackene Brötchen, klumpige, kalkweiße Butter und etwas Alibi-Obst, das seine besseren Tage weit hinter sich gelassen hatte. Wurst, Käse oder wenigstens Marmelade waren nicht im Angebot, dafür gab es Fake-Nutella und Honig in Portionspäckchen. Letzteren hatte ich interessehalber probiert, er schmeckte nach Seife.

»Ist hier jemand?«, brüllte Nina in Richtung der Tür hinter dem Bufett. »Ich hätte gern ein Ei, etwas Käse, Joghurt und, wenn es nicht zu viel verlangt ist, Müsli oder wenigstens Cornflakes!« Da niemand reagierte, kletterte sie unter dem Tisch durch und pochte gegen die Tür, wobei sie ihre Forderungen wiederholte.

Eine junge Marokkanerin erschien und fragte schüchtern: »Coffee? More Coffee?«

»Nee, keinen Scheißcoffee. Ich will ein Ei, Müsli und Käse«, meckerte meine Kollegin. Dann sagte sie es abermals auf Englisch und Französisch. Die fünf anderen Gäste im Speiseraum beobachteten sie interessiert. Aber die kleine Kellnerin zuckte nur die Schultern und wies auf das Bufett. »Breakfast«, erklärte sie dazu. Nina schüttelte den Kopf. »No breakfast. Bullshit.« Die Marokkanerin lächelte nickend und schloss die Tür wieder.

»Der Koch arbeitet fürs Militär, oder?«, fragte sie, als sie mit Kaffee, zwei Brötchen, Butter und Seifenhonig zurückkehrte.

Ich grinste. »Den Honig habe ich schon probiert. Nicht empfehlenswert.«

Sie ignorierte das. »Was machen wir heute?«

»Strand?«

Nina nickte. »Wenigstens ist er zu Fuß zu erreichen. Aber vorher muss ich noch meinen Gigolo loswerden.« Sie blinzelte und wirkte plötzlich sehr fröhlich. »Was ist mit deinen Kumpels von gestern? Könnten die uns helfen, ihn einfach an den Pool zu tragen?«

Sie konnten, und sie fanden es sogar ziemlich spaßig. Wir hievten Jules auf eine Liege, die im Schatten stand, und legten ihm ein Badehandtuch über Beine und Bauch.

»Das ist wie im Krimi«, meinte Robby. Die anderen Poolgäste, zwei Pärchen Anfang dreißig, tuschelten miteinander.

»Der ist nicht tot!«, rief ihnen Kevin zu. Die Touristen sahen ihn verständnislos an. »He is *not* dead!«, wiederholte er.

»Noch nicht«, ergänzte Nina leise.

Immerhin stand keiner auf, um die Polizei oder sonstwen zu holen. Jules schlief friedlich auf der Liege, die meiner Schätzung nach noch bis zum frühen Nachmittag im Schatten stehen würde. Wir schnappten unsere Strandtaschen und wanderten los, die beiden Rostocker schlossen sich uns an.

»Wo sind eure Susis?«, fragte Nina, als wir die Hauptstraße überquerten und auf den Strand zuhielten.

»Shoppen«, sagte Robby und grinste mich an.

»Wie ist das noch mal passiert, dass dieser Typ in deinem Zimmer zusammengebrochen ist?«, fragte Kevin frech.

Nina boxte ihn in die Seite.

»Ihr seid nicht verheiratet«, stellte der schlanke Berufsschüler fest. »Und ihr seid auch keine normalen Touristen.«

»Wir sind Agenten«, flüsterte ich.

Der Strand war breit und weitläufig, braungrau, aber nicht so dunkel, wie ich ihn gestern wahrgenommen hatte. Es schien einige wenige Bereiche zu geben, die von Hotels okkupiert waren, aber es gab eine irre Menge Platz. Zu unserer Rechten zog sich der feine Sand bis zu einem Hafen hin, dahinter war ein staubiger, von Gestrüpp überwucherter Hügel zu sehen, auf dem gewaltige arabische Schriftzeichen prangten. Kevin hatte mich beobachtet. »Da steht ›Gott, Vaterland, König‹«, erklärte er. »Die Schrift ist nachts beleuchtet. Sieht cool aus.«

»Verstehe.«

Wir ließen uns nieder, Nina ging ins Wasser, kehrte aber kurz darauf wieder zurück. »Scheiße, ist das kalt!«, schimpfte sie.

Nur wenig später stand der erste Händler vor uns, ein altersloser Typ mit schmutzigem Schnauzbart und Zähnen, noch schlechter als die von Jules. »Willkommen in meine Land!«, krähte er und hielt uns irgendwelche Tücher entgegen. Wir winkten unisono ab, aber das Procedere wiederholte sich innerhalb der nächsten Stunde etwa zwanzig Mal, wobei sich die Typen unterschiedlich beharrlich zeigten – einer ging erst davon, als Robby, Kevin und ich aufstanden und ihn anbrüllten. Und jeder wiederholte die Vierwort-Grußformel, in klarem Deutsch.

»Das ist der Vorteil, wenn du hier in einem Luxushotel bist«, sagte Robby und zeigte zur Seite, wo ein paar Urlauber auf gleichmäßig ausgerichteten, beschirmten Liegen lagen, die in fünf Metern Abstand von einem niedrigen Zaun umgeben waren, außerdem standen zur Meerseite hin zwei Wächter. »Da sperren sie den Strand ab, und du hast deine Ruhe.«

»Den nächsten bewerfe ich mit Steinen«, sagte Nina. Aber es gab keine Steine am Strand. »Wenn allerdings einer mit Bier käme, würd ich ihm die Füße küssen.«

»Ich bin nicht sicher, dass man das hier darf, Bier in der Öffentlichkeit«, sagte Kevin. Ich nickte. Stimmte ja, wir waren in einem islamischen Königreich. Ein seltsamer Gedanke.

Kevin und Robby hatten Skatkarten dabei, spielten aber erbärmlich, weshalb ich sie auch bei diesem Spiel, das sich mir nie vollständig erschlossen hatte, ziemlich deutlich abzockte. Nina lag derweil mit einem Handtuch über dem Gesicht auf der Decke und schwitzte schweigend vor sich hin. Es war wirklich sehr heiß, der dunkle Strandsand trug das Seinige bei. Nach einer weiteren Stunde und einem Dutzend weiterer Händler – vermutlich kamen einige davon mehrfach, aber ich konnte und wollte sie nicht auseinanderhalten – strichen wir die Segel. Ich hatte kurz in Erwägung gezogen, mir einen Jetski zu leihen oder mich nach Möglichkeiten umzusehen, das Surfen auszuprobieren, vertagte das aber. Wir taperten zurück in Richtung Hotel, um den Rest des Tages am Pool abzuhängen.

Auf der Hauptstraße wurden wir beinahe von einem betagten weißen Renault überfahren, der mit hoher Geschwindigkeit an uns vorbeischlingerte, dicht gefolgt von einem Polizeiwagen, einem ebenfalls nicht mehr ganz frischen E-Daimler. Noch in Blickweite schoss das Polizeiauto an dem Renault vorbei und versperrte ihm den Weg. Zwei bullige Polizisten sprangen heraus und zerrten den anderen Fahrer, einen jüngeren Marokkaner, aus seinem Wagen. Einer der beiden Beamten (gab es das hier?) ging zum Kofferraum des Streifenwagens und holte einen metallenen Gegenstand heraus, den Robby verblüfft als Wagenheber identifizierte. Damit drosch der Polizist dann zwei, drei Mal auf den am Boden liegenden Renaultfahrer ein.

Nina fasste nach meinem Oberarm. »Mir ist schlecht«, sagte sie und zog mich in Richtung Hotel. Die beiden Polizisten packten den blutenden Mann und wuchteten ihn rücksichtslos in den Fond ihres Wagens. Keine Minute später war die Szene auch wieder vorbei, das Polizeiauto raste mit eingeschaltetem Blaulicht davon, der Renault blieb mit offenen Türen am Straßenrand stehen. Die Passanten, die zugesehen hatten, gingen schulterzuckend weiter.

»Ich glaube nicht, dass ich das Hotel noch einmal verlassen werde«, erklärte meine Kollegin, als wir am Pool saßen und Bier tranken – Nina hatte sich gleich vier Flaschen »Flag Speciale« geholt, und erstmals hatte der Barkiffer Geld verlangt, allerdings vernachlässigenswert wenig. Auf dem Weg zur Bar hatten wir entdeckt, dass Jules nach wie vor friedlich schlief, inzwischen auf der Seite liegend. Wir deckten ihn wieder zu. Wenn er nicht bis zum späten Nachmittag aufgewachte, wollten wir an der Rezeption Bescheid sagen.

»Vielleicht war das ein Mörder«, mutmaßte Robby. »Oder ein Terrorist.«

»Oder nur jemand, der ›Allah ist scheiße‹ gesagt hat«, widersprach Nina und kippte das zweite Bier runter. »Oder der Bier in der Öffentlichkeit getrunken hat. Für mich sah das nicht nach der Festnahme eines gesuchten Schwerverbrechers aus.«

»Versteckte Kamera?«, schlug Kevin schüchtern grinsend vor.

»Eher offene Macht- und Willkürdemonstration«, antwortete Nina und ließ sich die dritte Flasche aufmachen. Robby hatte sich inzwischen zu ihrem Privatöffner entwickelt – ein potentieller Ganztagsjob, und er schien es zu genießen. Die Mädels kamen an, und als ich sie sah, fiel mir fast die Kinnlade runter. Weiß der Papst, wo in Agadir sie das gekauft hatten, jedenfalls trugen sie Bikinis, die man kaum mehr als solche bezeichnen konnte. Die Dreiecke der Strings hatten knapp die Flächen von Streichholzschachteln, und auch die Oberteile bedeckten gerade mal die Nippel. Nadine drehte sich lächelnd einmal um die eigene Achse; der weiße Faden in ihrer Gesäßritze war kaum zu erkennen. Ich bekam glühende Ohren und verschluckte mich beinahe an meinem Bier.

»Offensive«, flüsterte Nina und stieß mich in die Seite. Dann rülpste sie ungefähr zehn Sekunden lang mit weit geöffnetem Mund. Die beiden Jungs lachten.

»Wenn ihr so an den Strand geht, werdet ihr gesteinigt«, sagte ich, sah dabei aber zum Pool.

»Ist nur für spezielle Anlässe«, kicherte Madeleine. Die beiden sprangen ins Wasser, gezielt in meinem Blickfeld. Ich bot Kevin eine Pingpong-Revanche an und erwischte mich dabei, fast loszurennen, als er einwilligte.

»Was ist dein Problem?«, fragte er beim zweiten Aufschlag. »Die sind scharf auf dich.«

Ich kniff die Augen zusammen, um mich zu konzentrieren. »Mir ist das ein bisschen unheimlich«, antwortete ich leise. »Ich würde es verstehen, wenn sie vor dir so einen Striptease aufführen würden. Aber ich bin achtunddreißig.«

»Nadine ist einundzwanzig.«

»Trotzdem.«

»Schlechte Erfahrungen?«, spekulierte er. Da musste ich lachen. »Wenn man so will. Null zu drei.«

Nadine kam dazu, und der Hauch von Stoff war durch die Feuchtigkeit jetzt sogar noch transparenter geworden.

»Du musst nur etwas sagen, dann hören wir damit auf«, flötete sie, setzte sich auf eine Bank und schlug die Beine übereinander.

»Macht das mal unter euch aus«, sagte Kevin und warf ihr den Schläger zu, den sie geschickt auffing. Er tippte sich grüßend an die Schläfe und ging davon.

»Ich versteh es nur nicht«, murmelte ich etwas später, mit zwölf zu drei hinten liegend und gegen meine permanente Errötung ankämpfend.

»Was genau?« Sie bückte sich nach dem Ball, der mich auf zwölf zu vier rangebracht hatte, und ich schaffte es einfach nicht wegzuschauen. Ich konnte wirklich *alles* sehen. In meiner Badehose baute sich Spannung auf. Leider war die Tischtennisplatte zu niedrig bzw. ich zu groß, um das zu kaschieren.

»Soll ich warten, bis das weggegangen ist, oder spielst du mit Handicap?«, fragte sie kichernd.

Ich antwortete nicht. Ich hätte nicht gewusst, was.

»Sieh es doch mal so. Wir wollen unseren Spaß, und du bist das Beste, was hier rumläuft. Auf Marocks stehen wir beide nicht, und unsere Jungs sind uns einfach zu jung. Und außerdem sind es unsere Freunde.« Sie zwinkerte mir spitzbübisch zu. »Ich bin ehrlich, zu Hause hätte ich keinen zweiten Blick riskiert. Oder vielleicht keinen dritten. Aber hier bist du die erste Wahl.«

»Na toll. Das hört sich nach einem starken Kompliment an.«

Sie beugte sich vor und legte die Hände auf die Platte. »Was willst du eigentlich noch alles hören? Langsam komme ich mir blöd vor. Du musst nur nein sagen. Das ist doch nicht schwer.«

Der Blutsturz in Richtung Schritt zeigte seine üblichen Folgen in Hinblick auf die männliche Mentalkompetenz.

»Okay«, sagte ich.

»Okay was?«

»Okay okay.«

Nadine war sehr neugierig und auf unbeschwerte Weise hemmungslos. Es war ein seltsames Gefühl, einen so jungen Körper zu berühren – selbst Janet, die ja auch in den Zwanzigern war, kam mir im Vergleich deutlich älter vor. Während sich bei ihr schon kleine Lachfältchen gezeigt hatten, war Nadine glatter als glatt. Sie staunte nicht schlecht, als sie meinen rasierten Genitalbereich sah. Ich erklärte ihr nicht, warum mir dort derzeit die Haare fehlten. Sollte sie es cool finden. Ich erzählte auch nicht, dass es schon wieder leicht kribbelte, wofür, wie ich hoffte, die nachwachsenden Haare verantwortlich waren. Jedenfalls dampfte ich mich, so wie von Frau Doktor empfohlen, morgens und abends mit Filzlaus-Paral ein.

Wir turnten stark schwitzend eine gute Stunde auf meinem Bett herum, dann bat ich um eine Verschnaufpause, also verköstigten wir erst mal die Biere, die ich, fast schon in präsexueller Trance, noch bei meinem Kifferfreund besorgt hatte (diesmal zu einem saftigen Preis, was mich in dieser Situation völlig kalt ließ). Ich lag auf dem Rücken, Nadine auch, aber quer über meine Oberschenkel. Ich versuchte, mich zu erinnern, wann ich zuletzt eine Frau diesen Alters in den Armen gehabt hatte, musste aber passen. Es war zu lange her.

»Woran denkst du?«, fragte sie und hielt sich die Hand vor den Mund, um einen kleinen Rülpser zu kaschieren. Das war eine so süße Geste, dass mir fast Tränen in die Augen traten.

»Ich denke über die Jugend nach. Meine Beziehung« – dieses *Scheißwort* – »ist gerade nach fast acht Jahren zerbrochen, und ich war meiner Freundin immer treu. Ich komme mir vor, als würde ich in meiner eigenen Vergangenheit herumwühlen. Eine Zeitreise machen.«

Es klopfte, sogar ziemlich energisch, Nadine sprang nackt auf und ging zur Tür. Über die Schulter sagte sie: »Das wird Madeleine sein.«

»Das schaffe ich nicht«, nuschelte ich, aber mein kleines Anhängsel war offensichtlich ganz anderer Meinung, denn es ging schon bei dem Gedanken an einen Dreier in Habachtstellung.

Doch es war nicht Madeleine, sondern eine Hotelangestellte in Begleitung eines sehr großen, muskulösen Mannes, der eine Art Kakiuniform trug und seine mächtigen Arme vor der Brust verschränkt hielt. Die Botschaft war kurz und eindeutig. Man bat uns – alle sechs – eindringlich, das Hotel umgehend zu verlassen. Die Begründung, die wir uns – inzwischen in Laken eingewickelt – auf dem Bett sitzend anhörten, hatte etwas mit unserem Verhalten zu tun, also zum Beispiel der aktuellen Situation (was mich verblüffte, aber vermutlich war das sowieso nur vorgeschoben), insbesondere aber hatten sich die anderen Gäste darüber beschwert, was wir mit Jules gemacht hatten, den man inzwischen in ein Krankenhaus verfrachtet hatte. »Das ist kein Bordell hier«, sagte die Rezeptionistin auf Französisch. Sie gab uns eine Stunde. Nina, die inzwischen aufgetaucht war und hinter ihr stand, kommentierte: »Überall ist es besser als in diesem Schuppen.«

4.

Womit sie unrecht hatte.

Der einzige Laden, der uns aufzunehmen bereit war, weil es so kurzfristig noch vier freie Zimmer gab, war ein heruntergekommenes, ziemlich großes Clubhotel am anderen Ende der Stadt, kurz vor dem Hafen und im Schatten des König-Vaterland-Hügels. Der Flachbau mit seinen zwei versetzten, seitlich angehängten Flügeln hatte seine beste Zeit vielleicht in den Achtzigern erlebt. Grünbrauner Putz blätterte, der Teppich in der Lobby war verschlissen, und auch die Angestellten wirkten irgendwie zerrupft und völlig desinteressiert. Aber es hatte keine Rückflüge gegeben, was Nina ärgerte und mich tatsächlich freute, denn die Nummer mit Nadine hatte mir Lust auf mehr gemacht. Meine Kollegin hatte unseren vier Rostocker Freunden gegenüber großmäulig verkündet, die Kosten übernehmen zu wollen, weil wir ja schließlich schuld seien, und ihre goldene Kreditkarte auf den Tresen geknallt. Ich war gespannt, wie Sitz darauf reagieren würde, oder Soller, unser Erbsenzähler. Andererseits kosteten diese acht Wochen zusammengenommen sicher immer noch weit weniger als so manch einwöchige »Testreise«, die unsere Kollegen nach Mauritius oder an andere First-Class-Ziele unternahmen. Auch wenn die meisten davon von den Veranstaltern gesponsert wurden.

Als wir mit dem Einchecken fast fertig waren, betraten zwei blonde Männer die Lobby, geschätzt Ende zwanzig, braungebrannt und objektiv gutaussehend – Werbefilm-Surfertypen. Sie setzten ein strahlendes, weißzahniges Lächeln auf und sprachen französisch mit der Rezeptionistin. Ihr Gepäck bestand aus mehreren großen Koffern und einigen Metallcases. Nadine, die sich bis zu diesem Augenblick an mich gelehnt hatte, riss den Mund auf, ohne ihn wieder zu schließen, machte einen Schritt beiseite und stieß Madeleine in die Seite, die ihrerseits starrte. Meine Knie wurden weich. Als die beiden dann noch mit breiten Lächlern der französischen Weißzahnmuskelblondkerle bedacht wurden, flimmerte es mir vor Augen. Ich war eifersüchtig, und ich hatte keine Chance. Die hätte ich nicht mal vor zehn Jahren gehabt.

»Wie gewonnen, so zerronnen«, flüsterte mir Nina ins Ohr. Wie gelähmt konnte ich nur nicken, und mir wurde übel. Zum Glück verabschiedeten sich die Rostocker sofort, um auf ihre Zimmer zu gehen, und ich schlurfte meiner Kollegin hinterher; wir hatten Zimmer nebeneinander, ebenerdig, mit Blick auf den Pool.

Es war dunkel in meinem Zimmer, und es wurde nicht sehr viel heller, als ich die schweren dunkelgrünen Vorhänge beiseitezog. Immerhin hatte ich eine kleine Terrasse mit zwei Plastikstühlen und einem Plastiktisch und nur ein paar Schritte zum großen, quadratischen Pool zu gehen, dem man von hier aus ansah, dass er renovierungsbedürftig war. Das galt für die gesamte Anlage. Mein Zimmer wirkte ... ostalgisch. Vielleicht gefiel es den ostdeutschen Berufsschülern – blass-orangefarbene Tapeten, ein furnierter Tisch auf schmalen Füßen, Lampen aus dem Kombinat Volksbeleuchtung und ein viel zu kurzes Bett, mit einer schmutzig-bunten Tagesdecke. Ich warf mich rücklings darauf und zündete mir eine Zigarette an. Mein Herz krampfte sich zusammen, als ich an die Mädchen dachte, vor allem an das eine. Ich war nicht verliebt oder so, aber mein Ego war schwer – übelst – angeschlagen. Dieser kurze Moment an der Rezeption hatte deutlich gemacht, wie es zu meinem seifenblasenmäßig zerplatzenden Liebesglück gekommen war, das nunmehr – keine drei Stunden später – der Vergangenheit angehörte, wie ich sicher zu wissen meinte.

Und sich wenig später als Tatsache herausstellte. Nina und ich teilten beim Abendessen einen Tisch mit Robby und Kevin, aber Nadine und Madeleine saßen bei den Extremsportlern, sechs Meter von uns entfernt. Nadine schenkte mir ein entschuldigendes, aber auch ein bisschen hämisches Lächeln. Ich ignorierte sie und konzentrierte mich darauf herauszufinden, was man uns serviert hatte. Das aber war auch diesmal unmöglich. Waren die Fischnudeln und das Reptilienschnitzel schon seltsam gewesen, sie erschienen mir im Nachhinein als kulinarische Offenbarungen im Vergleich zu diesem Zeug hier. Man bemühte sich nicht mal, es wie irgendeine bekannte Speise aussehen zu lassen. Graubrauner Matsch, umgeben von graubraunem Matsch, übergossen mit graubraunem Matsch. Und es roch wie – *graubrauner Matsch*.

»Drei Sterne, Landeskategorie«, erklärte Nina grinsend und zündete sich eine Zigarette an. Landeskategorie. Das entwickelte sich zum Treppenwitz.

»Wann sind die hier zuletzt kategorisiert worden?«, fragte ich. »Ronald Reagan muss da noch US-Präsident gewesen sein.«

»In seiner Frühphase«, nickte Nina. Kevin und Robby sahen uns verständnislos an, während sie die widerwärtige Grütze schlabberten – vermutlich hatten sie noch nie von Ronald Reagan gehört.

»Könnte was mit Bohnen sein«, mutmaßte Robby mit Blick auf seinen Teller. Kevin schüttelte den Kopf. »Nee, ich glaube, das ist Fisch.«

Immerhin gab es auch hier unser neues Lieblingsbier. Aber wir mussten etwas essen. Also stellten wir uns am sogenannten Nachspeisebufett ein paar Sachen zusammen, die halbwegs genießbar aussahen, und spülten sie mit Bier herunter.

»Wir werden hier noch verhungern«, klagte Nina.

»Sind ja nur noch fünf Tage.«

»Fünf Tage! Das übersteh ich nie.«

»Ich schaue nachher noch mal ins Internet. Vielleicht gibt's doch noch Flüge, morgen oder übermorgen.«

»Willkommen in meinem Land«, sagte Robby mit vollem Mund, und da mussten wir alle lachen.

Ein junger Marokkaner mit einem müden, aber freundlichen Gesichtsausdruck setzte sich zu uns.

»Ihr seid neu. Hallo. Ich bin Jacky«, sagte er in fließendem Deutsch. »Ich bin hier der Chefanimateur.«

Wir stellten uns vor, wobei mir klar wurde, dass ich den ersten Animateur meines Lebens traf – und gleich noch einen Chef, was allerdings auch bedeuten konnte, dass er schlicht der einzige war. In diesem Laden hier hatte er sicher alle Hände voll zu tun – man musste die Gäste dazu animieren, nicht darüber nachzudenken, wo sie sich befanden.

»Du sprichst tolles Deutsch«, staunte Robby.

»Meine Mutter war Deutsche.«

Wir nickten synchron; keiner fragte, wo sie sich befand oder in welchem Zustand.

»Also. Wir haben hier Bogenschießen, Shuffle-Board, Wassergymnastik, Luftpistolenschießen, und wir spielen einmal am Tag Volleyball am Strand. Außerdem gibt es Darts.«

»Ist ja phantastisch!«, krähte Nina vor Ironie triefend. Jacky warf ihr einen kurzen Blick zu.

»An jedem zweiten Abend gibt's Programm, und morgen ist Gästeshow. Wir suchen noch Leute, die mitmachen. Ist ganz leicht und macht großen Spaß.«

»Gibt es hier irgendwo flüssiges Blei?«, fragte Nina.

Jacky zog die Stirn kraus. »Warum?«

»Weil ich eher flüssiges Blei trinken würde, als an einer verdammten Gästeshow teilzunehmen.«

Wir lachten, aber der Chefanimateur fand das nicht so irre komisch.

»Du kannst es dir ja noch überlegen, wir treffen uns morgen um elf im Theatersaal«, sagte er lahm, stand auf und verschwand. Er war nicht unsympathisch, aber er verströmte die gleiche niederschmetternde Abgerocktheit wie der gesamte »Club«.

Auch die Bar sah aus, als hätte man sie aus einem DDR-Interhotel herausoperiert und hier wieder eingebaut. Außerdem hatte sich ein Hersteller von grünen und braunen Farben an diesem Bau dusslig verdient – vor sehr langer Zeit. Bis auf die seltsam orangefarbenen Tapeten in den Zimmern gab es hier keinen anderen Farbton. Sogar die Kellneruniformen waren im Corporate-Farbdesign gehalten.

Weil Nina es sowieso tun würde, beschloss ich, ebenfalls einen über den Durst zu trinken. Robby und Kevin machten zwei Runden lang mit und verabschiedeten sich dann, um die hoteleigene Discothek zu erkunden, deren dumpfes Pochen den Boden vibrieren ließ. Als wir bei der vierten Runde – Bier und Wodka im Zweierpack – waren, schlug Nina vor, ebenfalls nach unten zu gehen. Große Lust hatte ich nicht, weil ich davon ausging, Nadine und ihren neuen Surfbesamer dort zu treffen. Andererseits gab es wirklich nichts Besseres zu tun. Also schlurften wir die ausgetretenen Stufen hinunter und betraten ein waschechtes Museum.

Jacky mimte den Plattenaufleger, und das angesichts der verfügbaren Ausstattung nicht einmal schlecht. Die Tanzfläche war mit verkratztem Linoleum ausgelegt, die Effekte stammten aus einer Zeit, bevor man Discothekenbeleuchtung so genannt hatte, und der Sound erinnerte mich an die Stereoanlage meines ersten Autos – ein schon leicht angeditschter Audi 80, den sein Vorbesitzer mit billigen Drei-Wege-Regalboxen und einem Conrad-Verstärker ausgestattet hatte, wobei die Hochtöner der Boxen zerrissen waren. Es gab also nur Bässe und Mitten, wie auch hier. Ab und zu tupfte einer der vier Lautsprecher, die man um die Tanzfläche herum aufgehängt hatte, einen überraschenden, leicht schnarrenden Hochton in den Brei. Trotzdem war es genug, um zu tanzen, was verblüffenderweise mehr als dreißig ziemlich junge Leute ausgelassen taten. Darunter Nadine, Madeleine und die beiden Blondschöpfe, die, wie ich neidvoll anerkennen musste, aus der Menge herausragten wie Pinguine aus einem Spatzenschwarm. Ich atmete tief durch und setzte mich mit Nina an die Bar, wo wir unser Tun von vorhin wiederaufnahmen.

Zwei oder drei Runden später, schon etwas angedüselt, bekam ich im Augenwinkel mit, wie die beiden Mädchen mit ihren Neueroberungen verschwanden. Nina legte mir eine Hand auf die Schulter; ich kämpfte gegen etwas an, das sich aus gekränkter Eitelkeit, Wut und tauber Sehnsucht formierte.

»So ist das eben«, lallte sie. Ich nickte nur und orderte eine weitere Runde. Mit meinem internetfähigen Smartphone hatte ich derweil – trotz der quälend niedrigen Übertragungsgeschwindigkeit – bei einem deutschen Reiseveranstalter die Beschreibung dieses Clubhotels gefunden. Von freundschaftlicher Atmosphäre, gemütlichem Ambiente, einfach, aber zweckmäßig ausgestatteten Zimmern und sportiver Erholung in Strandnähe war da die Rede. Die Fotos waren mindestens fünfzehn Jahre alt.

»Verarsche«, grummelte Nina und machte Zeichen für die nächste, die übernächste und die überübernächste Runde. Sie hatte wieder diesen Terroristenstatus erreicht, zugleich irre und merkwürdig klar. Ich strich mir mit dem Zeigefinger über den Hals, ich hatte genug. In meinem Hotelzimmer auch noch mit einem Kater aufzuwachen, das wollte ich wirklich nicht erleben.

»Spielverderber«, nuschelte sie, was erkennbar Anstrengung kostete. Ich küsste ihre Haare und ging. Das Letzte, was ich an diesem Tag von ihr sah, war, wie sie drei Wodka schnell nacheinander kippte.

In mein Zimmer wollte ich noch nicht, in unmittelbarer Nähe gab es nichts, also holte ich mir doch noch zwei Bier (und sicherheitshalber, für später, einen Liter Mineralwasser) an der oberen Bar und setzte mich an den Pool, in dem nur zwei von acht Unterwasserscheinwerfern funktionierten und dessen verblasster Anstrich in großen blauen Fetzen abblätterte. Ich kam mir vor wie in einem Nouvelle-Vague-Film, den man merkwürdig nachkoloriert hatte. Fehlte nur noch, dass François Truffaut oder Éric Rohmer hinter einem Busch hervorsprangen und »Non, non, non!« krähten. Aber ich war allein. Das entfernte Wummern der Disco, das Zirpen einiger Zikaden und das Zischeln herumhuschender Insekten – vermutlich Garnisonen von Kakerlaken – waren die einzigen Anzeichen anderer Lebensformen. Der grauschwarze Himmel hing ungewöhnlich niedrig, und als ich nach einer Weile trotz der sehr gedämpften Hotelbeleuchtung noch immer keine Sterne sah, stellte ich erstaunt fest, dass es bewölkt war.

»Es wird regnen«, sagte eine Stimme neben mir. Madeleine setzte sich und nahm mir das Bier aus der Hand. Das entwickelte sich offenbar zu meiner Hauptaufgabe – für Frauen Bier anzutrinken. Aber ich war verärgert und riss es ihr wieder weg. »Hol dir dein eigenes.«

»Oha. Da ist aber jemand sauer.«

»Bin ich nicht«, log ich. »Ich will nur meine Ruhe haben.«

Sie erwiderte nichts, zog ihre Sandaletten aus, krempelte die Hosenbeine hoch – sie trug eine weiße Jogginghose – und hängte die Füße ins Wasser. Dann lehnte sie sich zurück und sah, wie ich, in den Himmel. Meine Widerspenstigkeit tat mir schon wieder leid, also hielt ich ihr das Bier hin. Sie nahm es, nippte und reichte die Flasche zurück.

Ein paar andere Jugendliche kamen, vermutlich aus der Disco, zogen sich aus und sprangen ins Wasser. In Sekundenschnelle war die melancholische Atmosphäre verschwunden. Wir beobachteten die vier beim Planschen und Herumalbern, bis sie wieder aus dem Wasser stiegen, sich auf Liegen drapierten und laut zu schwatzen begannen.

»Mit den beiden stimmt irgendwas nicht«, sagte Madeleine plötzlich.

»Mit welchen beiden?«, fragte ich, obwohl ich wusste, wer gemeint war.

»Patrick und Gerard, die Franzosen, die wir kennengelernt haben. Die sind irgendwie merkwürdig.«

»Inwiefern?« Ich spürte etwas wie Hoffnung aufflammen, obwohl ich, wenn ich ehrlich zu mir war, so gut wie jedes Interesse verloren hatte.

»Kann ich nicht genau sagen. Mir sind die unheimlich. Deshalb bin ich auch nicht mit.« Sie zog ihr Telefon hervor, prüfte, ob es eingeschaltet war, und tickerte mit affenartiger Geschwindigkeit – nur unter Verwendung des rechten Daumens – eine Textnachricht ein. Anschließend schwiegen wir wieder die Wolken an, dann piepste ihr Telefon. Sie las die Nachricht und lächelte.

»Dachte ich's mir doch.« Sie sah zum rechten Hotelflügel. Kurz darauf war im Halbschatten eine näherkommende Silhouette auszumachen.

»Darf ich?«, fragte Nadine und lächelte mich schief an.

»Kann ich es verhindern?«

Sie zuckte mit den Schultern und setzte sich. Die beiden Mädchen tuschelten, was mich wütend machte.

»Ich würde das auch gern hören.«

Filme. In den Cases der beiden Blondlinge hatte sich Kameraequipment befunden, und sie wollten Filme drehen, *spezielle* Filme. Nadine und Madeleine wären die passenden Laiendarstellerinnen gewesen – blasen, vögeln, Analsex, Doppelpenetration, die übliche Choreographie. Es hätte sogar ein paar Euros gegeben, cash und ohne Fragen, dafür aber fragwürdige Prominenz, früher oder später. Selbst Nadines offenherzige Neugier hatte an dieser Stelle ein abruptes Ende gefunden. Was mich ein bisschen freute, war die Tatsache, dass sie fast schon beleidigt darüber war, nicht wirklich das Interesse der Männer erregt zu haben. Sie war verletzt und ich schadenfroh. Ein anderer Teil von mir war aufrichtig erfreut darüber, dass sie das Angebot abgelehnt hatte – davon abgesehen stellte es wahrscheinlich ein hohes Risiko dar, in einem islamischen Land heimlich Pornos zu drehen.

Irgendwann, eine halbe oder ganze Stunde später, Madeleine hatte zweimal Nachschub geholt, während Nadine und ich auf Distanz blieben, sahen wir Robby und Kevin mit zwei Mädchen aus dem Hinterausgang kommen. Kevin entdeckte uns und machte irgendeine Geste, ich grüßte zurück – und freute mich für die beiden. Die vier verschwanden in Richtung Strand.

»Ich geh dann mal«, sagte ich nach dem letzten Bier, schnappte mir meine Wasserflasche und winkte ab, als Madeleine anbot, noch etwas zu holen. Nadine sah auf, ich zwinkerte ihr zu und lächelte etwas mühsam. In ihren Augen glitzerte es, und da am Himmel immer noch Wolken hingen, konnten das keine reflektierten Sterne gewesen sein.

5.

»Du hast 'ne Meise«, sagte Nina zu mir, nicht zum ersten Mal auf dieser Tour, wie ich wohl bemerkt hatte.

»Warum? Das ist doch genau das, weshalb wir hier sind. Tuchfühlung. Alles mitmachen.«

»Aber, Jesus. Du machst dich zum Vollobst. Es wird Videos von dir auf YouTube geben.«

»Du weißt doch überhaupt nicht, welche Rolle ich spielen werde.«

»Na ja, aber es wird sicher nicht Professor Robert Schuster in Bernhards *Heldenplatz* sein. Sondern übelster Klamauk. Irgendwelche Sketche, Männer in Frauenklamotten, unterste Schublade. Tu dir das nicht an.«

»Ach komm, wenn wir das zusammen machen, wird es sicher lustig.«

»Du hörst dich schon wie einer von denen an.« Sie nickte seitwärts in Richtung des Nachbartischs, wo sich fünf junge Leute trotz des widerwärtigen Kaffees zu amüsieren schienen. »Außerdem habe ich das gestern schon gesagt – ich trinke eher flüssiges Blei, als bei so was mitzumachen.«

Es war kurz nach halb elf, und obwohl es sonst schon nicht viel Gutes über dieses Hotel zu sagen gab, wurde uns immerhin noch ein sehr origineller Kaffee-Euphemismus serviert. Dazu gab es aber Croissants, für die man einen französischen Bäcker zwar standrechtlich erschossen hätte, die aber unter den gegebenen Umständen fast genießbar waren.

Nina wirkte so zerzaust, wie ich das während der vergangenen zehn Tage schon häufiger erlebt hatte, aber die Wirkung des Alkohols schien bei ihr grundsätzlich sehr schnell nachzulassen. Die leichte Rötung ihres Augenhintergrunds war schon so gut wie verschwunden, und auch ihre Hände oszillierten inzwischen mit niedrigerer Frequenz.

»Und was soll ich machen?« Sie sah zum Fenster. Es regnete zwar nicht mehr, aber die niedrige Wolkendecke machte auch keine Anstalten, nachhaltig aufzureißen.

»Wie wär's mal mit Schreiben?«, schlug ich vor. »Den letzten Artikel habe ich alleine zusammengestoppelt.«

Nina nickte. »Aber das war ein *Hammer*. Alle Achtung. *Angst und Schrecken in Maspalomas*. Ich habe mich schlappgelacht, und du hast nicht mal besonders übertrieben.«

»Eigentlich überhaupt nicht. Und, äh. Danke.«

»Ob es an der Bar Strom gibt? Der Akku von meinem Laptop hält höchstens 'ne halbe Stunde.« Sie grinste, und ich sparte mir jeden weiteren Kommentar.

Da die Probe erst in einer halben Stunde sein sollte, ging ich zum Bogenschießen. Das hatte ich, wenn ich mich recht erinnerte, irgendwann in meiner Schulzeit probiert.

An der Animations-Hütte, einem ulkigen Holzbau nicht weit hinter dem Pool, warteten bereits fünf Urlauber, darunter Kevin und Robby, die mich freudig begrüßten. Die anderen drei waren mittelalte Damen aus Belgien. An der Wand der Hütte hing ein laminierter, verblichener Animationsplan, der sich vermutlich in diesem Jahrtausend überhaupt noch nicht geändert hatte, und die Fensterklappe war verschlossen. Die beiden erzählten mir, supersüße Mädchen aus Heidelberg kennengelernt zu haben, die allerdings heute – leider – einen Ausflug nach Casablanca machten, weshalb meine Rostocker die Zeit totschlagen müssten. Dann kam, wie nicht anders vermutet, Jacky. Er wirkte sehr müde, zwang sich aber ein Lächeln ins Gesicht. Wenn er diesen Job tatsächlich alleine ausfüllte, hatte er bereits Wassergymnastik und Shuffle-Board hinter sich.

»Ich mache bei der Gästeshow mit«, verkündete ich zu Jackys geheuchelter Freude, Kevin und Robby brachen in Gelächter aus. Ich warf ihnen gekünstelt-böse Blicke zu, während der Chefanimateur einen professionellen Bogen, Saison 1992, und einen Köcher mit Pfeilen aus dem Kabuff holte.

»Wer wird Schreiber?«, fragte er, als wenn das eine wahnsinnig aufregende Sache wäre. Er wiederholte die Frage in drei weiteren Sprachen, bei der französischen Version nickte dann eine der Belgierinnen. Wir stapften im Gänsemarsch durch das Gelände, dem man hier und da noch ansah, dass es eigentlich mal mit sehr viel Sachverstand gestaltet worden war, und kamen zum Schießplatz, einem sandigen, schmalen Rechteck von fünfzehn Metern Länge, an dessen Ende eine ziemlich zerfetzte Stroh-Zielscheibe stand, deren Markierungen kaum noch zu erkennen waren. Da es nur einen Armschutz gab, gestaltete sich unser kleines Turnier sehr mühselig, zudem waren die Damen grobmotorisch veranlagt und mit der Aufgabe überfordert, trotz Jackys stoischer Unterweisung. Als sich eine an der Bogensehne – trotz Schutz – die Haut aufschürfte, verschwanden die Frauen meckernd. Also waren wir nur noch zu dritt.

»Wenn du dich eine halbe Stunde hinlegen willst – wir kriegen das auch alleine hin«, sagte ich zu Jacky, der dankbar nickte.

»Wir sehen uns dann gleich im Theatersaal.«

Der Bogen war solide, und das Schießen machte trotz der altersschwachen Scheibe so großen Spaß, dass wir fast die Zeit vergaßen.

»Du musst«, sagte Robby irgendwann grinsend zu mir. Da lag ich mit zwei Punkten hinten, Kevin war abgeschlagener Dritter.

»Eine Runde noch«, forderte ich. Eine Runde bestand aus drei Pfeilen, und ich hatte während der letzten zwei sehr gut getroffen.

»Eine«, bestätigte Robby.

Mein erster Pfeil traf ins Schwarze, und der zweite, für den ich den Bogen mächtig spannte, pfiff fast genau mittig durch die Scheibe hindurch, als wäre sie nicht existent. Kurz darauf hörten wir einen Schrei.

»Nee, oder?«, fasste Kevin verblüfft zusammen, was wir alle drei dachten.

»Wir sollten nachschauen«, schlug sein kompakter Kumpel vor.

Ich war schockiert und zu keiner Antwort fähig. Hinter dem Schießplatz befand sich ein kleiner, ungepflegter Kakteengarten, der auch leicht anstieg, so dass ein von unserer Position abgeschossener Pfeil eigentlich nicht den dahinterliegenden Strand erreichen konnte. Was aber, wenn doch? Und was, wenn ich gerade jemanden mit Pfeil und Bogen verletzt oder sogar, heilige Scheiße, *erschossen* hatte? Ich ließ den Bogen fallen. Robby rannte los. Als er die Kakteen erreichte, wurde er langsamer und ging vorsichtig zwischen den krüppligen Pflanzen hindurch. Dann war er nicht mehr zu sehen. Kevin sah mich mit belustigtem Erstaunen an.

»Mit dir erlebt man was.«

Ich schüttelte nur den Kopf und hoffte auf Robbys Rückkehr.

Das geschah auch ein paar Minuten später, aber er kam nicht alleine zwischen den Kakteen hervor, sondern in Begleitung einer sehr viel älteren Dame, die ein weißes Knäuel im Arm hielt. Schon von weitem konnte ich Robbys angestrengte Grimasse erkennen, und als er näher kam, sah ich, dass er sich das Grinsen verbiss. Die Frau trug einen kleinen toten Hund in den Armen, einen Shi-Tsu oder so, aus dem schräg seitlich und gut erkennbar mein letzter Pfeil ragte.

»Ach du Scheiße«, sagte Kevin und kämpfte ebenfalls mit seiner Mimik.

»Hansi hat nur Pipi gemacht«, sagte die Frau mit tränenerstickter Stimme. Dann sah sie den Bogen, der zu meinen Füßen lag. »Sie haben Hansi ermordet.«

»Das tut mir sehr leid«, antwortete ich fast ehrlich. »Aber warum lassen Sie Ihren Hund auch hier hinter dem Schießplatz pinkeln?«

»Ich wusste nicht, dass hier eine Schießanlage ist«, sagte sie heulend und streichelte das tote Tier, als könne sie es dadurch wiederbeleben.

Ich verpasste die Hälfte der Theaterprobe, weil wir vorher noch Hansi bestatten mussten. Kevin besorgte am Strand eine rote Kinderschippe, mit der ich ein knietiefes Loch zwischen den Kakteen aushob, wo die Erde glücklicherweise ziemlich locker war. Die Dame holte Hansis Lieblingsdecke, in die sie ihn – nach wie vor heulend – einwickelte, nachdem ich ihm den Pfeil aus dem Leib gezogen hatte, was mich beinahe kotzen ließ. Schließlich standen wir zu viert, fast feierlich schweigend, um das Hundegrab, zwei oder drei Minuten, unterbrochen nur vom Schluchzen der nun hundelosen Halterin. Ich war immer noch schockiert, musste allerdings – wie Kevin und Robby auch – hin und wieder dagegen ankämpfen, ob der Skurrilität der Situation nicht in schallendes Gelächter auszubrechen. Ja, ich hatte versehentlich ein Tierleben ausgelöscht und der Dame erhebliches Ungemach bereitet, aber erstens ohne Absicht und zweitens aufgrund ihrer eigenen Nachlässigkeit. Trotzdem fand ich es schrecklich, den Shi-Tsu gekillt zu haben. Jacky sah das ganz ähnlich und fürchtete, deswegen noch Ärger zu bekommen, schließlich hatte er seine Aufsichtspflicht vernachlässigt. Aber ich glaubte nicht, dass die trauernde Ex-Hundebesitzerin Alarm schlagen würde.
Weit gefehlt.
Der Chefanimateur musste mit wenig Menschenmaterial auskommen. Außer mir und Nadine, die ich beharrlich ignorierte, standen ganze vier Clubgäste zur Verfügung, mit denen er ein insgesamt dreiviertelstündiges Programm durchzuziehen hatte. Tatsächlich gab es drei weitere Animateure, nämlich eine Physiotherapeutin aus Dänemark, die auch schon bessere Tage erlebt hatte und das clubeigene »Fitnesscenter« betreute, eine junge, ziemlich überdrehte und extrem pickelige deutsche Kinderanimateurin und

einen völlig fertigen, fetthaarigen Endzwanziger unbestimmbarer Herkunft, der offenbar für alle technischen Belange zuständig war und es nicht sehr mochte, zum vermutlich x-ten Mal im Rahmen des Gästeprogramms auf der Bühne stehen zu müssen, weil es weniger auftrittsbereite Gäste als zu besetzende Rollen gab. Wobei – Rollen war eine maßlose Übertreibung. Das Programm bestand aus zehn uralten, völlig ausgenudelten und unlustigen Sketchen, für die wir in nach dem Muff der vergangenen Jahrzehnte riechende Kostüme zu schlüpfen hatten. Ninas Prognose erwies sich als richtig: Für eine der beiden Nummern, für die ich gecastet wurde, musste ich Frauenkleider anziehen. Der Sketch bestand darin, Jerry Lewis' angestaubte Luftschreibmaschinen-Nummer im Sekretärinnen-Outfit nachzuahmen; die Hauptaufgabe war, halbwegs synchron zur Musik zu bleiben und gleichzeitig ein möglichst lustiges Gesicht zu machen. Die zweite Rolle war da sehr viel komplizierter: Im Charlie-Chaplin-Kostüm sollte ich auf die Bühne stolpern, auf der eine Geldbörse lag, und versuchen, diese aufzuheben, sie aber in der gleichen Bewegung immer wieder mit dem Fuß von mir wegschubsen. Und das geschlagene drei Minuten lang. Ich geriet während der Proben mächtig ins Schwitzen, aber die anderen Gäste lachten tatsächlich, wobei für mich nicht auszumachen war, ob es daran lag, wie gut ich die Nummer hinbekam oder wie dämlich ich mich anstellte. Als ich anschließend aus der viel zu kleinen, hoffnungslos zugemüllten Garderobe ins Auditorium zurückkehrte, diskutierte Jacky heftig mit der Shi-Tsu-Witwe und einem älteren Marokkaner. Es war der Hotelmanager.

Der überforderte Chefanimateur tat mir leid, also versuchte ich mein Möglichstes, um den Unfallcharakter der Situation hervorzuheben. Das Problem bestand in der Hauptsache darin, dass er uns alleine gelassen hatte, und obwohl ich dem Manager, der nur sehr gebrochenes Englisch sprach, deutlich zu machen versuchte, dass der Unfall auch im Beisein von Jacky passiert wäre, schiss er seinen Chefanimateur ordentlich zusammen. Das Gespräch endete mit einem sehr lauten und äußerst aggressiven Schlagabtausch auf Arabisch, wobei es Momente gab, in denen ich um unser aller Leben bangte. Wäre der Manager bewaffnet gewesen, hätte es – seinem Gesichtsausdruck nach zu schließen – ein Massaker gegeben. Erst als Jacky eine sehr unterwürfige Haltung einnahm und nur noch schweigend nickte, während sein Chef weiter lamentierte, entspannte sich die Situation.

»Er hat mir die Hälfte meines Monatsgehalts gestrichen, und ich muss der Frau den Hund bezahlen«, erzählte er mir unter dem Siegel der Verschwiegenheit, als wir anschließend bei einem Bier am Pool saßen. Es hatte aufgeklart und war inzwischen sogar noch heißer als an den Tagen zuvor. Die wenigen Gäste am Pool bewegten sich kaum. Zwei jüngere Frauen lasen – eine in »Harry Potter« und die andere irgendeine Folge der nicht enden wollenden »Wanderhure«-Serie von Iny Lorentz.

»Tut mir echt leid. Ich geb dir nachher etwas Geld, schließlich habe ich das Viech erschossen.«

Er lächelte dankbar. »Ehrlich, am liebsten würde ich alles hinschmeißen.« Er sah sich um. »Und das Land verlassen. Aber meine Mutter hat leider die marokkanische Staatsbürgerschaft angenommen, als sie meinen Vater geheiratet hat.«

»Gibt es keine anderen Hotels, in denen du arbeiten könntest?« Ich ließ mitschwingen, dass ich mit »andere« »bessere« meinte, was meiner Einschätzung nach *alle* anderen umfasste.

Jacky lachte unfroh. »Du wirst es nicht glauben, aber der Andrang ist groß. Ich kann als Halbmarokkaner froh sein, überhaupt so einen Job bekommen zu haben. Manchmal arbeite ich mehr als achtzehn Stunden am Tag, und frei hab ich erst wieder« – er sah auf die Uhr – »in einer Woche.«

»Wow.«

Jacky nickte träge. »Aber was beschwere ich mich? Viele meiner Landsleute sind schlechter dran.« Er erhob sich und reichte mir die

Hand. »Wir sehen uns bei der Show. Sei bitte eine halbe Stunde vorher da.«

Nina saß an der Bar, vor sich den aufgeklappten Laptop, einen gut gefüllten Aschenbecher, zwei Flaschen Bier und ein leeres Schnapsglas. Als ich von hinten auf sie zuging, überkam mich ein echtes Déjà-vu – tatsächlich hatte ich sie, wenn ich richtig mitrechnete, während unseres Trips schon ein gutes Dutzend Male in vergleichbaren Situationen angetroffen. Das Texteingabefenster auf dem Bildschirm war leer, bis auf eine Überschrift. »Terror in Agadir« stand da. Ninas Kopf ruhte in der linken Hand, mit der rechten schob sie das Schnapsglas hin und her. Es sah nicht aus, als würde sie vor Ideen sprühen. Ich warf einen Blick auf die Uhr. Wenn sie nach dem Frühstück angefangen hatte, saß sie inzwischen seit mehr als drei Stunden hier.

»Und? Geht's voran?«, fragte ich und platzierte mich neben ihr. Ich beschloss, ihr die Sache mit dem toten Shi-Tsu vorzuenthalten, schließlich hatte sie sich, wenn ich mich recht erinnerte, als »Hundenärrin« bezeichnet.

Sie hob den Kopf, ihre Augen waren schon wieder deutlich röter als am Morgen. »Hab 'ne Scheiß-Schreibblockade.«

»*Terror in Agadir* ist, mit Verlaub, auch kein sonderlich origineller Titel.«

»Du hättest meine vorigen Entwürfe sehen sollen.« Sie erhob sich vom Hocker und beugte sich über den Tresen. »Ali, ich brauch noch Stoff.« Irgendwo im Dunkel hinter der Bar regte sich etwas, dann klapperten Flaschen.

»Wir sollten was essen gehen.«

Sie ließ sich wieder auf den Hocker sinken. »Hier? Bist du bescheuert? Eher fresse ich meine Schuhe.«

»Irgendwo in der Stadt?«

»Wir haben kein Auto.«

»Das sind ein paar hundert Meter.«

»Bring mir was mit.«

Der Barkeeper erschien und goss ihr einen neuen Wodka ein. Oder irgendeinen anderen Klaren. Ich schob mich rückwärts von meiner Sitzgelegenheit und legte ihr eine Hand auf die Schulter.

»Wenn du so weitermachst, brauchst du in zwei Wochen eine neue Leber.«

»Hab ich dich gebeten, dir meinen Kopf zu machen?«, schnarrte sie und funkelte mich dabei an. »Ich weiß selbst, was gut für mich ist und was nicht.«

Ich hob die Hände. »Wir sehen uns später. Vielleicht.«

»Deine Show werd ich auf keinen Fall verpassen.«

Vor dem Hotel kam es mir noch heißer vor als am Pool. Es war windstill, die Straße lag einsam in der brennstabmäßig knallenden Nachmittagssonne. Ich durchschlurfte den feinen, hellgrauen Staub, der den schlaglochübersäten Gehweg bedeckte. Mit jedem Schritt fühlte ich meine Schweißdrüsen ihre Säfte in den Stoff meines T-Shirts pumpen. Vorbei an zwei Baustellen, auf denen Geräte standen, mit denen die Russen in den Fünfzigern die SBZ demontiert hatten. Arbeiter waren nicht zu sehen. Dann ein Grundstück, auf dem sich ein gewaltiger Hotelkomplex befand, der postmodernen Prunk verströmte. Schilder erklärten, dass die 18-Loch-Golfanlage dem internationalen AGP-Tourstandard entspräche. Vor dem Haupteingang parkten Daimlercabrios, VW Touaregs und ein älterer Ferrari. Es folgte wieder Wüste, bis ich die Ausläufer des Stadtkerns erreichte. Kurz darauf fand ich ein Restaurant, vor dem eine brauchbar ins Deutsche übersetzte Karte relativ internationale Küche versprach. Ich setzte mich auf die beschauliche Terrasse, und innerhalb einer Viertelstunde standen ein eiskaltes Nullfünfer-Fassbier und eine gewaltige orientalische Grillplatte mit Couscous und frischem Salat vor mir – das beste Essen, das ich in den letzten zehn, zwölf Tage zu mir genommen hatte. Ich trank ein weiteres Bier und einen exzellenten, elefantenstarken Kaffee und fühlte mich rundum wohl. Ich bestellte die Grillplatte gleich noch mal zum Mitnehmen und schwitzte mich zum Hotel zurück. Nina saß wie gehabt an der Bar und führte lautstark Selbstgespräche. Ich stellte ihr das Essen hin und verzog mich zum Pool, ohne zur Kenntnis zu nehmen, wovon ihr Monolog handelte. Sie würdigte mich keines Blickes.

Am Schwimmbecken lagen die Rostocker Mädchen in ihren weniger freizügigen Standard-Bikinis, also legte ich mich auf die andere Seite, trotz des heftigen Komm-doch-zu-uns-Gewinkes von Madeleine; Nadine verhielt sich zurückhaltend. Ich tickerte meinen neuen iPod zum vorvorletzten *The Killers*-Album, klappte das Buch an der markierten Stelle auf, ohne mich auch nur entfernt daran zu erinnern, worum es bis Seite 173 gegangen war, und versuchte zu lesen. Das ging überhaupt nicht. Also surfte ich mit meinem Telefon auf die Seiten diverser Fluganbieter und fand tatsächlich zwei Rückflüge in die Heimat, die übermorgen gehen würden, zu einem vertretbaren Tarif. Eigentlich sollte unser Aufenthalt noch vier Tage dauern, und noch eigentlicher taten wir derzeit *genau* das, wofür uns Heino Sitz auf die Reise geschickt hatte. Ich speicherte die Links und spürte eine Hand auf meiner Schulter. Nadine saß neben mir, sie sah mich erwartungsvoll und ein bisschen ängstlich an. Ich nahm die Kopfhörer ab und schenkte ihr ein Lächeln. Genau genommen hatte sie mich fair behandelt, es gab nichts, das ich ihr vorwerfen könnte – sie hatte mir mitgeteilt, dass ich nur umständehalber in die engere Auswahl gekommen war, und sie hatte eine andere getroffen, als sich die Gelegenheit bot.

»Können wir reden?«, fragte sie und strahlte mich an. Ich nickte.

»Es tut mir leid«, fuhr sie fort. »Ehrlich. Ich wollte dich nicht kränken. Oder dass du dich schlecht fühlst. Aber ich hab dir auch gesagt ...«

»Geschenkt«, unterbrach ich. »Du hast mich ja fast überreden müssen, idiotischerweise, und damit meine ich nicht dich. Natürlich war ich sauer. Aber ich verstehe dich. Ich hätte wahrscheinlich genauso gehandelt. Hey, diese beiden Franzosen sehen aus wie griechische Götter. Wär ich 'ne Frau, hätt ich mich denen wahrscheinlich auch zu Füßen geworfen.«

Nadine schüttelte langsam den Kopf. »Das mit dir.« Sie sah auf ihre Fußnägel, deren violetter Lack einer dringenden Erneuerung bedurfte, dann umfasste sie den rechten Fuß mit beiden Händen. In Richtung ihrer Gehwerkzeuge sprach sie weiter. »Mir ist gestern etwas klargeworden. Und auch heute, als du diese lustige Probe mitgemacht hast.« Sie ließ ihren Fuß los und drehte das Gesicht zu mir. »Ich mag dich, wirklich.«

»Cool«, erklärte ich und hatte nicht die leiseste Peilung, wovon sie sprach.

Nadine sah zum Pool. »Das ist wirklich eine Bruchbude hier.«

Ich nickte und sah auf das Display meines MP3-Players. »Read My Mind« lief gerade, ganz entfernt hörbar über die Ohrstöpsel, die neben mir auf dem Strandtuch lagen. Keine Ahnung, was das Mädchen von mir wollte. Ich forschte in mir nach Gefühlen, wobei ich ihr einen verstohlenen Blick zuwarf. Die Erinnerung an den gemeinsamen Bettnachmittag war durchaus noch präsent. Es hatte Spaß gemacht, großen sogar, aber etwas in mir war abgestumpft, widerwillig. Das Wort *Stress* kam mir in den Sinn. Dann sah ich sie in ihrem Streichholztanga vor meinem geistigen Auge. Ich musste mich auf den plörrigen Pool konzentrieren, um keine Genitalschwellung zu riskieren.

Nadine stand auf. »Wir sehen uns bei der Show.« Ich nickte.

Das taten wir – und mit uns etwa hundertfünfzig weitere Hotelgäste. In Strandrichtung hinter dem rechten Seitenflügel gab es eine Art antikes Amphitheater, in dem unsere Darbietung stattfinden sollte. Ich hatte noch graubraune Tunke gegessen, ohne jemanden zu treffen, den ich kannte, und kämpfte gegen Würgereiz an, als ich eine halbe Stunde vor Beginn eintraf – aus verschiedenen Gründen, nicht zuletzt hatte ich, wie ich verblüfft feststellte, enormes Lampenfieber. Als ich ankam, waren überraschenderweise schon die meisten Plätze des Open-Air-Halbrunds belegt.

Die Show war doof und total peinlich, aber lustig, wie früher diese Fernsehserie »Klimbim« oder ein später Rocky-Film. Ich schämte mich durch die Schreibmaschinen-Nummer, aber lieferte etwas später ganz großes Tennis bei der Geldbörsensache ab. Das Publikum lachte sich scheckig, und als wir, die Darsteller, anschließend an den reservierten Tischen saßen und unsere karge Gage – zwei Freidrinks – schlürften, kamen nicht wenige Hotelgäste, um uns für die Bespaßung zu loben. Nina starrte mich an, als wäre ich der Singlebörsen-Stalker, der ihr zusetzte und den sie zwischenzeitlich zu ehelichen beschlossen hatte. Sie hing mächtig in den Seilen, schlug mir aber alle zwei Minuten auf die Schulter und äußerte Bewunderung über meinen Mut. Ich empfand das überhaupt nicht so. Was ich getan hatte, taten Tausende Pauschalurlauber tagaus, tagein in solchen oder besseren Clubs. Trotzdem war ich stolz wie Oskar.

Dann gingen wir abhotten, zu Jacky in die Hoteldisse, und ich fand mich plötzlich headbangend zu einer höhenlosen Version von *The Offsprings* »Self Esteem« wieder. Nadine tanzte mir gegenüber und ahmte meine Bewegungen nach. Es ging nahtlos in einen Song von *Green Day* über, was mich vermuten ließ, dass Nina mit Jacky das Programm abgesprochen hatte, während mir irgendwer – Robby, Kevin – ein Bier und einen Kurzen reichte, und so ging es weiter. Ein bis vier Stunden später stand ich vor meiner Zimmertür, war durchgerockt bis zum Schließmuskel und hielt meine Rostockerin im Arm. Sie sah derangiert aus, ihre Augenlider flatterten, und sie hatte große Mühe, aufrecht zu stehen – mir ging es ähnlich. Als ich gerade versuchte, meinen Zimmerschlüssel aus der engen Jeans zu fischen, ohne Nadine fallen zu lassen, und sich parallel langsam der Gedanke manifestierte, dass ich eigentlich *sehr* viel lieber allein ins Bett gehen würde, spürte ich das Vibrieren meines Telefons in der Hemdtasche.

Ich zog den Apparat hervor, nahm am Rand zur Kenntnis, dass meine Begleitung zu Boden rutschte, kniff die Augen zusammen und starrte auf das Display. Mehr als die Uhrzeit – zwei Uhr dreißig oder achtunddreißig – konnte ich nicht erkennen. Ich tatschte auf dem Touchscreen herum, hielt mir dann das Ding ans Ohr und brüllte: »Hallo?«

Nadine antwortete leise vom Fußboden: »Ich bin hier.«

»Lasse?«, fragte eine Frauenstimme aus dem Apparillo. Lasse nannte mich nur eine Person auf dieser Welt. Meine Mutter sagte Nicky, mein Vater Niko, meine Freunde Nick.

»Silke«, stellte ich lallend fest. »Was willst du denn?«

»Bist du betrunken?«

»Aber hallo!«, krähte ich. »Voll wie ein Eimer in der Mannschaftslatrine.« Ich grinste stolz, weil ich das, ohne zu stottern, herausgebracht hatte.

»Dann ist es wohl besser, wir reden morgen.«

Ich nickte, aber durch den Dunst erreichten mich zwei Informationen: Silke hatte um kurz vor drei Uhr morgens angerufen. Und sie klang traurig. Ich atmete tief durch und stützte mich mit der freien Hand an der Wand ab.

»Was ist? Alles okay bei dir?«, fragte ich so bedächtig wie möglich.

»Eher nicht. Wann bist du wieder hier?«

Ich blinzelte und starrte die Tür an. Was war heute für ein Tag? Wann würden wir zurückfliegen? Keine Ahnung.

»Übermorgen«, schlug ich vor. »Oder überübermorgen.«

»Können wir uns dann treffen?« Sie klang wirklich übel.

»Logo. Ich ruf dich an.« Dann fiel mir das Ding aus der Hand, und als ich es wiedergefunden hatte, war die Verbindung weg. Nadine lag in Embryostellung auf dem Teppich und schlief. Weil das so friedlich aussah und ich ohnehin keine Lust verspürte, mein Bett mit ihr zu teilen, ließ ich sie dort liegen.

6.

Nadine und Madeleine sah ich nicht wieder, weil die Berufsschüler am Morgen des nächsten Tages heimflogen, und deshalb auch Robby und Kevin nicht, was ich als den schmerzlicheren Verlust empfand. Aus diesem Grund hatte ich nach dem Aufstehen – gegen Mittag – auch keine Chance mehr, mich bei der kleinen Rostockerin dafür zu entschuldigen, sie im Flur endgelagert zu haben, aber ein wirklich schlechtes Gewissen hatte ich deswegen nicht. Ich ärgerte mich eher darüber, dass ich fast noch mal mit ihr in der Kiste gelandet wäre, was aber *nichts* gegen die gemächlich einsetzende Verwunderung über Silkes späten Anruf war, an den ich mich erstaunlich gut erinnerte. Als ich Nina beim mittäglichen Frühstückskaffee an der Poolbar gegenübersaß und meine Kollegin betrachtete, die wie ein (vorgegartes) Huhn aussah, das man zu rupfen begonnen hatte, um mittendrin wieder damit aufzuhören, rätselte ich noch immer über die Hintergründe. Natürlich hätte ich sie einfach zurückrufen können, jetzt, sofort, aber ich wollte nicht. Warum – das war mir selbst nicht ganz klar. Mein Telefon lag ausgeschaltet im Zimmer.

»Noch zwei Tage«, murmelte Nina und schob ihre Porschebrille in die Stirn. »Ich will hier weg.«

Ich nickte. Andererseits war es egal – in vier Tagen wären wir auf Malle, danach in Portugal, dann in der Türkei und irgendwann in vier Wochen in Hurghada. Ich kam mir vor wie ein Marathon-Teilnehmer, der schon völlig erschöpft ist und dem ein Passant grinsend zuruft: »Durchhalten! Nur noch achtunddreißig Kilometer!«

»Wir könnten einen Ausflug unternehmen. Fez, Marrakesch, Casablanca, so was«, schlug ich vor, ohne eine Ahnung davon zu haben, was als Tagesausflug überhaupt machbar war.

»Drehst du jetzt völlig durch?«

»Irgendwas müssen wir doch machen. Oder willst du die nächsten viereinhalb Wochen ausschließlich mit Saufen zubringen?«

Sie riss sich die Brille in einer energischen Bewegung von der Stirn und blaffte: »Kannst du *bitte* endlich damit aufhören, dir meine Scheißgedanken zu machen?«

»Ich seh das rein pragmatisch«, gab ich lächelnd zurück. »Wir sind auf Geschäftsreise, und die Geschäfte laufen schlecht. Oder hast du was geschrieben?«

Jetzt lächelte sie. »Ist schon in der Redaktion.«

»Wow«, antwortete ich und wusste nicht, ob ich wütend oder erleichtert sein sollte. »Hätten wir nicht … zusammen?«

»Ich habe beschlossen, dass wir das im Wechsel machen. Den ersten hast du, diesen ich, den nächsten wieder du. Ist doch eine feine Arbeitsteilung.«

»Hast du beschlossen«, echote ich.

Sie nickte, drehte sich dann zum Tresen. »Achmed, ein Bier bitte.«

»Warum nicht.« Ich sah zu Jacky, der mit einem verschlissenen Volleyball unterm Arm am anderen Ende des Pools stand und wohl vergeblich auf Urlauber wartete, die Lust auf ein Spiel hatten. »Na gut«, sagte ich. »Dann mach ich mich allein auf die Socken.«

Natürlich war es schon viel zu spät, um noch an einem Tagesausflug teilzunehmen, aber die wenig interessierte Rezeptionistin buchte mich für eine deutschsprachig geführte Tour am nächsten Tag. Der Bus würde mich um sieben einsammeln, gegen zehn am Abend wäre ich wieder im Hotel.

Der »Bus« war ein japanischer Familienvan mit neun Sitzen, von denen noch einer frei war, als ich das Gefährt um zehn nach sieben bestieg, wodurch ich auf dem Beifahrersitz landete. Wie bei den meisten Fahrzeugen, die ich bisher in Marokko erlebt hatte, war auch hier die Farbe aufgrund des omnipräsenten Staubs nicht zu ermitteln. Ich sagte höflich »Guten Morgen«, was die anderen Insassen brav zurückgaben. Nach dem ersten Eindruck handelte es sich um eine Gruppe Detmolder Sekretärinnen kurz vor dem Ruhestand. Zu meiner Verblüffung trugen die Damen Pullis und Strickjäckchen. Das war nicht ganz blöd, wie ich bald feststellte, denn die Klimaanlage des Gefährts lief auf Hochtouren. Unser Fahrer, der in Marrakesch auch unser Führer sein würde, stellte sich mir in Hochschuldeutsch als Mustafa vor. Ich nahm an, dass das nur ein Künstlername war. Die Damen duzten ihn, ich aber blieb beim Sie.

Das Armaturenbrett war mit Bildern und seltsamen Gegenständen vollgestellt, die vermutlich religiöse Bedeutung hatten. Als ich den Fahrer fragte, wie er das befestigt hatte, sah er mich an, als wäre ich geistesgestört, und murmelte dann: »Klebe natürlich.« *Natürlich.* Ich Idiot.

Wir knatterten in Richtung Nordwesten, die Entfernung bis Marrakesch betrug etwa zweihundertfünfzig Kilometer, zunächst am Atlasgebirge entlang, auch mal ein Stückchen hinein nach meinem Gefühl, dann ging es stetig nur noch aufwärts. Mustafa blieb zum Glück wortkarg, und die Damen im Fond flüsterten nur miteinander. Ich fühlte mich ein bisschen unwohl, also lehnte ich mich in die Kopfstütze und schlief kurz darauf ein.

Als ich erwachte, war mir eiskalt und übel. Außerdem verspürte ich leichte Kopfschmerzen. Der Wagen schaukelte eine Gebirgsstraße entlang, zu meiner Rechten ging es sehr steil bergab, und auf der anderen Seite türmten sich schroffe Felsformationen. Scheiße, mir war richtig schlecht. Ich hätte am Vorabend nicht schon wieder den Hotelfraß essen sollen. Beim Gedanken daran setzte sofort der Würgereiz ein.

»Anhalten!«, rief ich.

»Hier kann ich nicht anhalten«, sagte Mustafa. Er wies nach vorne, ein Autobuswrack kam uns mit rasender Geschwindigkeit entgegen. Das erste Fahrzeug bisher, ausgerechnet hier und jetzt.

»Aber ich muss kotzen«, presste ich hervor, bereits durch beide Hände, die ich mir vor den Mund presste.

Die Damen hinter mir kreischten. Der Bus passierte uns so dicht, dass ich die Nasenhaare des Fahrers erkennen konnte.

»Kotzen?«, fragte Mustafa ungerührt.

Eine der Damen sagte etwas auf Arabisch, aber ich hatte keine Zeit dafür, beeindruckt zu sein. Der Würfelhusten verlangte dringend sein Recht. Mustafa ging in die Klötze, aber es war schon zu spät. Ich schaffte es zwar noch, die Tür zu öffnen, reiherte aber schon in der Bewegung zur Türöffnung hin los, durch meine Finger hindurch, die kaum etwas zurückhielten, sondern den Streuwinkel sogar noch vergrößerten. Mustafa schimpfte in seiner Sprache, gleichzeitig stieß er mich ziemlich unsanft vom Sitz. Ich griff tränenblind in die Luft, fand aber nichts, woran ich mich festhalten konnte, und fiel, noch immer vor mich hin reihernd, seitwärts aus dem Van. Mit der rechten Schulter knallte ich gegen etwas, von dem ich annahm, dass es eine Leitplanke sei, dann lag ich da und wiederholte das Hurg-Hurg, das Stan immer gemacht hatte, bevor er sich auf seine Lieblingsstelle erbrach, nämlich exakt auf die Tasten G, H, B, V und N meiner Laptoptastatur. Hunderttausend Mal hatte ich mir vorgenommen, das Ding sofort zuzuklappen, wenn ich die Arbeit beendete, aber wenn ich es dann – ebenso oft – vergaß, war schon Sekunden später Stans Hurg-Hurg zu hören, und ich konnte noch so flink ins Arbeitszimmer spurten – der Kater war längst wieder vom Schreibtisch gesprungen, und sein verschleimtes Gewölle klebte auf der Tastatur. Durch die Reinigung hatten sich die Tastenbeschriftungen so sehr abgenutzt, dass die Buchstaben kaum noch zu erkennen waren. Dann fiel mir ein, dass mir *dieser* Laptop ja geklaut worden war. Als ich wiederum diesen Gedanken zu Ende gedacht hatte, bemerkte ich, dass sich mein Magen offenbar vollständig entleert hatte. Mein Mundinnenraum schmeckte nach Restaurantabfällen, mein Kopf dröhnte, meine Schulter tat weh. Ich wischte mir mit dem T-Shirt, das ich dadurch endgültig ruinierte, übers Gesicht und ging zitternd in die Hocke. Da zwischen Wagen und Straßenrand nur sehr wenig Platz war, standen die Damen aus Detmold vor dem Auto und beobachteten mich besorgt. Aus dem Innern war wütendes Gemurmel von Mustafa zu hören, vermutlich belegte er mich gerade mit islamischen Bannsprüchen, die immerwährende Impotenz und Hirnkrebs auslösen sollten. In diesem Augenblick wäre es mir recht gewesen. Ich fühlte mich elend und wünschte mir nur ein kuschliges Bett und eine Tasse Tee. Nein, doch keinen Tee. Das Wort löste einen abermaligen Brechreiz aus, aber es kam nichts mehr, dafür spannen sich Speichelfäden von meinem Mund bis fast zum Boden.

Mit Mineralwasser und Tempotüchern reinigten zwei Frauen Sitz und Fußraum, wofür sie meine Hochachtung hatten. Ich stand wacklig am Auto und versuchte, nicht in die Richtung zu sehen, in der sich als breite, schillernde Pfütze mein Mageninhalt befand. Falscher Gedanke! Hurg-Hurg, zum dritten Mal.

Anschließend war mir sehr viel wohler, relativ betrachtet. Erst jetzt wurde mir bewusst, dass direkt hinter der Fahrbahnbegrenzung, die nicht aus einer Leitplanke, sondern einem Steinhaufen bestand, gegen den mich der Fahrer katapultiert hatte, ein Abgrund begann, der gefühlt mehrere Kilometer in die Tiefe führte. Der Mann hätte mich beinahe umgebracht! Das machte mich so wütend, dass ich den größten Fehler des Tages beging – vorsichtig geschätzt. Ich teilte Mustafa nämlich mit, was mir soeben klargeworden war, und das in nicht gerade freundlichen Worten, sondern im Nina-Mietwagen-Stil. Was allerdings nicht dazu führte, dass sich der Mann kleinlaut bei mir entschuldigte und als Wiedergutmachung seinen Harem und seine Kamelherde anbot. Stattdessen befahl er den Frauen, ins Auto zu steigen, und hielt mich mit Gewalt davon ab, ebenfalls wieder Platz zu nehmen. Sekunden später stand ich allein neben meiner Kotzpfütze und sah dem davonrasenden Van hinterher.

Ich war durstig, mein Schädel dröhnte, und der Geschmack in meinem Mund wurde sekündlich schlimmer. Immerhin besaß ich ein Smartphone mit GPS und GoogleMaps.

Aber es hatte keinen Empfang.

Erst eine gute Stunde später, die ich unter Schüttelkrämpfen und Heiß-Kalt-Anfällen – glücklicherweise ging es wenigstens bergab – schlurfend verbrachte, wobei ich alle zehn Sekunden die Anzeige des Telefons kontrollierte, erschien zaghaft ein winzig kleiner Balken, der etwas wie Empfang signalisierte. Ich erstarrte, um das bisschen Netz auf keinen Fall zu verschrecken. Es dauerte fünf Minuten, bis ich meine Koordinaten von einer Online-Karte ablesen konnte, die ich mit dem Finger im Straßenstaub notierte. Dann rief ich Nina an.

»Hol dir sofort was zum Schreiben«, befahl ich.

»Was ist los? Wo bist du?«

»HOL! WAS! ZUM! SCHREIBEN!«, brüllte ich und fühlte dabei, wie meine Speiseröhre krampfte.

»Ich sitze vor meinem Laptop.«

»Notier dir das hier.« Dann gab ich die Koordinaten durch.

»Hab ich. Was ist los?«

»Man hat mich im Gebirge ausgesetzt, mitten im Nichts. Du musst mich abholen.«

»Wie soll ich das machen?«

»Nimm ein Taxi oder klau ein Auto, ist mir scheißegal. Nur hol mich ab. Mir geht's wirklich dreckig.«

»Bin auf dem Weg.«

Ganze zwei Fahrzeuge kamen während der folgenden anderthalb Stunden vorbei, ein röhrender Kleinlaster, der weit über die Beladungsgrenze hinweg mit Tierkäfigen vollgestellt war, und ein steinalter Strich-Achter, der mich beinahe umnietete. Keines der beiden Fahrzeuge drosselte auch nur andeutungsweise das Tempo.

Und dann traf die Rettung ein. Ein zwanzig Jahre alter weißblauer Daimler kam den Berg hochgeprescht, und ich war schon wieder bereit, aus dem Weg zu hechten, notfalls hinein in die Schlucht, aber das Auto hielt an. Nina und ein breit grinsender Marokkaner stiegen aus.

»Dich kann man keine Sekunde alleine lassen«, sagte sie, umarmte mich dann aber herzlich. Ihr Atem roch nach Schnapsfabrik.

»Ich will hier weg«, antwortete ich kleinlaut.

7.

Ich war so froh, wieder zu Hause zu sein, dass ich eine halbe Stunde lang heulte vor Glück, in der halb leergeräumten Wohnung, vor einem Stapel Post und mit einer Flasche Wasser in der Hand. Die Lebensmittelvergiftung, wenn es denn eine gewesen war, hatte sich noch am Abend meines Gebirgsabenteuers verflüchtigt, aber ich hatte mich bis zum Flughafentransfer keinen Schritt mehr aus dem Hotel wegbewegt. Außerdem hatte ich keinen Alkohol mehr angerührt und mich ausschließlich von Mineralwasser, Tee und Obst ernährt, das ich minutenlang mit Mineralwasser wusch und dann trocken fönte, bis die Schale Wellen schlug. Ich mied die Sonne, las in meinem Buch und sah, am Pool unter einem Schirm liegend, Nina dabei zu, wie sie Marokko trockenlegte, indem sie energisch die hiesigen Bier- und Spirituosenbestände vernichtete. Allah ist groß.

Der Rückflug war zwischen Ninas Start- und Landeschrei völlig ruhig verlaufen. Wir saßen schweigend nebeneinander, und ich nahm an, dass meine Kollegin dasselbe dachte wie ich: ein Drittel. Wir hatten erst ein verdammtes Drittel hinter uns. Das verband zumindest ich mit der Hoffnung, dass es schlimmer wohl kaum noch kommen könnte.

Auf dem Band waren sieben Rückrufbitten von Silke und eine von Steini. Außerdem eine Nachricht von Heino Sitz, der mich für den nächsten Tag in die Redaktion beorderte. Es klang freundlich, aber auch eine vom Zähnepfeifen begleitete Mitteilung hätte mich nicht aus der Fassung gebracht. Mir war alles egal, und ich meldete mich bei niemandem. Ich versprühte den Rest des Insektizids auf den juckend-sprießenden Schamhaarnachwuchs, nachdem ich zwanzig Minuten unter dem Duschstrahl verbracht hatte, und ging vor die Tür, um normale Leute zu sehen.

Nina und ich trafen fast zeitgleich in den Redaktionsräumen ein, wo wir mit Standing Ovations begrüßt wurden. Sitz stürmte aus seinem Chefbüro, umarmte erst sie und dann mich, und im Hintergrund hörte ich Party-Ralle sagen: »Die Helden.«

»Was ist denn hier los?«, fragte meine Reisebegleitung.

»Ihr habt keine Ahnung, oder?«, gab Sitz grinsend zurück. Dann machte er auf den Hacken kehrt, rannte in sein Büro und stand fünf Sekunden später wieder vor uns mit einer BILD in der Hand.

»WEHRT EUCH!«, stand da, Schlagzeile, erste Seite. Und darunter: »Schluss mit dem Wahnsinn am Hotelpool!« Ich nahm Sitz die Zeitung aus der Hand. Das Boulevardblatt forderte dazu auf, es den »engagierten Journalisten« gleichzutun und den Teufelskreis der Liegenreserviererei zu durchbrechen. Touristen, die sich dabei fotografierten, wie sie markierte Liegenreservate »befreien«, bekämen zwanzig Euro pro Foto, zwei Zeugenaussagen zur Bestätigung vorausgesetzt. Irgendwo zwischendrin fand ich die Namen Nikolas Sender und Nina Blume. Zum Glück aber keine Bilder von uns.

»Sommerloch, oder?«, kommentierte Nina.

Heino Sitz deutete sein Pfeifen an, brach es aber gleich wieder ab. »Ihr habt etwas ausgelöst. Seit dem Erscheinen der letzten Ausgabe brummt es hier.«

»BILD«, sagte Nina etwas mürrisch.

»Vorabdruck. Das war Leitmann.«

Party-Ralle strahlte. Ja, in diese Richtung hatte er Connections. Eigentlich arbeitete er für das falsche Blatt.

»Wie blöd ist das denn?«, fragte meine Reisepartnerin, und ich konnte nur nicken. Sitz' Strahlen fiel in sich zusammen.

»Genau das wollten wir erreichen!«, donnerte er. »Wir sind ausverkauft, erstmals seit Jahren. Und es gibt tatsächlich eine Bewegung. Schaut mal ins Internet. Auf Flickr häufen sich die Bilder von Touristen, die einander beim Liegenfreiräumen ablichten. Tausende!

Es gibt Foren und zig Blogeinträge. Die ersten Veranstalter sind angesprungen und empfehlen ihren Kunden, es euch gleichzutun. Selbstbewusster Pauschaltourismus! Und das ist erst der Anfang! Eure Namen sind zu Synonymen geworden.«

Das Strahlen war in sein Gesicht zurückgekehrt. Ich fand es derweil irgendwie blöd, Synonym zu sein.

Wir versammelten uns zur Konferenz, deren Gegenstand der zweite Bericht war, den ich am Abend zuvor überflogen hatte. *Koranische Ferse* lautete der originelle Titel, eine Abhandlung über die vergangene Woche, ziemlich pointiert und in der Hauptsache daran festgemacht, wie islamische Länder allgemein und Marokko im Speziellen versuchen, Touristendevisen einzusammeln, ohne im Detail groß darauf zu achten, ob Mohammed das okay fände. Tatsächlich hatte Nina ihr Erlebnis mit Jules in den Vordergrund gestellt, auf erstaunlich subtile und selbstironische Art, ohne sich als handlungstragende Figur einzubringen, aber sie hatte auch Polizeiwillkür, verrottende Unterkünfte und sogar Jackys Schicksal verarbeitet. Der Artikel war ziemlich klasse. Das fanden alle anderen auch.

»Auf diesem Niveau muss es weitergehen«, befahl Sitz abschließend. Ich sah zu Nina, der eine Antwort im Gesicht geschrieben stand, die das entschieden verneinte, aber bevor sie diesen Gedanken äußern konnte, drückte uns der Chef Umschläge in die Hand. »Schmerzensgeld«, sagte er grinsend. »Aber nicht übermütig werden, das ist für die kommenden Wochen gleich mit.«

Heilige Gepäckablage! Auf meinem Scheck stand eine Summe, die ich noch nie am Stück, durchgehend oder auf einmal besessen hatte, und auch Ninas Gesichtsausdruck veränderte sich schlagartig. Sie sah erst zu mir und dann Sitz durchdringend an. Für Sekundenbruchteile war es im Konferenzraum so still wie auf der Gebirgsstraße nach Mustafas Flucht. *Sie haben tatsächlich was miteinander*, dachte ich. Vermutlich war ich mit diesem Gedanken nicht alleine. Ralf Leitmann grinste, als bekäme er unter dem Tisch einen geblasen.

Sitz erhob sich und zuckte die Schultern. »Ich weiß, dass ihr da eine Höllentour hinlegt«, erklärte er und präsentierte seine Zahnlücke. »Aber ihr schreibt Geschichte. Haltet durch!«

Steini war nicht zu erreichen, und mit Silke wollte ich nicht sprechen, noch nicht, wozu auch. Das nächtliche Telefonat kam mir inzwischen unwirklich vor. Vielleicht wollte sie nur meine Hilfe bei irgendwas oder die Kontaktdaten von einem gemeinsamen Bekannten oder, schlimmstenfalls, mir *erklären*, warum es so gekommen war, wie es gekommen war. Das wusste ich selbst. Wir hatten einander als selbstverständlich hingenommen und aufgehört, uns zu bemühen – und dabei war die Liebe, dieses Arschloch, eingeschlafen, aus lauter Langeweile. Jeder Deppen-Partnerschaftsratgeber konnte das erklären. Ja, es wird ihr schlechtes Gewissen gewesen sein, das sie gepackt hat, sagte ich mir. Wahrscheinlich war ihr neuer Stecher unterwegs, und sie saß nachts bei Rotwein alleine vor der Glotze und sah die Wiederholung irgendeiner Serie, bei der wir mal gemeinsam gelacht hatten. Silke war nicht der Typ, der sich einfach vom Acker machte, sie fühlte sich immer genötigt, alle Seiten zu beleuchten, zu vermitteln, für Harmonie und Ausgleich zu sorgen. Sie hasste verbrannte Erde. Manchmal, wenn sie einen Konkurrenten ausstach, rief sie den auch an, um ihn aufzumuntern, sich tatsächlich dafür zu entschuldigen, dass sie den Abschluss gemacht hatte und nicht er. Diesen Charakterzug hatte ich an ihr gemocht, nein, sogar geliebt, weil er eine so verblüffende Wirkung hatte. Aber heute war mir nicht danach, harmonisiert zu werden oder irgendwas zu verstehen, das ich nicht mehr verstehen wollte, dessen tauben, sanft abklingenden Schmerz ich mittlerweile vielleicht sogar genoss. Ich vermisste sie, klar. Ich vermisste uns. Die zwei Wochen Pauschalterrorismus hatten Distanz geschaffen und es mir möglicherweise sogar einfacher gemacht. Aber jetzt in dieser Wohnung zu hocken und mir am Telefon anzuhören, dass es besser für sie, für mich, für uns beide und den Weltfrieden sei, darauf hatte ich weniger Böcke als auf einen Glasscherbeneinlauf. Sollte sie ruhig noch ein paar Tage mit schlechtem Gewissen herumlaufen, schließlich hatte sie *mich* verlassen. Das führte mich zwangsläufig zur Fast-Medsger-Episode. Verdammich, jetzt hatte Silke es doch geschafft.

Ich kapselte mich ab, schaltete alle Telefone aus, las oder sah fern, aß kiloweise Pudding mit extra viel extra dicker Haut und After Eight, um die Zeit bis zum nächsten Abflug totzuschlagen. Wenn ich daran dachte, überraschte ich mich damit, dass sich etwas in mir sogar darauf *freute*.

Der Flug nach Palma ging um sieben, weiß der Geier, warum sie Touristen auch noch mitten in der Nacht durch die Gegend schippern, aber vermutlich war das ein gutes Training für das frühmorgendliche Um-den-Pool-Joggen. Ich wurde um kurz nach halb vier wach, sortierte meinen kaum ausgepackten Koffer neu, nahm feuchte Shirts von der Leine, trank siebzig Tassen *Guatemala Grande* und langweilte mich. Also ging ich mit meinem neuen Laptop online, der wirklich schick war. Nur die Tastatur gefiel mir nicht. Das ist bei Leuten, die Rechner vor allem zum Schreiben benutzen, fast die ausschlaggebende Komponente. Nachdem ich acht neue Mails von Marejke Medsger gelöscht hatte und dutzendweise Penisverlängerungsangebote noch dazu, surfte ich deshalb zu Ebay. Zwei Laptops waren schließlich besser als einer, und außerdem schlummerte die Sitzprämie auf meinem Konto. Das Modell, das Galadriel nach Sachsen-Lorien entführt hatte, *no*, gab's gleich viermal. Als ich mir die Fotos des dritten Angebots ansah, das derzeit bei schlappen zweihundert Euro hing, schlug es mich fast aus dem Sessel. Eine Nahaufnahme des aufgeklappten Portables zeigte ziemlich deutlich, dass die Tastatur im Bereich der Buchstaben G, H, B, V und N Reinigungsabrieb aufwies. »Leichte Gebrauchsspuren, ansonsten sehr gepflegt und fast neuwertig«, hatte der Anbieter geschrieben, wodurch ich mich fast geschmeichelt fühlte. Ich klickte auf dessen Namen, um mir weitere Auktionen aus seinem

Portfolio anzusehen. Rumsdibums, gleich als Zweites wurde eine neue, ungetragene Armani-Jeans offeriert, exakt in meiner Größe, Gebotsstand zehn Tacken. Der Ralf-Bauer-Verschnitt und seine Engelskomplizin vertickerten ihre Beute also per Internet. Und das auch noch auf so dusselige Art, dass man sich sogar als Beklauter dafür schämen musste.

Aber es war inzwischen kurz vor fünf, und ich musste mich langsam auf die Socken machen. Die Auktionen liefen noch jeweils acht Tage. Ich speicherte die Links und beschloss, mit Nina über die Sache zu reden. Das kam mir sogar ganz selbstverständlich vor. Erstaunlich.

Teil 4: Mallorca
Ich mache nichts, ich gucke doch nur

1.

Silke erreichte mich im Taxi, dessen Fahrer in einer Position vor dem Lenkrad saß, die unmöglich gesund sein konnte, und der sich vor allem darauf konzentrierte, die vorgeschriebene Höchstgeschwindigkeit exakt einzuhalten, weshalb er kaum auf die Straße sah. Der Mann war geschätzt fünfundneunzig und atmete schwer. Als ich ihn fragte, ob alles in Ordnung sei, reagierte er nicht. Berliner Taxifahrer werden auf einem anderen Planeten geboren und heimlich vom KGB importiert. Diese Leute können unmöglich echte Menschen sein. Und, ja, den KGB gibt es noch.

Das Telefon klingelte kurz nach dem Einschalten, da war es zwei Minuten vor fünf. Ich war schon etwas zu spät dran, denn wir hatten unsere Check-in-Zeiten auf zwei Stunden vor Abflug rekalibriert. Wahrscheinlich aber würden wir trotzdem die Letzten am Schalter sein. Für den nächsten Trip würde ich Nina vier Stunden Vorglühzeit empfehlen.

»Lasse, warum rufst du nicht zurück?« Sie klang vorwurfsvoll, aber es gab noch einen anderen Unterton, irgendwie verzweifelt.

»Silke, es ist fünf Uhr morgens.«

»Das weiß ich. Ich versuche es seit zwei Stunden, gestern und vorgestern habe ich mir den ganzen Tag lang die Finger wundgewählt. Was ist los?«

»Ich wollte meine Ruhe haben.« Ich rutschte fast vom Sitz, weil der Taxifahrer heftig gebremst hatte, obwohl vor uns nichts zu sehen war. Doch, in hundert Metern ein Baustellenschild. Immer machen lassen, dachte ich.

»Ich muss mit dir reden. Wo bist du?«

»Im Taxi auf dem Weg zum Flughafen. Wir fliegen in zwei Stunden nach Mallorca.«

Silke schwieg. Der Kopf des Chauffeurs neigte sich bedenklich in Richtung Lenkrad. Ich hoffte, dass er nicht einschlief – oder gerade das Zeitliche segnete.

»Weißt du die Nummer des Gates?«, fragte sie.

»Nee, keine Ahnung. Meine Kollegin hat die Infos. Was ist denn eigentlich los?«

»Ich bin in zwanzig Minuten da. Bitte warte auf mich.«

Dann legte sie auf.

Nina sah erstaunlich fit aus, außerdem trug sie zum ersten Mal keine Wurstpellehosen, sondern Jeans, Top und ein recht neckisches Jäckchen. Die Schlange vor dem Schalter bestand nur noch aus einer Handvoll Leute, aber im Warteraum drängte man sich bereits vor der Tür des Einstiegtunnels. Meine Kollegin sah demonstrativ auf die Uhr.

»Wir hatten fünf gesagt«, erklärte sie grinsend.

»'tschuldigung. Der Taxifahrer war nicht von dieser Welt.« Tatsächlich hätte er es fast nicht fertiggebracht, mir eine Quittung auszustellen. Erst beim vierten Versuch war etwas dabei herausgekommen, das die Verlagsbuchhaltung möglicherweise akzeptieren würde. Nur der Betrag stand noch in der falschen Zeile, aber irgendwas ist ja immer.

Wir checkten ein, und Nina drängte darauf, in den Warteraum zu gehen, um eine gute Ausgangsposition für den Gepäckablagekrieg einzunehmen. Ich erklärte ihr, dass ich noch jemanden treffen würde. Sie zog die Stirn kraus, nahm mein Handgepäck und tänzelte fast zur Durchsuchung. Ich wartete noch einen Moment und schickte Silke dann eine SMS mit der Nummer des Gates.

Sie kam zehn Minuten später. Ich sah sie schon, als sie ihren Mini in zweiter Reihe vor dem Gate abstellte. Das war sehr … bizarr. Als sie ausstieg und der schwarze Kurzhaarschopf über dem Wagendach auftauchte, schrumpften meine inneren Organe in Sekundenschnelle auf die Hälfte ihrer Normalgröße. Dann entdeckte sie mich, nickte kurz und eilte in Richtung Tür. Und plötzlich stand sie vor mir. Während der vergangenen Jahre war es mir oft passiert, dass ich versucht hatte, Silkes Gesicht zu visualisieren, aber es entstand immer nur eine diffuse Sieben-Jahre-Mischung ohne Konturen. Jetzt, in diesem Moment, hätte ich die Augen schließen und millimetergenau die Position jedes Leberflecks nennen können, von denen sie exakt elf klitzekleine im Gesicht hatte, davon fünf auf der linken und sechs auf der rechten Hälfte. Sie sah müde aus, aber da war noch etwas – Energie, ein starker Wille. Silke war nur sehr dezent geschminkt. Sie mochte das nicht. Sie sah schön aus.

Dann umarmte sie mich. Ich ließ es geschehen. Dies war unser erstes Treffen nach der telefonischen Trennung. Eigentlich hätte ich ihr eine Szene machen müssen, aber es war Viertel nach fünf, und wir standen auf dem Flughafen Tegel zwischen Hunderten Urlaubern, die im Geiste bereits dabei waren, ihre Handtücher auszulegen. Ich hatte keine Lust auf Streit. Ich *freute* mich sogar, sie zu sehen. Heiliger Hühnerhabicht.

»Lasse«, sagte sie und nahm meine Hand. »Es tut mir leid.«

»Nenn mich nicht mehr so«, nörgelte ich. »Das war ein Kosename, und mit Kosen ist's vorbei.« Es gefiel mir nicht, das zu sagen, aber es war die Wahrheit.

Sie ließ meine Hand nicht los und lächelte. »Es tut mir wirklich leid. Aber ich wollte dich nicht im Ungewissen lassen.« Sie sah auf ihre eigenen Füße, Schuhgröße sechsunddreißig, der linke große Zeh war etwas kleiner als der rechte. Ich schüttelte den Kopf, aber die Situation veränderte sich nicht. Was zum Geier …

Sie zog mich vom Schalter weg in Richtung Ausgang.

»Wie viel Zeit hast du noch?«

»Das Boarding beginnt um zwanzig vor sieben. Was willst du mir sagen? Was machst du hier?«

Sie nickte und zog weiter an mir. Dann standen wir vor der Tür, in der lauen Junimorgenluft, durchzogen von Rauchschwaden, die von Last-Minute-Rauchern zu uns herüberwehten, und ich wusste nicht, was ich fühlen sollte. Also zündete ich mir eine Zigarette an. Auf diesem Charterflug gab es keine Raucherplätze.

»Nikolas.« So hatte sie mich zuletzt vor über sechs Jahren genannt, bevor sie auf die Idee mit ihrer speziellen Kosevariante meines Namens gekommen war. »Es ist etwas passiert.«

Ich legte den Kopf in den Nacken und blies Rauch in den Himmel. »Ja, du hast mich verlassen.«

Silke nickte. »Aber ich hab dich nicht betrogen. Nicht davor.«

Ich runzelte die Stirn. *Danach* betrügen schien mir nur schwer praktikabel.

Sie machte einen Schritt zurück und wedelte mit der rechten Hand den Rauch weg.

»Was ich damit sagen will. Ich habe nur mit *dir* geschlafen, vor dieser ... Sache.«

»Etwa fünf Mal während der letzten tausend Jahre.«

Sie schniefte vorwurfsvoll und lächelte dabei. »Auch du hast nicht häufiger mit *mir* geschlafen.«

Ich schnippte die Kippe weg. »Scheiße, Silke, bist du mitten in der Nacht durch die halbe Stadt gefahren, um mit mir Koitusarithmetik zu betreiben?«

Sie sah zu Boden. »Lasse, ich bin schwanger. Zweiter Monat. Von dir.«

Wir gingen ins ungemütliche Flughafencafé, ich torkelte zum Servicecounter, um uns zwei Pötte Koffeinwarmgetränk zu organisieren, aber auch, um mich abzulenken, was jedoch völlig misslang. Als ich zum Tisch kam, war mir immer noch, als hätte ich gerade eine Hirnbiopsie hinter mir. Ich setzte mich und starrte Silke an, die erfolglos an einem entspannten Gesichtsausdruck arbeitete.

»Weißt du, ich bin frisch verliebt«, erklärte sie, als sie ihren ersten Schluck schlürfte, und es zerriss mich. Ich hatte Mühe, meinen Kaffeebecher halbwegs zitterfrei zu halten, also stellte ich ihn ab. »Es ist so eine Sache mit dem Verliebtsein«, fuhr sie fort. »Ich mag dich noch, natürlich. Vielleicht liebe ich dich irgendwie sogar immer noch. Ich hab ehrlich gesagt keine Ahnung. Aber diese anderen Gefühle sind sehr stark, sie drängen alles andere beiseite.«

Ich schwieg, aber es hallte in meinem Kopf in Presslufthammerlautstärke: WER IST ES? IN WEN BIST DU SO VERLIEBT? UND WARUM ERZÄHLST DU MIR DAS?

»Ich weiß auch nicht, was ich jetzt tun soll. Aber ich bin nicht hierhergekommen, um eine Entscheidung zu treffen, sondern einfach, um es dir zu sagen. Verstehst du das?«

»Nein«, antwortete ich ehrlich. Ich begriff überhaupt nichts. Wie durch einen Kaffeefilter tröpfelten Informationsanteile in mein Bewusstsein. Silke war schwanger. Sie war in ihren Neuen verliebt. Und sie saß vor mir, um mit mir darüber zu reden. Außerdem mochte sie mich noch immer, irgendwie. Wie wunderbar.

Sie legte ihre rechte Hand auf meine, die eigentlich gerade nach dem Kaffee greifen wollte. Ich zog die Hand langsam weg und nahm dann einen Schluck. In diesem Augenblick passierten auch die letzten Tröpfchen den Filter. Meine Ex hatte inzwischen die Hände vom Tisch genommen und sich in den Schoß gelegt.

»Silke, ich bin beruflich auf dem Weg nach Mallorca, und ich werde die nächsten vier Wochen nahezu ohne Unterbrechung durch die Gegend reisen, von einem Tourighetto ins nächste. Was auch etwas Gutes hat, schließlich ist meine – unsere – Wohnung halbleer, außerdem geht Steini, diese Sau, nach Hamburg. Ich bin während der vergangenen zwei Wochen beklaut, verdroschen, narkotisiert und beinahe umgebracht worden, und außerdem hat man mich auf fast jede nur erdenkliche Weise verarscht. Und jetzt sitzt du vor mir, nachdem du mir telefonisch den Laufpass gegeben hast, und erzählst, dass du frisch verliebt bist und nicht weißt, wie deine Gefühle mir gegenüber aussehen, dass du außerdem aber ein Kind erwartest. Von mir.« Ich atmete tief durch, Silke wollte antworten, aber ich sprach weiter, bevor sie etwas sagen konnte: »*Du* hast unsere Beziehung beendet, aber ich bin ehrlich: Dieser Schritt war vernünftig, das sehe ich ein. Es lief nicht mehr so toll, vorsichtig ausgedrückt. Es wäre früher oder später auch ohne diesen Mann, in den du so verliebt bist, in die Brüche gegangen. Aber womit ich nicht zurechtkomme, das ist diese Nummer hier.« Ich sah zur Seite, weg von Silke. »Zweiter Monat. Du kannst abtreiben.«

Sie schniefte, also drehte ich mich wieder zu ihr. Eigentlich ertrug ich es nicht, Silke weinen zu sehen. Aber es wäre feige gewesen, weiter mit der Tapete zu reden.

»Oder das Kind mit diesem Mann bekommen, wer auch immer es ist. Ich werde euch keine Schwierigkeiten machen.«

Sie nickte langsam und stand auf, was ihr Mühe zu bereiten schien, die aber wahrscheinlich keinem Vergleich mit der Mühe standhielt, die ich damit gehabt hatte, diesen Vortrag zu halten, Silke faktisch freizugeben, die Trennung zu vollenden. »Dann ist es ja gut«, sagte sie leise, griff in meine Richtung, hielt aber in der Bewegung inne; ihre Hand sank wieder herab. »Ich wünsch dir eine gute Reise.«

Ich blieb sitzen und hielt alle Körperfunktionen an, auf die ich Zugriff hatte. Erst als Silke außer Sicht war, ließ ich es laufen.

»Wie siehst du denn aus?«, fragte eine gutgelaunte Nina Blume, als ich neben ihr Platz nahm. Der Flieger war proppenvoll, es roch nach Alkohol, wie in einer Kneipe, morgens, wenn die Putzfrau kommt. Aber unter meinem Sitz lag nichts. Also hatte meine Kollegin noch einen kleinen Sieg im Ablagefachkrieg errungen.

»Lass mich bitte in Ruhe«, murmelte ich und unterdrückte das Verlangen, »Ich werde Vater« hinzuzusetzen.

»O-kay«, gab sie zurück.

Ich stöpselte mich in den iPod und suchte nach etwas, das meiner Stimmung entsprach. Es dauerte nicht lange, bis ich *Death Cab for Cutie* hörte, die Zufallswiedergabe landete ausgerechnet bei »Transatlanticism«. »I need you so much closer«, wiederholte Ben

Gibbard minutenlang, also zog ich die Ohrstöpsel wieder heraus. Der Flieger stand noch, die Stewardessen präsentierten ihre Sicherheitsshow. In der Reihe vor uns improvisierten drei Kegler eine Nummer von Jürgen Drews: »Ich bin der König von Mallorca, der Prinz von Arenal.« Eine grobschlächtige Flugbegleiterin kam den Gang entlang, in einer Körperhaltung, die mich an Gefängnisaufseherinnen denken ließ, blieb neben den Keglern stehen und legte einem ihre mächtige Hand auf die Schulter: »Nur die Ruhe. In zwei Stunden bist du am Ballermann, Schätzchen.« Die fröhliche Runde verstummte tatsächlich sofort, dann rollte die Maschine an.

Nina verkrampfte sich, aber es stand in keinem Verhältnis zu dem, was ich bisher miterlebt hatte. Sie saß am Fenster und sah hinaus. Ich wartete die erste Cateringrunde ab, bestellte Whiskey, klinkte mich wieder bei Ben Gibbard ein und tat so, als ob ich schlafen würde.

2.

»Hier bleiben wir nur eine Nacht«, sagte Nina, als wir in der Lobby der Unterkunft standen, für die die Bezeichnung »Hotel« unangemessen schien. »Morgen geht es dann weiter nach Südwesten, in einen Club.«

»Und warum sind wir dann überhaupt hier?« Ich verstand tatsächlich nicht, warum und von wem dieser Zwischenstopp in der Asi-Hölle geplant worden war. Eigentlich hätten wir gleich einen Familienclub im Südosten ansteuern sollen, aber Nina hatte mich im Flugzeug mit der Info überrascht, dass wir eine Nacht in der Partyhölle von Palma verbringen würden.

»Weil Hei… äh.« Nina sah an mir vorbei und grinste wie jemand, den man beim Klauen erwischt hatte. »Um einen Eindruck zu bekommen.«

Ich nickte nur. »Hei…«, soso. Heimat, Heiligkeit, Heideröschen oder Heirat meinte sie damit sicher nicht. Wohl eher unseren Chef – Heino, den Zahnlückenpfeifer. Irgendwas war hier im Busch.

Das Hotel lag in einer Seitenstraße, aber immer noch mitten in El Arenal, das eigentlich S'Arenal hieß, was aber vermutlich keinen der zahlreich anwesenden deutschen Touris interessierte. Das Gebäude glich einem beliebigen Sechziger-Jahre-Reihenmietshaus in einer beliebigen deutschen Mittelgroßstadt, verfügte über fünf Stockwerke, eben jene schäbige Lobby, die den Charme des Finanzamts Köln-West versprühte, Balkone auf die belebte Straße hinaus, von denen, wie ich schon vor dem Einchecken mitbekam, besoffene Neandertaler auf die Straße pissten, und einen fitzelkleinen Pool, der von wackligen Plastikliegen umzingelt war, auf denen ausschließlich männliche Endzwanziger in Muskelshirts laut schnarchend ihren Rausch ausschliefen. Die meisten Gäste, die mir begegneten, bevor ich endlich in mein Zimmer gehen konnte, waren ebenfalls männlich, Anfang zwanzig bis Ende dreißig, sahen vollkommen bekloppt aus und sprachen, wenn das Verb überhaupt zutreffend war, in einem präevolutionären Affensingsang miteinander, der allein durch das ständig wiederkehrende Wort ›Prost‹ in einen rudimentär verständlichen Sinnzusammenhang gerückt wurde. Dabei tranken sie Bier aus Dosen. Pausenlos klingelten Mobiltelefone. Von draußen drang infernalischer Lärm in das hässliche Gebäude, die Palette reichte von Geschrei über Ghettoblasterbeschallung bis hin zu A-cappella-Versionen diverser Kampftrinkergesänge. Als ich endlich meinen Koffer abgestellt und mich rücklings aufs Bett geworfen hatte, war es nur unbedeutend ruhiger. Die Fenster waren zwar geschlossen, aber den Lärm interessierte das herzlich wenig. Das Zimmer war kleiner als klein, ähnelte einer U-Haft-Zelle und war zuletzt wohl während des spanischen Bürgerkriegs renoviert worden. Das Bad entsprach keineswegs dem, was man landläufig unter diesem Etikett verstand. Es gab eine Kloschüssel ohne Brille und Deckel, eine dunkelgrau (eine wunderbare Farbe, um ausbleibende Reinigung zu kaschieren) geflieste Ecke, die von einem schimmligen, zerrissenen Duschvorhang abgegrenzt wurde und in der ein Wasserschlauch ohne Brausekopf hing, ein Handwaschbecken aus Schlumpfhausen und ein waschlappengroßes Handtuch, das vielleicht tatsächlich nur ein Waschlappen war und das so große Löcher aufwies, dass man es auch als Netzstrumpf hätte tragen können. Es roch nach angetrockneter Kotze mit dezenter Schimmel-Kopfnote und einem Hauch von Urin im Abgang. Okay, der Schuppen hatte nur zweieinhalb Sterne, Landeskategorie. Das Zimmer spiegelte meine Stimmung nahezu exakt wieder.

Nina hatte sich lächelnd mit der Bemerkung »Ich hab was vor. Wir sehen uns spätestens morgen früh« vom Acker gemacht. Das bedeutete, dass ich diesen Tag allein überstehen musste. Da ich zwar geschafft, aber nicht müde war, stieg ich in meine Strandklamotten, schnappte mir mein Buch und machte mich auf den Weg zum Platja de Palma. Der Strand war einen Katzensprung vom Hotel entfernt, aber dieser Sprung führte mich an allen Auswüchsen teutonischen Partyurlaubs vorbei. Wieder kam mir jener Skiurlaub in den Sinn, der riesige Après-Ski-Laden in den österreichischen Alpen, aber das hier steigerte es über alle fassbaren Grenzen hinaus. Erstaunlicherweise fand ich es dadurch irgendwie lustig, auf bizarre Art. Diese Insel könnte sich auch mitten in Duisburg oder Leipzig befinden, mit Spanien jedenfalls hatte das weniger als nichts zu tun. Jeder Laden, an dem ich vorbeikam, hatte einen deutschen Namen, und das galt für die Straßen, die mit saufenden Proleten vollgestopft waren, ebenso. Ich wich Trinkergruppen aus, deren Größen zwischen Pfadfindereinheit und Garnison variierten, die aber immer aus denselben Leuten zu bestehen schienen. Aus jeder Kneipe dröhnten strunzdusslige Partyhits, und am Strand war es keinen Deut ruhiger. Dabei war der Strand auf seine Weise wirklich schön, wenn man die krebsgeschwürartige Umbauung ignorierte und die Tatsache, dass die in überschaubaren Abständen aufgestellten Trinkkioske, von denen einer der berüchtigte »Ballermann 6« sein musste, von saufenden Unterschichtlern umlagert wurden, die dabei zu sein schienen, den Guinness-Rekord im Sichvölligdanebenbenehmen einzustellen. Ich suchte mir einen halbwegs ruhigen Platz, breitete mein Badetuch aus, stöpselte mich in den iPod, ließ den Blick noch einen Moment über die Bucht schweifen, die in einer Blickrichtung – aber nur in einer – sogar richtig schön war, und schlug mein Buch auf. Keine Ahnung, was ich erwartete. Die Ruhe dauerte nur wenige Minuten.

Zuerst stieß mich jemand in die Seite, irgendwo am südlichen Ende des Rippenbogens. Ich rupfte schuldbewusst die Stöpsel aus den Ohren, weil ich annahm, eine obligate Strandnutzungsgebühr nicht gezahlt zu haben oder so. Aber da stand nur ein schnauzbärtiger, fetthaariger Trinkling Mitte zwanzig, der etwas grölte und dabei mit der freien Hand fuchtelte. In der anderen hielt er eine Ein-Liter-Dose Bier. Es verblüffte mich, dass es diese Verpackungsgröße noch gab. Vielleicht produzierten die Brauereien sie nur noch für Mallorca.

»Was ist?«, fragte ich so höflich wie möglich.

»Bissewasbessers?«, donnerte der Typ.

»Bissewas?«, wiederholte ich stirnrunzelnd.

»Bisssewassbesssserrrsss?«

»Inwiefern?«

Er stierte mich an, seine Augen waren abwasserblau und rot gerändert, sein Grinsen trug pathologische Züge. Dann griff er nach meinem Buch und riss es mir aus der Hand.

»Buch«, grunzte er.

»Verstehe.«

Dann sagte mein Gesprächspartner etwas, dessen Sinn sich mir nicht erschloss. Ich nahm an, dass ich dadurch, dass ich hier mit einem Buch saß und es tatsächlich zu lesen versuchte, ungeschriebene Gesetze, die nur in Arenal galten, gebrochen hatte. Ich nickte pflichtschuldig.

»Tut mir leid«, erklärte ich, nahm ihm den Roman aus der Hand und warf ihn demonstrativ-nachlässig aufs Handtuch.

Ich erntete wieder das irre Grinsen, dann ging der etwa hundertfünfzig Kilo schwere, zwei Meter große Saufkoloss davon, um Sekunden später mit einer zweiten Literbüchse zurückzukehren, die er mir überreichte. Sie war geöffnet und halbleer. Sein animalischer Gestus ließ mich vermuten, dass die Wahlmöglichkeiten gering waren. Also stand ich auf, knallte meine von anderen angefangene Bierbüchse gegen seine, und dann nahm ich einen Schluck in den Mund. An der Oberfläche der lauwarmen Brühe schwammen offenbar Speichelproben diversester Quellen, möglicherweise war diese Büchse schon seit Tagesbeginn im Einsatz, um ambulant Mittrinker zu akquirieren. Ich kämpfte den Würgereiz nieder und tat so, als schluckte ich. Dann reichte ich die Dose zurück, hieb dem

Kerl eine Faust gegen die Brust, was der, jetzt freundlicher lächelnd, mit einem Kopfnicken quittierte. Und endlich rückte er ab. Ich beschloss, das Buch heute besser nicht mehr anzurühren. Als er außer Sichtweite war, spuckte ich das in der Backentasche Bewahrte in Lichtgeschwindigkeit vor mich in den Sand.

Als Nächstes kamen die Schlepper. Das waren auf Pro7-Moderatorinnen-Niveau hübsche Anfangzwanzigerinnen in knappen Bikinis mit starken Reizwäschetendenzen, die den Strand in einer Reihe, die keine Flucht ermöglichte, abgrasten, sich jedem zuwandten, der noch halbwegs seine Sinne auseinanderhalten konnte (die Minderheit), und dabei Flyer oder Coupons verteilten, die beim Besuch irgendeiner Disco ein Freibier, ein kostenloses T-Shirt oder sonst eine Vergünstigung versprachen. Die Mädels gaben sich wirklich Mühe. Eine Viertelstunde und fünf Schlepperkolonnen später besaß ich Gutscheine für ein halbes Dutzend Freibiere, vier T-Shirts, eine Fahrt auf der »Party-Banane« – was auch immer das war – und sieben oder acht weitere Vergünstigungen, die ich mir keinesfalls entgehen lassen könnte. Zwei Damen hatten sogar mehr oder weniger unverblümt versprochen, in der entsprechenden Lokalität anwesend und mir durchaus sexuell gefällig zu sein, würde ich kommen. Hauptsache, ich vergaß nicht, den Gutschein an der Kasse lochen, stempeln oder sonstwie entwerten zu lassen.

Ninas Telefon war aus, meine Kontaktversuche liefen ins Leere. Ich duschte, schlief eine Viertelstunde mit Ohropax in den Lauschern, was nicht leicht war, da meine Körpergeräusche dadurch so verstärkt wurden, dass ich ihnen minutenlang gebannt zuhörte. Dann begab ich mich ins abendliche Treiben, auf der Suche nach einem brauchbaren Restaurant. Ich landete in einem Steakhaus, wo es überraschend vorzügliche Rinderfilets gab, trank beim Essen meine Ressentiments weg und beschloss deshalb, den einen oder anderen Gutschein einzulösen.

3.

»Großer Gott, was ist denn mit dir passiert?«, fragte Nina, als ich mich zu ihr an den Frühstückstisch setzte. Das Buffet bestand aus harten Brötchen, noch härterer Gefrierschrankbutter, einer Sorte Marmelade – ausgerechnet Orange – und einer Kochwurst, die überall außerhalb von Mallorca verboten sein musste, weil das Tier, aus dem sie gewonnen wurde, überhaupt nicht existierte. Der Kaffee war so dünn, dass man bis nach China hindurchsehen konnte. Die deutsche Tresenkraft, eine relativ junge Frau mit Brüsten in Ingehertagröße und Aknefurchen, in denen man *Dinge* hätte verstecken können, hatte meine Frage, ob es noch andere Varianten Kaffee gab, einfach ignoriert.

Ich sah Nina an und überlegte, was mir passiert war. Irgendwo zwischen der Großraumdisco, in der ganz Hildesheim im Fall eines Erdbebens Platz gefunden hätte, und der stadiongroßen Erlebnisgaststätte, in der jemand auftrat, der (was mir bekannt vorkam) von Lassos, Cowboys und Indianern zu singen vorgab, aber eigentlich nur die Lippen asynchron zu einem Playback bewegte, war ich in eine Auseinandersetzung geraten, ohne mir sicher zu sein, an der Ursache beteiligt gewesen zu sein. Ich setzte mich und schlürfte das aromafreie hellbraune Zeug. Doch. Ich hatte tatsächlich meine Gutscheine abgearbeitet und mich an falscher Stelle – schon recht angegangen – lautstark darüber aufgeregt, dass das versprochene Freipils erst das elfte gewesen sei. Dann war die Situation schnell eskaliert. Derjenige, der mir einen auf die Zwölf gegeben hatte, weshalb ich jetzt noch diesen unangenehmen, unter dem allgemeinen Nachrauschempfinden aber kaum mehr lokalisierbaren Kopfschmerz hatte, war ein Türsteher gewesen, ein muskelbepackter Schwarzer, der wahrscheinlich aus Radebeul oder so stammte, jedenfalls hatte er mich, wenn meine Erinnerungen stimmten, in feinstem Hochdeutsch angepflaumt, bevor er zudrosch. Ich hatte – mit dieser Gedächtnisleistung betrat ich einen Graubereich – sogar, unter Einbeziehung eines Taxifahrers, der vor dem Laden auf Gäste wartete, noch die Polizei rufen lassen, aber als die Herrschaften eintrafen, demonstrierten sie dem Türsteher ihre Zuneigung und taten so, als wäre ich ein lästiger Brummer und sie die Fliegenklatsche.

Ich berührte leicht mein linkes Auge und empfand die Berührung als unschön. Leichte Schwellung. Stimmt ja, die Färbung war mir beim verschwommenen Blick in den Badezimmerspiegel auch aufgefallen, aber ich hatte das für ein Problem der Hotelausstattung gehalten.

»Ich bin auf der Piste gewesen«, gestand ich.

Nina grinste und nickte dabei. Dann sah sie auf die Uhr.

»Wir werden in einer halben Stunde abgeholt.«

Ich nickte ebenfalls und spürte, wie mein Gehirn zeitverzögert hinterherpendelte. Weg hier. Gute Idee.

»Hast du schon ausgecheckt?«

Sie bejahte. Ich kippte das hellbraune Wasser hinunter und ging zur Rezeption, hinter der eine müde wirkende, recht junge Deutsche stand, deren fasrige blonden Haare aussahen, als könnten sie jeden Moment ausfallen. Ich warf meinen Schlüssel auf den Tresen und sagte: »Ich bräuchte eine Rechnung an die gleiche Adresse wie Frau Blume. Die hat schon ausgecheckt.«

Die Rezeptionskraft nickte lahm und tippte auf ihrem Computer herum.

»Blume sagen Sie?«

»Mmh.«

»Habe ich hier nicht. Bei uns hat keine Frau Blume übernachtet.«

Interessant. Ich betrachtete meine lädierte Braue im staubigen Spiegel hinter dem Tresen und zählte eins und eins zusammen, kam aber bestenfalls auf eins Komma acht.

Die gut anderthalbstündige Taxifahrt in den Südosten verschlief ich zum Großteil. Wenn ich kurz erwachte, sah ich unbelebte Ortschaften und einmal eine über drei Stockwerke reichende Filiale einer deutschen Drogeriekette, mitten im Nirwana. Als wir das Portal der Clubanlage passierten, schlug ich die Augen wieder auf und fühlte mich vergleichsweise frisch. Immerhin hatte der Fahrer die Klimaanlage auf eine Temperatur über null Grad eingestellt.

Uns umgab gartenbauliches Grün, das riesige Haupthaus ging über drei Stockwerke und war verglast. Auf dem Parkplatz standen massenweise Autos. Die Empfangshalle ähnelte derjenigen auf Gran Canaria, war aber noch größer. Irgendwo, weit entfernt von der Tür, zog sich ein Tresenaufbau über zwanzig Meter Länge, hinter dem sieben oder acht Mitarbeiter herumwuselten. Ziemlich viele Urlauber standen an, meist relativ junge Kleinfamilien. Nina bedeutete mir, auf die Koffer zu achten, und kümmerte sich dann um die Zimmer. Sie war extrem entspannt, geradezu ausgelassen heute Vormittag. Und sie hatte jedenfalls in meiner Gegenwart noch keinen einzigen Schluck Alkohol getrunken.

Das Areal umfasste mehrere Hektar. Hinter dem Haupthaus lag die Poolanlage, fünf Schwimmbecken, die durch kleine Kanäle miteinander verbunden waren. Es gab drei Bars, die man auch schwimmend erreichen konnte. Hier steppte das Känguru. Das Kindergeschrei war lauter als auf jedem Schulhof in der großen Pause. Und natürlich waren sämtliche Liegen, die ich im Vorbeigehen ausmachen konnte, säuberlich mit Handtüchern belegt, aber nur eine Minderheit auch mit Urlaubern.

Das sechste oder siebte zweistöckige Haus war das unsrige. Wir schoben den Gepäckwagen bis zum Eingang und schulterten dann unseren Krempel. Ninas Zimmer lag im Erdgeschoss, meines im ersten Stock. Im kleinen schattigen Innenhof drängten sich tropische Pflanzen, von denen einige bis über das Dach reichten. Das Klima hier war sehr angenehm. Das galt auch für die Zimmer. Hell, zweckmäßig, fast hübsch, und das bei nur anderthalb Sternen mehr als das Urlaubergefängnis in Arenal. Mein geräumiger Balkon ging auf so etwas wie eine Lagune hinaus. Ich blickte auf ein Stück Wiese, die noch zum Club gehörte, dann folgte die Straße, über die auch wir möglicherweise gekommen waren, und dahinter begann eine große Flachwasserfläche. Und da taperte doch tatsächlich ein Flamingo oder etwas Verwandtes durchs Gewässer, was auf pittoreske Weise unwirklich aussah. In geschätzt einem Kilometer Entfernung entdeckte ich weitere Gebäude, in dieser Richtung musste auch der berühmte kilometerlange Strand liegen.

Wir trafen uns am Pool, Nina trug wieder den blauen Einteiler und dazu ein buntes Hüfttuch. Sie stand vor einer Reihe Liegen und schien darüber nachzudenken, welchen bereits belegten Platz sie wählen sollte. Ich fand die Ecke eigentlich scheiße, weil sie direkt an das Kinderbecken grenzte, in dem sich eine indische Tagesproduktion lautstark tummelte, aber meine Kollegin wies auf meinen Einspruch hin stumm zum Himmel. Ich blinzelte hinter meiner Sonnenbrille, wodurch ich an die Schramme erinnert wurde. Aber Nina hatte recht. Nur hier gäbe es auch am späten Nachmittag noch Sonne. Wir kaperten zwei Liegen, deren Handtücher frisch gewaschen schienen und sich knochentrocken anfühlten. Natürlich beobachteten uns diejenigen, die die wenigen tatsächlich in Gebrauch befindlichen Poolplätze in der Nachbarschaft nutzten, aber es gab keinen Manfred, der aufstand, um uns anzublaffen. Ein Mann, etwa in meinem Alter, nickte mir sogar auffordernd zu.

»Willst du was trinken?«, fragte Nina, als ich's mir bequem gemacht hatte.

»Klar. Was nimmst du?«

»Mal schaun.«

»Ich nehm dasselbe.«

Sie kehrte mit zwei großen, eiskalten Apfelschorlen zurück. Ich nahm erst einen langen Zug und schob dann die Sonnenbrille in die Stirn.

»Ich vermute mal, dass ich wieder einen Rüffel kriege, wenn ich frage, was eigentlich mit dir los ist, oder?«

Sie sah mich erst ernst an – und lächelte dann, strahlte sogar ein bisschen. Heute wirkte sie wie eine Frau, der es gutgeht. Sie schien ausgeglichen und wirkte glücklich.

»Versteh einer die Männer«, erklärte sie und schnippte die Flip-Flops von den Füßen. Dann bewegte sie die Zehen und sah sich dabei selbst zu. »Erst wollen sie, dann wieder nicht, und wenn man dann selbst nicht mehr will, wollen sie wieder.«

»Meinst du das eher allgemein oder speziell?«, fragte ich vorsichtig.

»Beides.«

»Aber über das Spezielle willst du nichts verraten, richtig? Geht es um irgendeinen Kerl aus einer Singlebörse?« Ich hielt es für keine gute Idee, irgendwelche Andeutungen zu machen, die meine Vermutungen offenbaren würden.

Nina grinste. »Sagen wir mal so: Ich hatte eine gute Nacht, eine richtig gute. Alles andere ist meine Sache.«

Ich wollte antworten, aber bevor ich das konnte, spürte ich eine Berührung an der Schulter. Ein schwammiger Spätvierziger mit Teilglatze stand neben mir und starrte mich durch eine schwach getönte Sonnenbrille mit hellblauer Fassung an, die sehr absurd aussah.

Natürlich war das seine Liege, auf der ich mich befand. Nina stöhnte und ließ den Kopf nach hinten fallen. Ich wies stumm auf die Nachbarliege, auf der jetzt sein Handtuch lag. Der Mann, der irgendwie weichlich, fast feminin wirkte, überlegte einen Moment und entschied dann offensichtlich, dass es das nicht wert war. Er breitete sein Tuch auf der Liege aus, auf der ich es deponiert hatte. Dann setzte er sich im Schneidersitz darauf und beobachtete die spielenden Kinder. Seine Haltung war angespannt, aber sein Gesichtsausdruck ging ins Kontemplative. Und die Brille war wirklich vollkommen affig.

Ich drehte mich zu Nina, um unser Gespräch fortzusetzen, aber sie hatte die Augen geschlossen und atmete langsam. Also klappte ich die Rückenlehne meiner Liege in einen Sitzwinkel, klickte den iPod auf *Green Days* Masterpiece »American Idiot« und schlug mein Buch auf. Ich hoffte, dass Lesen in dieser Ecke der Insel gestattet war. Ab und zu warf ich einen Blick auf das vierzigjährige Riesenbaby auf der Nachbarliege, aber der Mann verharrte in seiner Yogaposition und betrachtete hochkonzentriert das Geschehen im Kinderbecken. Irgendwann tat ich es ihm gleich, weil ich eigentlich keine Lust auf das Buch hatte. Zwei Meter vor meinen Füßen ging der Betonboden, der den Pool umgab, in eine leichte, gefliese Schräge über, die ins Kleinkinderbecken führte. Gut die Hälfte der etwa tausend Zwerge war nackt. Auch meine Mutter hatte mich immer nackig ausgesetzt, wenn wir im Urlaub waren, meistens an der Nordsee. Schon mit dreieinhalb, vier Jahren war mir das sehr unangenehm gewesen. Ich hatte mich geschämt, mit meinem herumpendelnden Mini-Pillermann herumlaufen zu müssen, während alle älteren Kinder und vor allem die Erwachsenen Badehosen tragen durften. Als ich mehrere Male schreiend mit der dunkelgrünen Badehose in der Hand, an die ich mich, wie ich jetzt erstaunt feststellte, immer noch sehr gut erinnerte, davongerannt war, um sie hinter irgendeiner Strandbude hastig überzustreifen, hatte meine Mutter damit aufgehört, mich zur Freikörperkultur zu zwingen. Schamhaftigkeit ist es, was Menschen von anderen Säugetieren unterscheidet. Meistens jedenfalls. In der Hauptsache außerhalb von Mallorca.

Und dann musste ich plötzlich an Silke denken, an die Leibesfrucht, wie man es so schön nannte, die sie in sich trug. *Unser Kind.* In zwei Jahren würde es auch nackig in einem Hotelpool planschen, wild schreien und mit vom Chlor geröteten Augen erst aus dem Wasser kommen, wenn man ihm mit Liebesentzug drohte. Vorausgesetzt, Silke würde es nicht abtreiben, aber wenn ich ehrlich zu mir war, wusste ich ziemlich sicher, dass diese Option für sie nicht infrage kam. Kinder waren irgendwann ein Thema zwischen uns gewesen, in letzter Zeit zwar nicht mehr so oft, aber vor etwa anderthalb Jahren in höherer Intensität. Ich war damals noch nicht so lange Sitz' Rätselsklave, aber es zeichnete sich bereits ab, dass mich der Job nicht ausfüllte, und Silke machte währenddessen gute Geschäfte, der Zeitpunkt, meinte sie, wäre passend gewesen. Ich hatte es einfach ausgesessen, die Diskussionen versanden lassen, bis sie nicht mehr fragte. Ein Teil von mir wollte, ein anderer hatte Schiss. Großen Schiss. Und jetzt tat sie es ohne mich. Ich blinzelte eine Träne weg und merkte erst in diesem Augenblick, dass ich von Nina angestarrt wurde, deren Gesicht eine Mischung aus Belustigung und Mitleid zeigte.

»Alles okay?«

Ich nickte und rang mir ein Lächeln ab. »Bestens.«

Gegen sechs kehrten wir in unsere Zimmer zurück, um uns frischzumachen und für das Abendessen umzuziehen. Dieses Mal wussten wir, warum und in welcher Fressabteilung wir anzutreten hatten – Schlag neunzehn Uhr nämlich.

Nach dem Duschen staunte ich über meine Bräune. Der Bereich, der tagsüber von meiner Badehose bedeckt wurde, hob sich deutlich ab. Wie widerlich dieses Weiß gegen das satte, gesunde Braun meines Bauchs. Ich stutzte meinen ungleichmäßigen Bartwuchs auf Zwei-bis-drei-Tage-Status und wuschelte durch meine kurzen hellbraunen Haare. Irgendwer – Silke? Natürlich Silke! – hatte mich mal mit dem Schauspieler Florian Lukas verglichen. Auch der sah eher wie ein älterer Oberschüler aus als nach Anfang, Mitte dreißig, wo ich sein tatsächliches Alter vermutete. Wir waren die Generation, die einfach nicht älter wurde. In jeder Hinsicht.

Vor dem Speisesaal im Erdgeschoss des Haupthauses drängten sich bereits die Urlauber. Pünktlich um sieben öffneten Hotelmitarbeiter die Glastüren, und dann stürmten die Touristen hinein, um gute Plätze in der Nähe des Bufetts zu ergattern oder die frischesten Schnitzel und Pommesladungen abzugreifen. Wir blieben eine Weile in der Nähe des Eingangs stehen und versuchten, uns in der riesigen Halle, die sich auch noch in mehrere Abschnitte unterteilte, zu orientieren. An langen Tischen, die angenehm dekoriert waren, schluckte man im Akkord, um vor allen anderen die pyramidenweise gestapelten Desserts verschlingen zu können. Wir fanden ruhigere Plätze am Ende eines Tischs, holten uns Suppen und aßen schweigend. Dann Salate, mehrere Hauptgänge und schließlich massenweise Eis. Das Essen war gut. Jedenfalls besser als alles, was man uns bisher aufgetischt hatte. Vom höllischen Massenbetrieb und etwas nüchternen Ambiente abgesehen ließ es sich in dieser Verköstigungsfabrik sogar aushalten.

Die Liegen rund um den Pool waren verschwunden, dafür hatte man Tische und Stühle aufgestellt. Zum Haupthaus hin gab es eine große Bühne mit Lichttraversen und beeindruckenden Outdoorboxen, und dem Aufbau nach zu urteilen würde dort heute eine Band in Orchesterstärke spielen. Die meisten Tische waren bereits besetzt, und zwischen ihnen wuselten Kinderscharen umher.

»Wir sollten Kontakte knüpfen«, schlug Nina vor.

Also wanderten wir zwischen den Tischen hindurch, bis wir einen fanden, an dem ein Pärchen saß, das ich auf Anfang vierzig schätzte. Ich lag falsch. Peter war fünfunddreißig und Sabine, seine Verlobte, ein Jahr älter. Als wir saßen, kam ein strohblonder, ziemlich fülliger Fünfjähriger angerannt und bettelte nach Eis. Das war Marius, Sabines Sohn aus der kürzlich geschiedenen Ehe. Ohne selbst mehr als unsere Namen verraten zu haben, wussten wir innerhalb einer Viertelstunde mehr über das Paar als voneinander. Peter verkaufte Autos, war Deutscher Vizemeister im Slot-Car-Racing, wie er ausführte (und das sich erst auf Nachfragen als eine Variante des Carrerabahnfahrens erwies, das ich als Kind geliebt hatte – ich erinnerte mich noch gut an die von den Fahrtreglern erhitzten Hände). Er träumte davon, ein eigenes Autohaus zu eröffnen, war aber noch Lichtjahre davon entfernt, diesen Traum auch verwirklichen zu können. Aber am liebsten wäre er Slot-Car-Profi – eine Unmöglichkeit, da es, zumindest in Deutschland, keine berufsmäßigen Spielzeugrennfahrer *gab*. Sabine arbeitete als Sekretärin im selben Betrieb wie er, und ihr Exehemann war der Juniorchef, der inzwischen – nach einem Autounfall – im Pflegeheim vor sich hin vegetierte. Sie gestand etwas verschämt, ziemliches Glück gehabt zu haben, da die Scheidung kurz vor diesem Unglück bestätigt worden war. Peter zuckte zusammen, als sie, fast den Tränen nahe, einräumte, dass ihre absolut hinreißende neue Beziehung völlig undenkbar wäre, hätte ihr Exmann den blitzneuen Porsche zwei Monate früher gegen einen Alleebaum gesetzt, da sie einen behinderten Mann natürlich niemals verlassen hätte, weil man so etwas einfach nicht tat. Das Sabine-Peter-Marius-Glück fand ansonsten im Geheimen statt. Beide verlören ihre Jobs, wüsste der Autohausbesitzer und Unfallopfervater davon. Dies war ihr erster gemeinsamer Urlaub. Auf das unvermeidliche »Schön hier, oder?« nickten Nina und ich, und wir taten begeistert.

Da wir uns kaum abgesprochen hatten, ließ ich Nina ein paar lustige Dinge über unsere Scheinehe erzählen. Sie improvisierte prima und verkaufte diese Reise als Versöhnungsurlaub nach einem Seitensprung meinerseits, was Peter zu einem ziemlich fiesen Grinsen nötigte. Glücklicherweise begann die Show, bevor wir uns einem intensiven Erfahrungsaustausch stellen mussten. Bis zu diesem Zeitpunkt war noch kein Kellner aufgetaucht. Ich brüllte gegen die ersten Takte irgendeines aktuellen Hits an, ob hier Selbstbedienung wäre, aber Peter schüttelte den Kopf. »Kann ein bisschen dauern, bis der Service losgeht. Die sind alle noch im Speisesaal.«

Beim dritten Stück der fünfzehnköpfigen, in weiße Anzüge und rosa Hemden gekleideten Band – es gab nur männliche Bandmitglieder, darunter zwei Sänger, die sich abwechselten – erschienen zwei Kellner, offenbar echte Spanier. Bis jetzt hatte ich auf Mallorca ausschließlich Servicekräfte erlebt, die aus Deutschland stammten.

Sofort schossen Hunderte Arme in die Höhe. Nina grinste, stand auf und ging auf einen der beiden zu. Ich hörte nicht, was sie zu dem Mann sagte, ahnte es aber: den Namen des Managers. Jedenfalls kam sie kurz darauf in Begleitung zum Tisch zurück. Peter und Sabine rissen die Augen auf. Wir bestellten, und der Mann eilte davon, ohne sich um die anderen Gäste zu scheren. Erst als wir unsere Drinks hatten, zückte er einen Block und arbeitete gemächlich einige weitere Tische ab. Bis die Urlauber um uns herum mit Getränken versorgt waren, dauerte es eine weitere Viertelstunde. An den Nachbartischen wurde getuschelt, und das Gesprächsthema waren wir. Nina sonnte sich in dieser spontanen Prominenz.

Peter war einen halben Kopf kleiner als ich und, objektiv betrachtet, nicht besonders gut aussehend. Aber er hatte das Charisma der Autoverkäufer. Diese Leute verstehen es einfach, einem das Gefühl zu geben, wichtig zu sein, und deshalb unterhielt ich mich angeregt mit ihm über Spielzeugautos – ein fast schon beunruhigend ergiebiges Thema. Seine Sabine schien eher der melancholische Typ zu sein, sie hatte rote Haare und eine blasse, mit Sommersprossen übersäte Gesichtshaut. Ihre Taille war deutlich ausladender als diejenige meiner Urlaubsehefrau, und da sie neben mir saß und einen kurzen Rock trug, fiel mein Blick gelegentlich auf ihre Oberschenkel. Ich musste an einen Witz denken, den mir – natürlich – Party-Ralle erzählt hatte: Warum bekommen Männer keine Cellulitis? – Weil es scheiße aussieht.

Fünf Drinks später – Peter trank Scotch mit Cola, doppelte Einspritzung – bemerkte ich, dass Sabine immer ruhiger wurde, während ihr Verlobter offenbar versuchte, mit Nina zu flirten. Ich war beim zweiten Bier, und meine Kollegin trank den ersten Alkohol des Tages, eine Cocktail-Hauskreation. Aber auch damit hielt sie sich zurück. Ich wollte unbedingt herausbekommen, was in der vorigen Nacht geschehen war.

Zum Anfang des zweiten Sets forderte er Nina zum Tanz auf. Die runzelte belustigt die Stirn, ging aber auf das Angebot ein. Ich blieb mit der unscheinbaren Verlobten am Tisch, die es vermied, in Richtung Tanzfläche zu sehen. Wir schwiegen uns eine Weile an, und kurz bevor ich die Idee vortrug, auch tanzen zu gehen, weil ich das Schweigen als *noch* peinlicher empfand, erklärte sie, nach dem Filius sehen zu wollen – und verschwand. Ich atmete auf und beobachtete beim dritten Bier die Nachbartische. Die Besetzung glich sich weitgehend, lauter Paare zwischen zwanzig und Mitte vierzig, viele in den »guten« Ausgehklamotten, einige Frauen trugen Cocktail- oder sogar Abendkleider. Sie strahlten. Die meisten Urlauber unterhielten sich angeregt und wippten im Takt der Musik mit den Füßen. Das hier, schlussfolgerte ich, war genau die Art von Erholung, die sie sich gewünscht, vielleicht erträumt hatten. Ein abgeschlossenes Rundumerholungsareal mit Kantine, Pool und zweitklassiger Abendunterhaltung. Vermutlich waren die meisten, die hier saßen, zuletzt in ihrer Jugend auf einem richtigen Konzert gewesen. *Elton John* oder so. *Chris Rea*. Bestenfalls *Deep Purple*.

Dann entdeckte ich den Mann mit der hellblauen Sonnenbrille – die er jetzt nicht mehr trug, sondern eine normale Brille, wenn man von der Fassung absah, die aus acht bis zehn Metern Entfernung den Eindruck erweckte, orangefarbig zu sein. Er saß allein vor einem Glas Sekt, etwas abseits vom Geschehen, und ich sah ihm an, dass er sich nicht besonders glücklich fühlte. Sondern fehl am Platz. Einsam. Er trug ein dunkelblaues Marinejackett über einem weißen Hemd. Dadurch sah er aus wie ein verhätschelter Adelsspross jenseits der Heiratsgrenze.

Vermutlich starrte ich ihn so intensiv an, dass er meinen Blick bemerkte, jedenfalls drehte er sich zu mir, unsere Augen trafen sich kurz, woraufhin er sofort wieder wegsah, als hätte ich ihn bei irgendwas ertappt. Dann schien er sich an mich zu erinnern. Er deutete ein Nicken an und lächelte sogar kurz. Anschließend vertiefte er sich wieder in sein Sektglas, ohne aber daraus zu trinken.

Nina besaß eine kleine schwarze Handtasche, die auf ihrem Stuhl lag und aus der jetzt eine Melodie erklang. *Robbie Williams* – »Feel«. Großer Gott. Das Telefon war so laut eingestellt, dass sich die Leute am Nachbartisch zu mir umdrehten, gehässig lächelnd, wie ich mir einbildete. Ich zuckte entschuldigend die Schultern und hob die Handtasche an, um zu demonstrieren, dass ich kein Mann wäre, der solche Musik hörte. Es ömmelte noch zwei Minuten lang, dann trat eine Pause ein, die aber nur Sekunden währte. Beim vierten Mal erbarmte ich mich und zog das Klavierlack-Edeltelefon aus Ninas Tasche. Ich drückte die Rufannahmetaste und wollte sofort erklären, dass die erwünschte Gesprächspartnerin abwesend wäre, aber bevor ich dazu kam, hörte ich Heino Sitz sagen: »Liebling, endlich. Wir müssen reden. Es gibt da ein Problem.«

Aber hallo. Eine Sekunde lang war ich versucht, eine weibliche Stimme zu imitieren und als Nina mit meinem Chef zu reden, um mehr über dieses ominöse Problem zu erfahren. Aber bevor die Befehle mein Sprachzentrum erreichten, verwarf ich die Idee wieder. Stattdessen drückte ich die Verbindung weg, zog einen Seidenschal aus der kleinen Handtasche, wickelte das Telefon darin ein und stopfte alles zurück. Natürlich klingelte es sofort wieder, aber zu meiner Erleichterung so dezent, dass es von der Bühnenbeschallung übertönt wurde. Skurrilerweise spielten sie just in diesem Augenblick einen anderen Song des ehemaligen *Take-That*-Mitglieds. »Tripping«, wenn ich es richtig erkannte. Der Sänger kam nicht in die richtige Tonlage, aber außer mir interessierte das hier vermutlich niemanden.

Sabine kam nicht wieder, dafür Nina und Peter. Sie schien eine Art Slalom um ihn herumzulaufen, sie gingen zwar nebeneinander, aber da sich Peter immer wieder in Körpernähe zu bringen versuchte, was Nina zum Ausweichen brachte, umtänzelten sie einander praktisch. Schließlich musste Peter hinter Nina zurückweichen, um nach ihr eine schmale Gasse zwischen zwei Tischen zu passieren. Sie nutzte die Gelegenheit, gab Gas und saß Sekundenbruchteile später neben mir. Ihr Gesicht glänzte, ansonsten sah sie verhältnismäßig hinreißend aus, wenn man sie mit den verheirateten Gabis an den Nachbartischen verglich. Peter allerdings war völlig fertig. Er setzte sich kurz, sprang aber sofort wieder auf, um einen Kellner zu finden, der ihm weitere Drinks brächte.

»Dein Telefon hat mehrfach geklingelt«, begann ich – eigentlich, um zu erklären, was vorhin passiert war, aber in diesem Moment schallte Robbie wieder gedämpft aus der Tasche. Nina sah mich prüfend an und hielt den Blick auch, während sie den Apparat herausholte. Als sie das Ding aus dem Schal wickelte, wurde ihr Blick hart. Sie sah aufs Display, anschließend wieder kurz zu mir. Dann erhob sie sich und ging ein paar Schritte beiseite, bevor sie mich und vier Tischreihen um uns herum von »I just wanna feel reeeeal love« und so weiter befreite. Ich beobachtete sie aufmerksam. Keine fünf Sekunden nach der Rufannahme schwang ihr Kopf erwartungsgemäß in meine Richtung. Ich versuchte ein Lächeln, das vermutlich ziemlich lasch ausfiel, und unterstützte es durch ein Schulterzucken. Nina kniff die Augen zusammen und drehte sich dann wieder weg. Sie sprach zischend ins Telefon, setzte sich in Bewegung und verschwand hinter ein paar Büschen aus meinem Blickfeld. Peter setzte sich polternd hin, ließ die Arme nach hinten baumeln und sagte laut: »Mensch, um *diese* Frau kann man dich nur beneiden.«

Ich nickte und sah dabei in die Richtung, in der meine vermeintliche Traumfrau verschwunden war. Sie kehrte kurz darauf zurück, das Telefon in der Hand und den Blick auf mich gerichtet. Nina war böse, richtig böse, aber ich fühlte mich unschuldig. *Mein* verdammtes Mobiltelefon war auf Vibrationsalarm gestellt. Sie warf den Apparat auf den Tisch, ließ den Kopf hin und her rucken und fixierte mich dann.

Der unglückselige Peter hatte seinen sechsten oder siebten doppelten Cola-Scotch gekippt und offenbar keine Peilung, was gerade ablief. Er neigte den Kopf leicht, lauschte auf das soeben beginnende Stück und machte dann den Fehler, Nina anzusprechen. »Oh, Salsa. Das tanze ich doch so gern. Wollen wir noch mal?«

Das lenkte sie wenigstens von mir ab. Sie drehte sich ihm zu, beugte sich vor und sagte dann so laut, dass es in der mittelbaren Nachbarschaft zu hören war: »Du verwachsener kleiner Wichser solltest dich um deine langweilige Sommersprossentusse kümmern, statt hier einen auf All-Inclusive-Begatter zu machen. Ich habe aus *Mitleid* mit dir getanzt. Mit Männern wie dir geben sich Frauen wie ich nur ab, wenn sonst nur Mutanten verfügbar sind. Was nicht heißt, dass du keiner bist.«

Ich konnte zusehen, wie diese Bemerkung langsam Peters Hirn erreichte. Erst wurde er rot, dann lächelte er verkrampft, um sich schließlich zu erheben, einen Schritt beiseite zu machen, sich zu uns umzudrehen, »So gut tanzt du nun auch nicht« zu sagen, was aus seiner Sicht vermutlich eine absolut erniedrigende Beleidigung war, und dann etwas wacklig davonzustaksen. Nina sah ihm nur kurz nach, um sich sogleich mir zuzuwenden.

»Wir müssen reden.«

Darauf hatte ich nur gewartet. »Weißt du, liebe Nina, genau *das* versuche ich seit zweieinhalb Wochen. Jetzt kannst *du* warten.«

Dann sprang ich auf und ging schnell davon. Nina rief mir noch irgendwas nach, aber ich hob nur die Arme und lief weiter. Ich durchquerte die Hotelhalle, rannte fast schon vom Grundstück, stand dann auf der staubigen, einsamen Straße, die ich von meinem Zimmer aus hatte sehen können, und ging in die Richtung, in der ich den Ort vermutete. Nach etwa anderthalb Kilometern abwechselnd durch müllverseuchte Steppe und an dreistöckigen Appartementhäusern vorbei, die einander ähnelten, als wären sie aus den gleichen Legosteinen, erreichte ich eine Straße, auf deren anderer Seite ein schmales Stück Strand und ein Yachthafen lagen. Zu meiner Rechten herrschte relativ reges Treiben, weil es da ein gutes Dutzend Geschäfte und Restaurants zu geben schien. Im Mondlicht konnte ich um die Bucht herum die ins Dunkel ragenden Gestelle ziemlich vieler Baukräne ausmachen. Ich überquerte die Straße und hüpfte über eine kniehohe Mauer in Strandsand, zog Schuhe und Socken aus. Der Sand war warm, und auch das Meer, in das ich zaghaft meine Füße setzte, umspielte sie mit erträglichen Temperaturen – schön warm für Ende Juni, dachte ich. Oder doch schon Anfang Juli? Ich wusste es nicht, hielt meine Uhr ins Mondlicht, aber das Teil, das ich mir als vorübergehenden Ersatz für meine geklaute M-L gekauft hatte, verfügte nicht über eine Datumsanzeige. Ich versuchte, rechnerisch herauszubekommen, welcher Tag heute war, scheiterte aber auf ganzer Linie. Mein internetfähiges Telefon lag im Zimmer.

Heino und Nina. Es stimmte also doch. Der Mann, der mit Transparentkleid-Edel-Marejke verheiratet war, der vermutlich irgendwas Sieben- bis Achtstelliges auf dem Konto hatte, der trotz Zahnlücke also nicht die geringsten Schwierigkeiten hätte, sich etwas *noch* Geileres, *noch* Jüngeres als Frau Medsger zu angeln (WOZU?, schrie es in mir), trieb es heimlich mit meiner Kollegin, die, zugegeben, durchaus etwas hatte. Langsam verstand ich die Männer, die auf ihre burschikose Art abfuhren.

So warm war das Meerwasser doch nicht. Ich setzte mich in den Sand, rieb die Füße mit den Händen trocken, zog Strümpfe und Schuhe wieder an und lauschte dann in die vergleichsweise erträgliche Geräuschkulisse. Die Luft war lau, roch nach Meer und einer leichten Sonnencremenote, und vermutlich gab es hier keinen Feinstaub. Silke würde mit ihrem Achtziger-Mini nicht mehr die Innenstadt befahren dürfen, wenn im nächsten Jahr die bescheuerte Umweltzonen-Regelung verschärft würde. Ich wurde ansatzweise wütend, bekam aber gleichzeitig eine Ahnung davon, warum sich Leute gerne in den Süden verabschiedeten, wo das Leben sehr viel entspannter zu verlaufen schien, wenn man keinen Blick unter die Oberfläche riskierte. Was ich, wie ich mir gestehen musste, noch nicht getan hatte.

Ich ging in eine Bar, die mich an die türkischen Kneipen in Berlin erinnerte – es war neonhell, und man hatte nicht die geringsten Versuche unternommen, etwas wie deutsche (oder spanische oder wenigstens *isländische*) Gemütlichkeit entstehen zu lassen. Ich trank zwei Bier und suchte gegen Mitternacht den Heimweg. Aber ich fand ihn nicht. Nach einer guten Dreiviertelstunde stand ich wieder auf der Uferstraße. Ich wusste noch genau, wie es auf dem Weg hierher ausgesehen hatte, aber ich sah die Szenerie jetzt aus dem umgekehrten Blickwinkel. Heiliger Hühnerhabicht. Als es auf halb zwei zuging, fand ich endlich die Straße, von der ich auf den Strand zugekommen war. Um zwei betrat ich das Clubgelände. Es war fast völlig still, nur sieben oder acht Gestalten saßen noch an den Tischen um den Pool herum, wo es längst keinen Service mehr gab. Eine von diesen Gestalten war Nina. Sie saß vor einer gewaltigen Phalanx leerer Schnapsgläser und starrte in die Sterne. Als ich mich zu ihr setzte, sah sie mich kurz an. Da war er wieder, der Terroristenblick. Vielleicht hatte sie mich nicht mal erkannt. Ich legte meinen Kopf ebenfalls in den Nacken und versuchte, Sternbilder zu erkennen. Dabei dachte ich an die beiden Mädchen aus Rostock und jenen Abend, an dem wir am Pool in Agadir über Astrologie gesprochen hatten. Das kam mir heute, nur ein paar Tage später, schon wie etwas aus meiner fernen Vergangenheit vor. Vielleicht war es das. Was man im Urlaub tat, das war schon am Tag nach der Rückkehr nur noch eine schöne Erinnerung, hatte aber – meistens – keine weiteren Konsequenzen.

4.

Der Club verspielte seinen relativen Bonus gleich mit dem Morgenkaffee – Instantplörre, die mich an »Im Nu« denken ließ, jenes Ostzeug, das wie so manch anderes DDR-Konsumprodukt wieder erhältlich war und das ich bei meinem Besuch im Braunkohletagebau hatte zu mir nehmen müssen. Es entzog sich meinem Verständnis, warum man etwas so Wunderbares wie Kaffeebohnen aufwendig bearbeitete, um im Ergebnis ein Getränk zu bekommen, das nach dem aufgegossenen Dreck von Bundeswehrstiefeln schmeckte. Meine Laune sank, und auch die beiden Frühstückshelferinnen – wieder Deutsche – konnten keine adäquate Ausweichlösung anbieten. Das Restaurant und die Bars am Pool, wo es angeblich »richtigen« Kaffee gab, öffneten erst um zwölf. Es war kurz vor halb zehn. Ich hatte recht ordentlich geschlafen und die kurze Nacht in Arenal wieder wettgemacht, wenigstens was. Nina reagierte nicht auf meine Kontaktversuche, so wie sie auch in der Nacht zuvor nicht geantwortet hatte, als ich mich bemühte, mit ihr zu sprechen.

Ich okkupierte eine reservierte Liege, wieder im Bereich des Kinderbeckens, und war nicht der Einzige, der so handelte. Auf einem Tisch, der von der Abendveranstaltung übriggeblieben war, stapelten sich Badetücher. »Mit diesem Unsinn muss wirklich mal Schluss sein«, sagte eine bowlingkugelförmige Enddreißigerin in einem sehr unglücklich ausgewählten Bikini zu mir, als ich gleich nach ihr das Reservierungsobjekt auf dem Tisch deponierte. »Haben Sie das gelesen, diesen Artikel?« Ich schüttelte den Kopf und schämte mich ein bisschen. Mir konnte das schließlich egal sein, da ich nach diesen sechs Wochen niemals wieder eine solche Reise antreten würde, aber ich hatte unfreiwillig eine Rebellion ausgelöst, die mir letztlich nichts bedeutete. Oder doch?

Während das zweite Album lief, kamen erst Nina und dann der Brillenmann, kurz nacheinander. Peters Beinaheeroberung ignorierte mich, legte sich aber auf die Nachbarliege, und das späte Adligenbaby nahm in zwei Metern Entfernung wieder seine Yogaposition ein, um in Richtung des Treibens im Kleinstenpool zu starren. Ich lenkte mich von den Gedanken über die Probleme und Geheimnisse meiner heute wieder redlich zerzausten Kollegin ab, indem ich darüber grübelte, was wohl in diesem Mann vorging. Vielleicht hatte er einen tragischen Verlust erlebt, in der Qualität von Sabines Ex, nur seinen Nachwuchs betreffend. Ich musterte ihn, was gefahrlos möglich war, da seine Konzentration extrem zielgerichtet zu sein schien.

Punkt zwölf erhob ich mich, um mir Kaffee zu holen. Da ich verteufelt schwitzte, stieg ich in den Pool und schwamm zu einer Bar, was nicht ganz einfach war, denn hier fand etwas statt, das einer rituellen Badung im Ganges ähnelte. Man konnte kaum einen Schwimmzug machen, ohne gegen jemanden zu stoßen, wobei nicht wenige auch noch riesige Aufblastiere oder sogar kleine Schlauchboote mit ins begrenzte Wasser genommen hatten. Davon abgesehen gab es mehrere Müttergruppen – jeweils vier oder fünf Frauen, die mitten im Pool standen und miteinander schnatterten, als wäre das hier ein Hausflur irgendwo im Wedding. Ich erklomm schließlich einen Barhocker, dessen Sitzfläche gerade so aus dem Nass herausreichte, bestellte den größtmöglichen Kaffee und präsentierte dazu mein AI-Bändchen. Kaum dass das köstlich duftende Getränk vor mir stand, sprangen direkt neben der Bar fünf Halbwüchsige ins Becken, wodurch eine solide Arenal-Bierdosenfüllung Chlorkinderpisse in meiner Tasse landete. Der Barkeeper, ein Araber, zuckte lächelnd mit den Schultern, murmelte etwas von »Familienclub« und stellte mir einen neuen Kaffee hin. Ich schirmte ihn mit beiden Händen ab und trank, indem ich mich über die Tasse beugte. Lecker.

Als ich zurückkehrte, war Nina gerade bei ihrem ersten Bier.

Sie musterte mich kurz, während ich mich abtrocknete, setzte sich dann auf.

»Okay, jetzt weißt du es also«, sagte sie mürrisch.

Ich nickte lächelnd, aber wir wurden unterbrochen, bevor das Gespräch begann. Zwei Meter links von uns hatte sich eine kleine Gruppe Frauen versammelt, die dem Mann mit der hellblauen Brille die Sicht versperrte.

»Sie widerwärtiger Spanner!«, brüllte eine von ihnen, eine eins neunzig große, sehr dürre Schwarzhaarige mit Hängebrüsten. »Sitzen hier und starren auf unsere nackten Kinder! Seit drei Tagen geht das schon so. Sie Schwein!« Die anderen Damen nickten eifrig. »Man sollte die Polizei rufen«, schlug eine weitere vor, eine Endzwanziger-Ruhrgebiets-Uschi mit tätowierten Brauen.

Der Mann war auf seiner Liege ganz nach hinten gerutscht und hatte eine defensive Haltung angenommen. Maßlose Überraschung stand ihm im Gesicht geschrieben. Er hob die Hände und wollte offenbar etwas sagen, aber in diesem Augenblick schlug eine der Frauen mit ihrem Handtuch nach ihm. Seine Brille flog davon. Die anderen Furien nahmen das als Aufforderung, zwei gingen sogar zum Reservierungstücherstapel, um sich auszurüsten. Um uns herum hatten sich sämtliche Urlauber aufgesetzt, um besser verfolgen zu können, was da geschah. Aber niemand machte Anstalten einzugreifen. Ich wusste es eigentlich besser, spätestens seit meinem Versuch, den Elektronikkäufern auf Gran Canaria zur Seite zu stehen, aber mein Gerechtigkeitsempfinden behielt die Oberhand, Widerstand zwecklos. Nina sagte noch was, aber da stand ich schon zwischen der schlagbereiten Herde Muttertiere und dem völlig verdatterten Riesenbaby. Ich hob die Arme, gerade noch rechtzeitig, um zu verhindern, dass meine Sonnenbrille das gleiche Schicksal ereilte wie die des Mannes auf der Liege.

»Was zur Hölle tut ihr hier?«, brüllte ich und nahm die Brille vorsichtshalber doch ab. »Habt ihr sie noch alle?«

Die schwarzhaarige Hängebrust griff nach mir, überlegte es sich dann anders. »Das ist ein Kinderschänder«, erklärte sie lautstark und wies anklagend auf meinen Schützling. Die anderen Frauen nickten eifrig. Der Polizeiholvorschlag wurde wiederholt.

Ich wies zur Seite und beugte mich bei der Gelegenheit hinunter, um dem Mann seine affige Brille zurückzugeben, der das in seinem verschreckten Zustand kaum wahrnahm. »Hier sitzen jede Menge Leute und schauen zum Kinderbecken.«

»Aber die *haben* alle Kinder!«, kam von der Rädelsführerin.

»Ich habe keine«, antwortete ich. *Doch, bald,* flog es mir kurz durch den Sinn.

»Sie stieren aber auch nicht die ganze Zeit auf … äh. Auf. Sie wissen schon.«

»Nee, weiß ich nicht«, behauptete ich und machte einen Schritt auf das Rollkommando zu. Alle wichen zurück, bis auf die Schwarze. Der Mann hinter mir sagte etwas. Erst leise, dann wiederholte er es lauter: »Ich mache nichts, ich gucke doch nur«, erklärte er. Sein Oberkörper bebte.

»Da hören Sie's!«, krähte die Chefin und hob drohend den Handtucharm. Inzwischen hatten sich weitere Touristen um uns versammelt, in der Hauptsache Frauen, die jetzt in Formation nickten.

»Gar nichts höre ich. Der Mann sitzt da und beobachtet Kinder.«

»Und in seinem Zimmer macht er dann …« Die Frau errötete vor Zorn. »*Sachen*. So was liest man doch jeden Tag.«

»Du liest die falschen Zeitungen, Gabi. Bist du mal auf die Idee gekommen, ihn einfach zu fragen, warum er da sitzt und den Kiddies zusieht? Wenn du schon glaubst, dass es dich überhaupt was angeht?« Ich hoffte inständig, dass der Mann mir nicht dadurch in den Rücken fiele, nunmehr auszuführen, dass er sich tatsächlich im Anschluss einen abhobelte. Ich musste mir eingestehen, dass auch ich diese Möglichkeit für nicht ganz unplausibel hielt. Aber er stand plötzlich neben mir. Zu meiner Überraschung war er fast genauso groß wie ich.

»Es tut mir leid«, sagte er leise, räusperte sich dann. »Ich wollte nicht Ihr Missfallen erregen.«

»Erregen«, wiederholte eine gedrungene Kampfmutter, als hätte er gerade irgendwas bestätigt.

»Ich sollte nicht allein hier sein«, fuhr der Attackierte fort. »Sondern mit meiner Frau und den Zwillingen, die sind jetzt drei Jahre alt.« Er sah zu Boden, seine Erschütterung umgab ihn auratisch. Als er das Gesicht wieder hob, standen ihm die Tränen in den Augenwinkeln. »Sie hat mich vor zwei Wochen verlassen, ganz plötzlich. Ist einfach verschwunden, mit den Kindern, und alles, was ich weiß, steht hier.« Er zog einen Zettel aus der Tasche seiner Boxershorts, auf dem nur ein oder zwei Zeilen standen, die vermutlich niemand hier lesen wollte. »Die Kinder sind mein Ein und Alles.« Der Mann schluckte schwer, wieder liefen Tränen. »Es tut mir so leid«, murmelte er. »Aber es hat mir gutgetan, hier sitzen und dabei an sie denken zu können. Ich vermisse sie so sehr. So sehr.« Er zog hörbar den Rotz hoch, der ihm aus der Nase lief, und es war fast greifbar, wie unangenehm er sich dabei fühlte.

»Mein Gott«, sagte die Schwarzhaarige und schlug sich die Hand vor den Mund. Die anderen Frauen sahen betreten zu Boden, einige verließen bereits davonschleichend die Szene. »Das konnte ich doch nicht wissen.« Erst jetzt ging ihre bis zu diesem Zeitpunkt immer noch schlagbereite Hand nach unten. »Mein Gott«, wiederholte sie.

»Eigentlich sollte man euretwegen die Polizei holen«, sagte ich.

»Bitte nicht«, bat der verlassene Vater. »Mir ist das sehr peinlich.«

»Ihnen sollte das nicht peinlich sein, sondern denen da.«

»Entschuldigung«, murmelte die Anführerin. »Ich konnte das nicht wissen«, wiederholte sie.

»Das andere konntest du auch nicht wissen, aber da warst du dir sicher«, setzte ich nach.

»Entschuldigung«, sagte sie nochmals, dann löste sich der Kampfverband in Windeseile auf.

»Danke«, sagte der Brillenmann und reichte mir die Hand. »Ich heiße Oliver. Oliver von Papening.«

Ich stellte mich ebenfalls vor.

»Ich würde Sie und Ihre Frau gern zum Essen einladen, als kleines Dankeschön. Wär das möglich?« Seine Stimme war jetzt wieder erstaunlich fest, und trotz der blöden Brille hatte der Mann etwas sehr Distinguiertes. Ich nickte. Wir verabredeten uns, dann schlurfte ich zu Nina zurück. Die gesamte nähere Umgebung beobachtete uns. Herr von und zu nahm sein Handtuch, nickte kurz und verschwand dann.

»Mein Held«, sagte Nina grinsend.

»Was für Arschlöcher.«

Sie nickte. »In jedem Deutschen steckt ein Hilfssheriff, und in ihrer maßlosen Selbstgerechtigkeit sind sie manchmal richtig gefährlich. Diese Mädels hier hätten Adolf gefallen.« Sie erhob sich. »Auch ein Bier?«

Wir setzten uns an die Wasserbar, und ich bedeutete Nina, dafür zu sorgen, dass ihr Bierglas gesichert war. Der Araber brachte uns zwei von diesen Papierrosetten, die man eigentlich unter Kaffeetassen legte.

»Danke, Ali«, sagte Nina freundlich. Der Barkeeper zog die Augenbrauen hoch und kümmerte sich dann um andere Gäste.

»Also, Geständnis«, erklärte sie nach dem zweiten Schluck.

»Ich bin ganz Ohr.«

»Vermutlich kennst du die Gerüchte, die in der Redaktion kursieren.«

»Da sogar du von ihnen gehört hast – natürlich.«

»Ich kannte Heino schon, bevor ich beim Magazin angefangen habe. Da war er noch mit seiner ersten Frau verheiratet.«

Ich nickte, obwohl ich diese legendäre Dame nie getroffen

hatte, die Tochter eines Großbauunternehmers, wenn meine Erinnerung mich nicht trog. Eine kurze Ehe, die unter viel Tohuwabohu geschieden worden war.

»Es hat praktisch sofort gefunkt. Ich habe mich beworben, eigentlich auf ein Volontariat, weil ich nach meiner Yellow-Press-Phase annahm, wieder klein anfangen zu müssen, um für ein anspruchsvolleres Printmedium arbeiten zu können. Heino hat mir stattdessen gleich einen ziemlich guten Posten angeboten.«

»Das Ressort Weltreisen.«

Sie nickte und nahm einen großen Schluck. »Wir hatten eine Affäre. Ich weiß, was ihr über ihn denkt, aber Heino ist ein großartiger Mann.«

»Er ist über zwanzig Jahre älter als du«, gab ich zu bedenken.

»Zwanzig, dreißig, hundert. Du hast keine Ahnung davon, was sich Frauen wirklich wünschen.«

Ich dachte an Silke und schüttelte bestätigend den Kopf.

»Dann hat er die Sache Knall auf Fall beendet, kurz vor der Scheidung. Er hat mir bis heute nicht erklärt, warum eigentlich.«

»Gut fürs Bett, aber nicht repräsentativ genug«, mutmaßte ich leise und biss mir gleich darauf in die Unterlippe.

Ninas Augen funkelten zornig. »Das habe ich tatsächlich auch gedacht, und eigentlich wollte ich sogar kündigen. Dann kam er Anfang des Jahres mit dieser Fernsehschlampe. Ich meine – ist *die* denn repräsentativ? Der sieht man die Hure doch vom Mond aus an.«

Vielleicht lag es an der Stimmung, an meiner Euphorie angesichts meiner Heldentat von vorhin – ich wusste es nicht. Ich erzählte Nina von meinem Beinahe-Fick mit Marejke Medsger.

»Siehst du«, sagte sie grinsend, als ich geendet hatte. »Fürs Bett wollen sie *Jüngelchen* wie dich.« Ich verzog das Gesicht, und Nina lachte laut. »Aber wenn's um die Zukunft geht«, fuhr sie fort, als sie sich beruhigt hatte, »suchen sich acht von zehn Frauen jemanden wie Heino. Ein solider, ansehnlicher Gentleman, ein Mann, der weiß, wo's im Leben langgeht. Männer mit Kultur, mit Standing, mit Aus- und Ansichten. Davon abgesehen weiß er auch ansonsten mit Frauen umzugehen.« Sie lächelte anzüglich, während ich an der Behauptung knabberte, ich wäre mit meinen achtunddreißig Jahren ein Jüngelchen, mit dem allerhöchstens zwei von zehn Frauen etwas Langfristigeres anfangen würden. Wie beschämend.

»Ich war am Boden. Eine echte Frau, das hätte ich noch verstanden, aber diese *Nutte* – das nicht. Seit dieser Heirat hat er mich noch distanzierter behandelt, und ich glaube, diese Idee, mich für ein paar Wochen völlig aus dem Radar zu kriegen, kam ihm sehr gelegen. Und dann ruft er plötzlich mitten in der Nacht an.«

»Vorvorgestern. Vor unserem Abflug.«

Sie nickte und bestellte in der gleichen Bewegung neue Getränke. »Er ist hier auf der Insel.« Sie sog die Unterlippe zwischen die Zähne, der Kellner stellte unsere Frischbiere hin. »Und sie auch. Seit gestern. Deshalb dieser Anruf.«

»Ups.«

Nina zuckte die Schultern. »Ich habe ehrlich gesagt immer noch keine Ahnung, was das eigentlich alles soll. Aber die vorletzte Nacht …« Sie strahlte, jedoch nicht für lange. »Verdammt.«

Ich legte ihr die Hand auf den Oberarm. Der Araber nickte mir freundlich zu. Fehlte nur noch, dass er etwas wie »vertragt euch, das ist gut« sagte.

5.

Wir warteten nur kurz auf dem Hotelparkplatz, bis ein gewaltiger Landrover Defender vorfuhr, in der Cabrioversion – wahrscheinlich der offene Wagen mit dem schlechtesten CW-Wert überhaupt und eine Wand auf Rädern. Oliver von Dingenskirchen trug einen teuren Anzug und die fruchtfarbene Brille, die ich am Abend vorher gesehen hatte. Aus der Nähe sah sie sehr teuer aus. Er sprang aus dem Auto, umrundete es beeindruckend flink und hielt Nina die Tür auf. Meine Kollegin bedankte sich mit einem Knicks und setzte sich auf den Beifahrersitz. Auf sehr damenhafte Weise hob sie kurz das Gesäß an, um den Stoff ihres malvenfarbenen Sommerkleids glattzustreichen. Die Porschebrille trug sie im Haar, das sie vermutlich mit einem Lockenstab bearbeitet hatte. In meinen Jeans kam ich mir mächtig underdressed vor, aber immerhin trug ich ein Polohemd und Halbschuhe. Es war, als wären die beiden meine Eltern und ich ihr *Jüngelchen*. Das Wort hatte sich in meinem Hirn festgesetzt.

»Wollen Sie fahren?«, wurde ich gefragt. Ich schüttelte den Kopf. Autofahren gehörte nicht zu meinen Lieblingsbeschäftigungen. Das war mir meistens einfach zu anstrengend.

»Na dann.« Ich kletterte auf die Rückbank, und wir kachelten vom Hof. Nicht wenige Urlauber stierten uns hinterher.

»Warum wohnen Sie eigentlich in solch einem Hotel?«, schrie ich in den Fahrtwind und wies hinter mich.

Er drehte sich kurz um und konzentrierte sich dann wieder auf die Straße. »Finden Sie mal was Familienfreundliches im Premium-Segment. Eine Unterkunft, in der Kinder wirklich willkommen sind. Schwierig. Außerdem mochte Birte die Idee, den Kleinen Kontakt zu normalen Kindern zu ermöglichen, wenigstens im Urlaub.«

»Warum sind Sie überhaupt hier?«, fragte Nina.

Der Wagen machte einen Schlenker, ich hielt mich an einer Seitenstrebe fest.

»Die Straße ist da vorne«, sagte sie. Er nickte.

»Ich habe immer noch die Hoffnung, dass sich all das als Irrtum erweist. Dass Birte und die Kinder plötzlich hier auftauchen.« Er sagte das so leise, dass ich mich vorbeugen musste. Nina legte ihm tatsächlich kurz die Hand auf den Oberschenkel. »Wir haben diesen Urlaub schon vor drei Monaten geplant. Deshalb auch dieses Auto.« Dann schwieg er.

Wir fuhren eine ganze Weile, fast immer an der Küste entlang. Mir kam dieser häufig kolportierte Spruch in den Sinn: »Mallorca ist *eigentlich* eine sehr schöne Insel.« Was ich sah, bestätigte das, aber mit den ganzen alemannischen Wir-wollen-es-wie-zu-Hause-haben-Touris war es wie eine prächtige Sahnetorte mit einem Überzug aus Sürströmming, dieser skandinavischen Delikatesse aus fauligem Fisch.

Irgendwann lenkte Oliver den monströsen Jeep in einen Waldweg, es duftete nach gesunder Natur. Nach einigen hundert Metern tauchte ein flaches, unspektakuläres Gebäude auf. Wir hielten, und unser Gastgeber erklärte, dass man auf dieser Seite der Insel, vielleicht aber auf ganz Mallorca nirgends besser essen könne. Er war der erste Deutsche, der mir hier begegnete und *Majorca* sagte. Die anderen hatten es mit Doppel-L ausgesprochen.

»Mit Verlaub, warum eigentlich diese seltsame Sonnenbrille?«, fragte ich beim Digestif, einem Cognac, der so alt war, dass er von den Cro-Magnons eingelagert worden sein musste. Die Speisekarte, die wir bekommen hatten, enthielt keine Preise, aber ich schätzte, dass wir einen sehr hohen dreistelligen Umsatz generiert hatten. Champagner, dann irgendwas mit Trüffeln, gefolgt von sechs Gängen, von denen jeder den vorigen übertraf. Okay, das Dessert bestand *nicht* aus Pudding mit dicker Haut, das wäre vielleicht zu viel verlangt gewesen. Aber ich war trotzdem pappsatt und äußerst zufrieden.

Oliver, den wir nach einem etwas peinlichen Ritual zwischen Vorspeise und Suppe (Hummer mit einer Essenz aus den Organen bedrohter Arten oder so) duzten, hielt sein Glas ins Licht. »Die Brille hat Maximilian ausgesucht, der kleine Mann. Papa, schöne Brille!, hat er gerufen, und da musste ich sie natürlich kaufen. Und tragen. Wenn die drei kommen, und ich habe eine andere Sonnenbrille auf, wird er traurig sein.«

Aber sie werden nicht kommen, dachte ich. Armer verpeilter Kerl. Lässt sich am Pool von Furien anmachen, hofft darauf, dass das Verlassenwerden nur ein Irrtum war, trägt eine Kinderbrille, damit der Filius nicht weint, wenn Papa ohne das lächerliche Teil in der Sonne hockt. Wenn das die Art von Männern war, von denen Nina meinte, sie seien der Traum aller alleinstehenden Mittdreißigerinnen, dann irrte sie sich meiner Meinung nach gewaltig. *Er* war das Jüngelchen. Vermutlich hatte er reich geerbt. Ich fand ihn irgendwie sympathisch, aber je länger der Abend dauerte, desto weniger traute ich ihm zu, auch nur einen Euro selbst verdienen zu können. Mein Urteil vom adligen Riesenbaby relativierte sich insgesamt nur wenig.

Aber Nina fand ihn offenbar ganz süß, zumindest unterhaltsam. Den Großteil des Gesprächs, bei dem es unter anderem um künstliche Befruchtung (deshalb Zwillinge), aber vor allem um die netten Dinge des Lebens ging (Sie hatten tatsächlich gemeinsame Bekannte auf Sylt! Wie originell!), führten die beiden ohne mich. Nach Beantwortung der Brillenfrage lehnte ich mich zurück, nippte an meinem Schnäpschen aus dem Jungpaläolithikum und sah mich um. Das sehr kleine, vom Interieur her eher bescheidene Restaurant mit nur sechs Tischen und doppelt so vielen Kellnern, allesamt Franzosen, war fast komplett besetzt, und die Figuren an den anderen Tischen ähnelten eher unserem Gastgeber als Nina oder gar mir. Gespräche wurden sehr leise geführt, wenn man überhaupt sprach. An drei von fünf besetzten Tafeln saßen nobel gekleidete ältere Männer in Begleitung exzellent aussehender, viel zu junger Frauen. Dann wanderte mein Blick über die Schulter zur Tür, durch die soeben ein sehr ähnliches Paar eintrat. Mir fiel fast der Schwenker aus der Hand.

Heino Sitz und Marejke Medsger.

Da sofort ein Garçon auf die beiden zustürmte, war ihr Blick in unsere Richtung verstellt. Ich drehte mich zum Tisch zurück. Nina hatte noch nichts bemerkt, da sie, wie ich auch, mit dem Rücken zur Tür saß. Zwischen ihr und unserem Gönner ging es gerade um irgendein Fischrestaurant auf der gemeinsamen Lieblingsinsel. Plötzlich lehnte sich von Papening zurück und hob eine Hand, um jemandem zuzuwinken. Und dann ertönte eine wohlbekannte Stimme: »Oliver!«, dröhnte mein Chefredakteur. »Du hier?« Nina zuckte zusammen. Als wir uns synchron umdrehten, stand Heino Sitz schon hinter uns.

Fassungslosigkeit war nicht das richtige Wort, aber das erste, das mir einfiel, um mal den genialen Chuck Palahniuk zu zitieren. Sitz war wie vor den Kopf geschlagen, sah mit irrem Blick zwischen mir und Nina hin und her. Dann drehte er sich um, aber Marejke Medsger war offensichtlich dabei, sich im Boudoir frisch zu machen. Oliver überbrückte den peinlichen Moment (wovon er selbst natürlich nichts mitbekam), indem er um den Tisch herumeilte und Sitz herzlich begrüßte. Der schaffte es kaum, den Blick von Nina und mir abzuwenden, und es war nicht schwer zu erraten, was er dabei dachte: Dieser Planet ist zu klein für uns drei beziehungsweise vier. Als Oliver uns vorstellen wollte, wurde er von Sitz unterbrochen.

»Ich kenne die beiden«, zischte er. Er war haarscharf davor, durch die Zähne zu pfeifen.

Natürlich hatte er nicht ahnen können, dass ich einen Adligen vor durchgeknallten Müttern retten und deshalb nobel zum Essen eingeladen werden würde, und auch noch in diesen Insiderschuppen, in dem man vermutlich einen Tisch bereits bei der Geburt reservieren musste. Die Wahrscheinlichkeit, ausgerechnet uns hier zu begegnen, war geringer als diejenige, einen Thunfisch zu gebären. Und trotzdem stand unser Chef jetzt in diesem riesigen Fettnapf, direkt vor uns. Ich feixte in mich hinein und freute mich auf den weiteren Verlauf des Abends.

»Tatsache?«, fragte Oliver.

Sitz nickte. »Das sind meine Angestellten«, brachte er hervor, gegen inneren Widerstand.

Erst jetzt sah ich zu Nina, die ja noch nicht wusste, dass ihr Lover in Begleitung gekommen war, wie mir in diesem Moment klar wurde. Sie war in erster Linie überrascht, aber dann zeichnete sich langsam echte Freude in ihrem Gesicht ab. Ich musste verhindern, dass sie eine Dummheit anstellte, denn sie war dabei aufzuspringen – sehr wahrscheinlich, um Sitz zu umarmen. Den Blick ihres Gelegenheitsbesamers missverstand sie offenbar. Gut, Heino glotzte immer noch ziemlich ausgeflippt zwischen uns hin und her.

»War das Ihre Frau, die ich da eben gesehen habe?«, fragte ich so laut wie möglich.

Sitz sah hektisch zur Tür, dann zu mir. Er nickte energisch, fast dankbar. Nina sank augenblicklich in ihren Stuhl zurück.

»Das ist aber ein hübscher Zufall«, sagte Oliver. »Ihr müsst euch unbedingt zu uns setzen.«

Ninas Lippen begannen zu zittern. Sie griff nach dem Cognac und kippte sich die vier Zentiliter in den Hals. Dann erstarrte sie, den Blick auf die gegenüberliegende Wand geheftet.

Eine Minute später trat die Medsger auf – in einem hauchdünnen, diagonal weiß-rosa gestreiften Kleid, das all meine Erinnerungen an den Empfang wachrief. Auch sie war mehr als verblüfft, auf wen ihr Mann hübsch zufällig getroffen war, aber Marejke war ein Profi. Die Verblüffung dauerte nur eine Viertelsekunde. Sie begrüßte erst Nina, die das mit starrem Blick und oszillierenden Mundwinkeln über sich ergehen ließ, dann Oliver und schließlich mich. Dabei legte sie den Kopf schief. »Wir kennen uns, oder? Sie arbeiten für meinen Mann. Ich habe Sie beim Empfang gesehen. Sie waren der Champagnerkellner.«

Ich nickte höflich und verblüffte mich selbst durch meine Schauspielkunst. Ich deutete – wie unser Gastgeber – einen Handkuss an und tat ansonsten so, als würde ich die Begegnung genießen. Wir nichtswürdigen Schreiberlinge inmitten dieser geballten Prominenz (ich notierte mir im Geist, später ein wenig über Oliver von Papening zu recherchieren)! So viel Sonne in unseren kargen Zeilenschinderleben! Sogar die Kellner bedachten uns mit Blicken, die sagten: Holla, von diesem Abend werdet ihr noch euren Kindern erzählen, *n'est-ce pas*? Aber nur in den kurzen Pausen zwischen den anhaltend gierigen Blicken nach Frau Sitz.

Der Tisch war eigentlich nur für vier Personen geeignet, und Sitz musste sich erkennbar zwingen, nicht einfach davonzurennen, aber die beiden nahmen tatsächlich bei uns Platz, Frau Sitz direkt neben mir, aufgrund der räumlichen Enge sogar auf Tuchfühlung. Es gab in diesem Laden – von Heino Sitz abgesehen – vermutlich nur einen einzigen Mann, der mich nicht um diese Situation beneidete, und der war ich selbst. Und natürlich rieb sie ihren Oberschenkel an meinem. Ich war erstaunt, wie kalt mich das ließ.

Von Papening orderte weiteren Champagner, und während unsere Gläser gefüllt wurden, erzählte er den Neuankömmlingen, dass wir uns im Hotel kennengelernt hätten, wobei er mir durch bittende Blicke zu verstehen gab, dass die offizielle Version unter uns bleiben sollte. Ich quittierte mit einem Nicken. Nina schluckte ihren Schampus herunter und hielt dem Garçon, der gerade mein Glas füllte, ihres gleich wieder unter die Nase. Sie wurde dabei von Sitz' Frau beobachtet, und erstmals kam mir der Gedanke, dass sie vielleicht auch von den Gerüchten wusste.

Heino Sitz hielt es kaum auf demselben, und deshalb drückte er beim Essen ordentlich auf die Tube. Suppe und Hauptgang, dann sah er mehrfach ostentativ auf die Uhr. »Meine Maschine geht morgen in aller Frühe«, erklärte er schließlich. Von Pappe machte ein beleidigtes Gesicht. »Und Sie?«, fragte er, an Madame Medsger gewandt.

»Ich bleibe noch ein paar Tage«, flötete sie. »Vielleicht besuch ich euch mal in diesem originellen Club.« Dabei sah sie mir erstmals voll in die Augen. Ich hielt ihrem Blick stand und versuchte, etwas wie Gleichgültigkeit in meinen zu legen. Keinen Schimmer, ob das gelang.

Auf der Rückfahrt schwieg Nina, dafür plapperte der ordentlich angetrunkene Fahrer quasi ununterbrochen darüber, wie lange er Sitz schon kannte (nämlich »seit der Akademie«), der Birte – seine Stimme brach bei der Erwähnung dieses Namens – und ihn früher so gerne und oft besucht habe. Ich konzentrierte mich auf die Straße, als wenn das helfen würde, aber von Pappe gehörte offenbar zu der Kategorie Mensch, die die Fähigkeit, unter Drogeneinfluss ein Auto zu führen, als letzte verliert. Er fuhr erstaunlich sicher. Als wir das Hotel erreichten, war es kurz nach Mitternacht. Nina sprang aus dem Wagen und nahm schnurstracks Kurs auf die Bar. Ich verabschiedete mich von meinem Schützling und folgte ihr.

»Du solltest diesen Mann einfach in den Wind schießen«, sagte ich zu der Bierflasche, einer von zehn, die geöffnet auf unserem Tisch standen, davon zwei vor mir und acht vor meiner Kollegin. Da in der Bar ab eins nicht mehr serviert wurde, hatte Nina beim Last Call gleich auf Vorrat bestellt. Jetzt saß sie vor mir und trank weinend aus der Flasche. Das Areal um den Pool herum war noch recht gut besetzt. Ein Pärchen warf mir vom Nachbartisch aus vorwurfsvolle Blicke zu.

»Wenn ich es wenigstens verstehen würde«, sagte sie tränenerstickt.

»Hast du schon mal die Möglichkeit in Erwägung gezogen, dass Sitz einfach ein Idiot ist? Oder wenigstens einer, der dich verarscht?« Ich versuchte ein aufmunterndes Lächeln, aber Nina hatte mich vermutlich kaum verstanden.

»Du hast keine Ahnung«, nuschelte sie und schnappte sich die zweite Flasche.

»Bitte um Verzeihung«, gab ich zurück. »Aber du auch nicht.«

Sie nickte, dann wedelte sie mit der rechten Hand. »Lass mich bitte allein.«

6.

Am nächsten Morgen ließ mich der Gedanke, dass MM hier auftauchen könnte, nicht mehr so kalt wie noch am Abend zuvor. Ich stellte mir das eher ziemlich unentspannt vor, vorsichtig ausgedrückt.

Andererseits – ich war jetzt freier als frei, und Medsgers Attraktivität hatte während der letzten Monate höchstens geringfügig gelitten. Wenn sie mich unbedingt vögeln wollte – warum eigentlich nicht? Nicht jeder Mann bekam die Chance, eine solche – wie hatte Leitmann sie genannt? – *nymphomane Edelmatratze* zu pimpern.

Warum also nicht? Nun, aus zwei Gründen. Der eine hieß Heino Sitz, und der andere machte sich gerade, wie an jedem Morgen seit ein paar Tagen, durch ein leichtes Kribbeln in meinem Schritt bemerkbar. Meine langsam nachwachsenden und dabei unbedingt juckenmüssenden Sackhaare waren ein deutliches Mahnmal dafür, wie wenig erfolgreich meine Nachbeziehungs-Affären bisher verlaufen waren. Eine hatte mich beklaut, die andere hatte mir Sackratten angehängt, und die dritte hatte sich direkt nach dem Sex umgehend einem anderen Stöpsler zugewandt.

Außerdem gab es noch einen dritten Grund. Es war interessant und teilweise sogar schön, mal wieder Sex mit jemandem zu haben, den man noch nicht seit Jahren kannte. Auf der anderen Seite war es weit weniger spannend oder erfüllend, als ich mir das vorgestellt hatte. Zog man den Reiz des Neuen ab, blieben Leibesübungen, an deren Ende man schnaufend weißen Glibber in den Turnpartner beziehungsweise eine kleine Gummitüte absonderte. Ich lauschte in mich, dachte an Angela, Nadine und Janet. Nur von Letzterer gelang mir ein halbwegs scharfes Bild, ganz unzweideutig. Das helle Haar und ihre feinen Hände. Beherrscht vom etwas beleidigten Gefühl des Verarschtwordenseins.

Ich setzte mich in der milden Wärme der Morgensonne auf den Balkon und wühlte mich durch die Websites der Berliner Behörden. Mir war klar, dass ich die beiden Sachsen in Spanien hätte anzeigen müssen, damit die Polizei in dieser Sache aktiv werden würde. Immerhin aber war es noch Hehlerei, was sie gerade versuchten. Oder irgendwas in der Art jedenfalls.

Da die Zeit ablief, hielt ich es für eine gute Idee, die Kripo auf den Beuteverkauf hinzuweisen, doch das gestaltete sich schwieriger als angenommen. Erst landete ich auf einer Wache, wo man nicht verstand, warum ich nicht entweder vorbeikäme, um Anzeige zu erstatten, oder irgendwo vor Ort auf einen Einsatzwagen warten wollte. Zwanzig Minuten und etwa genauso viele Beamte später hatte ich einen Hauptkommissar mit tiefer Kettenraucherstimme am Telefon, der mir mehrfach erklärte, was ich selbst längst wusste: dass ich den Diebstahl in Spanien hätte anzeigen müssen. Dann drang die Information zu ihm durch, dass die beiden ihren Raub im Internet versteigerten.

»Da dürfte das BKA zuständig sein«, kehlkopfte er mir ins Ohr, dessen Körperanhängsel bis zu diesem Zeitpunkt noch *keinen einzigen* Kaffee zu sich genommen hatte. Der Beamte ließ sich trotzdem seelenruhig die Daten aller laufenden eBay-Auktionen nennen, um das dann weiterzuleiten. Ich versicherte, für den gestohlenen Laptop eine Rechnung mit Seriennummer zu besitzen, und hoffte, dass die nicht zu den Sachen gehörte, die Silke mitgenommen hatte. Als ich zum dritten Mal die Auktionsdaten mit ihm abglich, polterte es an der Tür. Mit dem Telefon am Ohr öffnete ich Nina, die in einem hellgrünen Strandkleid – das passte gut zu ihren goldbraunen, erstaunlich wachen Augen – vor der Tür stand und einen glitzernden Autoschlüssel um den rechten Zeigefinger kreisen ließ. Ich benutzte ebenfalls einen Zeigefinger, den meiner freien Hand, und bat sie um Ruhe. Hauptkommissar *Ernte 23* hatte es inzwischen geschafft, ins Internet zu kommen, und las mir die Beschreibung meines Computers vor. Ich wies ihn auf die Fotos hin. Er brummte sinnfrei, notierte dann noch meine Telefonnummer und legte schließlich auf.

»Kripo?«, staunte Nina.

Ich erzählte ihr von meinem Auktionsfund.

»Wow, was für Spastis. Wie kann man sich so blöd anstellen?«

»Spasti sagt man nicht mehr.«

»Zu wem?«

Oliver von Papenings Dankbarkeit reichte weiter als nur bis zum Nobelfranzosen im mallorcinischen Wald. Er hatte Nina über die Hotelrezeption mitteilen lassen, dass ein Mietwagen zwei Tage zu unserer freien Verfügung stünde. Und zwar nicht irgendeiner. Nina drängte mich, die Badesachen zu packen. Es war kurz nach zehn, und ich hatte immer noch keinen Kaffee gehabt.

»Den holen wir uns unterwegs. Komm, dieses Geschoss musst du sehen.«

Es war ein Cabrio, eines, das markentechnisch zu Ninas Brille passte. Ein silberner Porsche Neunundsoweiter. Selbst ich verspürte jetzt den Wunsch, Auto zu fahren.

»Wir sind beide als Fahrer eingetragen, keine Ahnung, wie er das ohne unsere Dokumente geschafft hat«, grinste sie. »Aber ich zuerst.«

Und wieder hatten wir die volle Aufmerksamkeit der Clubbesatzung, als wir vom Hof dröhnten. In Nullkommanochweniger fuhren wir mit hundertdreißig die staubige Nebenstraße entlang, und als ich mich umdrehte, war die Welt hinter uns im Staub verschwunden.

»Gemach«, brüllte ich.

»Scheiß drauf!«, schrie Nina. »Wo geht's hier zur Autobahn?«

»Nee«, protestierte ich und schluckte staubigen Speichel. »Erst mal was, wo's Kaffee gibt. *Bitte.*«

Wir fanden ein lausiges Café an der Landstraße, wo es Koffeingetränke gab, die sogar meine Ansprüche erfüllten. Ich gönnte mir drei große Tassen, während Nina Landkarten studierte.

»Von Palma führt eine sechsspurige Autobahn bis nach Port d'Alcudia im Nordosten«, erklärte sie, während ich der Wirkung des Kaffees auf meinen Körper nachlauschte. »Das sollten wir tun.«

»Gibt's Geschwindigkeitsbegrenzungen?«, fragte ich und sah durch das verschmierte Fenster auf den silbernen Sportwagen, der wie eine schussbereite Waffe im Sonnenschein lauerte.

»Möglich«, grinste Nina. »Aber interessiert uns das?«

Nö, natürlich nicht. Wir brachten den Weg bis nach Palma hinter uns, indem wir praktisch ständig auf der Gegenfahrbahn fuhren und nur ausnahmsweise auf die Spur der Autos zurückkehrten, die wir überholten, und dann führte uns das Navi der Edelschüssel auf den Highway. Hundertzwanzig zeigten die Schilder. Maximal.

»Wie lächerlich«, sagte Nina und trat aufs Gas.

Bei zweihundertfünfzig spürte ich meine Kopfhaut nicht mehr. Das war tatsächlich eine Geschwindigkeit, bei der es kein Entkommen gab, wenn etwas Unvorhergesehenes geschah, aber ich musste Nina recht geben. Es war einfach geil. Nach nur zwanzig Minuten erreichten wir das nordöstliche Ende der Autobahn. Als meine Fahrerin die Geschwindigkeit drosselte, klappte ich den Schminkspiegel aus. Meine Frisur entsprach derjenigen von Stan Laurel. Was mir einen Stich versetzte, denn ich musste an die Kater denken.

Wir stolperten durch den hübschen Ort, staunten über die netten Bauten und die viele Natur der Umgebung, aßen etwas und kachelten dann weiter über die Insel, kreuz und quer. Währenddessen fürchtete ich abwechselnd um mein Leben und das Wohlergehen des Autos. Ich hatte keine genaue Ahnung, was so eine Schleuder kostete, nahm aber an, dass es mein Jahresgehalt bei weitem übertraf – selbst wenn ein Gehaltsjahr aus fünf normalen bestehen würde.

»Jetzt du, Tiger«, sagte Nina, als wir in Port d'Andratx wieder an Bord gingen. Vorher waren wir inmitten uniformierter Tourimassen im Vier-S-Outfit durch den Nobelort marschiert, in dem Urlaub zu machen sich keiner von denen leisten konnte. Einige von ihnen umstanden den Porsche, und einer lehnte sogar lässig an der Fahrertür, während seine weibliche Begleitung ein Foto schoss. Vermutlich hatten während unserer Besichtigungstour sogar Leute im Auto *gesessen*. Zu meiner Schande muss ich gestehen, dass ich es genoss, mich an diesen Menschen vorbeizudrängen und auf dem Fahrersitz Platz zu nehmen. Ich ließ den Motor unnötig laut aufheulen, und dann würgte ich die Karre beim Ausparken ab.

»Das ist mit Tiptronic eigentlich unmöglich«, lachte Nina.

Beim zweiten Versuch klappte es besser, und dann fuhr ich etwa eine Million Mal zaghafter als Nina erst eine kurvenreiche Landstraße und dann ein Stück Autobahn entlang. Sie nörgelte pausenlos, dass das Gaspedal unten rechts wäre und dass man es *treten* müsse, um auf Speed zu kommen, aber ich fühlte mich wie ein Kellner, der die Hauptgänge von hundert Gästen auf einem Arm trägt. Schließlich überließ ich ihr wieder das Steuer.

»Warum bist du heute so gut drauf?«, fragte ich, als wir einen Trecker an unübersichtlicher Stelle – Höchstgeschwindigkeit 40 km/h – mit etwa hundertsechzig Sachen überholten.

Sie drehte sich kurz zu mir, während das Mörderauto auf eine Hügelkuppe zuhielt, auf der linken Spur, wandte ihre Aufmerksamkeit aber sofort wieder der Straße zu.

»Ich hatte heute Morgen ein längeres Gespräch«, grinste sie. Und dann, nach einer kurzen Pause: »Alles wird gut.«

»Das war ein schöner Tag«, sagte Nina, als wir uns kurz vor Mitternacht trennten. Sie hauchte mir sogar einen Kuss auf die Wange. *Möglich*, dachte ich. Aber Porscheausflüge gehörten eigentlich nicht zu unserem Programm. Und was immer ihr Heino Sitz am Morgen erzählt hatte – *ich* glaubte kein Wort, ohne auch nur eines näher zu kennen.

7.

Am nächsten Vormittag fuhren wir mit der Silberwaffe in die andere Richtung, um eine Badebucht, eine »Calla« zu finden. Das gelang uns auch, weil das High-End-Navi wusste, wo man hinzufahren hatte.

Eine schmale Schlucht zog sich bis zum Wasser hin. Kurz vor dem Strand stand ein sandfarbenes, sechsstöckiges Hotel aus den Sechzigern, das auf irgendwie *rockige* Art hierher passte. Über rostenden Balkongittern hingen Hunderte Handtücher. Die grünen Hänge hatte man für spanische Verhältnisse unspektakulär und zurückhaltend bebaut. Es war nett hier, von den etwa zweitausend Urlaubern abgesehen, die auf die gleiche Idee gekommen waren. Die Strandsichel war mit Sonnenschirmen, Luftmatratzen und Badetüchern geradewegs gepflastert. Vom Wasser drang Geschrei zu uns, als wir einen Drei-Quadratmeter-Flecken in Beschlag nahmen. Im seichteren Bereich spielten pubertierende Mädchen, denen die McDonald's-Bäuche über die Bikinihosensäume hingen, eine Art Tennis mit Holzschlägern, die Frühstücksbrettchen ähnelten.

Ich ging ins blauklare, relativ laue Wasser, schwamm zwischen Gruppen hindurch und stieß mit einem Schnorchler zusammen. Der Wind wehte kräftig in diese Bucht, weshalb wir in den wenigen Minuten, die wir vor Ort waren, einem halben Dutzend Sonnenschirmen beim Davontrudeln zugesehen hatten. Die Urlauber ordneten ihre Aufbauten stoisch neu, und dann kam der nächste Windstoß. Steine zur Befestigung waren rege nachgefragte Mangelware.

Nach etwa zwanzig Metern begegneten mir die ersten Abfälle. Erst Klarsichtverpackungen von Zigarettenschachteln, dann Schokoriegelpapier, schließlich zwei Tampons, ein grünschillerndes Plastikirgendwas, wieder Mars-Papier undsoweiter. Je weiter ich hinausschwamm, desto dichter wurde die Müllphalanx.

»Das liegt am Wind«, sagte eine hübsche Frau, die zwei Meter neben mir kraulte und offenbar bemerkt hatte, wie ich jeden Gegenstand einer Prüfung unterzog.

»Das liegt an den Leuten«, widersprach ich. »Der Wind hat das Zeug nicht ins Wasser geworfen.«

Sie nickte lächelnd und tauchte dann unter.

An der Stelle, an der die Bucht ins Meer überging, bildeten die Zeichen der Zivilisation eine geschlossene Linie. Ich tauchte darunter durch und schwamm noch ein-, zweihundert Meter hinaus. Das Wasser wurde drastisch kälter. Als ich zum Strand zurückkehrte, fror ich.

Nach einem späten Mittagessen im Restaurant des Rockhotels fuhren wir zum Club zurück. Nina brachte die Autoschlüssel zur Rezeption, für danach verabredeten wir uns am Pool.

Es hatte durchaus was, wie Marejke Medsger im silbernen, knapp geschnittenen Einteiler neben Oliver von Papening thronte, der an ihrer Seite mit seiner Spielzeugbrille wie ein Irrenhaus-Ausbrecher wirkte. Medsger trank Perlwein aus einem filigranen Kristallglas, das man vermutlich extra für sie eingeflogen hatte. Mir jedenfalls war in diesem Laden bisher nur Einfachstgeschirr präsentiert worden. Neben ihrer Liege stand ein glänzender Champagner-Kühler, aus dem der Kopf einer solchen Flasche ragte, sauber umwickelt mit einem strahlendweißen Damasttuch. MM saß auf einem riesigen, sehr kuschelig aussehenden Badetuch mit dezentem Gucci-Logo. Selbst im Sitzen war die Liege kam lang genug für ihre endlosen braunen Beine. Neben ihr auf dem Fußboden stand ein Prada-Täschchen, auf dem ein diamantgeschmücktes Mobiltelefon thronte. Der Wert des gesamten Arrangements ließ sich kaum in natürlichen Zahlen ausdrücken.

Die Besatzungen der Nachbarliegen und die Menschen im Pool mussten sich offensichtlich zwingen, nicht pausenlos den prominenten Gast anzustarren, was ihnen vollständig misslang. Es war wie seinerzeit beim Sitz-Empfang: Den Männern standen ihre Phantasien im Gesicht geschrieben, und die Frauen wünschten sich auf einen anderen Planeten oder wenigstens vorteilhaftere Badekleidung. Die schwarzhaarige Rädelsführerin des Pädophilen-Ausmach-Kommandos lag fünf Plätze weiter. Der Kontrast hätte größer kaum sein können. Aber sie war auch die Einzige, die Blicke in unsere Richtung unterließ.

»Irgendwie nett hier«, strahlte das Exmodel, als ich eintraf, und dabei zwinkerte sie mir zu. »Vielleicht etwas bizarr. Aber nett. *Interessant.*«

»Tach«, sagte ich nur und warf mich auf die Liege neben von Papening, der dadurch zwischen mir und der Medsger saß. Der Stapel auf dem Beutetisch war anderthalb Meter hoch, meine Eroberung brachte ihn beinahe zum Einstürzen. Auf der uns gegenüberliegenden Pool-Seite gab es sogar noch freie Liegen, bemerkte ich staunend. Und das zur Rush-Hour.

Und dann kam Nina. Wie angewurzelt blieb sie stehen und kniff kurz die Augen zusammen. Natürlich hielt sie einem direkten Körpervergleich nicht wirklich stand, aber auch Souveränität verleiht Schönheit, stellte ich fest. Der Reiz, den beide Frauen auf ihre je eigene Art ausübten, wurde jetzt sehr deutlich. Erstmals bekam ich eine Ahnung davon, was meinen Chef zur Hölle ritt.

Nina nickte der Rivalin zu, gab dann Oliver die Hand und belegte den Platz neben mir. Sekunden später lag sie mit geschlossenen Augen und gleichmäßig atmend da. Entweder sie beherrschte sich bis zur Grenze der Selbstfolter, oder sie wusste wirklich mehr als alle Anwesenden.

Ich rätselte beim vorletzten *Interpol*-Album, was Frau Sitz damit bezweckte, unter uns Pauschalisten zu verweilen wie seinerzeit Lady Di in afrikanischen Krisengebieten. Klar, da war noch diese offene Sache zwischen uns, aber ich ahnte, dass ich mich an dieser Stelle überschätzte. Ich war bestenfalls ein Appetithappen für zwischendurch, ein Snack gegen den kleinen Hunger, über den man sich anschließend ärgerte, weil er die Zähne verklebte. Ein *Jüngelchen*. Ich spürte, wie sich meine Stirn in Falten legte.

Der Edelmatratze wurde, wie nicht anders zu erwarten war, schnell langweilig. Plötzlich stand sie vor mir und streckte mir eine Hand entgegen, dabei sagte sie etwas, das ich nicht verstand, weil gerade »Evil« lief. Paul Banks sang in diesem Moment:

It's the smiling on the package, it's the faces in the sand, it's the thought that holds you upwards, embracing me with two hands.

Ich zog die Ohrhörer raus.

»Zeigen Sie mir die Anlage?«, trillerte die ehemalige V-Jayne.

Ich sah zur Seite, Nina schlief. Von Papening verzichtete zwar inzwischen auf seine Yoga-Kinder-Anschau-Übung, aber sein melancholischer Blick war auf das Treiben im Pool gerichtet. Er schien dabei zu meditieren.

»Warum nicht?«, fragte ich lahm zurück, innerlich hin und her gerissen, und griff nach der Hand. Die Neidwelle, die von den mit Männern besetzten Nachbarliegen herüberschwappte, hatte fast Tsunamistärke.

Sie ließ meine Hand nicht los, als wir über das Gelände schlenderten. Ich versuchte zwar, mich ihr zu entziehen, aber sie intensivierte ihrerseits den Druck. Trotz des Altersunterschieds kam ich mir kleiner, jünger als sie vor. Ich hätte Gott weiß was dafür gegeben, wenn jemand ein Foto von uns gemacht hätte, das ich mir später würde anschauen können. Was nicht heißt, dass keine Fotos geschossen wurden. Als wir den Badebereich umkreisten, gruben Dutzende Touristen hektisch nach ihren Digitalkameras und Fototelefonen.

»Was tust du hier?«, fragte ich, als das Poolgeschnatter nicht mehr zu hören war. Wir passierten die Tenniscourts, auf denen Menschen schwitzend durch den roten Staub hechelten, bei fast dreißig Grad im Schatten und einer erbarmungslos herabknallenden Sonne.

Medsger lächelte. »Ich bin Heino nachgeflogen. Sogar er unterschätzt mich.« Dabei verzog sie das Gesicht, das aber nichts von seinem Glanz verlor. »Als er plötzlich angekündigt hat, kurzfristig nach Mallorca zu müssen, geschäftlich, war mir sofort klar, was er tatsächlich hier wollte. Leider habe ich erst einen Flug für den nächsten Tag bekommen.« Sie blieb stehen und stellte sich mir in den Weg. »Kann es sein, dass er deine ... *Begleitung* getroffen hat? So vor drei Tagen in etwa?« Dabei grinste sie teuflisch und ließ endlich meine Hand los. Ich war versucht, sie an der Badehose abzuwischen, denn ich hatte wie ein Minenarbeiter geschwitzt. Nur an dieser Stelle. Das Wort »Begleitung« hatte sie fast ausgespuckt, und vermutlich hatte sie ursprünglich eine andere Betitelung im Sinn gehabt.

»Wir kontrollieren uns nicht gegenseitig. Vor drei Tagen waren wir in Palma.« Ich runzelte die Stirn. »Aber ich meine ...« Mir fielen nicht die richtigen Worte ein. »Selbst wenn da etwas wäre. Du bist doch selbst anderweitig zugange. Vorsichtig ausgedrückt.« Ich spürte, wie ich sofort errötete.

Sie lachte, ein kurzes, sektkelchfeines Lachen.

»Junger Mann, du hast keine Ahnung, worum es eigentlich geht.«

Ich zuckte mit den Schultern und nickte bloß.

Wir gingen weiter, aber sie griff nicht mehr nach meiner Hand, dafür legte sie mir einen Arm um die Hüfte. Mit Daumen und Zeigefinger streichelte sie meine nackte Haut. Ich sah nicht nach unten, war mir aber meiner sich gemächlich ankündigenden Erregung voll bewusst. Ein junges Paar, das uns entgegenkam, stürzte beinahe in einen Froschteich, weil sie ihre Hälse nach uns verrenkten und dabei vom Weg abkamen.

»Wie sieht es in diesen Häuschen aus?«, fragte sie unvermeidbar irgendwann. »In welchem wohnst du?«

Mein Schulterzucken verblieb auf metaphorischer Ebene. Ich nickte in die Richtung, in die wir ohnehin gingen. Marejke beugte sich zu mir und flüsterte in mein Ohr. »So ein bisschen Sex am Nachmittag hat noch keinen umgebracht. Danach lasse ich dich in Ruhe, versprochen.«

Ich konnte nicht antworten, da mein Hirn schlagartig unterversorgt war.

Teil 5: Portugal
Das Leben ist eine Baustelle

1.

Zu Hause warteten mehrere Überraschungen auf mich. Eine davon war ein Brief von Silke, in dem sie mir abermals die »Situation« zu erklären versuchte. Die handgeschriebenen drei Seiten wiesen Tränenflecken auf. Es berührte mich nur noch auf eine distanzierte Art. Das »Es ist vorbei«-Mantra funktionierte vielleicht wirklich. Neuigkeiten enthielt das Schreiben nicht.

Die zweite bestand aus einer Nachricht von Heino Sitz, die besagte, dass unsere Tour um eine Woche gekürzt wäre. Nur noch Portugal und Ägypten, das wär es dann. »Es wird in der Türkei auch nicht viel anders sein«, lautete die Begründung, die ich nicht glaubte.

Die dritte bestand aus einer Vorladung zur Polizei. Hauptkommissar *Ernte 23* bat mich ins Präsidium. Morgen. Glücklicherweise dauerte unsere Reisepause zwei Tage.

Die vierte war eine Mail von Marejke Medsger, von ihrem echten Account. »Das war nett. Du bist ein Süßer. Viel Glück und gute Reise noch.« Vom anonymen Postfach gab es seit einer Woche keine Nachrichten mehr.

Nett. Über Sitz' Ehefrau ließ sich wahrscheinlich viel Schlechtes sagen, von Sex aber verstand sie was – weit mehr als ich. Ihre Brüste waren tatsächlich echt oder *sehr* gute Imitate, und ihre Nippel – *Endlich!* schrie ein Teil von mir, während der andere *Du Idiot!* brüllte – schmeckten nach Minze. Ich war erst wieder zum Pool zurückgekehrt, als ich es schaffte, das völlig blöde Grinsen in den Griff zu bekommen. Später am Tag erwischte mich natürlich ein fieser Das-hättest-du-besser-bleiben-lassen-sollen-Kater, der sich verstärkte, als es am späten Nachmittag, kurz vor Medsgers Rückkehr in die Fünf-bis-sieben-Sterne-Gefilde, zu einem Zusammenstoß zwischen ihr und Nina kam. Die beiden trafen sich auf dem Weg von und zur Toilette, das Gekreische aber konnten wir auch am Pool hören. Es war schließlich Medsgers Prominenz zu verdanken, dass der Streit nicht eskalierte, da ihr noch rechtzeitig einzufallen schien, dass eine solche Nummer vor Hunderten Urlaubern mit verdammten *Kamerahandys* und in Zeiten von YouTube wohl kein Geheimnis bleiben würde. Sie stolzierte davon, nicht ohne mir noch ein wissendes Grinsen zu schenken, während Nina mit rotbraunem Kopf zum Pool zurückkehrte, ihr Handtuch schnappte und verschwand. Während der verbleibenden Tage verhielt sie sich zurückhaltend freundlich. Jeden Kommunikationsversuch über das Nötigste hinaus blockte sie allerdings ab.

Die fünfte Überraschung bestand darin, dass Steini verschwunden zu sein schien. Auf meinem AB war keine Nachricht von ihm, meine Mails hatte er nicht beantwortet, und Anrufe lehnte eine weibliche Automatenstimme ab. Seine Redaktionssekretärin erzählte mir, er habe sich Urlaub genommen. Wann und ob er überhaupt zurückkäme, wusste sie nicht. Ich schrieb ihm eine fröhlichgiftige Postkarte, die von meiner Mobilfunknummer beherrscht wurde.

Zu guter Letzt stellte ich verblüfft fest, dass ich mit dem Rauchen aufgehört hatte. Als ich einen Aschenbecher aus dem Spülbecken nahm und zum Trocknen abstellte, fiel mir auf, dass ich meine letzten Zigaretten in der Höllennacht von Arenal geraucht hatte, und zwar meiner Erinnerung nach gleich mehrere Schachteln. Danach hatte ich offenbar einfach *vergessen*, wieder zu rauchen. Nicht, dass mich dieses Laster mehr als nötig gestört hatte – ich hielt es in dieser Hinsicht wie Frau Dr. Jüterborger. Aber ich verspürte im Moment nicht das geringste Bedürfnis, und während der Tage auf Mallorca, die unterm Strich zu den bisher besten unserer Tour gehört hatten, war es mir nicht anders gegangen. Ganz erstaunlich. Vielleicht sollte ich mir das als Idee für ein Ratgeberbuch notieren: Saufen und rauchen Sie, bis nix mehr geht, dann noch ein *bisschen* weiter, lassen Sie sich anschließend aufs Auge hauen und fahren Sie danach in ein Familienclubhotel. Wirkt garantiert – die Nikolas-Sender-Methode.

Ein würdiger Abschluss des Trips war der Abschied von Adel-Oliver gewesen, der tatsächlich morgens um vier (was für eine vollkommen idiotische Abholzeit!) vor dem Hotel stand, wo außer ihm bereits ein Bus und zwanzig müde, nörgelnde Touristen auf uns warteten, die um ihre Gepäckablagefächer fürchteten, weil wir den Zeitplan um vier Minuten verzögerten – es war Nina, die zu spät kam.

Von Pappe reichte mir eine Visitenkarte aus gebürstetem Edelstahl, die ich vermutlich noch in den Koffer würde stopfen müssen, weil derlei seit Nine-Eleven nicht mehr an Bord von Flugzeugen geduldet wurde (»Durchgedrehte Reisejournalisten entführen Airbus mit Visitenkarte!«). Auf der Karte standen nur sein Name und eine Telefonnummer.

»Mein *Freund*, du kannst mit allem zu mir kommen«, sagte er, und seine Rührung sprang auf mich über, vor allem, als er mich verhältnismäßig fest umarmte. In mein sich ankündigendes Augenpipi ergänzte er: »Menschen mit Zivilcourage haben mehr Wert als alles, was man hiermit kaufen kann.« Dabei wies er auf die *Centurion* in seiner Geldbörse, die er wegen der Stahlkartenübergabe noch immer in der Hand hielt. Vermutlich war er der einzige Mensch, den ich kannte, der dieses legendäre Zahlungsmittel sein Eigen nannte.

Als ich schon fast im Bus saß, legte er mir eine Hand auf die Schulter. »Ich *weiß*, dass Sie nicht kommen werden«, sagte er bedrückt. »Aber was sollte ich sonst tun?«

Er winkte dem Bus auf die Art hinterher, wie britische Königinnen dem Volk zuwinken, aber mich rührte die Geste. Natürlich wusste ich zu diesem Zeitpunkt alles über ihn, was das Netz und die Archive des Verlags hergaben. Einzelkind und damit letzter Erbe einer adligen Dynastie, die mit Bürobedarf reich geworden war. Hielt sich vom üblichen Promi- und Reichenzirkus fern. Halbgeheimer Wohltäter diverser Naturschutzorganisationen. Ehemals glücklicher Vater von Zwillingen, deren Geburt beinahe zum Desaster geraten war. Verlassen von einer Frau, die nach dem, was man herausfinden konnte, eine echte Liebesheirat gewesen war.

»*Das* wäre einer für dich«, sagte ich zu Nina, als wir vom Parkplatz fuhren.

Zu meiner Überraschung grinste sie. »So ein Weichei? Nein danke!«

Hauptkommissar Spränger begrüßte mich in einem schmucklosen und sehr klischeehaften Amtszimmer. Als Erstes nahm ich seinen PC zur Kenntnis, ein Modell, das ich auch mal besessen hatte, im vorigen Jahrtausend. Kein Wunder, dass er so lange gebraucht hatte, um sich bei eBay einzuloggen. Das war aber auch schon der einzige bemerkenswerte Einrichtungsgegenstand – sah man von einem gewaltigen Aschenbecher ab, der gut ein Zehntel der Schreibtischoberfläche einnahm und in dem sich ein kleiner Vulkan aus Zigarettenkippen türmte. Daneben lagen ein Dutzend Schachteln HB und zwei Zippos.

»Ist das hier eigentlich noch erlaubt?«, fragte ich und nickte in Richtung Raucherutensilien.

Er verzog keine Miene und beantwortete meine Frage nicht. »Setzen Sie sich«, sagte er stattdessen.

Ich erzählte ihm, was geschehen war, und da ich mit dem Mann ansonsten nichts zu tun hatte, sparte ich nur wenige Details aus – ganz im Gegenteil machte es mir sogar Spaß, die Erinnerung an die Sachsenengel-Nacht mit einem Fremden zu teilen. Mit seinen getreidegelben Fingern notierte er, während ich sprach, und er zuckte an keiner Stelle auch nur mit der Wimper. Okay, sagte ich mir, Bullen sind qua Amt lebenserfahren und deshalb kaum zu beeindrucken.

»Wie ich schon am Telefon erklärte, ist das Bundeskriminalamt zuständig«, führte er anschließend aus. »Es ist schlecht, dass Sie die Herrschaften nicht vor Ort angezeigt haben.«

Ich zog die Erklärung hervor, die mir Señor Teodoro Martinez vor einer gefühlten Ewigkeit zur Unterschrift bereitgelegt hatte. »Vielleicht hilft das ein wenig. Als Gegenleistung sollte ich darauf verzichten, Anzeige zu erstatten.« Ich verschwieg, dass ich es sowieso nicht getan hätte, weil mein Vertrauen in die canarische Polizei geringer war als dasjenige in marokkanische Strandhändler. Womit ich Letztgenannten unrecht tat. Scheiße, Marokko. War das wirklich erst neun Tage her?

Spränger studierte das Papier und nickte dabei langsam. »Stört es Sie?«, fragte er zwischendrin, aber die Zigarette qualmte schon, bevor ich antworten konnte. Nach Frau Dr. Jüterborgers These stünden die schlechten Jahre am Ende für ihn wohl unmittelbar bevor. Zwischen den Zügen hustete er wie ein Rallyefahrer, der gerade die Wüste durchquert hat, und sein Gesicht sah insgesamt sehr ungesund aus.

Anschließend erklärte er mir, dass er, dem BKA zuarbeitend (das kam mit gewissem Stolz), inzwischen herausgefunden hatte, dass weit mehr als nur das Diebesgut aus meiner Begegnung zur Auktion angeboten wurde. Glücklicherweise – er schenkte mir einen vorwurfsvollen, ansonsten emotionslosen Blick – hätten andere Leute den Weg zur spanischen Polizei gewählt, die in dieser Sache mit dem BKA kooperieren würde. Toll.

»Wir werden die fraglichen Personen ausfindig machen«, schloss er das Gespräch. »Das ist keine Kleinigkeit. Wir haben Ihnen dafür zu danken, dass Sie diese Verbindung aufgedeckt haben.« Sein ledriges Gesicht, das von einem zerrupften, mehrfarbigen Oberlippenbart beherrscht wurde, blieb ausdruckslos. »Vermutlich wird es dann eine Gegenüberstellung geben. Ich werde Sie beizeiten informieren.« Der Gedanke daran, Janet wiederzusehen – wenn auch nur durch eine einseitig transparente Spiegelwand –, löste gemischte Gefühle in mir aus. Diese wurden sogleich von der Erkenntnis verdrängt, dass ein deutscher Reisejournalist soeben dabei half, international gesuchte Verbrecher zu fassen. Ich schwor mir, Ralf Leitmann als Allerletztem von dieser Sache zu erzählen. Einmal BILD war mir genug.

Auf dem Heimweg ging ich bei Steini vorbei, doch mein Klingeln wurde nicht erhört. Richtig erstaunlich aber fand ich, dass am entsprechenden Klingelschild kein Name mehr stand.

2.

Dieses Mal hatten wir uns drei Stunden vor Abflug am Check-in verabredet, aber ich war noch früher am Flughafen, weil mein Taxifahrer bei schreiend lautem Hiphop wie ein total Bekloppter durch die Stadt gerast war – Nina hätte sich mit diesem Mann ein Rennen mit ungewissem Ausgang liefern können. Dabei achtete der Fahrer wenig auf sein Gefährt, das quietschte, knirschte und knarrte, als wären Gremlins dabei, es von innen aufzufressen. Als ich zehn Minuten vor der Zeit den Koffer aus dem Auto wuchtete, stand mein Adrenalinpegel kurz unter dem Innenohr. Der junge Mann, sicher ein Logie-Student (ich tippte auf Sozio), war überrascht, dass ich ihm kein Trinkgeld gab.

»War was nicht okay?«

»Ihr Jungs solltet langsam mal begreifen, dass dies hier der Planet Erde ist«, antwortete ich kryptisch und zog lächelnd von dannen.

Als Nina in Begleitung ihres schwarzen Pudels eintraf, freute ich mich über beide, und Bimbo begrüßte mich mit einem kurzen Kläffen. Meine Kollegin war inzwischen sehr braun, wobei die künstliche Betoastung kaum noch durchschimmerte. Trotzdem schienen an diesem frühen Morgen (kurz vor vier) sowohl ihre Flugängste als auch die allgemeine Unzufriedenheit wieder Oberwasser zu haben. Sie sah sich mürrisch und nervös um. Unser Check-in war noch nicht geöffnet, und die Schlange vor uns bestand aus fünf senilen Bettflüchtern in sackartigen Klamotten. Es roch nach Bepanthen und Gebissreiniger. Wir schwiegen uns an, lauschten auf die unverständlichen Ansagen und warteten. Es wurde halb fünf, dann fünf, schließlich viertel sechs. Die Länge der Schlange veränderte sich nicht, weder vor noch hinter uns.

»Hier stimmt was nicht«, sagte Nina schließlich, und sie sprach damit aus, was wir beide schon seit einer Weile dachten. Schließlich war es ziemlich unwahrscheinlich, dass nur sieben Leute nach Portugal fliegen wollten an diesem Morgen. Zum fünften Mal kontrollierten wir die Tickets, aber Gatenummer und Aufdruckziffer stimmten überein. Also spurtete ich in Richtung Haupthalle. Auf dem Weg dorthin sah ich einen Flugsteig, an dem etwa hundert Menschen anstanden und von dem ein Flug nach Faro mit einer Nummer gehen sollte, die ich inzwischen auswendig kannte. Der Gatewechsel hätte »technische Gründe« gehabt, erklärte die Eincheckttante, die ich, sehr zum Missfallen der Wartenden in der Schlange, direkt fragte. Als ich antwortete, dass sämtliche denkbaren Gründe letztlich technisch wären, neigte sie den Kopf ostentativ an mir vorbei und nickte dem nächsten Wartenden zu. »Außerdem ist es mehrfach angesagt worden«, sagte sie noch ziemlich beiläufig.

Nina zog sofort mit unserem Gepäck los, aber die Alten glaubten mir nicht. »Das steht hier klipp und klar«, sagte eine weibliche Stimme. Die anderen nickten schwerfällig, um das eigene Leben nicht so spät noch zu gefährden. Ich zuckte die Schultern und folgte meiner Kollegin, ihrem Hund und meinem Koffer.

Als wir weit voneinander entfernt auf schlechten Plätzen in der vollbesetzten Maschine saßen, wobei ich mein ambulantes Hab und Gut wieder im Fußraum hatte unterbringen müssen, ging die Warterei von vorn los. Fünfzehn Minuten nach der geplanten Abflugzeit, ohne dass es ein Anzeichen dafür gab, dass es demnächst losgehen würde, fragte ich eine Stewardess, was der Plan wäre. Wir würden noch auf fünf Fluggäste warten, antwortete sie leicht geistesabwesend. Ich teilte ihr mit, wo die zu finden wären, und zehn Minuten später enterten die Geronten die Maschine. Sie benötigten weitere fünf, um in den vorderen Bereich der Maschine zu schlurfen. Ich meinte, das ungeduldige Geheul von Bimbo aus dem Frachtabteil zu hören. Immerhin hatte Nina dieses Mal vorher für alle Notwendigkeiten gesorgt.

Wegen der Pflegefälle schlugen wir eine halbe Stunde nach der geplanten Ankunftszeit in Faro auf. Als wir in der vergleichsweise mäßig warmen Luft vor der holzgefassten Glasfassade des niedrigen Gebäudes standen und Nina eine Zigarette bei einem Taxifahrer erschnorrte, ohne dass ich das geringste Bedürfnis verspürte, es ihr gleichzutun, geschah eine Zeitlang überhaupt nichts – abgesehen von Bimbo, der in beeindruckender Zeit energisch alles in Leinenreichweite vollstrullte, das sich als Ziel anbot. Eigentlich hätte hier jemand sein müssen, um uns abzuholen. Nach der Zigarette ging Nina deshalb ins Gebäude zurück, um mich kurz darauf mit der Nachricht zu erfreuen, dass der Bus nicht auf uns gewartet hätte. Ich notierte mir im Geist, nach einem Regelwerk dafür zu suchen, wann Zubringerbusfahrer auf verspätete Gäste zu warten hätten und wann nicht mehr. Unglücklich war ich nicht, denn jetzt würden wir ein Taxi nehmen und höchstwahrscheinlich lange vor denen im Hotel sein, die den Bus genommen und das gleiche Ziel hatten.

In den entsprechenden Städten und bei einigen bemitleidenswerten ehemaligen Besuchern sind die Begriffe *Berliner Runde* und *Hamburger Runde* Bestandteil des Allgemeinwissens; ich ergänzte sie um *Portugiesische Runde*. Blöd nur, dass jedem Deppen aufgefallen wäre, dass das Meer rechts von uns verlief, obwohl es links hätte sein müssen, und dass ich darüber hinaus ein GPS-Mobiltelefon besaß, das mich ununterbrochen piepsend informierte, weil wir in die falsche Richtung fuhren – obwohl zuerst ich dem Fahrer auf Laienportugiesisch »Kartehrah« mitgeteilt und Nina es nochmals in der Touristenversion wiederholt hatte. Zu beidem hatte der alterslose Gnom auf dem Fahrersitz genickt, um dann weiter in Richtung spanische Grenze zu cruisen.

Wir hielten schließlich, um uns am Straßenrand, zwischen lauter Rohbauten, von denen einige aus den Achtzigern zu stammen schienen, mit dem Fahrer zu streiten. Alles, was ich bis zu diesem Zeitpunkt gesehen hatte, waren verdammte Baustellen. Als hätte ein idiotisch großer Konzern beschlossen, die gesamte Algarve zu bebauen, und zwar auf einmal, um es ein halbes Jahr später einfach zu vergessen und woanders etwas anderes zu machen. In Dubai, zum Beispiel.

Das Gespräch war schwierig und hauptsächlich unerfreulich – wobei das Wort »Gespräch« eigentlich unzutreffend war, denn es ging in erster Linie um verschiedensprachiges Brüllen und wilde Gestikuliererei in diverse Himmelsrichtungen, wobei letztlich alle vier vorgeschlagen wurden, obwohl das Meer breit und tintenblau direkt vor uns lag. Und unser Scheiß-Zielort lag schließlich am Meer, und zwar an diesem. Ich hielt dem Mann schließlich die Vouchers und einen Fünfzig-Euro-Schein vor die Nase. Er ignorierte Erstere, griff nach dem Geld und fuhr dann wort- und gestenlos in die richtige Richtung. Keine halbe Stunde später waren wir vor Ort. Erstmals in meinem Leben wünschte ich mir, Geldfälscher zu sein.

»Das ist absurd«, sagte Nina, als wir vor dem Hotel standen. Sie hatte recht. Gegen das hier war Maspalomas ein Villenbezirk. Alles, was wir sahen, waren weiß gestrichene Hotelbauten, die man massenweise aus einem Urhotel geklont hatte. Wir brachten die Koffer in die Gefriertruhe, die hier als Lobby fungierte, und gingen um das Gebäude herum zum Strand.

»Große Scheiße!«, rief meine *Begleitung*, als wir im Sand standen.

Ich konnte nur nicken. Selbst El Arenal wirkte hiergegen wie ein erbärmlicher gescheiterter Versuch, eine Bucht so richtig und nach allen Regeln der Kunst vollkommen zu verschandeln. Aber immerhin hatte das hier eine ordnende Sauberkeit, eine sterile Art von Muster. Es gab keine Glockentürme, Bretterbuden, Moscheen, beschrifteten Hügel, Ballermänner oder dergleichen, sondern ausschließlich diese *Bauten*. Als wäre ein minderbegabter Bauhaus-Architekt kurz vor seinem Tod auf einen sehr bösen Trip geraten.

In den Zimmern setzte sich das Bild fort. Sie waren auf systematische Art in Ordnung (wie Berliner U-Bahn-Züge, zum Beispiel), nämlich zweckmäßig, mittelgroß und sauber, aber mit meiner Vermutung, dass ein im zweiten Stock dieses Hotels ausgesetzter Urlauber nicht wüsste, ob er sich in seiner oder irgendeiner anderen Unterkunft befände, lag ich vermutlich goldrichtig. Davon abgesehen war es nicht sehr viel heimeliger als in der Berliner U-Bahn. Ich ging auf die Balkonminiatur und sah nach links, rechts, links und wieder rechts, und wenn ich das noch eine halbe Stunde lang getan hätte, wäre ich depressiv geworden. Immerhin war die Aussicht nach vorne, in Richtung Meer, absolut feudal. Wenn ich mich weit genug über die Balkonbrüstung beugte und meine Hände wie Scheuklappen an die Schläfen legte, blieben wenigstens ein endloser hellbrauner Strand und die kobaltige Oberfläche des Atlantiks.

Was sich jenseits der Promenade auf der Landinnenseite des Hotels abspielte, glich einer Light-Version des Arenal-Infernos. Mit nur einem Blick erfasste ich Werbeschilder für die allermeisten bekannteren deutschen Biersorten. Es war zwar ruhiger als am Platja de Palma, hatte aber ansonsten eine sehr ähnliche Qualität. Die Grüppchen, die die Promenade und ihre Nebenstraßen beschlurften, glichen jenen, die ich an allen drei? vier? sieben? bisherigen Locations beobachtet hatte. Man trug beach-casual, German style (SSSS), sprach jeden, der kein Tourist war, gnadenlos auf Deutsch an, und die Speisekarten der Restaurants gab es dreisprachig, nur nicht auf Portugiesisch. Ohne das Meer glich der Ort einer aufgeräumten Frühneunziger-Version irgendeiner DDR-Trabantenstadt bei exzellentem Wetter.

Nach der kurzen Orientierung ging ich ins Hotel zurück, suchte und fand den Pool. Unsere Herberge gehörte zu den kleineren, weshalb das überschaubare Schwimmbecken – auf Strandniveau und zur Meerseite hin – auch nur von zwei Dutzend Liegen umgeben war, davon derzeit, es ging auf den Nachmittag zu, die Hälfte belegt und die andere frei. An einem oberschenkelhohen Mäuerchen zum Strand hin hingen in Zwei-Meter-Abständen laminierte A4-Bögen, auf denen »Liegen reserviern, verbohten!« stand, die drei Schreibfehler wiederholten sich, darunter gab es den Spruch in ähnlich verstümmelten englischen und französischen Fassungen. Ich fragte mich, welche Strafe Missetätern wohl auferlegt würde. Hotelverweis? Abschiebung? Anprangerfotos auf Flickr? Urin im Fassbier oder, vielleicht passender, *Vinho Verde*? Aber Personal, das Verfehlungen würde ahnden können, war weit und breit nicht in Sicht, und eine Poolbar gab es auf diesem sehr begrenzten Raum auch nicht. Trotzdem standen neben Nina bereits zwei Flaschen »Sagres«-Bier. Kollegin Weltreisen trug erstmals auf dieser Tour einen Bikini, weiß mit dezentrotem Blumenmuster. Liegend geraten fast alle Frauenkörper aus den Fugen, Schenkeldurchmesser verdoppeln sich, und selbst ordentliche Brüste nehmen Pfannkuchenform an, und leider zeichneten sich deutlich die Übergänge zwischen der Bankbräune und der einteilerbegrenzten Sonnenwirkung der letzen Wochen ab, aber es stand ihr trotzdem. Gleich daneben lag eine Frau meiner Altersklasse in dunkelblauem Zweiteiler, der zwei Nummern zu eng war und ihre überreichlichen Fettdepots hervorpresste. In der einen Hand hielt sie einen Dan-Brown-Roman und in der anderen eine heruntergebrannte Kippe. Der Eindruck, den diese Dame machte, schien ihr schnuppe zu sein. War ja auch Urlaub.

Nina las meinen Beitrag. Sie nickte mir kurz zu, griff neben die Liege und hielt mir eine Flasche »Sagres« hin. »Das musst du mal probieren«, sagte sie augenzwinkernd.

Portugal ist für seinen Wein und den Port bekannt, aber auf die Herstellung von Bier sollten sie verzichten, fand ich nach dem ersten Schluck. Selbst das marokkanische »Flag Speciale« hatte hiergegen wie ein Premiumpils aus Dortmund geschmeckt. Außerdem hatte der Portugiesentrunk Außentemperatur, also knapp fünfundzwanzig Grad. Ich leerte ihn trotzdem.

»*Mutterschutz*«, sagte Nina und legte den Papierstapel beiseite.

»Schöner Text. Etwas weniger originell und bissig als dein erster, aber angemessen. Eine gute Idee, die selbstgerechte Frauenarmee als Aufhänger zu nehmen.«

Ich nickte dankbar. Während der beiden Pausentage hatte ich mir das Hirn zermartert, um einen Beitrag zu zimmern. Bei viel After Eight und Hautpudding war ich dann auf diesen Einstieg gekommen. Beim Schreiben hatte ich zwei Dinge festgestellt. Erstens machte mir diese Sache langsam Spaß, und ich fühlte mich *zu Hause* inzwischen deutlich weniger wohl als unterwegs – trotz des Irrsinns, der uns pausenlos begegnete. Und außerdem fand ich den Gedanken, in die Redaktion und in irgendein Alltagsleben zurückzukehren, mittlerweile nahezu unerträglich. Ich war mir eigentlich sicher, dass ich nicht mehr für den promisken Zahnlücken-Sklaventreiber weiterschuften wollte, Journalistenkarriere hin oder her. Zugleich verspürte ich so etwas wie Verständnis für die menschenähnlichen Primaten, die sich vorbereitungslos Hals über Kopf ins Ausland – was meistens »in ein Urlaubsgebiet« hieß – verabschiedeten und dabei von Kamerateams der Unterschichtsender filmen ließen, wie sie von einer Katastrophe in die nächste schlitterten. Im Laufe der vergangenen zwei Tage hatte ich sage und schreibe fünf solcher »Doku-Soaps« sehen können.

»Du hast dich vom Schrecken erholt?«, fragte ich. »Meinst du, je wieder in ein Flugzeug steigen zu können?«

»Das hatte ich fast schon verdrängt, danke für die Erinnerung«, gab sie mit leicht genervtem Blick zurück und stellte die leere Bierflasche ab.

Irgendwo über den Pyrenäen hatte es eine Art Zwischenfall gegeben. Vorsichtig ausgedrückt. Plötzlich hatte sich ein Plöng-Plöng-Plöng-Geräusch gemeldet, und gleichzeitig waren die Sauerstoffmasken herabgefallen – ohne jede Ankündigung und auch ohne äußere Zeichen eines Problems, denn das Flugzeug rauschte eigentlich extrem ruhig über das südwestliche Europa hinweg, dabei pro Passagier so viel Treibstoff verbratend, wie man mit dem Auto für die gleiche Strecke auch benötigt hätte. Das Alarmsignal wurde augenblicklich vom Geschrei der in Panik ausbrechenden Fluggäste verdrängt, aber Ninas infernalisches Brüllen stellte alles andere in den Schatten. Sie saß fünfzehn Reihen vor mir, aber ihr wiederholtes, sich überschlagendes »Ich will nicht sterben!« drang klar und deutlich bis zu mir. Nicht wenige Passagiere sprangen auf. Die Frau rechts von mir, ein mächtiges, kinnloses, bärtiges Weib in den Fünfzigern, zog in aller Seelenruhe die Maske vor den Mund und justierte das Gummibändchen im rotgrauen, haarspraystarren Gestrüpp auf ihrer Schädelrückseite. Ich tat es ihr gleich und war überrascht, wie wenig Angst ich empfand. Ich war besorgt, ja, und dachte an die armen Alten im Vorderteil des Fliegers, die vermutlich vor einem Gruppenherzinfarkt standen. Aber noch glitt die Maschine durch den zahnpastablauen Himmel, als wäre nichts geschehen.

»Bitte bewahren Sie Ruhe. Es ist nichts passiert. Wir haben es mit einem technischen Defekt zu tun, der die Masken ausgelöst hat. Bitte beruhigen Sie sich. Es ist alles unter Kontrolle.« Der Pilot wiederholte die sich widersprechende Ansage mehrfach in leichten Variationen, und irgendwann kam die Nachricht sogar bei Nina an. Statt »Ich will nicht sterben« rief sie jetzt ein böses Fäkalwort in Endlosschleife.

Es dauerte noch fast bis zur Landung, bis sich die Nachwehen des Chaos legten, aber immerhin hatten jetzt alle ein Gesprächsthema. Durch den Zwischenfall entfiel die Verteilung der dachpappeartigen, aromafreien Bordverköstigung, was mich wenig störte. Nina traute sich nicht, ihren Sitzplatz zu verlassen, und ihr Landungskiekser übertraf alle vorigen bei weitem.

»Ich habe wirklich gedacht: Jetzt ist es vorbei.«

»Ich auch«, log ich aus Solidarität.

»Und ich habe Heino verflucht, weil er mir diese Scheiße eingebrockt hat. Wäre er mit an Bord gewesen, hätte ich ihn noch während des Absturzes erwürgt.«

Seit dem Spontanbesuch seiner Frau hatte Nina diesen Namen nicht mehr in den Mund genommen.

»Hast du eine Ahnung, warum unser Reiseplan verkürzt wurde?«, fragte ich vorsichtig.

Sie sah mich an und nickte. »Vielleicht erzähl ich dir das mal. Irgendwann.« Dann ging sie in die Liegeposition und schloss die Augen. Genau in diesem Augenblick tauchte auf der Mauerkante hinter ihrem Kopf eine streichholzschachtelgroße Kakerlake auf. Das Insekt wackelte mit den Fühlern und verharrte.

»Oh«, sagte ich.

»Irgendwann, wirklich«, wiederholte Nina mit geschlossenen Augen.

»Das habe ich nicht gemeint.«

Sie sah mich an und stützte sich auf die Ellenbogen. »Und was dann?«

Ich nickte in die Richtung hinter ihr und sagte: »Hier gibt es die Viecher also auch.«

Nina drehte sich um, dann nickte sie ebenfalls, sehr gelassen. Ich schwor mir, augenblicklich damit aufzuhören, sie ständig zu unterschätzen. »Aber hoffentlich nicht so viele wie in Marokko. Das waren ja *Scharen*. Hatte ich dir erzählt, dass ich in der zweiten Nacht von einem seltsamen Knistern geweckt wurde? Das war eine Kakerlake, die gerade versuchte, meine Antibabypillen aus der Verpackung zu knabbern.«

»Kakerlake?«, quiekte die Bikinipresswurst auf der anderen Seite.

»Ja«, sagte ich und wies auf die Mauer.

Sie schrie etwas wie »Hu!«, sprang von der Liege auf, Dan Brown und eine Zigarette gingen zu Boden, und dann stolperte sie rückwärts von der Mauer weg, wobei sie das seltsame »Hu« wiederholte. Nach zwei Schritten fiel sie in den Pool. Da war sie immerhin sicher.

»Hu«, machte Nina grinsend. »Besorgst du uns noch zwei Bier?«

Ich nickte, stand auf, hockwendete über die Mauer und sah mich nach Catering um.

In unregelmäßigen Abständen gab es gleichförmige Anordnungen von gebührenpflichtigen Strohsonnenschirmen, ein Muster, das ich schon beim Blick vom Balkon gesehen hatte. Nicht alle Hotels lagen wie unseres direkt am Strand, drängten sich aber in seiner Nähe. Die Terrassen der Restaurants waren gut besetzt. In einem davon verkaufte mir ein sehr entspannter und freundlicher Portugiese, der erfreulicherweise kein Deutsch konnte, vier Flaschen kaltes »Sagres«. Als ich endlich unser Hotel zwischen seinen Zwillingen ausmachte und über die Mauer zurückkletterte, schwatzten Nina und die pudelnasse Kakerlakentante angeregt miteinander.

Barbara kam aus Bielefeld, aber ich ersparte ihr die Nerd-Verschwörungstheorie von der angeblichen Nichtexistenz der Stadt. Sie hatte einen gescheiterten Versuch hinter sich, auf Mallorca sesshaft zu werden. »Das versuchen viele, aber es ist die Hölle. Die Menschen denken, sie könnten als Makler arbeiten, als Verwalter einer Finca oder wenigstens in der Gastronomie, ohne jede Erfahrung in diesen Berufen, und sie enden mit Putzjobs, wenn sie überhaupt was bekommen. Einige versuchen, Restaurants oder Bars zu eröffnen, aber sie haben keine Ahnung, wie das geht. Wenn nach ein paar Wochen das Geld aufgebraucht ist, haben sie Schwierigkeiten, noch etwas zum Essen aufzutreiben geschweige denn Rückflugtickets. Die Mallorciner sind wirklich …« – sie formulierte das Schimpfwort mimisch – »Aber ich kann sie auch verstehen. Die arroganten Deutschen glauben, alles besser zu können, und sie meinen, dort willkommen zu sein. Dabei stimmt das überhaupt nicht. Ihr *Geld* ist willkommen, aber die Einheimischen hätten eigentlich viel lieber nur das und keine Touristen oder ahnungslose Aussteiger.« Sie zog eine Schnute und zündete sich eine neue Zigarette an. »Immerhin hatte ich Arbeit in Aussicht, als

Reiseleiterin.« Ich unterdrückte eine erstaunte Äußerung, denn inzwischen hielt ich die Existenz dieses Berufsstandes für eine Legende. »Aber das hat sich zerschlagen«, fuhr sie fort. »Jetzt bewerbe ich mich hier auf einen Posten in einem Aquapark.« Die Werbeschilder für diese Einrichtungen gab es ebenso oft wie Baustellen, hatte ich bei der Herfahrt bemerkt. »Mal sehen, ob das klappt. Mallorca wäre mir lieber gewesen, aber alles ist besser als Bielefeld.«

»Die Sache mit den Insekten müssen Sie aber noch in den Griff kriegen«, scherzte ich.

Sie erschauderte, drehte sich kurz zur Mauer um und nickte dabei. Auf den zweiten Blick war die Frau nicht unsympathisch, sie sprach Englisch, Spanisch und Portugiesisch fließend, hatte ein VWL-Studium und eine Ausbildung als Zahnarzthelferin hinter sich. Der Job im Aquapark wäre eine Mischung aus Gästebetreuung und Unterstützung beim Marketing. Letztlich wäre sie vermutlich ein niederer Go-For des Managements, gestand sie unumwunden. Aber, hey – *alles* war eben besser als Bielefeld. Und hier schien wenigstens die Sonne.

3.

Vilamoura hieß die gesamte künstliche Urlaubsregion, in der wir uns befanden, und während des dringend nötigen Verdauungsspaziergangs (zum Hotel-Abendessen kein Wort mehr) offenbarte sich der fade Charme des trostlosen, aber gewaltig großen Ensembles, das vielleicht einmal – vor diesem Jahrtausend – als modern gegolten hatte. Der Name bedeutete, wie mein Internet-Telefon verriet, »maurische Stadt«, wogegen sich die armen Mauren ja nicht mehr wehren konnten. Wir verliefen uns mehrfach, bis uns ein Touristenpaar aus Holland riet, doch mal das Casino aufzusuchen. Die Idee war so gut oder schlecht wie jede andere, und Nina fand sie reizvoll, zumal sich die Kasköppe als Führer anboten, weil sie das gleiche Ziel hätten. Der rothaarige und gesichtsverbrühte junge Mann versuchte, mich in ein Gespräch über Fußball zu verwickeln. Er nahm sicher an, dass sich deutsche Männer auf jeden Fall für dieses Thema interessierten. Ich ließ auch meinerseits die Vorurteile aufblitzen und stellte Gegenfragen über Wohnwagen, die er beherzt und fachmännisch in seinem lustigen Deutsch-Holländisch-Mix beantwortete. Sein Name klang wie das Geräusch, das ein Hausschwein beim Erbrechen von Hotelessen macht, aber als ich ihn bat, den Vornamen zu buchstabieren, nannte er nur drei Buchstaben: Ger.

Seine außerordentlich hübsche, blonde und nur wenig mehr als einen Meter fünfzig große Frau war im sechsten Monat schwanger und hieß tatsächlich Nicky. Dies wäre ihr letzter Urlaub vor dem Kind, sagte sie strahlend und deshalb hätten sie sich etwas ganz Besonderes gegönnt (ich verkniff mir die Frage, warum zur Hölle sie dann *hier* waren). Davon abgesehen gäbe es nichts Schöneres als ein Kind, oder? Auch den sich hier aufdrängenden Kommentar unterdrückte ich und brummte stattdessen.

»Was soll es denn Schöneres geben?«, fragte Ger, dem der ablehnende Unterton meines Brummens nicht entgangen war.

Ich zuckte die Schultern. »Keine Ahnung. Urlaub?«, schlug ich vor.

Ger rief: »Das ist ein Scherz, oder?« *Scherch*. Klang wirklich amüsant. Ich nickte, um uns diese Diskussion zu ersparen, und erzählte, dass ich auch Nicky heißen würde, mehr oder weniger. Meine Beinahe-Namensvetterin freute sich. Der kommende Balg war der zierlichen Person fast nicht anzusehen. Ich konzentrierte mich wieder auf den Wohnwagenexperten, um nicht an Silke und ihren Bauch denken zu müssen.

Glücksspiele entzogen sich meinem Verständnis, vor allem die Tatsache, dass man kein Glück *hatte*, sondern es *brauchte*, was die meisten Spieler umgekehrt zu sehen schienen. Vor den Reihen einarmiger *Verbrecher* saßen Urlauberhorden und schmissen kiloweise ihr Geld weg, und nicht wenige trugen Strandkleidung, obwohl die Sonne längst untergegangen war. Ger besorgte einen Apfelsaft und drei Gin-Tonics (weil es keinen Genever gab), »auf das Baby und die Deutsch-holländische Freundschaft«, Nina hielt zielstrebig auf einen Roulettetisch zu.

Sogar Steini, den ich ansonsten für einen intelligenten Menschen hielt, spielte Lotto. Unfassbar eigentlich. Da quarzten Leute schachtelweise und hofften darauf, nicht zu dem einen Promille unter den Rauchern zu gehören, das alsbald an Lungenkrebs sterben würde, und gleichzeitig schleppten sie ihr Erspartes in die Lottoannahmestellen, um auf eine mehr als hunderttausend Mal geringere Chance zu wetten. Menschen sind das größte Rätsel der Menschheit.

Mit den Bekleidungsvorschriften nahm man es hier nicht so genau, wenigstens was. Da es am Abend kühlen Wind vom Meer gegeben hatte, trug ich ohnehin ein Jackett über meinem schwarzen, logofreien T-Shirt, womit ich zu den besser gekleideten Männern hier gehörte. Immerhin saß im Spielsaal niemand in Shorts und Flip-Flops.

Ger und Nicky sahen Nina dabei zu, wie sie ein paar Pipperlinge beim Setzen auf Zahlen verlor, aber Ger beobachtete außerdem aufmerksam die Verlaufsanzeigen an allen Tischen, die Farbe und Wert der letzten Spiele wiedergaben. Da ich hinter ihm an der Wechselkasse gestanden hatte, um für fünfzig Euro – keinen Cent mehr! – Spielgeld zu holen, wusste ich, dass er für einen erstaunlich hohen Betrag Jetons in der Hosentasche trug. Beim Eintauschen hatte er sich ständig nach seiner Frau umgesehen, aber die plapperte in guter Entfernung auf Nina ein. Dafür erntete er von mir heftig hochgezogene Augenbrauen, die er mit einem verschämten Schulterzucken beantwortete.

Ich schlenderte durch die Reihen und blieb an einem Black-Jack-Tisch hängen. Wenn man schon um Geld spielen wollte und kein Flipper und keine Tischtennisplatte in der Nähe waren, dann so etwas. Wenn man pfiffig spielte und auf die Nachbarn achtete, waren die Verlustchancen deutlich geringer als beim Roulette oder an den münzenverschlingenden Tennisarmgeneratoren. Zwei ältere Damen und ein Greis, alle drei in Abendkleidung, taten das in Vollendung. Sie stoppten unisono das Kartenziehen, wenn die Bank mit der ersten Spielkarte einen Wert zwischen zwei und sechs hatte, da der Croupier dann mindestens noch zwei Karten würde nehmen müssen – und die Möglichkeit wahrscheinlich war, dass er die einundzwanzig überschreiten würde. Die linke der beiden alten Mädchen, deren Haare violett schillerten, holte außerdem drei Black Jack nacheinander. Schließlich setzte ich mich und legte einen Fünf-Euro-Chip ab – die Mindestsumme. Meine Mitspieler begrüßten mich mit einem milden Lächeln, ansonsten schwiegen sie wie bisher auch.

Ich erwies mich als adäquater Partner, splittete zweimal sehr schlau und verdoppelte im richtigen Moment. Nach zwanzig Minuten besaß ich hundertfünfzig Euro, während die Senioren bereits im vierstelligen Bereich angelangt waren. Dann plötzlich verschlug es mir wortwörtlich den Atem. Ich wurde von einer Duftwolke eingehüllt, die so intensiv war, dass ich beinahe husten musste. Jemand hatte sämtliche weltweit verfügbaren Parfum-Ingredienzien vermischt und ein daraus gewonnenes Konzentrat eimerweise über eine Frau gekippt: nämlich jene Afrikanerin, die soeben neben mir Platz genommen hatte. Vom alle Sinne benebelnden Duft abgesehen und mal die Tatsache vernachlässigt, dass sie etwas überschminkt war, sah die vielleicht zwanzigjährige Frau vortrefflich aus – gertenschlank, fein geschnittene Züge, und der weite Ausschnitt ihres Kleides offenbarte dem interessierten Betrachter einen vielversprechenden Brustansatz. Sie strahlte mich an, ihre Lippen glänzten von einer Monatsproduktion Gloss. Ich nickte und konzentrierte mich wieder auf das Spiel. Der Geber beobachtete meine neue Nachbarin mit skeptischen Blicken. Beim Stand von zweihundertdreißig Euro hatte ich mit einem Mal eine Hand auf dem Oberschenkel. Ich war so verdattert, dass ich noch eine Karte verlangte, obwohl schon fünfzehn Punkte vor mir lagen. Als eine sechs dazukam, atmete ich tief durch, was dazu führte, dass mir jetzt fast die Sinne schwanden. Dann schob ich die Hand von meinem Oberschenkel, ohne die Frau anzusehen.

Zwei Minuten später wurde der Geruch abermals intensiver. »Blasen auf Toilett, nur zwandzisch«, hauchte mir die schwarze Frau ins Ohr, und dann schob sie doch tatsächlich die Zunge hinterher. Ich sprang auf und warf dabei den Jetonstapel vor mir um. Ein entrüstetes »Hast du sie noch alle?« entfuhr mir. Die Nutte lächelte nur.

Der Geber fragte mich auf Englisch, ob irgendwas wäre. Ich antwortete vorsichtig, dass mir die Dame unzweideutige Angebote gemacht hätte, wogegen prinzipiell nichts einzuwenden wäre, aber es würde mich beim Spielen stören. Danach ging alles ziemlich schnell. Meine dunkle Freundin stand auf und wollte sich vom Tisch wegorientieren, aber die beiden Möbelpacker in Armani-Anzügen, die plötzlich hinter mir auftauchten, waren fixer. Es dauerte allerdings noch fünf Minuten, bis sich die Duftwolke aufgelöst hatte. In dieser Zeit verlor ich vierzig Euro, also verabschiedete ich mich. Die alten Herrschaften nickten freundlich.

Auch vor Nina lag mehr Geld, als sie anfangs eingetauscht hatte, aber der Grund war, dass sie in der Zwischenzeit noch zwei Mal an der Kasse angestanden hatte. Ger schwitzte hinter ihr und konnte den Blick nicht mehr von den Anzeigen nehmen. Am Nachbartisch war sechs Mal nacheinander Rot gefallen. Und jetzt wieder. Ich konnte das Klackern der Chips hören, mit denen der Holländer nervös in seiner Hosentasche spielte. Nicky küsste ihn auf den Halsansatz – höher kam sie nicht – und flüsterte etwas dabei, dann ging sie zur Toilette. Das war sein Signal.

Wie ein Roboter hielt er auf den Sieben-Mal-Rot-Tisch zu, zog zwei viereckige Chips aus der Tasche und setzte sie in das »Rien ne va plus« des Spielleiters auf Schwarz. Ich hätte ihm erklären können, dass sich voneinander unabhängige Ereignisse nicht gegenseitig beeinflussten, genau *deshalb* nannte man sie so, aber vermutlich hätte ihn nicht einmal ein Erdbeben von seinem Vorhaben abgehalten. Das Versprechen der Fünfzig-Fünfzig-Chance (ja, es gab noch die Null) einlösend, kam abermals Rot. Gers rechte Hand zuckte in Richtung der tausend Euro, die er gerade verschenkt hatte, aber der Rechen des Croupiers war schneller. Als sich der werdende Vater restlos erschüttert zu mir umdrehte, war der Sonnenbrand vollständig aus seinem Gesicht gewichen.

»Warum tust du so einen Schwachsinn?«, fragte ich ärgerlich. Nicky kam hinzu und wollte wissen, was passiert sei. Und danach erlebte ich meinen ersten handfesten Ehekrach auf Niederländisch. Er dauerte aber nur eine Minute, weil die Armani-Packer dadurch für Ruhe sorgten, dass sie das trotzdem lautstark weiter streitende Paar freundlich, aber bestimmt aus dem Casino schoben.

Nina wollte eigentlich noch nicht gehen, aber als ich ihr vom Schicksal unserer holländischen Freunde berichtete, schubste sie ihren letzten Fünfziger auf die Tischmitte, stand auf und machte Anstalten, mit mir zur Tür zu gehen. »Lady«, rief jemand hinter uns. »Misses. Lady!« Wir drehten uns um. Ninas ehemaliger Nachbar hatte sich erhoben und wies aufgeregt auf den Tisch: »You have just won.« »Douze, pair, rouge«, kommentierte der Croupier.

Nach Abzug ihres Einsatzes verblieben immer noch mehr als dreizehnhundert Euro Reingewinn. Natürlich wollte sie mich überreden, mit genau dem gleichen »System« weiteres Geld zu erspielen, aber ich zog sie energisch zum Ausgang. Als wir in der frühlingshaft kühlen Meeresluft standen, zählte sie grinsend Scheine. Ich entdeckte Nicky und Ger auf dem Parkplatz, die beiden stritten noch immer. Ninas Blick folgte meinem, dann sah sie auf die Scheine und seufzte. »Wie gewonnen …«

Als wir vor den beiden standen, bemerkte ich im Augenwinkel noch ein Paar. Meine Blasen-auf-Toilett-Bekanntschaft näherte sich in Begleitung eines Mannes, der zwar deutlich schmaler war als die Casino-Rausschmeißer, nichtsdestotrotz aber schon von weitem sehr viel gefährlicher wirkte. Ich sah mich hektisch um, aber die beiden hatten den Casinoeingang erreicht, wodurch sie uns den Fluchtweg dorthin abschnitten, und jetzt erblickte mich die Prostituierte. Sie hob den rechten Arm und wies anklagend in unsere Richtung. Ihr *Mack* zog die Schultern hoch.

»Es gibt Ärger«, zischte ich. Das Gespräch zwischen Ger und Nicky erstarb.

»Noch mehr Ärger?«, fragte Nina grinsend.

»Das ist kein Spaß. Da kommt der Zuhälter einer Nutte, die ich vorhin habe aus dem Casino schmeißen lassen.«

Vier Augenpaare beobachteten, wie sich der Mann – aus der Entfernung hielt ich ihn für einen Osteuropäer – in einer Gangart näherte, die auf einer Kinoleinwand für Lacher gesorgt hätte. Mir aber ging ganz im Gegenteil die Muffe, so richtig, aber ich sah auch, dass sich in Gers Gesicht ein Grinsen ausbreitete. »Keine Schorge«, flüsterte er in der Freundschaftssprache. Dann spannte er seinen schlanken Oberkörper an und trat vor uns. Fehlte nur noch, dass er die Fäuste auf Abwehrstellung hob. Ein Kampf unter Gentlemen, diese Kategorie. Lass es uns austragen, nur du und ich, mit den blanken Fäusten. Ich war versucht, mich nach einer Kamera umzusehen.

»Der Mann könnte bewaffnet sein«, sagte ich leise.

War er auch. Als er noch zwei Meter entfernt war, zog er ein Butterfly-Messer. Und was dann kam, hatte ich bisher *wirklich* ausschließlich in Filmen gesehen. Nur viel langsamer. Ger machte einen Schritt auf den Zuhälter zu und drosch ihm in einer so unglaublich schnellen Bewegung auf den Kehlkopf, dass ich aus purer Solidarität das Atmen vergaß. Die folgenden Aktionen des Holländers nahmen auch nicht viel mehr Zeit in Anspruch. Das Messer flog weg, der Gegner sackte zu Boden. Ger drehte sich mit einem entspannten Lächeln im Gesicht zu uns um, griff nach Nickys Hand und sagte: »Wir sollten noch irgendwo ein Bier zusammen trinken.« Der Mann auf dem Asphalt röchelte uns etwas hinterher, aber es war nicht zu verstehen. Wollte auch keiner.

»Das müsst ihr nicht tun«, sagte Nicky unter Rührungstränen, als Nina ihr in einer riesigen und früher sicher mal sehr edlen Disco den Stapel Scheine zusteckte.

»Ich hab das eben gewonnen«, sagte meine Kollegin, auf die ich in diesem Augenblick fast noch stolzer war als auf den schlagfertigen Holländer, der lächelnd an seiner Flasche Heineken nippte, als könne er keiner Amöbe was zuleide tun.

»Und außerdem habt ihr uns das Leben gerettet«, ergänzte sie.

»Ohne uns wärt ihr nicht ins Casino gegangen«, widersprach die kleine Frau. »Dann wär das auch nicht passiert.«

»Halt einfach die Klappe«, sagte Nina und umarmte die niedliche Bald-Mutter.

Ger war Berufssoldat, wobei er zwar so gut wie nichts verdiente, aber jede Menge Nahkampftechniken erlernt hatte, darunter auch solche, die man außerhalb von Sporthallen anwandte. Ich gehörte zwar nicht zu den Gänseblümchen-Pazifisten, fand Krieg aber mindestens ebenso blöd und überflüssig wie Smalltalk, doch in diesem Moment war ich froher als froh, dass es solche Leute gab. Vor allem einen davon.

Es wurde dann noch ein sehr netter Abend, und als wir uns verabschiedeten, ließ ich mir von Ger hoch und heilig schwören, dass er vor der Volljährigkeit seines Kindes kein Spielcasino mehr betreten würde.

4.

Aus einer für mich selbst schwer verständlichen Laune heraus und um mitzuteilen, dass ich den Brief bekommen hatte, vielleicht aber auch nur, um ihr Bedürfnis nach harmonischer Ausgeglichenheit zu befriedigen, rief ich am nächsten Morgen vom Mobiltelefon aus bei Silke an. Das Telefon klingelte zehn, zwölf Mal, und ich wollte schon auflegen, als doch noch abgenommen wurde.

»Bei Behr?«, sagte eine Männerstimme, die ich kannte.

»Steini?«, stieß ich fassungslos hervor, wobei mir schlagartig eiskalt wurde. »Bist du das? STEINI?«

Auf der anderen Seite blieb es still. Dann hörte ich Silke fragen: »Wer ist dran?«, anschließend erklangen die Geräusche, die Telefone erzeugen, wenn man die Hand über das Mikrofon legt. Das Wort »Gott« war sehr leise zu hören.

»Ingo, du verkacktes, arschgeficktes, mieses Drecksauschwein!«, brüllte ich in meine alle Wut und Gemeinheit dieser Welt vereinende Tränenflut. Dann setzte ich mich gegen meinen Willen hin, auf den Nachttisch, von dem ich die Lampe auf den Boden schubste. Ich begann zu zittern, und mir wurde beinahe schwarz vor Augen. In diesen Zustand hinein sagte Silke etwas mit Gott und Leid und ähnlichen Dingen. Ich schmiss das Telefon von mir, schlang meine Arme um den Oberkörper und gab mich ganz dem Heulkrampf hin.

Es dauerte mehr als eine halbe Stunde, bis ich wieder halbwegs klar denken konnte. Ich fühlte mich, als hätte sich die Zuhälter-Begegnung des vorigen Abends wiederholt – nur ohne einen rettenden Berufssoldaten. Nein, viel schlimmer. Ich war ohne jedes Vertrauen. Als hätte jemand diese Funktionalität aus mir herausgelöscht und eine taube, sedierte Stelle hinterlassen. Man hatte mich verraten, doppelt sogar, und die Verräter waren die einzigen Menschen, die mir bis zu diesem Zeitpunkt etwas bedeutet hatten, das über familiäre Verpflichtungen hinausging. Nein, stellte ich dann mit dem nächsten Gedanken fest und bekam eine Gänsehaut: Ich hatte jetzt noch eine Freundin.

Nina.

Sie saß am Pool, Bimbo neben sich, und unterhielt sich mit der fülligen Aquapark-Praktikantin. Der Pudel hob die Schnauze vom Beton und gab ein Geräusch von sich, als ich auf die Terrasse trat. Nina drehte den Kopf zu mir, öffnete den Mund, schloss ihn aber gleich wieder. Statt etwas zu sagen, stand sie auf und kam mir rasch entgegen, griff nach meiner Hand.

»Meine Güte. Was ist denn los?«

Ich konnte nichts sagen, nur den Kopf schütteln. Aber ich wollte auch nicht alleine in meinem standardisierten Zimmer hocken und die Wände anheulen. Nina ließ meine Hand nicht los und zog mich zu den Liegen. Barbara riss die Augen auf, als sie mich sah. Ich legte mich hin und schloss meine.

»Ehrlich, ich sage so etwas nicht oft, und ich hätte vor ein paar Wochen noch jede Wette abgeschlossen, es niemals und auf gar keinen Fall *überhaupt* zu dir zu sagen – aber du bist der netteste Mensch, der mir seit langem begegnet ist. Du bist zwar ein verdammter Zyniker, aber eigentlich ein echter Philanthrop. Du interessierst dich für andere. Du willst ihnen sogar helfen, sie vor Dummheiten bewahren. Du setzt dich ein.« Sie schniefte. »Es tut mir so leid.«

Wir saßen auf einer Restaurantveranda irgendwo weiter westlich am Strand; unser Hotel lag fast am östlichen Ende. Vor uns standen ein paar Bierflaschen, aber ich hatte keine Lust auf nichts. Meinethalben hätte in diesem Augenblick Feierabend sein können, mit allem. Einfach Licht aus und fertig. Weg mit dem Planeten.

»Vielleicht hast du gehofft, dass da doch noch was ist, unbewusst, im Bereich der Verdrängung. Und jetzt platzt einfach alles auf.«

»Das ist möglich«, sagte ich stockend gegen den erbarmungslosen Drang, sofort wieder loszuheulen. »Aber diese Sache mit Ingo. Das ist mein bester Freund.«

»Gewesen«, murmelte Nina. Ich nickte und fühlte dabei, wie das Wasser abermals in meine Augen trat. Heiliger Geier, ausgerechnet Steini. Den ich noch herzlich umarmt hatte, als Dank dafür, dass er – wie hatte ich es formuliert? – zu meinen wenigen Aktivposten gehörte. Dem ich ein paar Tage vorher gestanden hatte, wie es um Silke und mich bestellt war. Dabei wusste er das zu diesem Zeitpunkt längst sehr viel besser als ich. Dieses miese Stück Scheiße.

»Wenn du ein paar Jahre älter wärst, würd ich mich sofort in dich verlieben«, versuchte sie es weiter. Da musste ich fast schmunzeln.

»Ich bin ein *Jüngelchen*.«

»Ein liebenswertes. *Und* ein toller Mann.«

Ich antwortete nicht. Was auch?

»Trink was«, sagte sie.

»Das hilft nicht wirklich.«

»Ich weiß.« Sie versuchte sich an einem Lächeln. »Aber es bewirkt, dass man weniger dran denkt. Und *das* funktioniert tatsächlich. Außerdem machen das hier alle.«

Sie hatte recht. Am frühen Nachmittag war ich so blau, dass ich nicht mehr wusste, in welchem Land wir uns befanden; Silke und Steini wurden zu auf der Bühne herumholpernden, lachhaften Laienschauspielern in einem bayerischen Volksstück auf BR3. Am frühen Abend kletterten wir Hand in Hand mühevoll über das Mäuerchen zum Pool, und ich versuchte dabei, das Lied mit dem

Lasso, den Cowboys und den Indianern zu intonieren, sehr zur Belustigung der drei Touristen, die so spät noch am Schwimmbecken lagen. Nahm ich jedenfalls an, ihre Gesichter konnte ich nur verschwommen erkennen. Wir lachten laut über das Essen, das uns der Kellner gleich anschließend im Rahmen der Halbpension servierte – stinkendes, öliges, fettrandiges, halb durchgegartes und sich wild wellendes Trennfleisch von einem Schwein, dessen Schlachtung so lange zurücklag, dass sogar die Urenkel der Sau inzwischen altersschwach sein mussten. Wir bewarfen uns mit Pommes in der Konsistenz benutzter Tampons, und als uns der zwergenhafte Kellner aufforderte, besseres Benehmen an den Tag zu legen, schmiss Nina ihr Schnitzelimitat in seine Richtung. »Wenn du das isst, darfst du mich ficken!«, brüllte sie dazu. Ich kicherte mir einen Ast ab. Möglich, dass der etwas verhuscht wirkende ältere Herr, in dessen Begleitung der Serviermensch wiederkehrte, tatsächlich der Hotelbesitzer oder -manager war, aber wir prusteten Bier in seine Richtung, wobei Nina ihr originelles Angebot wiederholte. »Wir machen einen Dreier! Das wird geil!«, krähte sie, und wir klopften uns dabei die Oberschenkel wund. Dann fiel auf der anderen Seite mehrfach der Begriff »Polizei« in verschiedenen Sprachen, aber es war die plötzlich aufkreuzende Erlebnisbad-Barbara, die uns davor bewahrte, im Vollrausch zwischen unseren Koffern und einem verstörten Pudel auf der nächtlichen Straße zu landen. Meine letzte Erinnerung betraf ein Ständchen, das ich ihr im Aufzug zu bringen versuchte: *Die schwarze Barbara (rarara)*. Ausgerechnet Heino.

Als ich erwachte, hatte ich einen bösen Mehrfachkater. Ich torkelte ins Bad, mied den Blick in den Spiegel, zottelte mühevoll eine Aspirin-plus-C aus dem Kulturbeutel und schluckte sie einfach hinunter, ohne Wasser, denn ich besaß keine Flasche, es gab keine Minibar, und ganz so düselig, Leitungswasser zu trinken, war ich dann doch nicht. Wieder auf dem Bett liegend, überkam mich die

Erinnerung an das, was ich am Vortag erfahren hatte. Glücklicherweise schützte mich die Nachrauschlähmung meines Hirns davor, sofort in eine Depression zu verfallen. Ich schloss die Augen und schlief vom Blubbergeräusch meines eigenen Magens wieder ein. Kurz darauf hob es mich ruckartig aus den Federn, und ich schaffte es gerade noch bis zum Klo, um meinen leise zischelnden Mageninhalt der Schüssel zu übergeben.

Das dritte Erwachen fiel schon deutlich sanfter aus, wenigstens, was den rein körperlichen Anteil betraf – vom ungeheuren Brand abgesehen. Es ging auf ein Uhr mittags zu. Ich duschte und stolperte auf dem Rückweg über mein Mobiltelefon, das ich gestern, stimmt ja, durchs Zimmer geschleudert hatte. Es war hin, gab keinen Pieps mehr von sich. Als ich die SIM-Karte entfernt hatte und es dem Mülleimer übergab, prügelte die Erinnerung an das Telefonat auf mich ein, als würde ich es in diesem Augenblick wiederholen.

Nina saß mit einem älteren Herrn am Tisch, der mir entfernt bekannt vorkam. Ich winkte ihr kurz zu und schenkte mir aus einer Thermoskanne Kaffee ein, der brikettschwarz war und eine bemerkenswert niedrige Fließgeschwindigkeit hatte, aber vielleicht war auch nur meine Wahrnehmung noch leicht unscharf. Außerdem schnappte ich mir vier Viertelliterflaschen stilles Mineralwasser, von denen ich zwei schon auf dem Weg zum Tisch leerte.

Hugo Marques hatte in seiner anachronistisch-distinguierten Art viel mit Oliver von Papening gemein, und dem überaus höflichen, sehr gewählt sprechenden Männchen schien die Sache vom Vorabend viel peinlicher zu sein als uns. Wobei – *mir* war sie überhaupt nicht peinlich (noch nicht). Nachdem er sich mir mit einer Verbeugung vorgestellt hatte, wiederholte der ältere Herr, was er Nina wohl schon erklärt hatte – nämlich dass sein Hotel (es erschloss sich mir nicht, ob er nun Inhaber oder Manager war) nicht zu jenen gehören würde, in denen man derlei erwünschte, und er erbat mehr Rücksicht. Das war bereits das zweite Mal, dass ich miterlebte, wie Verantwortliche dem Treiben der Touris wenigstens gewisse Grenzen zu setzen versuchten – das erste Mal hatte uns den Wechsel in Jackys Miefclub beschert, wo ich einen Hund erschossen hatte. Ich beugte mich zur Seite, Bimbo lag hastig atmend unterm Tisch und warf mir einen treudoofen Blick zu.

Meine Kollegin war amüsiert, schien den Mann, der etwas von einer Sechzig-Prozent-Verkleinerung hatte, aber ernst zu nehmen. Wir versprachen, uns in Zukunft deutlich besser zu benehmen, und dann erzählte Hugo Marques einiges von der Situation des Tourismus in Portugal. Kurz vor dem schon seit Ewigkeiten geltenden Baustopp waren tausende Rohbauten in die Landschaft geworfen worden, die dann nicht vom Verbot betroffen wären, und ein Gutteil dieser Gebäude befand sich seitdem – stetig verfallend – in Warteposition. Der Schmerz, den Marques empfand, wenn er von der Verschandelung seiner geliebten Region sprach, stand ihm im Gesicht geschrieben. Es wurde auch deutlich, dass er Vilamoura und die anderen Chaosgebiete an der Küste als nie wieder gutzumachenden Fehler empfand, aber er verzichtete auf eine Erklärung dafür, warum zum Geier er dann hier ein Hotel leitete. Danach schwatzte er vom Barlavento, der windzugewandten Seite der Algarve, auf der wir uns befänden, und vom Erdbeben im achtzehnten Jahrhundert, das so gut wie alle Gebäude vernichtet hatte. Der ältliche Manager strahlte eine fröhliche Traurigkeit aus, eine optimistische Melancholie, und er nahm uns zum Schluss das Versprechen ab, auch die schöneren Plätze aufzusuchen und die Küste nicht nach dem zu beurteilen, was hier zu sehen war. Wir nickten höflich, dann wollte der kleine Kerl verschwinden, sich mehrfach verbeugend.

»Äh, ein Wort noch«, unterbrach Nina den Versuch. »Sie sollten den Menschen, der sich in Ihrer Küche als Koch ausgibt, erschießen. Oder so.«

Er verharrte und zeigte uns ein schmales Lächeln. »Sie sind mit einem Last-Minute-Arrangement hier, richtig?« Wir nickten, obwohl das eine rhetorische Frage gewesen war. »Wenn ich Ihnen vorrechnen würde, was dabei noch für uns übrigbleibt, würden Sie meinen Koch lieben.« Sein Lächeln wurde ein ganz kleines bisschen anzüglich, und eine schwache Erinnerung an Ninas ambulante Begattungsangebote vom Vorabend kam mir in den Sinn.

Nach der dritten Wasserflasche probierte ich den Kaffee, der zwar inzwischen lauwarm war, mich aber tief beeindruckte. Die Portugiesen hatten augenscheinlich ein Verfahren entwickelt, das eine dramatisch höhere Koffein-Konzentration erlaubte, jedenfalls war ich nach der einen Tasse so wach wie zuletzt kurz nach meiner Geburt. Ich holte mir zwei weitere und spürte nach dem Genuss, wie sich der Wunderstoff sogar bis in meine Zehennägel ausbreitete. Sofern noch Sackrattenkinder in meinem Schambereich auf den richtigen Zeitpunkt zum Schlüpfen warteten, machte ich ihnen damit den endgültigen Garaus.

Ein Mann in einer lächerlichen gelben Uniform erschien und sah sich in dem kleinen Restaurant um, das auch als Frühstücksraum diente. Da wir die einzigen Gäste waren, kam er zu uns. Nina hatte telefonisch einen Mietwagen bestellt.

Es war ein französisches Cabrio, froschgrün, brandneu und voll mit technischen Gimmicks. Als Nina herausgefunden hatte, wie man die Kiste startete, dröhnte uns der portugiesische *Fado* mit siebentausend Dezibel, aber in phantastischer Qualität um die Ohren. Bis die Lautstärke endlich erfolgreich reduziert war, hatten wir das Navigationssystem aktiviert, den Bordcomputer resettet, den Regensensor verstellt und somit das automatische Dach drei Mal geöffnet und zwei Mal wieder geschlossen. Und dann ploppte auch noch der Zigarettenanzünder aus dem Schacht.

»Lustiges Auto«, sagte Nina, sah kurz zu mir und wieder nach vorn, und mit einem Reifenquietschen, das sogar den Fado-Fön von kurz zuvor übertönt hätte, kachelten wir in Richtung Westen. Wir fuhren zunächst ein Stück ins Landesinnere, durch Vilamoura, da die Landstraße leider nicht an der Küste verlief. Ich schaffte es, das Navi erneut zu aktivieren, brachte es sogar dazu, sich in Deutsch statt in Portugiesisch bedienen zu lassen, und stellte dann das südwestliche Ende der Algarve als Ziel ein – jenen Ort, der dem Bier seinen Namen gegeben hatte. Ich war aber sicher, dass es dort keine Brauerei geben würde. Möglich, dass dieser Biereuphemismus überhaupt nicht in Portugal entstand, sondern importiert wurde – aus Burkina Faso, zum Beispiel.

Unser erster Zwischenstopp in Albufeira, dem bekanntesten Badeort der Küste, dauerte nur ein paar Minuten. Um eine bemerkenswert kleine und jetzt gnadenlos überfüllte Badebucht herum – nur wenige Leute waren im Wasser – hatte man Hotels aus dem gleichen Baukasten aufgestellt, aus dem auch Quarteiras Wohnsilos stammten. Es war nicht *nur* hässlich, verfügte über eine gewisse orwellsche Effektivität. Kaum vorstellbar, wie es hier aussähe, hätte es den Baustopp seinerzeit nicht gegeben. Ich dachte an Gran Canaria und schüttelte mich.

Abseits der Küste war es grünbrauntrocken, dafür gab es – von Baustellen abgesehen – jede Menge Agaven, die aber nur zufällig so ähnlich hießen wie die Region. Wir passierten eine bizarre Anlage, die eine Mischung aus Aquarium und Fischshow zu sein schien, und auch das monströse Spaßbad, in dem Barbara heute ihr Vorstellungsgespräch hätte, tauchte irgendwann vor uns mitten im Nichts auf, um – glücklicherweise – ebenso schnell wieder im Staub hinter uns zu verschwinden (der Tacho zeigte meistens etwas um die hundertsechzig, häufig aber noch mehr an). Außerdem passierten wir Myriaden Hinweisschilder für Golfclubs und noch mehr aufwendige Werbetafeln für Resorts und bewachte First-Class-Appartementdörfer. Zuweilen fuhren wir an verloren wirkenden Cafés vorbei, oder an Bauten, die wie stillgelegte Industrieanlagen aussahen.

Wir durchquerten die seltsame Stadt Lagos, die einen wirklich herrlichen Strand mit einem noch herrlicheren Blick auf Hafenanlagen und Zweckbauten besaß, suchten drei Badebuchten auf, die Hugo Marques notiert hatte und die trotz Klettertour hätten bezaubernd sein können, wäre das Altantikwasser nicht so kalt gewesen, dass es meinen Schniedel fast nach innen schnappen ließ. Immerhin war es beinahe einsam, und die meisten der wenigen Besucher schienen mit Yachten angereist zu sein. Dass Mobilität nicht zu den vorstechendsten Eigenschaften von Pauschaltouristen gehörte, hatte ich längst gelernt.

Im kleinen Ort Sagres, wo es keine Brauerei gab, aßen wir Pizzaähnliches, beäugten einen wenig pittoresken Hafen und ließen uns schließlich an einem Strand nieder, der schon zur westlichen Atlantikseite wies und an dem vor allem junge Leute mit Wakeboards, Surfbrettern und ähnlichem Gerät zugange waren. Hier gab es keine Infrastruktur und keine Gebäude. Hätte nicht ein Paar Aktivboxen, das an einem Mobiltelefon hing, den Strand von schräg vor uns mit *Lady Gaga* oder etwas ähnlich Idiotischem beschallt, wäre es klasse gewesen. Nina wackelte mit den Zehen und sagte: »Eigentlich ist es richtig schön hier.«

Ich versuchte mich kurz an den ziemlich mächtigen Wellen, aber ohne Neoprenanzug war das wirklich nichts für mich und meinen Schniepel. Nina reichte mir eine sibirisch kalte Flasche »Sagres«, als ich mich abgetrocknet hatte. Ein geschätzt sechzig Jahre alter Portugiese in weißem Hemd und Anzughose schob einen museumsreifen Leiterwagen, auf dem eine Kühlbox befestigt war, durch den Sand. Und er lächelte dabei.

Eine etwa fünfundzwanzigjährige Frau mit schwarzem Pagenschnitt kam direkt vor uns aus dem Wasser. Die Ähnlichkeit mit der jüngeren Silke war so verblüffend, dass mir sofort ganz mulmig wurde. Ich schluckte schwer. Zwei Minuten und ein heftiges inneres Hin-und-Her später schnappte ich mir Ninas Telefon und rief meinen eigenen Festnetzanschluss an. Es gab nur eine neue Nachricht. Die allerdings war zehnminütig, wobei sieben davon aus Schluchzen, Heulen und Zähneklappern bestanden. Sie endete damit, dass sich Silke nach ihrem Urlaub – IHREM? – unbedingt mit mir treffen wolle. Das sei alles nicht so »gelaufen«, wie sie das gewollt hätte, und sie sei verwirrt und verzweifelt (und *verliebt*, du treulose Ratte! IN STEINI!) und all das. Ich hatte zwar eine Gänsehaut, als ich das abhörte, aber es ließ mich doch kälter als gedacht. Ändern konnte ich es sowieso nicht mehr.

Ich erwachte, weil meine Füße kalt wurden. Nina stand schon und hielt ihr nasses Badetuch in den Händen. Sie fluchte wie ein Waldarbeiter. Richtig, hier gab es ja Gezeiten. Ich sprang auf und riss mein Handtuch mit. Vier Meter schräg vor uns schwappte das Meerwasser gegen einen kleinen Felsbrocken, auf dem die Gaga-Anordnung aus Telefon und Lautsprechern stand und immer noch irgendeinen Unsinn plärrte. Der Besitzer planschte wahrscheinlich gerade auf dem Board einer *gaga*ntischen Welle entgegen. Ich stapfte durch das kniehohe, kneippkurkalte Wasser und wickelte die Elektronik in mein Handtuch.

»Der Ritter«, witzelte Nina.

Binnen weniger Minuten blieb vom ehemals geräumigen Strand nur noch ein schmaler Streifen übrig, auf dem sich die Badegäste drängten, die nicht inzwischen abgezogen waren. Wir saßen auf einem Fels und tranken eine zweite Runde Bier. Dann kam eine größere Gruppe Halbwüchsiger aus dem Wasser, kräftige junge Burschen mit verwuschelten Kurzhaarfrisuren, kantigen Gesichtern und einer Bräune, die mit Ninas konkurrieren konnte. Sie trugen ihre Boards so extrem lässig, dass mir beim Anblick von derartig geballter Coolness ein Grinsen in die Mimik fuhr – mein erstes heute. Ein Blondschopf blieb noch im hüfthohen Wasser stehen, und dann entglitten ihm die coolen Gesichtszüge. Richtig, da war doch was. Hier irgendwo musste ein Mobiltelefon herumschwimmen. Eines, das ganz sicher nicht meerwasserfest war.

Ich wollte aufspringen, aber eine schadenfroh lächelnde Nina legte mir die Hand auf die Schulter. Also wartete ich noch ein paar Minuten, bis der Junge seinen Besitz erkennbar abgeschrieben hatte.

Die anderen lachten ihn herzlich aus, aber er selbst fand das nicht so lustig. Bevor er noch anfangen würde zu heulen, um sich damit vor der windschnittigen Burschenschaft lächerlich zu machen, rief ich ihn an und hielt dabei eine Box in die Höhe.

Als Dank baten uns die Jungs, siebzehnjährige Schüler aus einer teuren bayerischen Seegegend, zum gemeinsamen Grillen. Wir folgten den Mopeds zum nahegelegenen Zeltplatz und aßen mit ihnen verbranntes Fleisch ohne Beilagen, während die Buben von Dingen faselten, die ich nicht verstand, sicher in einer Surfer-extrem-cool-Geheimsprache. Ich trank noch zwei Bierchen, aber Nina hielt sich glücklicherweise zurück. Dieser Campingplatz mitten im Pinienwald hatte etwas Hippiemäßiges, das mir sehr gefiel, aber da es zu dunkeln begann, nötigte mich Kollegin Blume bald zum Aufbruch. Das Navi meinte, die knappen hundert Kilometer würden zwei Stunden Fahrzeit beanspruchen. Nina brauchte keine vierzig Minuten.

5.

Am Abend lud uns Barbara zum Essen ein, um den Erfolg zu feiern, dass sie den Job im Aquapark bekommen hatte. Sie würde zwar weniger verdienen als ein deutscher Langzeitarbeitsloser, aber es sei ein Anfang, meinte sie. Wir gingen in ein vermeintliches Nobelrestaurant auf der Rückseite der Marina von Vilamoura – eine architektonische Missgeburt, die mich aber kaum noch so anwiderte, wie das noch vor ein paar Wochen der Fall gewesen wäre. Bei Tisch stellte ich unbehaglich fest, dass wir uns in nur geringer Entfernung vom Casino befanden, und unser Beschützer Ger war heute nicht bei uns. Ich verdrängte den Gedanken wieder. Hier sandalten so viele Touristen herum, dass die Wahrscheinlichkeit, abermals auf Messer-Putin zu treffen, geringer schien als ein erneuter Roulettegewinn mit einem blind gesetzten Chip. Ich entspannte mich etwas und lauschte der zukünftigen Mitarbeiterin einer so überflüssigen Freizeiteinrichtung wie etwa eines Beachvolleyballplatzes in der Arktis.

Barbara hatte die üblichen, scheinbar plausiblen Gründe für ihren Ausstieg. Mehrere unglückliche Beziehungen, darunter eine Ehe, die ihr sechsstellige Schulden beschert hatte – zum Glück fast zeitgleich mit einem kleinen Erbe, das dadurch komplett aufgebraucht worden war. Fade Jobs, mobbende Kollegen, fortwährende Müdigkeit, ständig genervt wegen des Wetters und so weiter. Dann eine Affäre mit einem deutlich jüngeren Kellner auf Mallorca, die so heiß gewesen war, dass es der Bielefelderin beim Erzählen die Schamesröte ins Gesicht trieb, ohne dass sie Details erwähnte. Nur leider war der Traummann bei ihrem nächsten Besuch nicht mehr aufzufinden gewesen.

Nina grinste nur und schwieg dabei. Zwischen den Gängen zündeten sich die Frauen gegenseitig Zigaretten an, bis meine Reisebegleitung stutzte und sich mir zuwandte. »Sag mal, rauchst du nicht mehr?« Ich nickte und grinste dazu, zum zweiten Mal an diesem Tag.

Trotz Barbaras ausführlicher Begründung hatte ihr Vortrag einen faden Beigeschmack. Es war offensichtlich, dass sie hier oder anderswo in einem Urlaubsgebiet keineswegs ihr Liebesglück finden würde, denn die Herren der südlichen Schöpfung ließen sich aus gutem Grund mit Touristinnen ein, nicht aber mit gestrandeten, kurz vor der Pleite stehenden Wetterflüchtlingen. Es mochte sein, dass die üppige, in unserer Gegenwart Unmengen in sich hineinschaufelnde Frau mit ihren siebenunddreißig Jahren und locker drei Mal so viel Körpergewicht in Kilo das Schönheitsideal einiger hiesiger Männer verkörperte, doch die Vermutung lag nah, dass es nicht *diese* Männer waren, die Barbara im Auge hatte. Trotzdem konnte sie sich der Täuschung, auf die sie als Touristin bereits hereingefallen war, nicht entziehen. Nina versuchte vorsichtig, entsprechend zu argumentieren, stieß jedoch auf entschiedenen Unwillen. Ähnlich verhielt es sich mit den Karrierevorstellungen der runden Frau. Sie war keineswegs dumm, aber ihre Autosuggestion funktionierte besser als ihre Vernunft. Sie hoffte, alsbald einen höheren Posten bekleiden oder in eine andere Firma wechseln zu können, um hier richtig Fuß zu fassen, ein Häuschen zu kaufen, vielleicht sogar ein eigenes Hotel zu betreiben. Ich dachte an Hugo Marques und das Wellfleisch aus seiner Küche.

Und dann noch das mit dem Wetter. Es ist eine Binsenweisheit, dass Genuss im Überfluss zur Abstumpfung führt und dass man angenehme Dinge nicht mehr als angenehm empfindet, wenn man pausenlos mit ihnen konfrontiert ist. Außerdem war das hier die Atlantikküste und nicht das beschauliche Mittelmeer. Barbara aber wollte von all dem nichts wissen und malte sich stattdessen eine Zukunft auf einer ausladenden Veranda irgendwo über einer einsamen Bucht aus, neben ihr ein athletischer (viel jüngerer) Portugiese (oder ein zufällig anwesender Spanier – die bessere Wahl) und fünf Gören, drei eher deutsch und zwei mit schwarzem Kraushaar. Dazu ein Bilderbuchsonnenuntergang, eine Flasche Vinho Verde und eine Industriepackung Vollmilchschokolade.

Ich zuckte innerlich pausenlos mit den Schultern und dachte mir meinen Teil. Gleichzeitig empfand ich Verständnis für diesen Selbstbetrug, konnte ihn teilweise sogar nachvollziehen. Wenn ich ehrlich zu mir war (und das bin ich manchmal), gab es irgendwo in meinem Kortex auch ein, zwei Gedanken, die sich damit beschäftigten, die anderthalb verbliebenen, ohnehin morschen Hängebrücken zu kappen und einen Neuanfang zu versuchen. Vielleicht sogar im Ausland. Aber ich verband das nicht mit romantischen Hoffnungen oder lotteriegewinnähnlichen Karriereerwartungen. Oder der absurden Idee, es in solch einer Gegend zu tun. Und es waren ja auch nur ein, zwei Gedanken …

Barbara händigte einem Kellner ihre Kreditkarte aus. Während wir auf den Unterschriftsbeleg warteten, sah ich zum Fenster, was ich besser hätte bleiben lassen. Ich drehte mich sofort wieder weg, aber der vorbeieilende osteuropäische Mann mit den grün-braun schillernden Schlagmalen an Gesicht und Hals hatte just in diesem Moment hereingeschaut – suchend, wenn mein kurzer Eindruck nicht trog. Und er war in Begleitung; die zwei Schatten hinter ihm stammten jedenfalls nicht von Sonnenschirmen.

Der Ober kam zurück, ließ sich von Barbara quittieren und sah dabei ebenfalls aus dem Fenster, das sich direkt hinter mir befand. Er lächelte und begrüßte jemanden mit einem Nicken, dann bekam sein Gesichtsausdruck etwas Fragendes. All das geschah in so kurzer Zeit, dass ich meine Gedanken, die von Fluchtimpulsen beherrscht wurden, kaum zu Ende bringen konnte. Und jetzt drehte auch noch Nina ihren Kopf in die gefährliche Richtung. Erbleichen war nicht mehr möglich, dafür war sie inzwischen zu braun, aber diesen Gesichtsausdruck kannte ich von vier Starts und drei Landungen. Sie schlug sich die Hand vor den Mund.

»Sind wir hier drin sicher?«, fragte sie leise und mit zitternder Stimme.

»Der Typ wird uns umbringen«, stellte ich fest und schüttelte dabei den Kopf.

Nina zog ihre Handtasche auf den Schoß. Ihr Blick huschte zwischen Fenster und Tasche hin und her. Schließlich hatte sie das Telefon in der Hand.

»Wie heißt das Restaurant?«, fragte sie, und ich schob ihr die Visitenkarte zu, die mit dem Kreditkartenbeleg gebracht worden war. Nina nickte, beugte sich zur Seite. Irgendwas stimmte nicht. Ich drehte mich um, die Spießgesellen waren weg.

»Zwei trugen Uniformen«, flüsterte meine Kollegin.

»Uniformen?«

Sie nickte und tickerte dann hypernervös auf ihrem Telefon herum. Großer Gott. Selbst wenn sie Nicky und damit Ger erreichte, was, wie ich annahm, ihr Plan war – der holländische Nahkampfspezialist könnte hier nicht einfach Polizisten umhauen. Außerdem waren die sicher mit effektiverem Hilfswerk als Butterfly-Messern ausgestattet. Zum Beispiel mit Maschinengewehren. Handgranaten. Napalm. Was weiß ich.

»Was ist los?«, fragte jetzt Barbara.

Nina hatte eine Verbindung und plapperte drauflos. »Große Scheiße«, antwortete ich der Bielefelderin. »Wäre vielleicht besser, wenn du dich an einen anderen Tisch setzen würdest.« Nina fuchtelte mit einer Hand vor meinem Gesicht herum. Ich sollte leiser sein. Dann wiederholte sie drei Mal den Namen des Ladens. Inzwischen kam der lädierte Zuhälter, der sich tatsächlich in Begleitung von zwei Polizisten befand, in seinem lächerlichen (in diesem Moment aber keineswegs *lustigen*) Kinogang auf uns zu, und sein niederländisch markiertes Gesicht zeigte das Grinsen des Zahnarztes aus »Der Marathonmann«.

Er blieb stehen und wies auf mich, dabei sagte er etwas auf Portugiesisch zu den beiden Uniformierten. Jetzt wusste ich, was »Das ist der Mann« in der Landessprache hieß, auch wenn ich es vor Aufregung niemals hätte wiederholen können.

Nina hatte sich derweil zu Barbara gebeugt und ihr ins Ohr geflüstert. Die stand jetzt auf, hob die Hände und sagte etwas in deren Sprache zu den Polizisten. Ich fasste es nicht. Dieser verdammte Mack-Wichser hetzte *uns* die Kavallerie auf den Hals. Aus meiner Angst wurde schlagartig maßlose Entrüstung. Ich stand auf, wies auf den Zuhälter und erklärte dann auf Englisch, meine Stimme mühsam beherrschend, dass es dieser Mann gewesen sei, der uns am Vorabend angegriffen hätte, und dass übrigens keineswegs ich der Mann gewesen wäre, der darauf reagiert hatte. Die Polizisten runzelten verständnislos die Stirn.

»Es geht hier nicht um eine Gewalttat«, antwortete einer in gebrochenem, aber leider verständlichem Englisch. »Sie haben gestern im Casino die Verlobte dieses Herrn sexuell belästigt.« Da erst bemerkte ich, dass die afrikanische Parfumprobe inzwischen auch aufgetaucht war und mich fies aus dem Hintergrund angrinste.

6.

Mir war bekannt, dass es an der Küste irgendwo eine Festung gab, von der früher ein Teil als Gefängnis genutzt worden war und das man jetzt besuchen konnte. Wirklich alles in mir wünschte sich jetzt dorthin. Stattdessen saß ich in einer Arrestzelle der Polizeiwache von Vilamoura, befreit von Schnürsenkeln, Armbanduhr und Brieftasche. Meine Kenntnisse der portugiesischen Rechtsordnung hielten sich deutlich in Grenzen, aber ich wusste inzwischen, dass die Aussage von Nina nicht ausreicht, um die hirnrissigen Anschuldigungen so weit zu entkräften, dass ich wieder auf freie Füße gesetzt werden konnte. Nicky und Ger waren nicht zur Wache gekommen. Das konnte ich sogar verstehen. Ger war es, der den Burschen verdroschen hatte, und während Letzterer wahrscheinlich noch monatelang sichtbare Spuren davon an sich haben würde, war nicht einmal die Frisur des Holländers durcheinandergeraten – man würde den Berufssoldaten einfach verhaften, wenn er hier auftauchte, und bis dahin glaubte man uns nicht, dass er überhaupt existierte. Unter Tränen erzählte mir Nina während meines Eins-haben-Sie-Klischee-Telefonats, dass Ger außerdem seinen Job riskierte, wenn er im Ausland in juristische Verstrickungen geriete. Wir mussten also ohne Hilfe von der Nordsee auskommen. *Ich* musste das.

Ich hielt es für ausgeschlossen, dass die Angehörigen der örtlichen *Polícia* keine Ahnung davon hatten, was mein Ankläger, seine »Verlobte« und vermutlich ein halbes Dutzend weiterer Damen für ein Geschäft betrieben. Hier turnten vielleicht hunderttausend Urlauber herum, aber die Einheimischen wussten mit Sicherheit vieles voneinander. Und selbst in *viel* größeren deutschen Städten war jeder Aushilfspimp polizeibekannt. Und davon abgesehen sah man der schwarzen Schönheit ihre Profession wahrscheinlich noch vom Flughafen Frankfurt/Main aus an.

Man verarschte mich. Und ich fand das nicht komisch.

Leider hatte Nina nichts darüber sagen können, was am Black-Jack-Tisch geschehen war. Die alten Zocker aufzutreiben schien mir aussichtslos. Blieb nur noch der Croupier. Nina war bereits dabei, Vor-Ort-Recherche zu betreiben, und mein Vertrauen in sie enttäuschte mich hoffentlich nicht.

Ich war zornig bis in die Haarspitzen, schlief aber dennoch irgendwann ein. Als ich geweckt wurde, war es draußen noch dunkel. Ich war einen Moment lang orientierungslos und wähnte mich im dunklen Erdgeschosszimmer in Marokko, aber die Realität brauchte nicht lange, um mich einzuholen. Man brachte mir Instantkaffee, Wasser und ein Käsebrot, aber ich trank nur das Wasser. Danach führte man mich in ein Büro, in dem mir ein in einen zwanzig Jahre alten C&A-Anzug gekleideter Fettsack auf Deutsch erklärte, dass man mich später dem Haftrichter vorführen würde, man würde gerade den Transport organisieren. Da drehte ich völlig durch. Ich weiß nicht mehr, was genau ich alles brüllte, aber selbst für die geringeren der Beleidigungen hätte man mich in Singapur wahrscheinlich auf der Stelle exekutiert. Mit roher Gewalt brachte man mich zurück in die Zelle. Ich schwitzte vor Wut mein T-Shirt patschnass, schlug hirnlos mit der Hand gegen Wände und Tür. Dass man sie irgendwann öffnete, hatte aber andere Gründe. Eine völlig übernächtigte Nina war in Begleitung des Black-Jack-Gebers erschienen, der müde lächelnd und ein ganz klein wenig widerwillig meine Version bestätigte.

Es dauerte trotzdem noch geschlagene zwei Stunden, bis man mich entließ. Als ich draußen meine Schnürsenkel einfädelte, wünschte ich mir die Chuzpe, tatsächlich eine Straftat zu begehen. Bomben legen. Brandstiftung. Derlei.

»Du solltest vorsichtig sein«, ermahnte mich meine Retterin, als wir im Hightech-Froschcabrio saßen. »Wir sind Freiwild im Ausland, selbst wenn es zur EU zählt und dem Papier nach eine Demokratie sein sollte. Hier gilt das Wort der Einheimischen mindestens doppelt so viel wie unseres. Und, glaube mir, sie *hassen* die Touristen. Nicht von ganzem Herzen und vielleicht auch nicht auf der menschlichen Ebene, aber sie wären wohl viel lieber nicht auf Leute angewiesen, die zu ihnen reisen, um hier Schnitzel zu essen und die Sau rauszulassen.«

»Ich *habe* aber keine Sau rausgelassen. Eher das genaue Gegenteil davon.«

»Das war allgemein gesprochen.« Sie machte eine ausladende Geste, die alle Gebäude um uns herum einschloss. »Und dass es hier so aussieht, ist nicht nur die Schuld der Leute, die hier leben.«

Vor dem Hotel erwartete uns ein zerknirschtes Holländerpärchen. Wahrscheinlich warteten sie schon einige Stunden. Ich umarmte die beiden, wobei ich ignorierte, dass ich wohl wie ein Iltis roch.

»Wenn du gekommen wärst, säßen wir jetzt beide im Knast«, sagte ich zu Ger.

Er löste sich aus der Umarmung. »Ich war es, der sich mit ihm geschlagen hat.«

»Ansonsten hätte mich der Typ abgestochen.« Ich wandte mich Nicky zu. »Und komm jetzt nicht wieder damit, dass wir ohne euch nicht hingegangen wären. Ihr seid nicht verantwortlich dafür, dass es hier solche Leute gibt.«

Wir frühstückten zusammen, und ich trank Unmengen dieses Koffeinmirakels, das ich mir am liebsten intravenös verabreicht hätte. Dann erschien Hugo Marques, mit versteinertem Gesicht. Ich machte mich darauf gefasst, zeitnah die Koffer zu packen und die Unterkunft zu wechseln, oder die Gelegenheit zu nutzen, um gleich das Land zu verlassen. Für einen hinrichtenden Text hatte Nina längst genug Material gesammelt.

Marques räusperte sich. »Es ist unverzeihlich, wie meine Landsleute mit Ihnen umgegangen sind.«

»Woher wissen Sie das?«, fragte ich verblüfft.

»Ach, glauben Sie mir, hier bleibt wirklich rein gar nichts verborgen.«

Damit bestätigte er meine Vermutung, dass auch die Herren von der Polizei von Anfang an gewusst hatten, wer Opfer und wer Täter war. Ich sagte dem Hotelmenschen, was ich dachte.

Marques zuckte die winzigen Schultern. »Sie sind hier nicht in Deutschland, und eigentlich auch nicht in Portugal, sondern in einem Urlaubsgebiet, also in einer Region, in der im Sommer mehr als siebzig Prozent der Menschen Urlauber sind. Eine soziale Struktur, die zu über zwei Dritteln aus Mitgliedern besteht, die ihr nur für zwei Wochen oder weniger angehören, also wenig Interesse an ihrem Bestand haben – das ist außerordentlich schwer zu bewerkstelligen und erfordert manchmal Vorgehen, das ungerecht erscheint, wenn man es in einer Momentaufnahme oder von außen betrachtet. Dabei gehen wir schon auf die Touristen zu, und viel weiter, als wir müssten – und wollten, hätten wir die Wahl. Das ist alles sehr kompliziert, und das System hat fraglos Schwächen. Versuchen Sie trotzdem, sich anzupassen, denn Rebellion akzeptieren die wenigsten Protagonisten. Sie sind noch gut weggekommen.« Er legte den Kopf schief, und währenddessen fragte ich mich, wie ein so kluger Kopf dulden konnte, dass an seinem Pool Schilder in Idiotendeutsch, -englisch und -französisch hingen, bis mir auffiel, dass er die Antwort bereits gegeben hatte. »Da Sie Pauschalreisende sind, kann ich Ihnen keine Rückvergütung anbieten«, sagte er und deutete ein Nicken an. »Aber es würde mich freuen, wenn Sie in den sechsten Stock umzögen. Ich habe zwei sehr schöne Zimmer für Sie vorbereiten lassen. Vielleicht beruhigt das Ihren verständlichen Ärger über meine Mitbürger und die Ordnungskräfte ein wenig.« Er wandte sich ab, drehte sich aber nochmals um. »Davon abgesehen sei mir die Bemerkung gestattet, dass ich Sie keineswegs für normale Touristen halte.« Lächelnd zog er von dannen. Ich war kurz davor, ihm zu applaudieren.

Also doch Koffer packen. Die »Zimmer«, eigentlich Suiten, mit getrennten Wohn- und Schlafbereichen, lagen nebeneinander und hatten große Balkone – mit Schaukelstühlen und Liegen – zur Meerseite hin, die zusammen fast über die gesamte Breite des Hotels gingen. Auf den Wohnzimmertischen wartete jeweils eine Flasche Portwein auf uns, bei Nina zusätzlich noch Blumen.

Ich war versucht, sofort schlafen zu gehen, duschte aber erst mal. Danach fühlte ich mich erfrischt und setzte mich auf den Balkon. Kurz darauf betrat Nina ihren. Auch sie hatte sich frisch gemacht und trug wie ich nur ein weißes Badetuch, das hervorragend mit ihrer Hautfarbe kontrastierte. Ihre Haare waren verwuschelt. Bimbos Kopf erschien kurz in der Balkontür, der Hund begrüßte mich mit einem angedeuteten Bellen, dann zog er sich wieder zurück.

»Nette Zimmer«, sagte sie und nahm, wie ich auch, in einem Schaukelstuhl dicht am Trenngeländer Platz. Sie griff durch das Gitter nach meiner Hand. »Du hast mir wirklich unendlich leidgetan, aber schneller ging es nicht.«

Ich führte die Hand zum Mund und deutete den Kuss nicht nur an. »Du hast mich gerettet.« Dann sah ich sie an und versuchte, meine ganze – ziemlich große – Dankbarkeit in einen Blick zu legen.

Für einen Moment lag die Möglichkeit in der Luft, dass aus dem Handkuss ein anderer würde, dass wir unsere Badetücher abstreiften und übereinander herfielen, dass wir also, verkürzt gesagt, alles zerstörten, was sich während der letzten Wochen zu unser beider Erstaunen entwickelt hatte, ohne tatsächliches Interesse daran zu haben, etwas miteinander anzufangen. Sex in der Freundschaft ist genauso wenig möglich wie Liebe ohne Sex. Ich ließ ihre Hand los und zwinkerte ihr zu. Sie nickte, und dann atmeten wir beide hörbar durch.

»*Das*«, sagte sie in Richtung Meer, »würden wir auf jeden Fall bereuen.«

Ich nickte jetzt auch und wartete noch ein bisschen mit der Frage, die mich schon eine ganze Weile beschäftigte, aber ich musste die Stimmung einfach nutzen, wenigstens auf diese Art. »Aber jetzt verrätst du mir bitte, warum Sitz die Türkeiwoche gestrichen hat«, sagte ich schließlich.

Der Schaukelstuhl knirschte, Nina hatte sich aufgerichtet. »Rate.«

»Keine Ahnung«, gestand ich ehrlich und machte eher einen Scherz, als tatsächlich zu raten. »Sitz lässt sich scheiden.«

Weil keine Antwort kam, drehte ich mich zu ihr.

Nina lächelte glücklich.

Die restlichen Tage verbrachten wir im Hotel oder in der unmittelbaren Nähe. Wenn der putzig-clevere Herr Marques alles wusste und man in diesem Ort ohnehin kein Geheimnis bewahren konnte, würde Mr. Butterfly früher oder später herausfinden, wo wir wohnten. Wenn er es nicht schon wusste. Nina gab mir ihre Reservedose Pfefferspray. Ich trug es mit mir herum und hoffte darauf, dass die Rachegelüste des Algarven-Macks durch meine Knastnacht befriedigt waren. Oder dass es ihn einfach nicht mehr interessierte. Jedenfalls blieben Nicky und Ger bis zu ihrer Abreise – einen Tag nach meinem Gefängnisaufenthalt – unbehelligt. Und wenn ich einmal einen Schritt aus dem Hotel hinaustrat, sah ich mich wie ein nervöser Geier um, der am Aas herumpickte, aber fürchten musste, dass der Adler mit seiner Beute noch nicht fertig war und nur eine Pinkelpause eingelegt hatte.

Wir langweilten uns am Pool, Nina trank wenig und arbeitete an der Story über Portugal, Arbeitstitel *Casino Loyal*. Ich las, hörte Mucke und verschob dabei gedanklich meine Lebensbausteine zu alternativen Mustern, aber es entstanden immer nur neue Baustellen.

Teil 6: Ägypten
Willst du mich heiraten?

1.

Für den Heimaturlaub war nur ein Tag angesetzt, gleich am nächsten Morgen sollte es nach Ägypten gehen. Weil die Dönerland-Woche ausfiel, war unser nächstes Ziel allerdings kein Mittelklasse-Tauchclub außerhalb von Hurghada, sondern ein sternearmes Etwas mitten in der Stadt. Mir war das recht – Hauptsache, es ging weiter. Ich fühlte mich seltsam daheim, ziellos und gelangweilt. Im Waschsalon, in dem ich meine Urlaubskleidung grundreinigte – das T-Shirt, das ich im Bau getragen hatte, müffelte immer noch wie ein Marathonläufer zwischen den Zehen –, musterte ich die Alltagsmenschen, kalkweiße, struppige Typen mit dicken Augenringen, gehetztem Blick und fast schon greifbarer Ungeduld. Auf den Straßen war es ähnlich laut wie an den Orten, die wir besucht hatten, aber es war ein anderer Lärm. Gnaden- und freudloser. Das Treiben kam mir schrecklich unentspannt vor, bissig und rücksichtslos, und die von U-Bahn-Wagen zu U-Bahn-Wagen tingelnden Musikermassen, die in zwei Minuten irgendeine Scheiße herunterdudelten, um danach den apathisch wegschauenden Fahrgästen auffordernd Hüte oder Pappbecher unter die Nase zu halten, machten mich wütend. Beim Umsteigen wurde ich fast niedergerannt, weil die Leute, die den Zug zu erreichen versuchten, aus dem ich gerade ausstieg, vollständig ignorierten, dass ihnen andere entgegenkamen – und ich hatte schlicht *vergessen*, wie defensiv, die Gedanken der anderen antizipierend, man sich in solchen Situationen zu verhalten hatte. Es schien für sie einfach keine Rolle zu spielen. *Ich*, dann *ich*, schließlich *ich* und irgendwann erst sehr viel später *die anderen*. Nie zuvor hatte ich diesen aggressiven Egoismus so intensiv empfunden. Wenn man in einer Großstadt lebt, nimmt man hin, wie die Einwohner miteinander umgehen. Aber wenn man wie ich wochenlang durch die Mittelmeerwelt getingelt und nur Leuten begegnet war, die glaubten, den Alltag für ein paar Tage abstreifen zu können, veränderte sich der Blick. Das hier fand ich widerlich.

Noch widerlicher als Maspalomas, Agadir, Arenal und Quarteira zusammen. Keine Ahnung, was sich möglicherweise gerade in Bielefeld abspielte, aber mein Verständnis für Barbaras Aquaparkpläne wuchs an diesem frühen Nachmittag stetig.

In der Redaktion tanzten die sprichwörtlichen Mäuse auf den Tischen. Heino Sitz war aushäusig, auf Geschäftsreise, wie Leitmann grinsend erklärte, die nackten Füße hochgelegt und in einem Männermagazin blätternd, das nicht im Haus erschien. Sogar der knorrige Soller lächelte mich an, als wir uns im Flur begegneten, das war für seine Verhältnisse fast schon ein emotionaler Ausbruch. Niemand konnte sagen, wo der Chef war. Selbst im Sekretariat zuckten die Ladies nur die Schultern und lackierten dann ihre Fingernägel weiter, während sie ausgelassen mit Freundinnen telefonierten. »Ich glaube, auf einer Konferenz«, nuschelte eine am Hörer vorbei.

Eigentlich hatte ich hier auch nichts zu tun. Die Ausgabe mit unserem zweiten Beitrag, dem über Marokko, war gerade in der Produktion. Ich setzte mich an meinen Arbeitsplatz; der Volontär, der meinen ursprünglichen Job ausfüllte, musste an einem Katzentisch herumwurschteln. Er hatte mir aber einiges an elektronischer Leserpost weitergeleitet. Die Reaktionen auf den Canaria-Artikel fielen uneinheitlich extrem aus. Die einen, eine Minderheit, beschimpften mich – uns – wegen der Arroganz und vermeintlichen Übertreibung. Viele andere bedankten sich herzlich, fast überschwänglich. Da der Aushelfer das zu erledigen hatte, antwortete ich nicht.

Die meisten direkt an mich adressierten Nachrichten enthielten belangloses Zeug. Einladungen zu Informationsveranstaltungen und Journalistentreffs, allgemeine News, Nachrichten aus der Branche und jede Menge Spam.

Dann aber fand ich doch noch zwei sehr interessante. Die eine stammte vom stellvertretenden Chefredakteur einer überregionalen Tageszeitung, der sich allgemein freundlich über den Beitrag (und dessen Folgen) äußerte und anmerkte, man könne sich doch mal treffen, er würde sich freuen, mich kennenzulernen, so ganz und gar unverbindlich. Das war ein wenig verschlüsseltes Jobangebot. Sein Blatt gehörte zwar nicht zu den ganz großen, genoss aber einen guten Ruf.

Oha.

Die zweite Nachricht hatte einen ähnlichen Tenor, ging aber noch sehr viel weiter. Ein populärer Reiseführerverlag hätte Gefallen an der Idee gefunden und plante, eine Reihe mit Büchern aufzulegen, die quasi Anti-Reiseführer-Charakter hatten. Das gäbe es zwar schon, ansatzweise, aber sie wollten das Konzept verstärken, das wir mit unserem ersten Beitrag ausformuliert hatten. Die Nachricht schloss mit einer direkten Offerte (»Wir würden uns über Ihre geschätzte Mitarbeit sehr freuen«). Der Redakteur bezeichnete mich als *Anwalt der Neckermänner,* und ich wusste nicht, ob ich beleidigt sein oder das als Kompliment auffassen sollte.

Aber ich staunte über die Kaltschnäuzigkeit beider Absender. Schließlich war es nicht eben unwahrscheinlich, dass Mails an Redaktionsadressen in der Abwesenheit von den Vertretungen gelesen wurden. Sie hatten Glück gehabt.

Und ich?

Die Tageszeitung war nicht die *taz*, und die Ratgeber wären nur ansatzweise politische Bücher. Ich leitete die Nachrichten trotzdem an meine private Mailbox weiter und löschte sie vom Verlagsserver.

In einem nach Angestelltenschweiß stinkenden Mobilfunkladen wollte ich mir ein neues Telefon kaufen. Meine Geduld wurde dabei sehr strapaziert. Dem tropfenden Verkäufer ging nicht in den Schädel, dass ich keine Superduper-Tarife oder jahrelangen Pauschalverträge mit fünfhundert Seiten Kleingedrucktem wollte, sondern einfach nur ein handliches, internetfähiges Mobilfunkteil, cash und ohne Fragen. Entnervt gab ich auf und betrat gleich im Anschluss einen dieser unerträglichen Geizgeil-Elektronikmärkte, die vorgaben, einander Konkurrenz zu machen, obwohl sie allesamt zum gleichen Großkonzern gehörten, und deren Werbung mindestens den Straftatbestand der Beleidigung erfüllte. Ich ignorierte den käsegesichtigen Rütlischüler, der mich zu beraten versuchte, und legte mir einen schicken kleinen Apparillo zu, der auch ohne Apfellogo alles bot, was man heutzutage zu brauchen glaubte.

Als der Koffer umsortiert und die frischen Shirts dazugelegt waren, wusste ich nichts mit mir anzufangen. Es ging auf den Abend zu, und ich war versucht, Nina anzurufen, die mir richtig ans Herz gewachsen war, was, wenn man unsere Ausgangssituation betrachtete, einem kleinen Wunder gleichkam. Ich legte mich vor den Fernseher, der wie immer Dünnsinn absonderte, und ließ die vergangenen Wochen Revue passieren und schlief ein.

2.

Der Taxifahrer war entweder auf Speed, ein kürzlich aus Afrika zurückgekehrter Missionar oder ehemaliger Moderator eines Provinzfernsehsenders. Er schwatzte in einem Tempo auf mich ein, das mir den Atem raubte, und während unserer fünfundzwanzigminütigen Fahrt streifte er dabei sämtliche Themen des Daseins, von Gott bis Klopapier. Ich spielte für ihn keine Rolle, obwohl er ständig den Kopf zu mir verdrehte und gleichzeitig das Taxi in Richtung Fahrbahnrand lenkte, was er aber so routiniert – weil vermutlich den ganzen Tag lang – tat, dass es nie gefährlich wurde. Trotzdem war ich auch bei diesem Menschen froh, als ich endlich sein Gefährt verlassen durfte.

Dreieinhalb Stunden vor Abflug, dieses Mal Schönefeld. Nina wartete bereits, und sie schwitzte vor Angst. Die Rückreise aus Portugal hatte mich vor ernsthafte Probleme gestellt, da sich meine Kollegin weigerte, die Maschine zu betreten – augenscheinlich dieselbe, die uns auf dem Hinflug das Späßchen mit den Sauerstoffmasken beschert hatte. Sie war letztlich nur eingestiegen, weil es keine vernünftige Alternative gegeben hatte, und sie hatte ununterbrochen gewimmert, bis zur Landung, den Blick starr auf das kleine Kunststoffpaneel über sich gerichtet, aus dem eine Woche zuvor plötzlich die gelben Trichter gefallen waren. Während des Starts hatte sie meine rechte Hand so sehr gedrückt, dass ich um ihre weitere Funktionsfähigkeit fürchtete. Meine Versuche, Vernunft ins Spiel zu bringen, waren nur mit einem schizoiden Nicken quittiert worden.

Doch das war nichts gegen ihren jetzigen Zustand. Während wir in einer sich mehrfach windenden Schlange anstanden, weil sämtliche Flüge des Anbieters an zwei Schaltern abgewickelt wurden, versuchte sie, mir von ihrem gestrigen Besuch der ägyptischen Botschaft zu erzählen. Für die Mitnahme von Bimbo, der ständig rücksichtslos Koffer vor sich her tretenden Hirnis ausweichen musste, war das erforderlich gewesen. Aber sie brach den Bericht ab und verschwand in den geschlagenen fünfzig Minuten, die wir für die fünf Meter Luftlinie bis zum Counter benötigten, etwa zweihundert Mal, um draußen eine zu rauchen. Als wir endlich vor der müden und ebenfalls verschwitzten Dame standen, die uns abzufertigen hatte, überstieg der Nikotingehalt, den ihre Poren absonderten, jeden zulässigen Grenzwert.

Mit dem deutlich über fünf Kilo schweren Hund mussten wir anschließend zur Sperrgepäckabgabe. Dort brach sie in Tränen aus.

»Ich pack das nicht.«

»Ich könnte ohne dich fliegen. Schließlich bin ich mit dem nächsten Beitrag dran.« Das schlug ich weniger als halbherzig vor, denn wir waren ein Team geworden.

Glücklicherweise schüttelte sie ganz langsam den Kopf. »Weil es fünf sind, *müssen* wir diesen zusammen schreiben.« Nach dieser relativ klaren Aussage schoss ihr Blick wieder kreuz und quer durch die Halle. Sie zitterte am ganzen Leib.

»Scheiße, Nina, es *kann* nichts passieren.«

»Das ist prinzipiell richtig«, sagte die deutsche Synchronstimme von Bruce Willis. »Luftfahrzeuge sind die sichersten Massenverkehrsmittel überhaupt.« Aber neben uns stand nicht Manfred Lehmann, sondern ein Mann in Uniform. Er war vielleicht Mitte, Ende vierzig, hatte blitzblaue Augen, einen fast schon widerwärtig gesunden Teint und gelockte braune Haare. Vielleicht lag es an seinem Fliegeroutfit, aber selbst ich dachte: *Wow*.

»Ich bin Michael Bautschik, und Sie?«

»Nina Blume«, sagte sie und ergriff zu einem verblüfften Gesichtsausdruck die angebotene Hand. Ihr Interesse am Ich-will-nicht-einsteigen-Lamento schien schlagartig verschwunden.

»Wohin geht die Reise?«

»Hurghada«, brachte ich ein, um nicht ganz außen vor zu bleiben.

»Dann fliegen Sie mit mir. Ich bin Ihr Copilot. Und seien Sie versichert, mit mir ist noch keiner abgestürzt.«

»Sonst stünden Sie nicht hier«, scherzte ich und biss mir gleich danach auf die Zunge – nicht nur, weil ich blödsinnigerweise den Witz des Piloten erklärt hatte (davon, dass Flieger in dieser Hinsicht sehr eigen waren, hatte ich schon gehört). Aber weder er noch Nina schienen mich überhaupt wahrzunehmen.

»Ich bin leider in Eile«, sagte der Mann und beendete das Händeschütteln. »Wie lange bleiben Sie?«

»Eine Woche«, murmelte meine Kollegin.

»Ich werde in zwei Tagen eine viertägige Pause in Hurghada haben. Vielleicht können wir mal miteinander essen gehen? Dabei könnte ich Ihnen ein paar Tricks gegen Flugangst verraten. Wie wär's?« Er sah kurz zu mir, schließlich konnte er nicht wissen, in welchem Verhältnis Nina und ich standen. »Wir drei, Sie, ich und Ihr …?«

»Kollege«, sagte ich rasch und suchte schnell einen möglichst geschäftsmäßigen Gesichtsausdruck aufzusetzen. Bautschik strahlte.

»Das wäre cool«, erklärte Nina und senkte den Blick.

»*Cool?*«, fragte ich grinsend, als der Mann außer Sichtweite war. Nina errötete ein bisschen und boxte mich in die Seite.

»Na ja. Eben locker. Entspannt. Interessant.«

»Du hast gerade zu einem gestandenen und nebenbei bemerkt ziemlich gut aussehenden Piloten gesagt, dass du es *cool* fändest, mit ihm essen zu gehen. Mit Verlaub, so was sagen sonst nur Siebzehn… nee, Zwölfjährige.«

»Lass mich in Ruhe«, gab sie lächelnd zurück und steckte Bimbo noch ein Leckerli zu, bevor seine Box davongetragen wurde. »Komm, wir müssen zur Sicherheitskontrolle.«

»Der hat mit dir geflirtet«, stellte ich auf dem Weg dorthin fest.

»So etwas soll es geben«, antwortete sie und rammte ihre Schulter gegen meine.

Wir bekamen Plätze nebeneinander, aber der Gang lag zwischen uns – die meisten Passagiere hatten ihre Sitzplätze nämlich schon lange vorher per Internet gesichert, gegen gesalzene Extragebühren, versteht sich, wie für alles, was nicht unmittelbar zum Transfer gehörte. Für *Gepäck* beispiels- und interessanterweise. Hätte Nina nicht so neben sich gestanden, hätte sie sicher einen Riesenaufstand gemacht, als die Dame beim Check-in vierzig Euro für unsere verdammten Koffer verlangte. Wer zur Hölle flog schon ohne schweres Gepäck nach *Ägypten*? Aber meine Kollegin hatte es kaum bemerkt, und ich hatte die »Gebühr« rasch in bar abgelatzt. Plus eine ganze Menge obendrauf für Bimbos Flug.

Auf meiner Fensterseite saß ein Pumperpärchen, das so lächerlich aussah, dass ich nach einer ersten Inaugenscheinnahme Blicke in diese Richtung vermied, um nicht loskichern zu müssen. Sie waren vielleicht um die vierzig, aber eigentlich war ihr Alter schwer zu schätzen. Er, ein glatzköpfiger Riese, hatte Oberarme vom Umfang eines LKW-Pneus und einen Brustkorb, in dem eine vierköpfige Familie Raum gefunden hätte; sein Oberkörper steckte in einem enganliegenden, schulterfreien Shirt dieses Herstellers, der auch bei Neonazis so beliebt war. Sein grimmiges Äußeres relativierte sich jedoch ein wenig durch einen affigen Schnurrbart, den er erst nach intensiver Sonnenbank- oder Selbstbräunernutzung auf die Hälfte der Länge gestutzt hatte, wodurch seine weiße Oberlippe strahlte, als hätte er zwei Bärte – ansonsten trug er kein einziges Haar an den sichtbaren Körperstellen. Der Muskelnazi stierte geradeaus und sortierte ununterbrochen seine Beine neu, weil für die baumdicken Stampfer und seine Riesenfüße einfach kein Platz war.

Seine Uschi auf dem mittleren Platz hatte ledrige, borkenbraune Haut, die zugleich robust *und* brüchig wirkte. Ihre langen, ausgedünnten Haare glänzten in einem Schwarz, für das Gott sicher nicht verantwortlich war, ihre Augenbrauen waren nur noch zweidimensional und irgendwie viel zu weit oben, dafür reichten ihre russischroten, mit schillernden Reliefs überzogenen Fingernägel fast bis zu den Füßen. Ich hatte mich schon oft gefragt, was das Überleben der wie Pilsener aus dem Tresen schießenden Nagelstudios sicherte – die Antwort saß neben mir. Ihre Muskeln waren stark ausformuliert, und wenn sie sich bewegte, um den Platzfindungsversuchen ihres Begleiters auszuweichen, musste ich angstvoll zwinkern, weil der eine oder andere Strang an ein Kondom kurz vor der Überfüllung erinnerte. Ich hätte meine geschorenen Hoden darauf verwettet, dass die Trine ein Arschgeweih trug.

Als die Maschine über die Taxiways rollte, griff Nina über den Gang weg nach meiner Hand. Wir verharrten in dieser Position, bis das Flugzeug wieder seine Reiseflughöhe erreicht hatte. Sie schnaufte nur laut, schrie aber nicht. Irgendwann kam von hinten eine Stewardess. Sie legte uns beiden die Hände auf die Schultern und sagte leise: »Liebe ist doch das Schönste überhaupt.«

Nina ließ meine Hand los und drehte sich zu der Frau um. »Wo haben Sie denn diesen Quatsch aufgeschnappt?«

Ein paar Minuten später erschien eine Kollegin der romantisierten Flugbegleiterin und flüsterte Nina etwas ins Ohr. Die lauschte ein Weilchen, nickte nervös schmunzelnd und folgte dann der beinbehaarten Matrone im Billig-Airline-Kittel. Sie gingen in den vorderen Bereich der Maschine, und als sie dort angelangt waren, gab sich die Stewardess Mühe, Blicke auf Nina abzuschirmen. Als sie die Sicht wieder freigab, war meine Kollegin verschwunden. Ich nahm *nicht* an, dass sie auf Bitten einer Fremden hin auf die Toilette gegangen war, präventiv quasi.

Sie blieb etwa eine Viertelstunde im Cockpit, Michael Bautschik würde seinen Kollegen mehrere Runden ausgeben müssen, um diese eklatante Missachtung der Sicherheitsbestimmungen zu kaschieren. Das Verdeckungsmanöver wiederholte sich in umgekehrter Reihenfolge, dann saß Nina wieder neben mir.

»Und, war es cool?«, fragte ich.

»Aber so was von«, gab sie zurück und grinste entspannt. »Netter Typ.«

Meine Nachbarn schwiegen die meiste Zeit, und wenn sie kommunizierten, dann in Ein-Wort-Sätzen, die nur aus Verben bestanden (»Gib«, »Trinken«, »Muss«). Dazwischen blätterten sie in Hochglanzmagazinen, die ähnlich verwachsene, ganzkörpergeölte Tarzan-Jane-Kombis zeigten, wobei die Models schreiend lustige Positionen einnahmen – und allesamt, wie auch meine Nachbarn, billig renovierte Beißer besaßen. Ihrem Gesprächseuphemismus entnahm ich allerdings, dass sie nach Ägypten flogen, um sich kurz vor einem »Wettbewerb« noch etwas echte Körperfarbe zuzulegen. Ich hielt das für ausgeschlossen. Ab einem bestimmten Punkt können Menschen, die nicht in Afrika geboren sind, nicht noch dunkelhäutiger werden. Außerdem bestätigten meine Beobachtungen die Tatsache, dass Selbstbewusstsein und Intelligenz einander nicht bedingen. Die beiden waren blöd wie Tempotücher, aber von sich überzeugt, als hätten sie soeben den Nobelpreis für Quantenphysik abgegriffen.

Muskelbruno hatte einen enormen Klogehbedarf, vielleicht eine Folge seiner Diät. Im Zehn-Minuten-Rhythmus erhob er sich und drängte unter Missachtung der allereinfachsten Höflichkeitsregeln in den Gang, wobei er, um sich aufzurichten, an den Lehnen, manchmal auch an den Perücken unserer Vorderleute riss, als wolle er sie mit aufs Klo nehmen. Wenn dort schon andere Leute anstanden, schob er sie einfach grunzend und ohne auf Widerstand zu stoßen beiseite. Als ich nach einer Stunde Flug und der ersten Cateringrunde (der Kaffee war lau, sehr dünn und schmeckte erstaunlicherweise nach After Shave – drei Euro) bei Musik vor mich hin döste, schmiss mich der Gorilla fast aus dem Sitz, wobei mein iPod zu Boden fiel. Nina bat mich mit Blicken, doch bitte die Schnauze zu halten, aber das ging natürlich nicht.

»Sie sind vielleicht der größte, aber nicht der einzige Fluggast«, erklärte ich, wobei ich ihm im Weg stand. Die Toilette im hinteren Bereich war nicht erreichbar, weil die Flugbegleiterinnen noch mit dem Getränkewagen hantierten.

»Geh weg.« Er war also doch zu komplexeren Satzgebilden fähig.

»Nee, Kumpel. Erst entschuldigst du dich dafür, dass du mich angerempelt und mein Zeug runtergeworfen hast. Und um das Maß vollzumachen, könntest du auch noch den Leuten in der Reihe vor uns dein Mitgefühl dafür aussprechen, dass du ständig ihre Frisuren ruinierst.« Die entsprechende Sitzreihe rutschte bei diesen Worten synchronballettartig nach unten.

»Weg«, wiederholte er. Sein übermuskulöses Gesicht ließ nicht viel Mimik zu, aber ich glaubte, Zorn und einsetzende Verzweiflung zu erkennen. Er griff mit einem der Schaufelräder nach mir, die er anstelle von Händen besaß. Ger war nie da, wenn man ihn brauchte, dachte ich.

Würde er mir hier, im vollbesetzten Flugzeug, in die Fresse hauen? Mich einfach so im Gang umnieten? Ich bereitete mich innerlich auf Schmerz vor, aber der Mutant tat etwas anderes. Er griff mir in einer überraschend schnellen Bewegung unter die Achseln, hob mich hoch und ging einfach unter mir hindurch. Als ich schwankend die Orientierung zurückerlangt hatte, rannte er donnernd den Gang entlang. Dabei brüllte er etwas Unverständliches.

»Sie müssen Marcel verzeihen«, sagte Lederstrümpfin zu mir, als ich saß. Ihre Stimme war kieksig, den Namen ihres Begleiters sprach sie *Marssl* aus. »Er hat da ein Problem. Eine Infektion. Er kann es nicht kontrollieren.«

»Oh. Dann sollte er einen Katheter tragen.«

Sie lächelte verschämt. »Es gibt keine Adapter in seiner Größe.«

Während ich mich fragte, ob das *so klein* oder *so groß* bedeutete, wobei mich meine Vorurteile über Bodybuilder die erste Lösung bevorzugen ließen, stauten sich die Fluggäste vor dem Klo.

»Er sollte vielleicht lieber am Gang sitzen«, schlug ich vor.

»Aber er sieht doch so gern aus dem Fenster.«

Das hatte er meiner Beobachtung nach bisher nicht getan, und ich konnte Pumperuschi von meinem Vorschlag überzeugen. Nach einigem Hin und Her saßen Nina und ich auf den Plätzen der beiden, und Ninas ehemaliger Sitz war der neue von Pinkelbert. Der kehrte erst nach fast zwanzig Minuten zurück – seine Jogginghose nass bis zu den Knien. Da ich am Fenster saß, war ich – hoffentlich – außer Schlagweite, aber er setzte sich nur brummend auf seinen neuen Platz und vertiefte sich wieder in ein Muskelblatt. Eine ältere Dame vor Nina drehte sich durch die Lücke zu uns um und hauchte: »Danke.«

Das Gedränge an der Gepäckausgabe nötigte uns zu einer Warteposition fast an der Stelle, an der das Band seine Rückreise antrat. Mein Koffer kam relativ früh, und als ich mit Bimbo an der Leine von der Sperrgepäckausgabe zurückkehrte, wartete Nina immer noch. Zwei ramponierte Trolleys fuhren einsame Runden, und außer meiner Kollegin standen nur noch zwei weitere Frauen in ihrem Alter da, die sehnsuchtsvoll auf die Stelle starrten, an der das Förderband begann. Doch es kam nichts mehr. Fünf Runden später hielt das Vehikel an. Nina zuckte die Schultern. »Das musste ja früher oder später passieren. Horchen wir mal, wo mein Koffer gelandet ist.«

Er war in Hurghada gelandet, das ließe sich eindeutig feststellen, sagte jedenfalls die außerordentlich hübsche, kopfbetuchte Ägypterin, die uns beim »Lost Baggage« bediente, nachdem wir fast eine halbe Stunde angestanden hatten. Die Koffer der Menschen vor uns waren in Kairo, London und Warschau, bis auf einen, der befand sich vielleicht auf dem Weg zum Mond. Nur Ninas Gepäck war ganz sicher in Ägypten gelandet. Wenn es nicht auf dem Band lag, hatte es jemand gestohlen.

Ein nicht unerhebliches Risiko, dachte ich – mit fremdem Gepäck durch den Zoll zu gehen. Ich betrachtete meinen Billigkoffer, den Silke und ich, wenn ich mich recht erinnerte, bei Tchibo oder einem anderen Kaffeeröster erstanden hatten, der Kaffee nur noch im Zweitgeschäft verkaufte. Ninas Zeug war vom Feinsten, und jetzt war ein Großteil verschwunden. Ich verstand, warum es wichtig war, einen guten Platz am Gepäckband zu ergattern.

Sie nahm es gelassen. »Das heißt dann ja wohl: Shoppen«, erklärte sie vergleichsweise fröhlich, und ich nahm an, dass die Verlagskreditkarte in Anspruch genommen werden würde. Bimbo piepte inzwischen laut. Wir passierten den Zoll und traten in die nordafrikanische Brachialhitze. Es war hier deutlich heißer als in Marokko oder an einem der anderen vorigen Reiseziele. Der weite Himmel strahlte in flirrendem Blau, und als der schwarze Pudel auf den Asphalt pinkelte, erwartete ich, ein zischendes Geräusch zu hören. Es blieb aber beim Plätschern. Wir organisierten uns ein Taxi und fuhren durch karge Wüstenlandschaft in die Stadt.

3.

Die breiten Hauptstraßen konnten nicht darüber hinwegtäuschen, dass es sich um ein übel hässliches Tourighetto handelte. Immerhin kamen wir an endlosen Ladenpassagen vorbei, deren Geschäfte mit allen Markenlogos von Adidas bis Zagora warben, aber ich wusste auch, dass Hurghada ein Eldorado der Textilfälscher war. Trotzdem oder gerade deshalb beschloss ich, Nina beim Shoppen zu begleiten.

Unser Hotel lag praktisch mittendrin, eine rechteckige Anordnung aus sechsstöckigen Gebäuden, in deren Mitte ein enger Hof den kleinen, achteckigen Pool, ein paar unbenutzte Liegen und fünf Restauranttische barg. Die Zimmer gingen zum Hof hinaus, waren winzig und schmutzig wie zwei Tage lang getragene Unterwäsche – gerade noch tolerabel, sofern man nichts Wichtiges vorhatte. Mein Bettzeug roch nach Rauch, das Kopfkissen zusätzlich nach einer ziemlich fiesen anderen, für mein olfaktorisches Empfinden leicht animalischen Note. Wasserdruck im telefonzellenkleinen Bad war so gut wie keiner vorhanden, und von den insgesamt fünf Strahlern, die als Beleuchtung von Bad und Zimmer dienten, funktionierten gerade zwei. Dafür bot der mikroskopisch kleine Fernseher fast hundert Kanäle, darunter zwei deutsche – ausgerechnet Sat.1 und RTL. Wenn ich die Balkontür öffnete, musste ich über das Bett klettern, um nach draußen zu kommen. Vielleicht war das die Erklärung für den Kopfkissengeruch – jemand mit einem sehr originellen Fußpilz hatte vor mir das Zimmer bewohnt. Es gab nur eine Steckdose – die für das Fernsehgerät. Als ich ausgepackt hatte, wusste ich aufgrund des begrenzten Raumes nicht, wohin mit meinem leeren Koffer, also stellte ich ihn auf den Balkon. Auf demjenigen des Nachbarzimmers standen zwei Russen, die sich lautstark unterhielten, dabei deutsches Dosenbier tranken und rauchten. Für mich interessierten sie sich nicht.

Die Hitze war beißend – als würde man mir einen Haartrockner direkt auf die Haut halten. Die Sonne stand senkrecht über uns, und ich gratulierte uns gedanklich zu dem engen Hotelhof, denn dort hätten wir wenigstens vor- und nachmittags Schatten. Nina war gut gelaunt. Wir betraten das erste Bekleidungsgeschäft, in dem zig halbwüchsige Mädchen herumwuselten und sich gegenseitig stolz Fundstücke präsentierten: Shirts, die vermeintlich von Firmen wie Ed Hardy stammten, und solches Zeug – alles für ein paar Euro pro Stück, und selbst dabei war die Gewinnspanne wohl noch beträchtlich. Aber China, Indien und Pakistan mussten ja auch von irgendwas leben. Warum nicht von Ed Hardy? Der verdiente sicher genug.

Nach dem fünften Geschäft wurde meine Kollegin unruhig.

»In diesen Imitaten macht man sich ja lächerlich«, grummelte sie.

»Hier muss es doch First-Class-Hotels geben«, sinnierte ich laut. »Die haben meistens Boutiquen.«

»Was würde ich nur ohne dich tun?«, lachte Nina. Ich nickte und freute mich auf die nächste Klimaanlage.

Dank GoogleMaps fanden wir alles – Hotel, Boutique und Klimaanlage. Danach erhielt ich einen Crashkurs in weiblicher Einkaufsphilosophie. Silke hatte gewusst, dass ich Kleidungseinkäufe abgrundtief hasste und die Touren deshalb in Begleitung ihrer Freundinnen unternommen. Mit Nina machte es Spaß. Sie knechtete die beiden Verkäuferinnen, eine Deutsche und eine Afrikanerin, an den Rand des Wahnsinns, bis zwei Badeanzüge, ein Bikini, mehrere Sommerkleider, einige schicke Blusen-Hosen-Kombinationen, ein Stapel zurückhaltender, schweineteurer Shirts, fünf Paar Schuhe und einiges an Unterwäsche zusammengestellt waren. Und nicht eine einzige Wurstpellenhose. Nina brachte mich trotz Kühlung zum Schwitzen, als sie mich zum dreißigsten Mal zur Kabine rief und mir ein hauchdünnes Top und fast durchsichtige Slips präsentierte, keck lachend. Ansonsten amüsierte ich mich bei phantastischem Kaffee und Mineralwasser vom Nordpol. Die beiden Mädels benötigten fast eine Viertelstunde, um den Endpreis zu ermitteln, und zwei Mal verrechneten sie sich auf dem Weg dorthin. Nina zahlte mit der Verlagskarte und erklärte mir zwinkernd, dass die Gepäckversicherung das wohl ausgleichen würde, aber das konnte ich mir kaum vorstellen. Als wir den Namen des Hotels nannten, in das die Wagenladung Wäsche gebracht werden sollte, verzog die Deutsche das Gesicht.

»Das ist schlecht. Ein schlechtes Hotel«, sagte sie, als hätte sie verlernt, richtig Deutsch zu sprechen. »Laut und schmutzig.« Danach telefonierte sie, um jemanden zu organisieren, der das Zeug transportieren würde.

Kurz darauf erschien ein junger, etwa fünfundzwanzig Jahre alter Ägypter. Er war vielleicht eins fünfundsechzig groß, auf drahtige Art muskulös, trug einen braunen Anzug, wie sie in den Sechzigern in Deutschland modern gewesen waren, dazu ein strahlend weißes Hemd und eine dezente Goldkette um den Hals. Seine flüchtige Haarpracht hatte er mit Gel oder Öl nach hinten gekämmt, so dass ich die Pickel auf seiner Kopfhaut zählen konnte. Siebzehn. Die dunklen Augen des jungen Mannes musterten uns – vor allem Nina – aufmerksam. Seine gewellte Nase war so groß, dass seine Ausstrahlung dadurch etwas Raubvogelhaftes hatte. Mehr Geier als Adler. Er stellte sich uns als Emad vor, dabei hielt er die Hand meiner Begleitung deutlich länger als meine. Die deutsche Verkäuferin, die das nicht zu bemerken schien, flüsterte mir ins Ohr: »Emad ist mein Verlobter. Wir werden übermorgen heiraten.« Dabei strahlte sie, als hätte sie einen Monstervibrator unter dem Rock.

Emads Auto war eine Familienkutsche von Ford, die schon seit Jahrzehnten nicht mehr gebaut wurde. Am Spiegel hing eine komplette Kollektion Wunderbäume, die Sitze waren gefährlich für die Gesäßhaut, und die Temperatur im Wagen hätte tatsächlich Bimbos Pisse zum Zischen gebracht. Aber die Entfernung bis zu unserem Hotel betrug ja nur ein paar hundert Meter. Unser Fahrer schwitzte auf der Stirn, ich hingegen am gesamten Körper. Während der kurzen Fahrt plapperte er in Englisch auf Nina ein, die auf dem Beifahrersitz saß und freundlich-abfällig nickte. Ich verstand nicht alles, bekam aber einen Vortrag mit, in dem es um die Vorzüge ägyptischer Männer und die enormen Chancen, die gutaussehende Frauen wie meine Kollegin hier hätten – arbeitsmäßig und so –, ging. Was »und so« hieß, unterstrich der pausenlos ruckartig in Ninas Richtung schnellende Kopf des Wäschechauffeurs.

»Noch sechs Tage«, sagte sie. Wir lagen am Pool unter einem zerfetzten Sonnenschirm und tranken »Sakkara«, ein erstaunlich wohlschmeckendes einheimisches Bier, dessen Etikett eine Pyramide zierte – selbstverständlich, da der Name von jener Totenstadt am Nilufer stammte, die der Rätsel-Hiwi Nikolas Sender gut kannte. An einem der Restauranttische saßen drei junge Männer und verzogen bei jedem Bissen angewidert das Gesicht.

»Sechs«, wiederholte ich und wurde dabei melancholisch. »Schade, irgendwie.« Nina nickte. Tatsächlich konnte ich mir kaum vorstellen, sie nicht mehr täglich zu sehen. Wie verronnen, so gewonnen – ein guter Freund davon und ein neuer dazu.

»Heino ist hier«, sagte sie dann plötzlich. »Auf einer Konferenz in Sharm El-Sheikk. Ich soll ihn anrufen, wenn wir uns treffen können. *Deshalb* hat er die Türkei gestrichen.«

Sie hatte die Stirn in Falten gezogen und sah mich an, als würde sie etwas von mir erwarten.

»Er verarscht dich«, erklärte ich und unterstrich das mit einer entsprechenden Kopfbewegung.

Nina legte den Kopf schief. »Das wird wohl so sein.« Sie seufzte. »Weißt du was? Inzwischen ist es mir beinahe egal.« Nach einer kurzen Pause wiederholte sie leise: »Beinahe.«

»Hast du dich schon mit dem Piloten verabredet?«

Sie schüttelte den Kopf und grinste. »Man muss die Kerle schon ein bisschen zappeln lassen.« Danach legte sie sich hin, stellte sich die Bierflasche auf den Bauch, umfasste sie mit beiden Händen und schloss die Augen.

Mein Telefon piepte, was mich etwas verstörte, da es nach wie vor auf Vibrationsalarm gestellt war. Ich hatte gerade per Internet erfahren, dass die Ägypter über eine mehrtausendjährige Bierbrautradition verfügten. Die Recherche wurde vom Piepen unterbrochen. Doch es war überhaupt kein Anrufer, der meine Untersuchungen störte, sondern lediglich der Hinweis darauf, dass übermorgen ein privater Termin anstünde. Für ganztägige Geschehnisse hatte ich sechsunddreißig Stunden Erinnerungszeit eingestellt.

Es war Steinis Geburtstag.

Ich war schon dabei, den Eintrag zu löschen, denn dieser miesen Pissnelke von einem elenden Kumpelschwein würde ich ganz sicher nie wieder zum Geburtstag gratulieren, als mir einfiel, *wo* Ingo Steinmann sein Jubiläum traditionell beging. Nämlich quasi um die Ecke, in einem Tauchclub in der Nähe von Hurghada. Alleine, im noblen Restaurant des Resorts, wie er nicht müde geworden war, mir Jahr für Jahr zu erzählen. Ich wusste sogar noch den Namen des Schuppens. Nina sagte irgendwas, aber ich hatte eine Idee, und diesem Impuls musste ich nachgeben. Ich stand auf.

»Bin gleich wieder da.«

Sie nickte und hielt dabei die leere Flasche hoch. »Bring mir noch eins mit.«

Ich umwanderte den schmalen Hof, trotzte der sengenden Hitze und fand dabei schließlich die Website des Hotels in meinem iPhone. Um dort anzurufen, ließ ich mich an einem der freien Restauranttische nieder. Die drei jungen Männer hatten ihr Essen mittlerweile beendet, aber auf den Tellern befanden sich noch ziemlich viele Reste. Ein Kellner kam und fragte nuschelnd – vermutlich in der Hoffnung, dass die Frage so nicht verstanden würde –, ob es geschmeckt hätte. Ich grinste und wählte in das beginnende Streitgespräch die Nummer des Clubs. Dann ließ ich mich mit dem Restaurant verbinden, wo ich mich als Ingo Steinmann ausgab und nachfragte, ob die Reservierung für übermorgen bestätigt werden könne. Ja, ein Tisch für zwei um acht. Meine Kopfhaut spannte, als ich das hörte. Die zweite Person würde mit an Sicherheit grenzender Wahrscheinlichkeit meine Exfreundin Silke sein. Es fühlte sich merkwürdig an, sie in der Nähe zu wissen.

Ich blickte zu Nina, die sich wieder hingelegt hatte und die Hände vors Gesicht hielt. Es sah aus, als prüfe sie ihren Nagellack. Im nächsten Augenblick stand sie auf, sah sich suchend um, nickte mir lächelnd zu und gestikulierte in Richtung Toiletten. Ich zwinkerte und nickte ebenfalls. Als sie verschwunden war, hastete ich zu unseren Liegen, kramte ihr Mobiltelefon hervor und notierte mir die Nummer von Michael Bautschik. Gerade als ich damit fertig war, kehrte sie zurück.

»Wo sind die Biere?«, nörgelte sie fröhlich.

Ich erhob mich unter gekünsteltem Stöhnen und ging zum Restaurant. Während ich dort auf unsere Getränke wartete, rief ich abermals das Clubhotel an und reservierte beim Empfang einen weiteren Tisch im Restaurant, auch übermorgen, und für vier Personen. Auf den Namen Blume.

4.

Nach einem Abendessen, das zu kommentieren ich langsam müde wurde, und einer fast schlaflosen, sehr kurzen Nacht holte uns um zwei Uhr morgens ein Kleinbus zum obligaten Ausflug zu den Pyramiden von Gizeh ab. Oder: Sollte uns abholen. Bis um dreiviertel drei kam niemand. Nina stand rauchend neben mir in der vergleichsweise kühlen Nachtluft, ihre Augen zierten dunkle Ringe. Ich fühlte mich wie jemand, den ein anderer erbrochen hat. Schließlich knatterte ein schrottreifer Kleinbus heran, in dem sich fünf Menschen in T-Shirts und Shorts drängten und offenbar höllisch froren.

Nina zog die Augenbrauen hoch, trat ihre aktuelle Kippe aus und stieß mich in die Seite. »Die Pyramiden sehen toll aus, aber in den beiden, die man besichtigen kann, herrscht hanebüchenes Gedränge, und man schwitzt wie ein grippekranker Affe. Außerdem – über tausend Kilometer, um eine abgasverseuchte Stadt, haufenweise Müll, zahllose Polizisten, Millionen Urlauber und ein paar dreieckig aufgetürmte Felsklötze zu sehen? *Gräber?*«

Sie hatte ausgesprochen, was auch ich schon gedacht hatte. Ich winkte dem wenig erstaunten Fahrer, dann drehten wir uns auf den Absätzen um und gingen ins Hotel zurück, um einen erneuten Schlafversuch zu unternehmen. Ich gab meiner Kollegin zwei Ohropax aus meinem Arenal-Vorrat.

Als ich am frühen Nachmittag zum Pool kam, saß Emad an einem der Restauranttische und trank Tee. Er sprang auf und begrüßte mich fast schon überschwänglich, aber es war ihm deutlich anzumerken, dass er eigentlich nur mehr über mich und mein Verhältnis zu Nina wissen wollte. So kaltschnäuzig, einfach direkt zu fragen, war er dann aber doch nicht. Ich ließ ihn am Tisch sitzen und quälte meinen immer noch müden Körper auf eine Liege. Im zerfaserten Schatten des einzigen halbwegs brauchbaren Sonnenschirms war es kaum kühler als außerhalb; ich fühlte mich wie Pizzateig, den man im Steinofen vergessen hatte. Also holte ich mir ein Bier, obwohl ich noch keinen Kaffee gehabt hatte. Bei feuchtkaltem »Sakkara« startete ich mein iPod-Orakel, das »An End Has a Start« von den *Editors* zutage förderte. Ich fühlte mich bestätigt und grinste, als Nina eine Liege neben meine in den dürftigen Schatten zog. Sie fragte etwas.

»Was macht der denn hier?«, wiederholte sie, als ich den Kopfhörer abnahm. Ihr Kopf ruckte in Emads Richtung. Der junge Ägypter las gerade in einer Tageszeitung und hatte meine Kollegin noch nicht bemerkt.

»Ich fürchte, der wartet auf dich.«

»Das fürchte ich auch.« Sie nahm mir das Bier aus der Hand und trank einen langen Schluck. Emad stand plötzlich vor uns in der Sonne, schirmte seine Stirn mit der linken Hand ab und griff mit der anderen nach Ninas rechter.

»Können wir bitte reden? Allein?« Er versuchte sich an einem Lächeln, aber sein Gesichtsausdruck blieb irgendwie diebisch.

»Worüber?«, fragte Nina gnadenlos zurück und wackelte dabei mit den Zehen.

»Privates.«

»*Wir* beide?« Sie tat erstaunt.

»Bitte. Ich bitte sehr.« Dabei drehte er sich zur Seite und wies einladend auf einen der Restauranttische.

Nina nickte. »Geh schon mal vor.«

»Was wird das?«, fragte sie mich dann.

»Ein Heiratsantrag?«, scherzte ich.

Zwei Minuten darauf ließ sie Emad sitzen, der wie Bimbo im Regen aussah. Nina lachte noch immer, als sie zum Pool zurückkehrte.

»Du hattest recht«, feixte sie und stellte zwei neue Bierflaschen zwischen unsere Liegen. »Burschi hat mir allen Ernstes einen Heiratsantrag gemacht. In vollendeter Form. Das würde ganz schnell und ohne große Formalitäten gehen, und für danach hat er mir die beste Zeit meines Lebens versprochen.«

»Verblüffend. Dabei wollte er doch eigentlich die Verkäuferin aus der Boutique ehelichen.«

»Ach? Echt?« Nina kicherte. Ihr Bräutigam in spe stand noch immer neben dem Tisch und sah unglücklich zu uns herüber. Als er bemerkte, dass ich ihn beobachtete, drehte er sich um und eilte davon.

»Ja, das hat sie mir erzählt. Morgen soll die Hochzeit sein.«

»Ist Polygamie in Ägypten erlaubt?«

Ich zog meinen neuen Allround-Inforiegel hervor. »Schauen wir mal.«

Fünf Minuten später waren wir schlauer. Das Spielchen nannte sich »Orfi-Ehe«. Die bestand aus einem Vertrag, der vor einem beliebigen Anwalt geschlossen wurde und der vom Mann jederzeit kündbar wäre. Die potentielle Ehefrau trat dabei in ein rechteloses, sklavenartiges Verhältnis ein, das aber vor dem Imam Bestand hatte – und von dem sie im Rahmen der Eheschließung möglichst wenig erfuhr. Die muslimischen Ägypter hatten sich das ausgedacht, um die Touristinnenscharen ordentlich durchvögeln zu können, ohne Probleme mit Allah zu bekommen. Wie außerordentlich clever. Und augenscheinlich gab es nicht wenige ausländische Mädels, die tatsächlich glaubten, fortan als Gattin eines Ägypters zwischen Rotem Meer und Pyramiden einem tausendundeinenachtmäßigen Leben frönen zu können.

»Vermutlich wird die Boutiquetante auch ein solches Angebot bekommen haben«, mutmaßte ich.

Nina nickte nur.

»Wir sollten sie warnen«, ergänzte ich. Sie schnaufte.

»Nikolas, dein omnipräsentes Samariter-Gen in allen Ehren, aber manchmal müssen Leute ihre Fehler selbst machen. Das nennt man Lebenserfahrung, was dabei herauskommt.«

»Ich finde, *Fehler* ist ein ziemlicher Euphemismus dafür, lediglich Bumsfleisch für notgeile Wüstenhelden zu sein.«

»Gut, dann Ärgernis.« Sie stellte ihre Flasche ab und lehnte sich zurück. Die Hitze war mörderisch. Ich hatte das Gefühl, den halben Liter Bier bereits wieder ausgeschwitzt zu haben, mindestens.

»Die Kleine hat doch sicher alle Brücken nach Hause abgebrochen – oder sie ist dabei. Wenn Emad keinen Bock mehr auf sie hat, steht sie ohne irgendwas da. Weckt das nicht die Frauenrechtlerin in dir?«

»Die habe ich bisher nicht entdeckt«, murmelte Nina und schloss die Augen.

Also ging ich allein zur Hotelboutique. Auf dem Weg dorthin wurden mir folgende Dinge mehrfach offeriert: Rolex-Repliken, Produkte aus geschützten Tierarten, junge Männer zu Bespaßungszwecken und Diverses andere mehr. Die Verkäuferin stand vor dem Hoteleingang und rauchte. Nach ihrer Hochzeit wäre zumindest damit vorübergehend Schluss. Meinen Informationen zufolge nahmen es die Bräutigame mit ihren eigenen Verpflichtungen zwar nicht so genau, nötigten ihren temporären Orfi-Frauen aber durchaus eine gott- und ehegattengefällige Lebensweise ab. Wozu der Verzicht auf Alkohol und Zigaretten, aber zum Beispiel auch auf den Bikini am Strand gehörte.

Kurz bevor ich sie erreichte und mich bemerkbar machen konnte, traf Emad ein. Ich drückte mich in einen Hauseingang. Ihr »Ehemann« in spe wirkte nervös, aber beherrscht. Seine deutsche Gefährtin demgegenüber sprühte vor Freude, konnte ihre Hände kaum von ihm lassen, was ihm offensichtlich missfiel. Ich erwog, Ninas Rat zu befolgen und das Mädchen – sie war vielleicht einundzwanzig und auf ländliche Art hübsch – ihre Fehler oder *Ärgernisse* selbst bewältigen zu lassen. Aber ich *konnte* einfach nicht, also wartete ich ab, bis Emad wieder von dannen gezogen war, und folgte der jungen Frau ins Hotel.

Sie erkannte mich sofort und begrüßte mich per Handschlag. »Fehlt noch was? Ihre Freundin hat doch schon so viel gekauft.«

»Nein, es fehlte nichts. Ich komme wegen Ihrer … Hochzeit.«

»Oh.« Sie strahlte. »Möchten Sie vielleicht dabei sein? Emads Familie ist verhindert, und meinen Leuten ist der Flug zu teuer. Außerdem« – sie senkte die Stimme – »sind sie dagegen.«

»Äh. Danke für die Einladung.« Ich sah mich zur Tür um. »Aber ich muss Ihnen etwas über diese Eheschließung erzählen.« Dann berichtete ich, was ich über die Orfi-Ehe erfahren hatte. Meine Erwartungen gingen eigentlich dahin, dass die Frau in Tränen ausbrechen, aus dem Laden laufen und sich stante pede ein Rückflugticket kaufen würde. Aber sie strahlte nur einfach weiter.

»Ich habe davon gehört«, sagte sie. »Aber mit Emad ist das anders, er meint es ehrlich. Wenn er die Ehe eintragen lässt, bin ich seine offizielle Frau.« Ihre Mundwinkel erreichten dabei fast die Ohrläppchen.

Also erzählte ich von dem Heiratsantrag, den Nina bekommen hatte.

Sie wurde schlagartig wütend. »Ihre Freundin lügt. Sie ist eifersüchtig.«

»Eifersüchtig?«, wiederholte ich überrascht. »Auf *Emad*?«

Die Boutiqueverkäuferin nickte.

Danach wurde es ein wenig unerquicklich, aber ich änderte rein gar nichts an ihrer Meinung. Sie wollte einfach nichts hören, das ihren Traum vom ewigwährenden Glück im Urlaubswunderland hätte zerstören können. Selbst wenn ich ihr ein Video des Heiratsantrags gezeigt oder Emad vor unseren Augen eine Kuh gebumst hätte, wären ihr Argumente eingefallen, die das erklärten.

»Und? Warst du erfolgreich?«, grinste Nina. Ich ließ mich auf die Liege fallen und schnappte mir ihre Flasche. Lauwarm schmeckte

»Sakkara« wie sein portugiesisches Pendant. Ich schüttelte den Kopf.

»Sie wollte es einfach nicht hören, richtig? Diese Mädchen rennen offenen Auges ins Verderben, weil sie nicht in die Köpfe kriegen, dass die Uhren hier anders ticken. Wenn du mich fragst – immer machen lassen.«

»Mmh«, brummelte ich.

»Sie wird in ein paar Wochen oder Monaten heulend in die Heimat zurückfliegen, dort in der Disse einen Mann aufgabeln, mit dem sie sowieso indirekt verwandt ist, *richtig* heiraten, viele Kinder kriegen, und in zwei, drei Jahren hat sie die Sache vergessen. Wenn ihr Prinz Pyramide keinen Balg anhängt.«

»Trotzdem ist das scheiße.«

»Wie so vieles in der Welt.« Sie lehnte sich zurück und schloss die Augen. »Mein kleiner Strandritter kann nicht überall sein.«

Damit hatte sie nicht unrecht. Ich holte uns neue Getränke und versuchte mich zum tausendsten Mal an dem Roman, den ich schon seit der ersten Woche dabeihatte. Diesmal machte mir Emad einen Strich durch den tausendundersten Leseversuch. In Boxerpose stand er plötzlich vor mir und funkelte mich so bösartig wie möglich an. Das fiel tendenziell eher albern aus.

»Was gibt's, Kumpel?«, fragte ich und schenkte ihm ein freundliches Lächeln.

Er sah zu mir, dann zu Nina, die die Augen geschlossen hielt, und wieder zu mir.

»Mischen Sie sich nicht ein«, grummelte er. »Sie sind hier in *meinem* Land.«

»Du verarschst *meine* Landsleute, Freund der Sonne.« Ich richtete mich auf. »Und zwar auf ziemlich üble Art.« Eigentlich war mir egal, aus welchem Land Menschen kamen, die von anderen verarscht wurden, aber es hatte so schön gepasst.

»Ich werde sie heiraten«, antwortete er kleinlaut und gab seine Drohhaltung auf.

»Wen genau?«, fragte Nina fröhlich. »Vorhin war ich noch die Auserwählte.« Sie setzte sich auf und spielte mit dem Träger ihres Bikinis. Der Heiratsschwindler zwinkerte und zwang seinen Blick zu mir.

»Das ist meine Sache«, insistierte er. Und dann schwang er die ultimative Drohkeule. »Ich kenne hier mehr Leute als Sie.«

»Ist schon okay, Tiger«, sagte ich. »Wir werden uns nicht einmischen.«

»Das haben Sie schon. Bärbel« – er hatte Schwierigkeiten, den Namen auszusprechen – »besteht darauf, dass ich mit ihr zum Gericht gehe. Gleich nach dem Vertrag.«

»Prima«, sagte Nina, und dann, zu mir gewandt: »Hat dein Einsatz also doch was bewirkt.«

Danach ignorierten wir den Wüsten-Gigolo. Als ich fünf Minuten später vom Buch aufblickte, war er verschwunden.

5.

Am nächsten Vormittag ließen wir uns von einem Wassertaxi zu einer Insel fahren. Bimbo mochte das nicht sonderlich, er lag unter Ninas Sitz und jaulte leise. Unser Chauffeur, ein altersloser Mann mit zerfurchtem Gesicht und schneeweißem Schnauzer, mochte seinerseits Bimbo nicht. Im Sekundenrhythmus linste er vom Ruderstand zum schwarzen Pudel und runzelte dabei die ohnehin faltige Stirn. Nina teilte ihm wiederholt mit, dass von ihrem Hund keine Gefahr zu erwarten wäre, aber der Araber blieb skeptisch.

Vom Wasser aus verbesserte sich der Eindruck, den Hurghada machte – mit jedem Meter Entfernung. Die hellen Gebäude, die paar Palmen und der klischeeblaue Himmel verschwammen irgendwann zu einem ansehnlichen Bild. Und in der anderen Richtung wurde es nachgerade paradiesisch. Als wir vom schwankenden Boot ins flache, laue Wasser hüpften, lag vor uns ein alpinweißer Strand, der in niedrige Dünen überging. Rechter Hand gab es eine Art Strandbar mit Terrasse, um uns herum lagen Dutzende Boote. Die Insel war zwar gut besucht, aber längst nicht überfüllt. Kindergeschrei war nicht zu hören. Aus dem Wasser ragten allerdings ganze Schnorchelwälder.

»Hübsch«, stellte Nina fest, als wir auf unseren Badetüchern und unter einem Sonnenschirm lagen, den wir für einen Irrsinnspreis im Hotelshop gekauft hatten. Ich nickte nur. Gleichzeitig nahm meine Müdigkeit pathologische Züge an. Am gestrigen Abend hatten wir uns zwar zurückgehalten, aber unser Hotel war einfach nicht dafür gebaut, um darin zu übernachten. Selbst mit Knete in den Ohren. Wenn es tatsächlich Schallisolierungen gab, dann bestenfalls im Fundament. Der armselige Kaffee und das obligatorisch-spärliche Frühstücksbuffet hatten meine Laune auf einem niederen Niveau eingependelt, und in diesem Augenblick wollte ich nichts als meine Ruhe. Bimbo robbte in den Bereich zwischen unseren Badetüchern und schloss seufzend die Augen. Ich tat es ihm nach. Mit dem Geruch von feuchtem Pudel in der Nase schlief ich ein.

Etwas sehr Kaltes weckte mich – eine Bierflasche, die mir auf die Brust gestellt worden war. Ich musste heftig blinzeln, um mich an die knallblaue Helligkeit zu gewöhnen. Mein Schädel brummte niederfrequent. Es war kurz nach zwei, ich hatte über drei Stunden gepennt.

»Frühstück«, sagte Nina, die im Schneidersitz auf ihrem Handtuch logierte. »Außerdem kriegst du einen Sonnenstich, wenn du hier stundenlang schläfst.«

»Danke.« Mein Gaumen fühlte sich rau und pelzig an. Ich nahm einen erfrischenden Schluck und ließ meinen Blick über das strandnahe Wasser schweifen, wobei ich versuchte, die Schnorchel zu zählen, aber das gab ich bald wieder auf.

»Irgendwas geht in dir vor, oder? Du brütest was aus.«

»Oh.« Ich richtete mich auf. »Hast du dein Telefon dabei?«

Nina nickte und zog den Apparillo aus der Tasche.

»Ruf Heino an. Ich hab für euch beide heute Abend einen Tisch bestellt.«

»Du hast *was*?«, rief sie laut. Einige Urlauber sahen zu uns herüber.

»Meine Güte, du *musst* diese Scheiße beenden. Es hat keinen Sinn, der Typ veralbert dich nur, und du könntest bessere haben. Das weißt du selbst. Denk an den schnieken Piloten! Und ich ertrage es nicht, mitansehen zu müssen, wie Sitz alle Frauen herumstößt, mit denen er zu tun hat.« Das stimmte zwar nicht ganz, klang aber zumindest in meinen Ohren ganz gut.

»Das ist doch wohl meine Sache«, protestierte sie, aber deutlich leiser als zuvor.

»Mmh. Sind wir Freunde?« Ich lächelte und legte eine Hand auf ihren sonnenerhitzten Unterarm.

Sie zwinkerte. »Doch. Schon. Ja, klar. Trotzdem ...«

»Nix trotzdem. Du gehst da heute Abend hin und machst Klarschiff. Sonst endet das nie.«

»Das wird mich den Job kosten.«

Ich grinste. »Wird es nicht.«

Nina runzelte die Stirn und verschränkte die Arme vor der Brust. Dabei sah sie mich prüfend an, und ich hatte echte Schwierigkeiten, mein freundliches, optimistisches Lächeln aufrechtzuerhalten. Dann nickte sie kurz.

»Okay, ich werde ihn treffen. Meinetwegen auch in diesem Restaurant. Aber was ich da mache, das ist immer noch meine Sache.«

Ich nickte und gab ihr die Daten. Sie stand auf, ging ein paar Schritte und rief dann unseren Chefredakteur an. Es dauerte nur zwei Minuten.

»Du führst doch noch mehr im Schilde«, bemerkte Nina, als sie zurückkam.

»*An End Has a Start*«, summte ich.

»Das muss ich nicht verstehen, oder?«

»Nein. Aber du wirst es.« Gut gelaunt stellte ich die Flasche in den Sand, um erstmals auf dieser bizarren Reise ausgiebig im Meer zu planschen.

Danach besprachen wir bei einer zweiten Runde den letzten Artikel. Wir überraschten uns gegenseitig damit, zur gleichen Schlussfolgerung gekommen zu sein: Dieser finale Beitrag der kleinen Reihe sollte einen versöhnlichen Abschluss darstellen und sogar ansatzweise eine Lanze für den Pauschaltourismus brechen. Das würde Heino Sitz zwar nicht gefallen, aber wenn alles so lief, wie ich es mir vorstellte, gehörte das in naher Zukunft zu seinen geringeren Problemen. Und eigentlich war's mir fast schon egal, ob er den Text drucken würde. Schade wäre nur, wenn wir – nach allem, was wir erlebt hatten – die Serie nicht rund machen könnten.

Anschließend setzte ich mich auf die Terrasse der Strandbar und kramte die Metallvisitenkarte hervor. Als die Verbindung aufgebaut wurde, ließ ich meinen Blick schweifen. Es war *schön* im Süden und in der Sonne, um mich herum karibische Zustände, auf dem Tisch ein bemerkenswert guter Kaffee, auf dem nahen Badetuch eine gute Freundin und im Kopf der Gedanke, dass es nur von *mir* abhing, was die Zukunft bringen würde. Klar, in ein paar hundert Metern Entfernung lauerten Orfi-Arschlöcher, nächtelang singende Russen, Textilfälscher und viele andere Spielarten des Ungemachs, den Touristen in Kauf nahmen, um ihrem Alltag für ein paar Tage zu entfliehen. Und natürlich war das Land eine verdammte islamische »Republik«, in der nicht wenige daran arbeiteten, die Scharia zur vorrangigen Gesetzesgrundlage zu machen. Trotzdem fühlte ich mich auf distanzierte Art wohl. Nur an unser Hotel durfte ich nicht denken.

»Von Papening?«

»Oh.« Ich war so in Gedanken versunken, dass ich ihn fast vergessen hatte. »Guten Tag, hier ist Nikolas Sender. Erinnerst du dich an mich?« Es fiel mir nach wie vor schwer, den Mann zu duzen, aber es war schließlich seine Idee gewesen.

»Nikolas! Mein Freund! Natürlich! Wie könnte ich dich vergessen? Wie geht's Nina?«

Wir plauderten ein paar Minuten über die vergangenen Tage, ich erzählte von meinem Knasterlebnis in Portugal. Aber auch von Pappe hatte Neuigkeiten.

»Meine Frau hat sich gemeldet.« Seine Stimme überschlug sich fast vor Aufregung. »Vorgestern. Ich würde das nicht als reumütig bezeichnen, aber ich habe eine gewisse Zerknirschtheit herausgehört. Sie will mit mir sprechen. Hier, bei uns. Zu Hause.« Er atmete durch. »Und sie wird die Kinder mitbringen.«

»Glückwunsch«, sagte ich, ehrlich erfreut.

»Vielleicht gibt es eine Chance«, sagte er leise.

»Die gibt es immer«, behauptete ich. Nina stand auf und ging zu einer Gruppe junger Männer, die gerade aus dem Wasser zurückgekehrt waren und ihre Schnorchelausrüstungen in den Sand warfen.

»Dein Wort in Gottes Ohr.« Ich schwieg und fragte mich, was es da zu suchen hätte.

Meine Kollegin griff sich Taucherbrille und Schnorchel eines der jungen Männer, winkte mir kurz zu und tapste dann ins Wasser.

»Gibt es einen besonderen Grund für diesen erfreulichen Anruf?«, fragte der adlige Büromaterialerbe in mein Schweigen.

»Ja, klar. Das ist mir ein bisschen unangenehm, weil ihr befreundet seid. Aber ich würde gern mit dir über Heino Sitz reden.«

Er räusperte sich. »Als befreundet würde ich das nicht gerade bezeichnen. Wir sind gute Bekannte, aber bis auf das Zufallstreffen vor zwei Wochen haben wir uns in diesem Jahr noch nicht gesehen.«

»Verstehe.«

»Worum geht's?«

Zehn Minuten später nahm ich meine Handtuchposition wieder ein und stellte die neue Runde bereit. Bimbo saß zum Meer gewandt da und winselte leise. Ich kraulte seinen lockigen Nacken und sagte: »Sie kommt gleich wieder, alter Junge.«

Aber sie kam nicht. Nach weiteren zwanzig Minuten empfand ich leichte Sorge. Das Wasser war warm, die Gegend gut einsehbar, aber Nina hatte mich bisher nicht gerade mit sportiven Einlagen beeindruckt. Gab es hier eigentlich Haie? Der Gedanke kam mir widersinnig vor; wir befanden uns in einer gut erschlossenen Urlaubsregion. Man hätte doch wohl Schilder aufgestellt. Andererseits gab es auch keine Schilder, die vor Leuten wie Emad warnten. Ich googelte und bekam eine Gänsehaut. Im Roten Meer waren sogar *weiße Haie* zugange. Bimbo jaulte, weil ich ihm vor Aufregung in den Nacken gekniffen hatte.

»Sie ist gleich wieder da«, sagte ich eher zu mir selbst. Das Viech verstand mich ja sowieso nicht.

Ich erhob mich und machte ein paar Schritte ins Wasser. Die vielen schwarzen Gummirohre, die über die Oberfläche hinausragten, ließen nicht erkennen, wer unten dranhing. Ich ging auf einen Schnorchler zu, der gerade aus dem Meer kam, und fragte ihn auf Englisch, ob er Haie gesehen hätte. »Heute leider nicht«, gab er grinsend auf Deutsch zurück. Ich war versucht, ihm einen auf die Zwölf zu geben, aber er konnte ja nichts dafür.

Nach einer gefühlten Ewigkeit und einer realen Stunde insgesamt wurde ich richtig unruhig. Bimbo lief den Strand auf und ab und schien unschlüssig, ob er ins Wasser gehen und nach Frauchen tauchen sollte. Stattdessen kehrte er irgendwann in den Schatten zurück und hechelte anklagend. Dabei warf er mir hündische Tu-du-was-Blicke zu.

Ich brauche ein Boot, sagte ich mir. Ich musste nach Nina suchen. Küstenwache. DLRG. Baywatch. Wo waren diese Leute, wenn man sie brauchte? Wie lautete die Notrufnummer in Ägypten? Wo waren wir überhaupt? Ich wusste nicht einmal den Namen der verdammten Insel (sie war nie Antwort bei einem meiner Magazinrätsel gewesen). Ich ging bis zu den Hüften ins Wasser und rief nach ihr. Währenddessen spielten sich Horrorszenen in meinem Kopf ab. Identifikation im Leichenschauhaus, ein zerfetzter Nina-Körper, an dem nur noch Reste eines Designerbikinis hingen. An den Strand getriebene Körperteile. Aufgeschnittene Monsterhaie, in deren Magen man Ninas Porschebrille fand. Aber sie war sicher nicht mit Sonnenbrille tauchen gegangen. Ich rief noch ein paar Mal, stapfte dann zum Strand zurück und schnappte mir mein Telefon. Auskunft in Deutschland. Die würden das wissen – *da* werden sie schließlich geholfen! Ich tickerte durch meine Kontaktlisten, fand aber keine beschissene Auskunft. »Nina!«, rief ich abermals, erst zur Düne gewandt, um es dann in Strandrichtung zu wiederholen. Da stand sie plötzlich vor mir.

»Ja?«

»Verdammt, wo warst du?«, stieß ich hervor, um sie gleich darauf zu umarmen. »Großer Gott, wir haben uns solche Sorgen gemacht?«

»Wir?« Das klang unangemessen belustigt. Ich wies auf Bimbo, der aufgeregt um ihre Beine tänzelte.

»Ich habe mich verschwommen. Das ist wirklich toll hier, musst du auch mal machen. Fische, Korallen und dieses Zeug. Richtig hübsch.«

»Du hast dich *verschwommen*?«

»Plötzlich war ich ziemlich weit vom Strand weg«, gab sie zu. »Ein netter Herr mit einer kleinen Yacht hat mich aufgelesen.« Sie zeigte auf ein Schiff, das hinter uns Kurs aufs Meer nahm.

»Tu das nie wieder!«

»Okay«, sagte sie grinsend und nahm ihr Bier zur Hand.

6.

Wir verplemperten unsere Zeit am Pool, der, wie ich erst jetzt, am dritten Tag, feststellte, mit *Salzwasser* gefüllt war. Nina startete mehrere Gesprächsversuche, wobei es in der Hauptsache um meine Motivation für das organisierte Sitz-Treffen ging, aber ich schwieg mich beharrlich aus. Stattdessen schaffte ich es endlich, mehr als zwanzig Seiten am Stück zu lesen. Das Buch war doof, langweilig und vorhersehbar. Nach den zwanzig Seiten blätterte ich zum Ende und fand genau das vor, was ich erwartet hatte. Ich warf es beiseite.

Der Taxifahrer brachte mich in das Reservat, ein gewaltiges Areal mit bewachtem Zugang und Passkontrollen, das eine unüberschaubare Fläche einnahm. Es bestand aus vielen, ineinander übergehenden Hotelkomplexen, Ferienwohnungen, Ladenpassagen und Restaurants. Alleine der Club, in dem Steini und Silke logierten, reichte über mehrere Hektar. Kleine, beschauliche Villen verteilten sich über eine mit tropischen Pflanzen bewachsene und mit Marmorstatuen vollgestellte Gartenanlage. Es musste ein Heidenaufwand sein, diese Anlage zu bewässern – irgendwo im Hinterland befand sich wahrscheinlich eine gigantische Entsalzungsanlage, und ich war sicher, dass der Kaffee hier trotzdem nicht nach Maggi schmeckte. Ich stieg vor dem Portal aus, nachdem ich mich vorsichtig umgesehen hatte. Der Taxifahrer betrieb gehörige Anstrengungen, mich davon zu überzeugen, ihn später zwecks Abholung anzurufen. Ich nahm ihm die Visitenkarte ab und versprach mein Möglichstes, um ihn endlich loszuwerden.

Das Restaurant – eins von insgesamt fünf Nobelfressplätzen – bestand aus einer riesigen überdachten Terrasse in unmittelbarer Strandnähe – weißer Sand, edle Sonnenschirme, mehrere Bars und knallblaues Wasser. Die Sitzgruppen waren so angeordnet, dass man trotz der enormen Größe seine Ruhe hatte. Kleine Palmen standen herum, und bunte Vögel durchflogen das Arrangement. Als ich um halb acht eintraf, waren nur wenige Tische besetzt.

Ich ignorierte die Kellner, die mich zu Tischen in ihren jeweiligen Bereichen führen wollten, und fand eine junge Europäerin, die an einem Computer stand und offenbar für die Reservierungen zuständig war. Sie zeigte mir den Tisch für Blume, als ich aber gleich anschließend den Steinmann-Tisch sehen wollte, wurde sie skeptisch.

»Das wird eine Überraschung. Geburtstag.« Es stimmte sogar. Sie sah mich prüfend an, und ich lächelte so treuherzig wie möglich.

Von der Bar aus hätte ich gute Sicht auf beide Tische, die nicht sehr weit voneinander entfernt standen, aber dennoch weit genug, dass sich die Protagonisten nicht begegnen würden. Ich probierte mehrere Positionen aus und fand schließlich eine, die mir einen fast perfekten Überblick verschaffte, mich aber vor Blicken verbarg.

Heino Sitz kam als Erster, sehr pünktlich. Ich hoffte, dass die Skepsis der Reservierungsdame nicht wiedergekehrt war, aber Heino stapfte, sich kaum umsehend, in Begleitung eines Kellners nur vier Meter entfernt an mir vorbei, ohne dass er mich bemerkte. Er setzte sich, schwatzte kurz mit dem Ober, der ihm gleich darauf ein längliches Gläschen brachte – sicherlich keinen Asti Spumante. Mein Chef wirkte fröhlich und aufgeräumt. Kein Kunststück, denn er erwartete ja ein romantisches Essen und anschließend ein oder zwei Bettrunden mit Nina.

Dann lief es mir eiskalt den Rücken herunter, trotz der über dreißig, gefühlt fast fünfzig Grad im Schatten. Silke und Steini betraten das Restaurant, Hand in Hand, leger-schick gekleidet. Ich musste mir – gegen den sich andeutenden Herzkrampf – eingestehen, dass sie ein schönes Paar waren. Beide lächelten, und ich konnte sogar sehen, wie sie ihre Handballen gegenseitig mit den Daumen umschmeichelten, während sie dem Kellner zum Tisch folgten. Obwohl ich mich definitiv außerhalb ihres Blickfeldes befand, duckte ich mich hinter eine Pflanze. Ein Teil von mir wünschte sich sehr weit weg und verfluchte mich für die Idee. Es tat weh.

Heino Sitz spielte mit seinem Mobiltelefon, er saß mit dem Rücken zu den Neuankömmlingen. Eine halbe Minute nachdem Ingo und Silke Platz genommen hatten, brachten zwei Kellner eine Flasche Champagner im Kühler und eine kleine Torte, auf der eine Wunderkerze brannte. In mir brannte es ebenfalls, aber ich war vor allem unglaublich wütend. Jetzt küssten sie sich auch noch, und danach konnte ich »Alles Gute zum Geburtstag« von Silkes Lippen ablesen. »Du mich auch«, dachte ich und kippte mein acht Euro teures Heineken in einem Zug herunter. Einheimisches Bier gab es hier nicht, Jahrtausende Brauereitradition hin oder her.

Es machte mich redlich fertig, am Tresen zu sitzen und dem angeblich asexuellen Steini und der Frau, die mein Kind im Bauch trug, beim Schnäbeln zuzugucken, und ich war mehrfach versucht, meinen Plan einfach umzuschmeißen, an ihren Tisch zu treten und ihnen, beispielsweise, in die Gläser zu pinkeln. Aber ich riss mich zusammen, orderte ein weiteres Bier und wartete ab. Nina kam, ganz Frau von Welt, eine Viertelstunde zu spät. Ingo und Silke hatten da gerade ihre Vorspeise hinter sich und schwatzten fröhlich gestikulierend. Als Nina an ihrem Tisch vorbeigeführt wurde, versteifte sich Steini und beugte sich zur Seite, um ihr hinterherzusehen. Dann schüttelte er den Kopf, legte wieder ein Lächeln auf und setzte das Gespräch fort.

Nina trug eine luftige, aber edle Kombination aus der Boutique. Sie war dezent geschminkt, ihr Haar glänzte. Heino Sitz erhob sich strahlend, dabei deutete er eine Verneigung an. Dann wollte er meine Kollegin umarmen, aber die wich geschickt aus und setzte sich ihm gegenüber hin. Ich atmete durch. Einen Moment lang hatte ich befürchtet, sie hätte sich anders entschieden, offenbar aber wollte sie es an diesem Abend wirklich wissen. Ich sah auf die Uhr und hoffte, dass ihr Pilot nicht zu früh käme. Als ich mein zweites Bier bekam, umrundete ich gemächlich den Tresen und platzierte mich so an der Bar, dass ich vom Geburtstagstisch gesehen werden konnte, nicht aber vom Redaktionstisch. Ich hörte Gesprächsfetzen von Steini und Silke, und dann, zwei Minuten später, verstummte die angeregte Unterhaltung, wurde anschließend tuschelnd fortgesetzt.

Sie hatten mich entdeckt.

Ich versuchte ein Lächeln, auch wenn ich kurz davor war, einfach abzuhauen. Ich drehte mich so zur Seite, dass ihr Tisch noch immer nicht in meinem Blickfeld lag, aber aus dem Augenwinkel konnte ich erkennen, dass mich die beiden fixierten – ängstlich, wie ich hoffte. Schließlich stand ich auf und ging, einen möglichst entspannten Eindruck vermittelnd und ohne sie anzusehen, zu dem Tisch, an dem Heino Sitz und Nina saßen.

»Hallo, Chef, hallo, Nina«, sagte ich und nahm einfach Platz.

»Sender.« Sitz starrte mich an. »Was tun Sie denn hier?«

»Recherche«, erklärte ich und sah kurz zu Nina.

»Hab ich's mir doch gedacht«, sagte sie leise, deutete aber ein Lächeln an.

»Das hier ist aber privat«, sagte Heino und pfiff durch die Schneidezähne. Hinter ihm, in fünf Metern Entfernung, duckten sich Silke und Steini, wobei sie energisch auf ihn einredete. Es war nicht Silkes Art, sich zu verstecken oder Konflikten auszuweichen.

»Nicht nur«, gab ich zurück und nahm sein Glas. Der Schampus passte zwar nicht zum Bier und schmeckte mir auch nach wie vor nicht, doch ich fand die Geste einfach cool.

»Sie spielen mit Ihrem Job«, zischte mein Chefredakteur.

»Nein«, antwortete ich. »Es gibt keinen Job mehr, mit dem ich spielen könnte. Ich kündige. Für so ein Arschloch wie Sie will ich nicht länger arbeiten.«

»Das muss ich mir nicht anhören«, knurrte er und erhob sich halb, um nach einem Kellner zu winken. Ganz sicher wollte er mich rausschmeißen lassen. »In der Branche sind Sie tot«, sagte er dabei, die Augen zusammenkneifend.

Ninas Gesichtsausdruck pendelte zwischen Überraschung und Amüsement. »Süßer, mach doch nicht so einen Aufstand«, sagte sie dann. Heino nickte, weil er sich bestätigt fühlte – bis er feststellte, dass die Bemerkung ihm gegolten hatte. »Nikolas hat doch recht. Du *bist* ein Arschloch. Das muss man auch mal sagen dürfen.«

Der herbeigewinkte Kellner kam, aber bevor Sitz den Staatsschutz rufen konnte, bestellte meine Freundin noch eine Flasche Schampus auf seine Rechnung.

»Dann bin ich hier wohl überflüssig«, erklärte Heino und machte Anstalten zu gehen. »Das wird ein Nachspiel haben.«

»Wir können das gleich hier erledigen«, schlug ich vor. »Es gibt da ein paar Dinge, die Sie wissen sollten«, ergänzte ich, fies grinsend. Meine Ex und ihr neuer Lover versuchten im Hintergrund weiterhin, sich möglichst unauffällig zu benehmen. Als ihr Hauptgang kam, rührten sie ihn kaum an, weil sie damit beschäftigt waren, meinen möglichen Blicken auszuweichen.

Meine Rede an Heino war kurz und knackig. Ich streute ein paar Gehässigkeiten über seine Ehe und die Promiskuität seiner Gattin ein, und als ich andeutete, jüngst selbst das Glück gehabt zu haben, war er kurz vor dem Explodieren. Das änderte sich wieder, als ich ausführte, wie sehr zum Beispiel Leute wie Oliver von Papening Grund hätten, ihrerseits auf Heino Sitz wütend zu sein. Er rutschte jetzt ungeduldig und verblüffend unsicher auf seinem Stuhl hin und her und wünschte sich offenbar, ganz woanders zu sein. Bevor er aber diesen Wunsch umsetzen konnte, trat ein sehr gut aussehender, sonnengebräunter und in Armani gekleideter Mann an unseren Tisch.

»Störe ich?«, fragte Michael Bautschik.

»Aber nicht doch!«, rief Nina, stand auf und umarmte den Piloten herzlich, der das verblüfft, aber lächelnd über sich ergehen ließ. Sitz nutzte die Gelegenheit, schmiss sein Glas um und machte sich vom Acker. Wir tranken auf ihn und auf seine Kosten, und ich fand es ein bisschen schade, dass er den Abschluss meiner Rede nicht mitbekam. Ich stand dafür sogar auf und sah Nina fest in die Augen, dann wiederholte ich in abgewandelter Form, was sie mir in Portugal gesagt hatte, kurz nach meiner telefonischen Entdeckung.

»Ich sage so etwas nicht oft, und ich hätte vor fünf Wochen jedes beliebige Körperteil – einschließlich der wirklich wichtigen – dagegen gewettet, es jemals zu tun, aber du bist eine großartige Frau, und ich bin stolz darauf, dich meine Freundin nennen zu dürfen. Du bist zwar manchmal etwas polternd, aber ehrlich, spitzfindig, klug, aufmerksam und sehr amüsant. Du siehst toll aus und bist ein edler Fang für einen Mann, der dich verdient. Ich möchte dir für die interessantesten und bewegendsten – und auch bewegtesten – Wochen meines Lebens danken. Ich mag dich sehr gerne, Nina Blume. Danke.«

Sie seufzte und blinzelte eine Träne weg. Dann stand sie auf, und wir umarmten uns.

»Und jetzt zu euch«, sagte ich, aber das Grinsen fiel mir noch immer schwer. Ich drehte den Stuhl um, so dass ich mich auf die Lehne stützen konnte, und sah Steini direkt in die Augen.

»Mein Freund. Mein guter, bester Freund.«

»Es ist also doch kein Zufall«, sagte Silke.

Ich schüttelte den Kopf. »Nein, nichts hiervon ist ein Zufall, oder, lieber Ingo?«

7.

Unser abschließender Beitrag wurde nie in Sitz' Magazin veröffentlicht, dafür publizierten wir ihn im Internet, fast parallel zum letzten offiziellen Text, dem über Portugal. Nina residierte zu diesem Zeitpunkt bereits an den Wochenenden in Michael Bautschiks Strandhaus auf Sylt. Die beiden näherten sich vorsichtig an, und meinem letzten Telefonat mit Frau Blume zufolge stünde der erste Sex unmittelbar bevor, wäre aber nicht so irrsinnig wichtig. Ich tat so, als würde ich ihr das glauben. Ihren Arbeitsplatz hatte sie behalten: »Jetzt erst recht.« In der Redaktion herrschte angespannte Stimmung, seit die kleinen Seitensprünge von Heino und Marejke die Boulevardpresse beschäftigten. Keine Ahnung, wer da Tipps gegeben hatte. Ehrlich nicht.

Ich lehnte die beiden Jobangebote ab und blieb vorerst in Hurghada. Am Tag nach dem Restaurant-Eklat war ich in ein etwas besseres Hotel umgezogen, wo ich meine Pauschaltouristenprämie aufbrauchte und sogar richtig schlafen konnte. Ich stromerte durch die Stadt, schnorchelte auf Ninas Verschwimmen-Pfaden und fühlte mich derweil befreit und eingezwängt zugleich. Selbstverständlich würde ich dieses Land alsbald wieder verlassen, aber in welche Richtung, das konnte ich nicht entscheiden. Ich traf und sprach viele Touristen, besuchte mehr Hotels, als ich während der Wochen zuvor gesehen hatte, lungerte auf Märkten herum, auf denen Europäer Mangelware waren, steckte Bettlern Pfundnoten zu und vermisste Nina. Viel mehr als Deutschland, Silke, Steini, die beiden neurotischen Kater, Frau Dr. Jüterborger und die Nächte bei Lisa zusammen. Aber ihre Abschiedsworte lagen mir schwer im Magen: »Vergiss nicht, dass wir ohne diesen Scheiß nie Freunde geworden wären. Nicht, dass ich es als unangenehm empfinden würde. Aber auch das war letztlich nur ein Ergebnis dessen, was wir an anderen beobachtet haben: Man ist ganz schön neben sich, wenn man im Urlaub ist. Ich mag dich, Nikolas, aber auch das wird irgendwann eine Urlaubserinnerung werden.«

Wurde es nicht. Tatsächlich telefonierten wir fast täglich miteinander, manchmal stundenlang, und nicht selten war es Nina, die anrief. Als Michael Bautschik wieder einen Hurghada-Flug mit Zwischenstopp hatte, gegen Ende meiner Verweilzeit, begleitete sie ihn *freiwillig*. Wir umarmten uns ewig und heulten dabei vor Rührung – ich nicht zuletzt, weil sie mir eine Großhandelspackung After Eight mitgebracht hatte. Meine Begleitung, eine schwarzhaarige, achtundzwanzig Jahre alte Buchhändlerin aus Troisdorf namens Sybille, die ich in einer Bar kennengelernt hatte und mit der ich seit ein paar Tagen viel Zeit verbrachte, stand daneben und runzelte die Stirn. Das war mir egal. Wir taperten Hand in Hand aus dem Flughafengebäude; Michael Bautschik und meine Urlaubsbekanntschaft schlurften hinterher, als wären sie unsere Kofferträger.

Aber auch das ging vorbei. Sybille flog nach Hause, und ich war sicher, sie nicht mehr wiederzusehen. Nina und ihr neuer Freund flogen nach Hause, und ich wollte sie wiedersehen, bald schon und möglichst oft. Aber ich hatte keine Ahnung, wie es weitergehen sollte, bis Oliver von Papening anrief, mir erzählte, dass er von meiner Kündigung gehört hatte und mir einen Job anbot. Für seine weltweiten Charity-Projekte benötigte er jemanden, der die Pressekontakte pflegte, die Fortschritte dokumentierte und ihm gegenüber Bericht erstattete. Das würde mich in Krisengebiete führen, aber auch in die Nähe von Urlaubsregionen. Ich akzeptierte und machte mich auf den Heimweg.

Im Flugzeug klappte ich meinen Laptop auf und begann damit, die Artikelnotizen durchzusehen, sie zusammenzufassen und in eine persönlichere Anordnung zu bringen, wodurch ziemlich fix eine Art Reisetagebuch entstand. Dann überlegte ich, wie alles begonnen hatte, dachte an den Empfang bei Sitz und mein Erlebnis mit Marejke Medsger. Der nächste Schritt, die Idee lag nahe. Warum nicht? Ein Roman wäre eigentlich auch nur eine Reportage, etwas persönlicher, sehr viel länger, mit fiktiven Elementen durchsetzt und die Figuren etwas verschleiernd. Ich bestellte noch etwas von der Brühe, die als Kaffee verkauft wurde und nach Fuchspusche schmeckte, sah aus dem Fenster auf die Wolken, den kugelschreiberblauen Himmel und die vereinzelt auftauchenden Fetzen Mittelmeer. Mein Herz klopfte stark. Und dann tippte ich den Titel in die Kopfzeile eines neuen Dokuments:

Pauschaltourist

Epilog: Andenken

1. Gran Canaria

Inge und **Herta** lernten noch während des Aufenthalts männliche Zwillinge aus Quickborn kennen, die sie zwei Monate später bei einer Doppelhochzeit ehelichten. Die vier zogen im Herbst des Jahres nach Gran Canaria, wo sie ein erfolgreiches Spezialrestaurant für ältere Menschen eröffneten.

Jens nahm im Frühling des Folgejahres an einem klinischen Test teil, im Rahmen dessen mit Hilfe von implantierter Elektrostimulanztechnik die Leistungsfähigkeit seines Gedächtnisses verbessert werden sollte. Durch einen Operationsfehler misslang der Eingriff, aber erstaunlicherweise bildete sich der Übertragungsmechanismus zwischen Kurz- und Langzeitgedächtnis anschließend wieder aus. Zwei Monate nach der Genesung trennte er sich von **Birgit**, um allein nach Südamerika auszuwandern. Seine geschiedene Frau übernahm wenig später einen Job in jenem Gran-Canaria-Hotel, das sie so regelmäßig mit ihrem Ehemann besucht hatte, und begann eine Affäre mit dem Manager, Señor Martinez.

Henning Vosskau veröffentlichte im Herbst ein Soloalbum mit Punkversionen deutscher Volksmusik-Hits, das sehr erfolgreich wurde. Er heiratete **Andrea** und bekam mit ihr zwei Kinder. Die Ehe wurde anderthalb Jahre später wieder geschieden, und da Henning kein Folgealbum zu produzieren in der Lage war, tingelte er anschließend durch Bars, kleine Clubs, Après-Ski-Hütten und Urlauberdiscos, bis er – auf Heroin – beim nächtlichen Schwimmen auf Ibiza ertrank. Andrea wurde weit über achtzig Jahre alt.

Nico und **Janet**, no, wurden im Spätsommer in Zwickau, wo sie tatsächlich wohnten, gefasst und zu jeweils zweieinhalb Jahren Gefängnis ohne Bewährung verknackt. Nikolas' Beteiligung an diesem Ermittlungserfolg generierte ein gehöriges Presseecho, das er aber kaum wahrnahm, da er zu dieser Zeit im Auftrag Oliver von Papenings in Indonesien unterwegs war. Nach Verbüßung der Haftstrafe betrieben die beiden ein Elektronik-Fachgeschäft, das ein paar Monate später Pleite machte. Anschließend gingen sie wieder auf Urlauber-Diebestour, aber dieses Mal getrennt voneinander. Nicos richtiger Vorname lautete Bernhard und der von Janet Susann. Sie wurden nie wieder verhaftet.

2. Agadir

Kevin und **Robby** hatten ihr Coming-out fast zeitgleich und eröffneten nach Abschluss der Berufsschule gemeinsam ein Frisiercafé, das sich alsbald zum Dreh- und Angelpunkt der Rostocker Schwulenszene entwickelte. **Nadine** wurde eine sehr beliebte Pornodarstellerin und wechselte nach Ende dieser Karriere kurz in eine Daily Soap, anschließend wohnte sie während der x-und-neunzigsten Staffel von »Big Brother« zwei Wochen im Container. Später wurde sie Spielshow-Moderatorin bei »Neun live«. **Madeleine** begann als Verkäuferin in einer Edeka-Filiale und stieg mit Ende vierzig zur Filialleiterin auf. Diese Tätigkeit übte sie bis zu ihrem Tod durch Lungenkrebs im Alter von dreiundfünfzig Jahren aus. Madeleine war bis zu ihrem Lebensende Nichtraucherin.

3. Mallorca

Peter und **Sabine** bekamen noch zwei Kinder, und Peter übernahm schließlich das Autohaus, dessen vorheriger Besitzer, der Vater von Sabines früherem Mann, erst fünf Jahre nach den Ereignissen, die in diesem Buch geschildert werden, von dieser Beziehung erfuhr. Peter wurde außerdem vier Mal in Folge deutscher Meister im Slot-Car-Racing (freie Klasse), schaffte es aber trotzdem nicht, daraus eine Profession zu machen. Sabine entdeckte erst im Alter von fünfundfünfzig Jahren ihre BDSM-Neigung; die beiden wurden anschließend regelmäßige Besucher eines einschlägigen Swinger-Clubs.

4. Portugal

Barbara verliebte sich kurz nach Arbeitsantritt unsterblich in den Besitzer des Aquaparks, einen schneidigen, fünfzigjährigen Exilspanier, der sich ebenfalls in die vollschlanke Bielefelderin verguckte. Die beiden heirateten noch im Spätsommer, und der Gatte erwarb eine noble Villa oberhalb einer einsamen Badebucht, mit ausladender Veranda und feudalem Sonnenuntergangsblick. Das Paar bekam fünf Kinder, davon zwei mit schwarzen Locken, und führte eine sehr lange Postkartenidyllen-Ehe. Barbara kehrte nie wieder nach Deutschland zurück.

Ger und **Nicky** wurden stolze Eltern einer Tochter, die sie Nina tauften. Ger wurde ein Jahr später bei einem Manöver schwer verletzt und verlor ein Bein, gleich nachdem er einen hohen Betrag, an den er durch heimliche Beleihung des gemeinsamen Hauses gekommen war, beim Setzen auf Rot in einem Casino verzockt hatte. Nicky verließ ihn und lebte danach mit Nina bei ihrer Mutter in Eindhoven. Ger wurde militärischer Berater in der NATO, wo sich eine steile Karriere abzeichnete, bis der Holländer während einer Barschlägerei einen anderen Gast krankenhausreif prügelte. Danach eröffnete er einen Sportclub, der hauptsächlich Selbstverteidigungskurse anbot, aber nur mäßig lief.

5. Ägypten

Bärbel und **Emad** führten nur eine sehr kurze Ehe. Nachdem sich der Ägypter geweigert hatte, im Anschluss an die »Heirat« den Vorgang bei Gericht registrieren zu lassen, enthielt ihm die Deutsche den so dringend ersehnten Sex vor. Auch Gewaltandrohungen halfen nicht. Emad gab schließlich zu, bereits fünf Mal auf diese Weise verheiratet gewesen zu sein. Bärbel trat daraufhin den Rückflug an, lernte in einer Discothek den Dachdeckergesellen Hans-Peter kennen, heiratete ihn und gebar kurz nacheinander drei Kinder. Ihr Ex-Orfi-Gatte nötigte in dieser Zeit zwei weitere Ausländerinnen zur Ehe. Die zweite Frau, eine Russin, prügelte ihn nach Aufdeckung seiner Vergangenheit krankenhausreif. Danach trat Emad in das Maklergeschäft seines Vaters ein, ehelichte eine Landsmännin und mied fortan jeden Kontakt zu Touristen.

Marcel und seine **Pumperuschi** wurden im Anschluss an den Ägyptenaufenthalt Dritte in ihrer Altersklasse bei einem Bodybuilder-Wettbewerb. Gleich darauf trennte sich das Paar. Marcel starb wenige Wochen später an den Folgen der nie auskurierten Infektion, und seine Ex eröffnete ein Nagelstudio in Bottrop-Kirchhellen. Das fünfzigste.

Anmerkungen und Credits

Diese Geschichte ist Fiktion. Abgesehen von den geografischen Schauplätzen existiert kein anderer wirklich – oder in der Form, in der er beschrieben wurde. Die erzählten Ereignisse haben so ebenfalls nie stattgefunden, und auch ihr Personal lebt nicht auf diesem Planeten. Sämtliche Ähnlichkeiten mit echten Menschen oder realen Urlaubsorten nebst Infrastruktur sind allerdings beabsichtigt, wenn auch maßlos über- oder untertrieben, je nach Standpunkt und Reiseveranstalter. Selbstredend sind die hinreißenden, nachgerade *zauberhaften* Urlaubsorte Gran Canaria, Agadir, Mallorca, Quarteira und Hurghada – möglicherweise im Gegensatz zur Darstellung in diesem Buch, je nach Lesart – Horte der Gastfreundschaft, der Nächstenliebe, der Toleranz, der Achtsam-, Ehrlich- und Großzügigkeit – und des Umweltschutzes. Wenn ich Menschen, die an diesen Orten in der Tourismusindustrie (oder bei der Polizei) ihre Existenz bestreiten, direkt oder als Bestandteil einer Gruppe, Organisation oder Bande beleidigt haben sollte, muss ich sie wohl untertänig um Verzeihung bitten.

Tut mir echt leid!
To-tal!
'tschuldigung.

Und übrigens *weiß* ich, dass es keine von Deutschland startenden Charterflüge mit Raucherbereichen mehr gibt (bis vor kurzer Zeit gab es sie allerdings noch). Aber, hey, dies ist ein *Roman*! UND KEIN REISEBERICHT. Oder Reiseführer.

»Das Leben ist eine Baustelle«, der Titel des fünften Teils, ist demjenigen eines deutschen Films von 1997 entliehen (Regie: Wolfgang Becker).

Ich habe folgenden Mitgliedern des weltbesten Leserforums »Büchereule« für ihre freundlicherweise zur Verfügung gestellten Urlaubsanekdoten zu danken: Carmen Vicari, Helene Jirak, Edith Nebel und Petra Domberg. Und natürlich allen anderen Büchereulen, die mir Berichte zugesandt haben, die dann aber nicht ins Buch eingeflossen sind. Sowie der großartigen Andrea »Wolke« Kamann und allen Aktiven für die Existenz des Forums.

Die Mitarbeiter des Hotels »Residenz Motzen« am Motzener See (Dahme-Spreewald-Kreis, südlich von Berlin) haben die Woche Schreibklausur, die ich zum Abschluss des Manuskripts benötigte, sehr angenehm gestaltet. Danke! Ich war der Typ mit dem Zopf, der hektoliterweise Kaffee bestellt hat.

Bisher bei den Danksagungen in meinen Bücher vergessen habe ich nachlässiger-, eigentlich aber unverzeihlicherweise Andrea Eisenbart, die eine sehr gute Freundin und exorbitant duldsame Geschäftspartnerin ist. Dankedankedanke.

Meine über alles geliebte Frau Annett wird sich nach der Lektüre dieses Buches – sie liest traditionell erst, wenn ein Roman erschienen ist – wohl zweimal überlegen, wohin sie mit mir in den nächsten Urlaub fährt. Nur hoffentlich nicht, *ob*.

Freund Markus H. Kringel war auch dieses Mal, wie eigentlich immer, unverzichtbar.

Da Autoren in der Hauptsache mit ihnen zu tun haben, werden in Danksagungen vor allem Lektoren genannt. Um dieser Ungerechtigkeit ein wenig entgegenzusteuern, möchte ich mich an dieser Stelle sehr herzlich bei allen Mitarbeitern des Aufbau Verlags bedanken, die daran beteiligt waren, aus einem *Manuskript* dieses *Buch* zu machen, das ihr/Sie, hochgeschätzte Lieblingsleser, gerade in den Händen haltet/n. Ich kenne noch längst nicht alle Abteilungen oder deren Namen. Ausstattung, Korrektorat, Presse, Marketing, Verlagsleitung, Lektorat – wenn ich jemanden vergessen habe, dann unbeabsichtigt. Mein besonderer Dank aber gilt den Buchhandelsvertretern. Jeder Autor sollte sich der Tatsache bewusst sein, dass es *diese* Leute sind, die Bücher letztlich unters Volk bringen. Kotau!

Aber »meinen« Lektor muss ich trotzdem nennen, dem zuvor Erwähnten widersprechend und obwohl er das (noch immer) nicht mag. Dieses Buch hat eine etwas ungewöhnliche Entstehungsgeschichte, an deren Anfang ein Kneipengespräch stand. »Das wäre doch ein schöner Titel für ein neues Buch«, sagte Andreas Paschedag zu mir, als ich das Wort *Pauschaltourist* in einem ganz anderen Zusammenhang erwähnte. Aus dieser Bemerkung wurde schließlich eine gemeinsam entwickelte Plotskizze, und das Ergebnis haben Sie gerade gelesen – oder werden es hoffentlich noch tun.

Und, äh. Gute Reise. ☺

(Ach so. Falls dieses Buch zufällig oder absichtlich jemandem in die Hände fällt, der mit der Produktion der ARD-Serie »Tatort« zu tun hat: Ich hätte da eine wunderbare Drehbuchidee.)